LE CAS ZÉRO

Clairette

SARAH BARUKH

LE CAS ZÉRO

roman

ALBIN MICHEL

À Arthur sans qui rien n'est possible,
et à mon père qui m'a inspiré cette histoire.

« Se sacrifier au service de la vie équivaut à une grâce. »

Albert Einstein,
Comment je vois le monde

Mercredi 15 décembre 1982

1.

– Peut-être que tu pourrais ouvrir le vin, chéri ? demanda Nathalie.

Sa femme ne l'appelait « chéri » que devant les gens. Laurent détestait ça. « Chéri », c'était si vide comparé au « mon amour » qu'elle lui adressait dans l'intimité. Il se leva et saisit le Nuits-Saint-Georges 78 qu'elle lui avait demandé de servir un peu plus tôt. Une superbe bouteille qu'il gardait pour les grandes occasions. « Tu crois vraiment que ces ringards sauront apprécier ? » Elle s'était contentée de hausser les épaules dans un sourire. Il avait cédé.

Il remplit les verres, sauf celui de sa femme. On trinqua aux retrouvailles. Des mois que Nathalie n'avait pas revu ses anciens collègues du lycée Charlemagne, où elle avait enseigné jusqu'à la naissance de Julia. Tout à coup, elle blêmit, se leva et fila aux toilettes. Laurent se redressa pour la suivre. Elle lui fit signe de rester à sa place. C'était la troisième fois de la journée qu'elle vomissait. Cette grossesse ne lui laissait aucun répit. « C'est pas possible, j'attends le diable ! » répétait-elle chaque jour, le teint blafard et les yeux cernés. Elle était enceinte de presque six mois, pourtant elle semblait avoir minci.

Laurent leva la tête et aperçut Julia dans l'embrasure de la porte du salon. Elle lui faisait signe de venir. Il s'excusa auprès des invités et rejoignit sa fille dans le couloir. Depuis le début de la semaine, elle avait répété un numéro de danse. Elle avait insisté pour choisir la musique ainsi que la tenue. Laurent sourit quand il découvrit le résultat : une chemise à épaulettes mal boutonnée en voile jaune à pois noirs, qu'elle avait piquée à sa mère, son tutu de danse rose enfilé tant bien que mal, des collants en laine bleus qui avaient dû lui donner de sacrés soucis à en juger par les plis autour de ses chevilles et, bien sûr, ses ballerines.

– L'est prête, papa !

– *Je* suis prête, corrigea-t-il.

Il en avait assez de cette faute qui revenait tout le temps. Mais Julia n'y prêta pas attention. Elle était au comble de l'excitation, sautillant en attendant que Laurent l'annonce. Nathalie revint s'asseoir, rassurant les invités sur son état. Laurent récita la phrase qu'ils avaient mise au point avec sa fille. Il se racla la gorge pour exagérer le suspense, la main posée sur le tourne-disque. Julia se balançait d'une jambe sur l'autre, sourire jusqu'aux oreilles. Soudain, le téléphone sonna. À cette heure-ci, ça ne pouvait être que l'hôpital. Nathalie se pinça les lèvres en fermant les yeux et d'un pas lent elle alla décrocher.

– C'est pour toi, dit-elle à Laurent.

Sa voix tremblait. Elle avait toujours eu une voix fluette qui accentuait son allure déjà fragile. Chaque fois qu'elle parlait, sa gorge rougissait, les muscles de son cou se tendaient, comme si prononcer un mot était un effort. Quand elle était contrariée, la difficulté semblait plus grande encore.

– Je prends dans le bureau.

Dans le couloir, Laurent passa devant la petite, dévastée, et tenta de la rassurer.

– J'arrive, mon cœur, c'est le travail de papa. Je reviens tout de suite et tu fais ton spectacle, dit-il en lui caressant la joue.

Mais Julia repoussa sa main. Du haut de ses quatre ans et demi, elle connaissait déjà trop bien la signification de ces mots. Elle fronça les sourcils et retourna dans sa chambre, les poings sur les hanches, en tapant des pieds. Nathalie prit un air désolé et s'excusa auprès de ses anciens collègues. Encore chancelante, elle alla consoler sa fille. Dans le couloir, Laurent chercha son regard, attendit un reproche, mais Nathalie le rassura.

– Ne t'inquiète pas, ça va aller, murmura-t-elle.

Sa voix n'était plus qu'un mince filet. Laurent sentit comme une boule dans le bas de son ventre. Il s'enferma dans le bureau, saisit le combiné et attendit quelques secondes. Dès qu'il aurait eu le message, il faudrait partir, rouler vite jusqu'à Saint-Louis, et affronter une soirée à lutter contre la mort, contre l'absurdité et l'injustice. Il faudrait assumer d'abandonner une nouvelle fois sa femme et sa fille, de laisser Nathalie seule à ce repas qui comptait tant pour elle. Il avait besoin de quelques secondes. Il n'aurait changé son métier pour rien au monde, mais chaque jour, il en sentait le poids, cette masse de plus en plus pesante près de son foie, la brûlure dans son estomac. Combien de temps encore pourrait-il continuer de décevoir les siens ? Il se passa la main dans les cheveux, se frotta les yeux et répondit enfin. C'était Camille, sa nouvelle interne. Elle était navrée de le déranger.

Laurent appréciait beaucoup les nouveaux. Rien ne leur échappait. Ni les plannings surchargés ni le manque de matériel ou de chambres. Ils s'excusaient avant de solliciter un supérieur, ou de rappeler un confrère en lui demandant de quitter son foyer pour prêter main-forte à l'équipe. Mais au bout de quelques semaines, parfois quelques jours, ils s'adaptaient, râlaient quand on ne venait pas assez vite les aider, quand les infirmières n'étaient pas assez précises, ou qu'on changeait leur emploi du temps sans les consulter. Camille effectuait son premier stage en médecine interne. Un jeune oiseau tombé du nid, qui rêvait de découvrir les joies du scalpel, du sang et des chairs malades.

Laurent n'avait jamais le temps d'approfondir les liens avec les jeunes. La plupart étaient là pour six mois. Ils devaient assurer les tâches ingrates. En cinq ans d'exercice, Laurent avait distingué deux catégories d'internes. Ceux qui deviendraient chefs et les autres. Pour Camille, il ne savait pas encore.

– C'est les urgences, ils ont besoin de vous. Apparemment il y a un absent dans leur équipe et c'est le chaos.

Un absent, c'était un mourant ou un salaud… Il n'y avait jamais d'arrêt maladie chez les médecins de l'hôpital, parce que même souffrant on ne laissait pas tomber les autres. Il fallait être incapable de tenir debout pour préférer rester chez soi. Seuls les salauds assumaient de planter le service, mais ils étaient peu nombreux. À Saint-Louis, Laurent n'en avait jamais vu encore. Il se disait souvent que si le personnel de l'hôpital s'appliquait à lui-même les conseils délivrés par les médecins en termes de repos, de nutrition, de gestion du stress, il n'y aurait plus grand monde pour secourir les patients. Saint-Louis vivait chaque jour sur un équilibre précaire, fait de réflexes, d'efforts surhumains, mais un équilibre magique. À maintes reprises, l'impossible avait lieu, les malades étaient pris en charge et la mort repoussée. Laurent, ça le fascinait.

Il rassura Camille, il serait là d'ici vingt minutes, elle n'avait qu'à faire le point sur les dossiers pour gagner du temps. La jeune femme le remercia. Elle hésita à ajouter quelque chose avant de raccrocher mais les mots lui manquèrent.

– Bon, à tout à l'heure, conclut Laurent.

– Oui, oui, bien sûr, docteur.

Elle bégayait presque. Laurent imaginait la peau si pâle de Camille rougir. Il sourit, se souvenant de certains de ses responsables qui l'impressionnaient aussi durant ses études. Camille n'osait pas encore le regarder dans les yeux. Elle tenait ses dossiers serrés contre sa poitrine lors des visites, comme si ça pouvait la protéger.

Dans le salon, quelqu'un déplaçait une chaise. Les invités, le dîner de Nathalie, Julia… l'espace d'un instant, Laurent les avait oubliés. Il sortit du bureau et alla les rejoindre. Des professeurs de français, d'espagnol, de latin et d'histoire. Nathalie avait souhaité une soirée « littéraire ». Elle avait relu plusieurs livres au cas où les « intellos » élèveraient le débat. Elle appréhendait de ne pas savoir quoi dire faute de ne pas s'être assez cultivée. La culture était à ses yeux un entraînement pour une compétition qui ne s'arrêtait jamais.

– Je suis désolé qu'on vous ait laissés seuls.

Les invités feignirent d'être compréhensifs, mais Laurent comprit qu'ils s'impatientaient.

– L'hôpital vient de m'appeler pour une urgence, et je vais devoir vous abandonner.

Ils hochèrent la tête en silence.

– Julia est un peu agitée en ce moment..., reprit-il.

– C'est sûrement la grossesse, répliqua l'Espagnole.

– Vous travaillez dans quel hôpital ? demanda le professeur de français.

– Saint-Louis, dans le 10e.

– C'est dommage que vous partiez, j'aurais bien aimé vous poser quelques questions..., enchaîna-t-il.

À chaque dîner, il y en avait toujours un pour lui montrer un grain de beauté, évoquer une douleur qui méritait une explication... Laurent ne cessait jamais d'être médecin. Mais le professeur avait une étrange expression. Ses yeux s'étaient comme allumés au mot « hôpital ».

– Nous aurons l'occasion de remettre ça..., tenta Laurent.

– Oui bien sûr... Mais... enfin... vous y croyez, vous, à cette... à ce cancer... homosexuel ?

Le dernier mot avait été prononcé plus doucement que le reste. À présent, son front luisait. Laurent comprit : ce professeur de littérature avait peur. Tous. Tous les homosexuels qui venaient consulter à l'hôpital avaient les mêmes questions, les mêmes angoisses : est-ce qu'il y croyait, lui, au cancer gay ? Est-ce qu'il pensait que ça arriverait en France ? Est-ce qu'on en mourait vraiment ? Est-ce que ça faisait mal ? Comment pouvait-on savoir si on l'avait ? La liste était longue, mais il n'y avait pas de réponses. On ne savait rien. Officiellement, il n'y avait eu aucun cas en France. Au quotidien, Laurent n'y pensait pas, et à part certains homosexuels terrorisés, la plupart des gens faisaient comme lui.

– Est-ce qu'on doit craindre une épidémie ? insista le prof.

Les trois autres invités scrutaient à leur tour sa réponse.

– Mais enfin, au journal ils ont parlé d'à peine quelques cas aux États-Unis, pas de quoi s'affoler ! les interrompit Nathalie qui revenait de la chambre de Julia.

Elle n'aimait pas qu'on parle de maladies. Les dîners devaient être des moments de calme, pas de consultation.

– Comment va Julia ? demanda Laurent.

– C'est bon, vas-y.

Elle reprit son souffle quelques secondes et ajouta :

– C'est pas grave…

Laurent voyait bien que sa femme n'en pensait pas un mot, mais il n'avait pas le choix. Il s'excusa encore, serra la main aux invités et enfila son manteau. Nathalie l'accompagna jusqu'à la porte.

– Je suis désolé, murmura-t-il.

Elle pinça les lèvres avant de laisser apparaître un léger sourire.

– Je sais. Bon courage.

Il jeta un coup d'œil vers la chambre de sa fille.

– Ne t'inquiète pas, je m'en occupe, tenta de le rassurer sa femme.

Elle l'embrassa dans le cou, près de l'oreille. Laurent ferma la porte. À peine quelques secondes plus tard, un cri strident lui déchira le cœur :

– Papa ! Papa !

Julia hurlait derrière la porte. Il ne lui avait pas dit au revoir, mais s'il commençait, elle ne le laisserait pas partir et ce serait pire encore de se séparer. Il se hâta d'appuyer sur le bouton de l'ascenseur. À présent la petite pleurait. Il imaginait les grosses larmes sur ses joues rondes, son nez qui se mettait à couler, ses sanglots qui lui coupaient le souffle, tandis qu'elle se roulait par terre. Une fois, elle avait tant suffoqué qu'elle en était devenue bleue. Il l'entendit tousser, et les tentatives de Nathalie de l'apaiser restaient vaines. Il ne tenait plus en place, fixait le bouton allumé de l'ascenseur, comme si ça pouvait le faire arriver plus vite.

– Lève-toi, Julia, s'il te plaît ! Julia, mon cœur, arrête enfin, papa va revenir, insistait sa femme de l'autre côté de la porte.

Pourtant rien ne rassurait la petite. Nathalie devait être dévastée. Elle ne supportait pas de voir sa fille souffrir, quand bien même il s'agissait d'un caprice. Tout ça devant ses invités… Sa femme devait le maudire.

Il ne pouvait pas les laisser comme ça. Tant pis, il rappellerait Camille. Assister à ce spectacle, même derrière la porte, lui était intolérable. Il sortit ses clefs… Mais non. Il s'était engagé auprès de l'hôpital. S'il n'y allait pas, le chaos prendrait le dessus. La mort… La mort vaincrait ce soir, plus que les autres soirs. Il n'avait pas le droit d'abandonner les malades. Il devait être à Saint-Louis dans dix minutes. Et cet ascenseur qui n'arrivait pas… C'était trop dur. Ses yeux le piquèrent. Il sentit bientôt une pointe dans sa tête. S'il restait là, ses migraines reviendraient. Il dévala les escaliers sans prendre la peine d'allumer la lumière, trébucha et se rattrapa à la rampe. Il devait se ressaisir, une longue soirée l'attendait.

2.

19 h 50. Il claqua la portière de sa voiture et soupira, exaspéré. Pourquoi avait-il fallu que Nathalie organise ce dîner ? Elle savait bien qu'au moment des fêtes, les patients n'en finissaient pas d'arriver. Il détestait les mondanités. Il se sentait sans cesse en décalage. À peine avait-il quitté les mourants et les malades qu'il devait faire semblant de s'intéresser à des futilités. Que les gens étaient ennuyeux ! Sans parler de ceux qui le voyaient encore comme l'immigré de service ! Même après tout ce temps en France, sa peau mate prenait le dessus. Il les connaissait, toutes ces phrases : « On va au Maroc, vous auriez des adresses à nous donner ? » Comme s'il était l'ambassadeur du Maghreb, alors qu'il avait quitté Tunis à l'âge de quatre ans…

Et Nathalie qui s'angoissait pendant des semaines sur le menu… Tout prenait des proportions inadaptées. Elle vérifiait les plats dans son carnet d'invitations, pour être sûre de ne pas se répéter. Et quand le repas était réglé, il fallait passer à la tenue… Elle dérangeait Laurent entre deux consultations, pour savoir s'il préférait sa robe rouge ou bleue. Il ne comprenait pas pourquoi c'était si important.

Nathalie se faisait un monde de l'image qu'elle renvoyait. Cette sensibilité lui avait beaucoup plu au départ, mais elle les plongeait aujourd'hui dans des situations absurdes. Malgré tout, Nathalie s'en rendait compte, elle prenait sur elle, ne lui faisait aucune remarque sur ses horaires, ses absences. Parfois, il aurait préféré qu'elle crie un bon coup. Mais Nathalie cachait sa frustration derrière de petits sourires. Tôt ou tard, elle finirait par éclater. Et alors… Laurent préféra cesser d'y penser.

Il démarra, traversa la place Armand-Carrel, descendit l'avenue de Laumière et s'engagea avenue Jean-Jaurès. Il alluma la radio qui passait « Avec le temps » de Léo Ferré. Cette chanson l'angoissait. Trop de nostalgie.

On oublie les passions et l'on oublie les voix
Qui vous disaient tout bas les mots des pauvres gens
Ne rentre pas trop tard surtout ne prends pas froid…

« Surtout ne prends pas froid. » Laurent sentit une goutte de sueur perler sur son front.

Avec le temps, avec le temps, va, tout s'en va…

Soudain, il revoyait l'appartement de son enfance, entendait le cri déchirant de sa mère : « Aaannnnnge ! » Elle appelait Ange, son père, se tordant de douleur.

Et l'on se sent glacé dans un lit de hasard…
Et l'on se sent floué par les années perdues…
Avec le temps, va, tout s'en va.

Il revit la bassine bleue, ses frères cachés sous les couvertures pour ne pas entendre, ne pas voir. Ces jours-ci, il n'arrêtait pas d'y penser. Peut-être était-ce à cause de leur rendez-vous du lendemain ?

Il changea de station. « L'OM sera-t-il champion cette année ? Il faut se méfier d'Auxerre… » Il changea encore. « Préavis de grève déposé chez Air France : si vous devez partir en vacances au moment de Noël, des annulations de vols sont à prévoir sur tout le territoire. Record battu devant les vitrines des Galeries Lafayette : les enfants peuvent découvrir des illuminations magnifiques, un petit train magique, un traîneau de Noël grandeur nature qui flotte dans les airs, la féerie est au rendez-vous ! Santé à présent : trois nouveaux cas de cancer homosexuel à San Francisco. Peut-on parler d'épidémie ? Le ministère de la Santé refuse cette hypothèse, mais doit-on tout de même s'inquiéter ? Pour en parler, notre spécialiste… » Cancer homosexuel… L'acronyme LAV était peu utilisé dans les médias, Laurent ne comprenait pas pourquoi. LAV, c'était le terme médical, une simple description : lymphadéno virus, ça n'engageait à rien d'être précis. Place du Colonel-Fabien, avenue Claude-Vellefaux, voilà, il était arrivé. Il n'avait plus à penser à quoi que ce soit d'autre que la médecine. Il se sentit d'un coup plus léger.

20 h 02. Camille l'attendait dans le service de médecine interne. Ils se dirigèrent vers la salle des transmissions.

– Gaëlle, l'infirmière d'accueil des urgences, va vous appeler dans cinq minutes, précisa-t-elle.

– Et ici comment ça se passe ?

– J'ai fait le tour des post-op, tous les opérés du jour se portent bien. M. Charriz est allé à la selle, donc il pourra partir demain. En revanche, Mme Guilou a une tension très faible...

– En dessous de 6 ? l'interrompit Laurent.

– Non, 8.

– Il faut vérifier qu'elle ne fait pas une hémorragie...

– Oui, j'ai pratiqué un examen clinique et fait des analyses, tout va bien. Je me disais que c'était sûrement le fait d'être allongée depuis plusieurs jours...

– Sûrement. Refaites des analyses demain matin pour être sûre. Et Mme Slimène ?

– Elle râle beaucoup, elle dit que le chirurgien lui a bousillé le ventre.

– C'est bon signe, ça veut dire qu'elle est de retour !

– En tout cas, elle marche. Elle est allée au bout du couloir.

– Quelle comédienne celle-là...

– J'ai fait le point sur les cas de demain, j'ai décalé vos patients pour que vous puissiez dormir un peu ce soir.

– Merci.

– Je m'occuperai de mettre les dossiers à jour, vous pouvez compter sur moi.

Camille parlait avec la conviction d'un jeune soldat qui vient de s'engager en temps de guerre. Laurent se disait que son récent titre de chef de clinique devait sûrement jouer. Il retint un sourire et remercia son interne.

Le téléphone sonna, c'était Gaëlle, des urgences. Il y avait un problème avec une malade, ils avaient absolument besoin de lui. Une fois encore, ils ne respectaient pas la procédure. Si le patient devait être admis en médecine interne, c'était aux urgences de le monter après avoir réalisé toute la batterie de tests nécessaires. Malheureusement, ils étaient débordés. L'hôpital manquait de moyens, alors les procédures… D'une façon générale, quatre médecins pour recevoir l'ensemble des malades, former les internes, c'était impossible.

Laurent avait fait un stage aux urgences en quatrième année. Il s'y était senti perdu. Dans les autres services, quand les patients arrivaient, ils savaient pourquoi ils étaient là, ils avaient eu le temps de s'habituer au diagnostic, de prévenir les proches, d'évaluer les risques avec leur médecin. Aux urgences, l'état de choc prévalait. On arrivait pour un hématome, on repartait avec un rendez-vous chez un oncologue.

Le plus difficile pour Laurent, c'était de recevoir tous ces patients qui venaient pour combler leur solitude. Ils s'inventaient des symptômes pour rencontrer un médecin qui s'intéresse à eux. Combien d'hommes et de femmes avaient prétexté un mal de ventre, finissant par éclater en sanglots en expliquant que leur conjoint venait de les quitter ? Il fallait les prendre en charge, les écouter, leur prescrire du paracétamol et du sommeil, rien de médical en somme, mais ils ne repartaient pas sans ordonnance, preuve que leur chagrin était réel. Dans ces consultations, l'intimité, la psychologie mettaient Laurent mal à l'aise. Sa blouse blanche ne suffisait plus à prendre le recul nécessaire. Pourtant, quand il adressait ces malheureux aux psychiatres de l'hôpital, les malades refusaient. Il les comprenait. Lui aussi détestait tout ce qui commençait par « psy », ces enquêteurs de l'âme qui cherchaient à manipuler les cerveaux non pour vous guérir, mais pour vous faire admettre que rien n'allait. Et après ? À la mort de sa mère, il avait douze ans, la mairie l'avait forcé à en voir un. Le soi-disant toubib avait quatre doigts à chaque main, impossible de se concentrer sur autre chose. À la fin de la séance, le psychologue avait alerté son père : « Un mutisme inquiétant. » Plus tard, on lui avait de nouveau conseillé de « consulter ». Mais à quoi bon expliquer encore son histoire que personne ne comprenait ? On ne pouvait pas revenir en arrière.

Gaëlle au bout du fil le rappela à l'ordre :

– Dans combien de temps vous pensez pouvoir nous envoyer quelqu'un, docteur ?

– J'arrive.

– Merci, parce que là, je craque !

3.

Les portes de l'ascenseur s'ouvrirent sur le hall des urgences. Les sept rangées de chaises de la salle d'attente étaient occupées. Un homme obèse mangeait des clémentines dont il jetait les épluchures sur son pantalon. Une femme, un torchon sur les yeux, gémissait en serrant la main de l'homme à côté d'elle. Un vieillard aux vêtements tachés aboyait contre une infirmière. Quelqu'un lança un ballon de football, qui atterrit sur les fesses du râleur. Sidéré par le choc, le vieillard perdit l'équilibre, se raccrocha à la blouse de l'infirmière, la dégrafant au passage. Elle se mit à crier.

– Ça suffit maintenant ! vociféra Gaëlle.

Elle scruta le fond de la salle du regard et s'adressa à un petit garçon :

– Je t'ai déjà dit de ranger ce ballon ! Si tu continues j'appelle la police !

Le garçonnet se mit à pleurer. Il devait avoir dans les huit ans. Une jeune fille à peine plus âgée l'attira vers elle. Ils avaient un air de famille, des cheveux noirs, épais, des sourcils fournis et une peau caramel. Sans nul doute, la gamine était sa grande sœur. Elle était toute rouge. Ses lèvres semblaient collées l'une à l'autre tant elle les serrait. Malgré son jeune âge, elle fit asseoir le garçon à côté d'une poussette et confisqua le ballon. Son frère lui donnait des coups de pied, mais la gamine résistait. De la buée masqua bientôt ses yeux derrière ses lunettes.

– Ah, docteur Valensi, merci d'être venu ! Désolée, c'est la cour des miracles ici !

– Que se passe-t-il ?

– La mère des petits là-bas, elle est là depuis ce matin, mais on n'a pas pu s'en occuper encore. Et ils vont finir par tuer quelqu'un avec ce ballon ! Enfin, si je ne les tue pas avant !

– Les trois enfants sont là depuis ce matin ?

– Bah oui ! Ils vont pas rentrer chez eux tout seuls !

– Mais… qui s'occupe d'eux ? Ils ont mangé au moins ?

– Je suis pas baby-sitter, moi ! Leur mère est là-bas. C'est pour elle que je vous ai appelé. Plus vite elle sera sortie, plus vite ils partiront.

Laurent se dirigea vers le brancard où la mère avait été installée en attendant qu'une chambre se libère ou qu'un médecin la prenne en charge. Elle devait être très belle avec ses longs cheveux, ses lèvres fines et ses yeux en amande, mais la douleur déformait ses traits. Laurent se présenta et commença l'interrogatoire de routine.

– Bonjour, madame… Bianchi ? dit-il après avoir jeté un œil au dossier accroché au pied du brancard.

– *Buongiorno dottore*, répondit-elle en roulant les r.

Elle avait du mal à parler et ferma les yeux.

– Quel âge avez-vous, madame ?

– Quarante-deux.

– Bien, pouvez-vous me donner votre poids et votre taille ?

Laurent sentit qu'on lui tapotait dans le dos. Il se retourna. C'était la petite fille du fond de la salle.

– Vous êtes médecin ? demanda-t-elle.

– *Francesca siediti ! Stai attenta a tuo fratello !*

– C'est bon, *mamma*, je lui ai dit d'arrêter. Je préfère rester là avec toi.

Laurent était étonné par sa détermination. Mais il détestait procéder à un examen devant des proches.

– Je préfère voir ta maman tout seul si tu es d'accord. Je vais l'emmener dans une chambre pour l'examiner, et je reviendrai te voir quand j'aurai terminé, ça te va ?

La petite resta muette.

– Francesca, c'est ça ?

Elle fit oui de la tête.

– Et comment s'appellent ton frère et le bébé dans la poussette ?

– C'est ma sœur, Laura, et lui c'est Enzo, répondit-elle d'une voix hésitante en pointant le garçon du doigt.

Laurent sortit quelques pièces de sa poche.

– Regarde, va acheter une bouteille d'eau pour vous trois dans le distributeur, et dès que j'ai fini, je vous rejoins, ok ?

– Ok.

Laurent poussa le brancard vers un box de fortune : deux paravents posés contre un mur à quelques mètres du couloir. Il reprit ses questions. La patiente vivait seule à Paris avec ses enfants, son mari les avait quittés. Elle ne fumait pas, ne buvait pas et enchaînait les emplois pour joindre les deux bouts. Elle s'inquiétait de la réaction de sa patronne du matin, chez qui elle n'avait pas pu se rendre.

– Et les enfants ne sont pas à l'école... *Un disastro !*

– Ne vous inquiétez pas, madame, concentrons-nous sur vous. Depuis combien de temps avez-vous mal ?

– Je ne sais pas. Quelques mois. Mais ça va, ça vient.

– Quel type de douleur ? Comme une pointe ? Ou est-ce que c'est plutôt diffus ?

– Une pointe. Mais ça fait mal partout.

– Très bien. Je vais vous examiner.

Laurent souleva la chemise de Mme Bianchi. Elle se crispa un instant puis le laissa faire. À peine eut-il appuyé sur la zone du foie qu'elle se recroquevilla sur elle-même. Laurent posa sa main sur celle de la patiente.

– Je vais vous accompagner faire une échographie, ça nous permettra d'y voir plus clair.

– Et mes enfants ? réussit-elle à dire du bout des lèvres.

– Je vais m'assurer qu'une infirmière s'occupe d'eux.

Mme Bianchi acquiesça et se laissa conduire.

Laurent parvint à masquer son inquiétude. Ça ne pouvait pas être qu'une crise de foie. Il essaya d'évaluer la situation, de trouver des explications sans gravité, mais il aboutissait toujours à la même conclusion : un cancer.

Après toutes ces années, ce mot lui était encore terriblement pénible. À la fac, ses camarades se moquaient de lui. Chaque fois qu'on abordait le thème, de grosses gouttes de sueur perlaient sur son front. Les photos, les explications des manuels disparaissaient pour laisser revenir la bassine bleue et l'agonie de sa mère. Il se mettait à bégayer, incapable de prononcer cette sanction irrévocable. Beaucoup s'en sortaient pourtant, d'autres vivaient avec, mais pour lui, ces six lettres, chiffre du diable, étaient l'annonce de la souffrance et du chaos.

Il aurait pu retourner dans son service en attendant les résultats. Mais il fallait qu'il sache, c'était plus fort que lui. Son chef lui passerait sûrement un savon, encore... Tant pis. Il ne pouvait pas laisser Mme Bianchi à son sort et la confier, indifférent, à un radiologue. Il lui devait au moins un diagnostic fiable.

À l'entrée de la salle d'examen, il rassura sa patiente :

– Je ne peux pas entrer avec vous mais je reviens dès que c'est terminé.

Elle déglutit. Ils étaient tous terrifiés dès que ça devenait concret.

Une vingtaine de minutes plus tard, le radiologue invita Laurent à entrer dans la salle réservée aux médecins. Il tenait le compte rendu de l'échographie qu'il venait de pratiquer. À son air sérieux, Laurent comprit que ce n'était pas bon.

– Elle est de votre famille ? demanda le médecin.

– Non, non... C'est ma patiente.

– Ah !

Le radiologue sembla soulagé, il reprit d'un ton plus détaché :

– Bon... Il y a deux masses au foie, d'au moins trois

centimètres chacune. Pronostic assez mauvais si tu veux mon avis.

Il le tutoyait soudain. En quelques phrases, Laurent devenait le complice de la sentence.

– Je pense qu'il faudrait ouvrir, histoire d'y voir plus clair.

– Très bien, merci, répondit Laurent en s'efforçant de rester impassible.

– Je vais la prévenir, annonça le radiologue.

Laurent le retint par la manche de sa blouse.

– Non, je m'en charge. C'est ma patiente, je préfère qu'elle l'apprenne par moi.

Le collègue sembla surpris mais face à la détermination de Laurent, il céda.

– Comme tu voudras.

Et il disparut dans le couloir.

Laurent s'adossa au mur et fixa ses chaussures. Mme Bianchi avait droit à quelques minutes de répit encore. Quelques minutes sans savoir que les prochains jours seraient difficiles, que peut-être sa vie était menacée, et avec elle celle de ses enfants. Il repensa à Francesca, Enzo et Laura qui attendaient dans le hall. Il ne pouvait pas les laisser comme ça. Il ne pouvait pas dire à Mme Bianchi de revenir pour une opération dans une semaine. Une semaine ! Est-ce que les médecins qui prescrivaient ça se rendaient compte de ce que signifiait une semaine de doute ? Sept fois vingt-quatre heures dans le vide ? Il ne leur imposerait pas cet enfer. Tant pis, il trouverait un moyen pour que l'opération soit pratiquée aujourd'hui et on saurait comment agir. Il la sauverait, il veillerait à ce que ces deux tumeurs soient enlevées et elle aurait un traitement. Son chef râlerait, mais Laurent n'ajouterait pas la douleur de l'attente à celle de la maladie.

Il se redressa et entra dans la salle d'examen. Mme Bianchi triturait le drap avec lequel le médecin l'avait couverte. Au bruit de la porte, elle sursauta.

– Ah, docteur ! Je commençais à m'inquiéter.

Laurent déglutit.

– J'ai parlé au radiologue, madame Bianchi, et…

Il sortit l'échographie de l'enveloppe.

– Vous voyez là, ces taches, il se peut que ce soit un… des tumeurs.

– Un cancer ?

Laurent lut l'horreur sur le visage de la patiente.

– C'est possible…

Elle se mit à sangloter.

– Madame Bianchi, il faut encore faire des examens pour être sûr.

– C'est pas sûr ? dit-elle en se redressant.

– On va devoir vous opérer pour étudier de l'intérieur de quoi il s'agit réellement.

– Et je serai guérie ?

C'était insupportable. Aucun mot n'était plus fort que l'espoir.

– On va vous faire ce qu'on appelle une « laparotomie exploratrice ». On ouvre, on regarde, on retire ce qu'on peut, et on pose le diagnostic.

– Et… ça fait mal ?

– C'est une opération, mais on s'en remet vite.

– Je ne sais pas…

– Vous n'avez pas le choix, madame Bianchi. On va vous la faire ce soir, comme ça vous n'aurez pas à revenir avec vos enfants.

Elle sembla peser le pour et le contre, se donnant l'illusion d'être encore maîtresse des décisions qui la concernaient. Au bout d'un moment, elle accepta.

4.

Laurent monta en vitesse en chirurgie. Marc n'était pas en salle des transmissions ni au bloc. Il fila au vestiaire. Son collègue y prenait une douche. Il était le seul à qui Laurent pouvait demander un tel service. Marc lui était redevable, il n'y aurait pas à trop insister.

– Marc, il faut que je te parle, lança Laurent de derrière le rideau.

Marc écarta le vieux tissu plastifié qui le cachait et laissa apparaître son corps nu. Laurent regarda ailleurs tout en expliquant la situation. Il mit l'accent sur les enfants livrés à eux-mêmes. Peut-être trop.

– Mais j'allais rentrer, là…

– S'il te plaît, tu me dois bien ça…

Marc ne répondit pas.

– Je serai avec toi, je te jure, un aide opératoire hors pair, en moins d'une heure ce sera fini, promit Laurent.

Marc soupira.

– Ok, je vous retrouve en bas. Mais t'expliqueras ça à ma femme.

– Comme si t'avais peur d'elle !

Marc éclata de rire et attrapa une serviette.

En un temps record, Laurent régla les formalités. Camille prépara la patiente. Les infirmières installèrent les enfants dans la chambre qu'on attribua à leur mère à l'étage de chirurgie générale.

21 h 20. L'équipe en charge de l'opération conduisit Mme Bianchi au bloc et l'anesthésiste l'endormit. Laurent regarda le ciel puis fixa Marc, son scalpel à la main. Il espérait que l'échographie les avait induits en erreur. Comment pouvait-il reprocher aux patients d'espérer quand lui-même s'accrochait aux miracles ? Marc enfonça la lame dans la chair, écarta la peau, une odeur nauséabonde se dégagea. Camille pâlit. Elle vacilla, fit trois pas en arrière et s'appuya contre le mur.

– Camille, si vous vous sentez mal, sortez !

– Non, ça va, répondit-elle.

Mais l'odeur s'intensifiait, envahissait le bloc. Camille mit sa main devant sa bouche. Trop tard. Elle vomit sur le sol, resta interdite quelques secondes avant de se confondre en excuses. Honteuse, elle se mit à pleurer.

– Sortez ! C'est fini pour vous aujourd'hui, lui ordonna Laurent.

Il avait été brutal, mais c'était le seul moyen d'aider les nouveaux à dépasser ce stade. Les premières opérations étaient toujours d'une extrême difficulté. Lui ne sentait plus l'odeur des entrailles, du sang ou de la pourriture. Mais au début, il en suffoquait. Les émanations semblaient pénétrer son corps pour s'y agripper des jours durant. Le plus insupportable, c'était cette réalité si concrète. Les hommes n'étaient que matière, et une matière qui puait, quels que soient leur âge, leur milieu, leur sexe.

Une infirmière nettoya le sol, et l'intervention reprit. L'infirmière de bloc aspira le sang et découvrit le foie. C'était pire que sur les clichés. Il n'y avait pas deux tumeurs mais quatre, chacune enroulée autour des artères hépatiques. À ce stade, il devait y avoir des métastases aux poumons, probablement au péritoine, à l'estomac, peut-être même au pancréas. La patiente était fichue. Quelques semaines, quelques mois peut-être. Il n'y avait rien à faire. Marc demeura immobile plusieurs minutes, le scalpel en l'air.

– Qu'est-ce qu'on fait, docteur ? demanda l'infirmière de bloc.

– On referme. C'est terminé, décida Laurent.

Puis il sortit se laver les mains.

– Désolé, Valensi, murmura Marc avant de partir.

Derrière la vitre, Laurent observait le corps de Mme Bianchi sur la table d'opération tandis qu'on la recousait. Quel gâchis. Il s'essuya les mains et sortit du bloc. Camille l'attendait devant la porte.

– Je suis désolée, docteur Valensi. Pardon.

– Faites pas l'enfant, Camille. Vous vous êtes plantée, c'est tout. Vous ferez mieux demain.

– Je ne sais pas ce qui m'a pris… Vous pensez que je dois arrêter ?

– Pour l'instant, soyez là quand on a besoin de vous, travaillez et tout ira bien.

Il posa sa main sur son épaule. Elle sursauta puis le

remercia. Il lui expliqua ensuite pour Mme Bianchi. La jeune interne blêmit davantage encore. Sa peau était presque transparente.

– Elle va mourir ?

– Évidemment.

Il se forçait à être dur, à répondre sèchement. S'ils sombraient dans le sentimentalisme, ils ne pourraient jamais affronter les prochaines heures. Il fallait prendre la distance nécessaire. Mme Bianchi n'était pas une femme, encore moins une mère célibataire de trois enfants, une malade abandonnée qui allait souffrir et dont la fin de vie serait terrible, c'était une patiente, un cas, un dossier parmi d'autres.

– Je vais voir les petits. Surveillez-la, je reviendrai quand elle sera consciente.

Camille acquiesça, l'air perdu.

– Vous savez, je vous ai vu ce matin. Vous aviez la réponse, murmura-t-elle.

L'espace de quelques secondes, Laurent se sentit déstabilisé.

– De quoi parlez-vous ?

– Vous aviez noté la bonne réponse à la question du professeur Willot.

Leur chef de service était un sadique. Chaque matin, au moment des visites, il lui fallait une tête de Turc. Sans se soucier des malades, il menait un interrogatoire où il tendait des pièges. Une fois, il avait donné à Laurent un électrocardiogramme qu'il avait lui-même déréglé. C'était impossible à détecter. N'empêche, toutes les conclusions de Laurent avaient été faussées. Willot lui avait hurlé dessus devant tout le service. Depuis, Laurent avait compris que ça ne servait à rien d'essayer de briller devant lui. Au contraire, Willot haïssait les gens intelligents, les travailleurs ou les ambitieux. Finalement, que ce professeur le déteste était flatteur. Cependant, il ne pouvait s'empêcher de chercher les réponses à ses questions, ne serait-ce que pour l'exercice. Il se demandait où était la faille, examinait le cas avec une attention redoublée. Quand il avait la solution, il la notait sur son bloc-notes. Au moment où Willot demandait si quelqu'un avait trouvé, Laurent se taisait. La plupart du temps, il jetait sa feuille à la fin des visites.

Ce matin-là, Camille avait fixé Willot, ahurie. Elle avait dû se demander qui était ce personnage. Le ton qu'il employait était méprisant à l'égard des médecins. Avec ses longs bras, ses longues mains sur son corps maigre et voûté d'un mètre quatre-vingt-dix, il ressemblait à une marionnette.

– Vous aviez raison. Pourquoi n'avoir rien dit ? insista-t-elle.

– Je préfère avoir raison pour moi que pour qui que ce soit.

Camille lui adressa un regard dubitatif.

– Il n'est pas là quand je suis face à un malade, reprit-il.

L'interne hocha la tête et s'éloigna dans le couloir.

Laurent rejoignit les enfants Bianchi. Très mauvais menteur, il exagéra son enthousiasme :

– Alors la compagnie, ça vous dit un Coca-Cola ?

Enzo bondit sur ses pieds, sourire jusqu'aux oreilles.

– Oui ! Oui ! Et on pourra avoir une paille ?

– Arrête, Enzo, tempéra sa sœur.

– Mais c'est lui qui l'a dit ! se justifia le petit en désignant Laurent du doigt.

– Ne t'inquiète pas, Francesca, j'ai vu ça avec ta maman, elle est d'accord. Vous n'avez rien mangé de la journée, je vais vous accompagner à la cafète, ok ?

– Oui, mais d'abord il faut du lait pour ma sœur, son biberon est presque vide, hésita-t-elle encore.

– On va te trouver tout ça.

22 h 30. Ils traversèrent le couloir. Francesca avait insisté pour conduire la poussette de sa sœur. Laurent tenait la main d'Enzo. Ils passèrent par la maternité avant de descendre à la cafétéria. Laura tétait goulûment son biberon quand ils prirent place autour d'une petite table au fond de la salle. Laurent commanda des hamburgers pour tout le monde. Enzo le regardait avec admiration. Laurent aurait préféré le prévenir que les frites étaient infâmes, la viande élastique et souvent trop cuite, mais il laissa le petit garçon à sa joie. Les Bianchi ne devaient pas se rendre souvent au restaurant. Droite sur son siège, Francesca surveillait sa petite sœur. Laurent sentit une boule se former dans sa gorge quand il repensa à Mme Bianchi et à ce qui attendait ces enfants.

Un frisson le parcourut. Il avait beau essayer de chasser les images de son enfance, face à Mme Bianchi, elles revenaient en force. La même scène encore et encore. La bassine bleue remplie de sang… Jamais il ne pourrait oublier cette déchirure. Il dormait au pied du lit de ses parents, ses frères et mémé Nina s'entassaient dans le salon. Au début il partageait un lit de camp avec sa grand-mère, mais elle était trop bossue, il préférait encore dormir sur un drap, à côté de sa mère. Et puis la maladie s'était aggravée. Il fallait vider le sang gluant, presque noir. Son père sortait plusieurs fois par nuit s'en débarrasser dans les toilettes sur le palier. « Aaaaannnnge… » Ce cri terrorisait Laurent. Il se bouchait les oreilles de toutes ses forces, fermait les yeux, mais rien ne l'atténuait.

Il secoua la tête pour chasser ces images. Il observa Enzo dévorer son hamburger. Peut-être que lui aussi, un jour, deviendrait médecin ? En réalité, il n'y avait rien d'autre à faire pour réparer.

– Qu'est-ce qu'elle a, notre mère ? demanda soudain Francesca.

Enzo interrompit son repas et fixa Laurent. Son aînée gardait son calme, toujours dressée sur sa chaise. Laurent hésita. Ce n'était pas à lui d'annoncer la nouvelle aux enfants, surtout pas avant que Mme Bianchi soit au courant.

– Elle s'est fait opérer, elle va se réveiller bientôt et on ira tous la voir.

Enzo sourit et avala une nouvelle bouchée. Francesca se mit à tourner la paille dans son verre de Coca. Elle observait les petites bulles qui remontaient à la surface.

– Oui… mais qu'est-ce qu'elle a comme maladie ? murmura-t-elle.

Laurent déglutit.

– On doit encore lui faire quelques examens.

– Vous pensez que c'est grave ?

– On ne sait pas encore. Ne vous inquiétez pas, les enfants.

Francesca avait à peine touché à son assiette. Elle n'était peut-être pas capable de le formuler, mais quelque chose en elle avait compris. Elle faisait face à son frère et sa sœur avec un recul nouveau, comme si elle savait qu'ils étaient à présent sous sa responsabilité.

– J'ai fini ! clama Enzo.

Il montra fièrement son assiette vide à Laurent. On aurait dit Julia. Chaque fois qu'elle dansait, chantait, mangeait, jouait, il fallait qu'elle le lui montre. « Redarde, papa ! » répétait-elle. Sa jolie petite fille, avec ses boucles brunes et son petit ventre, son « didon », comme elle l'appelait. Il espérait qu'elle s'était calmée. C'était si absurde… Il était là, à manger des hamburgers avec trois enfants qu'il ne connaissait pas, quand sa fille espérait tant être à ses côtés. Demain soir, il passerait du temps avec elle, il se le promit. Il préviendrait Camille et le standard qu'on ne le dérange pas. Il se consacrerait à sa petite, regarderait dix fois son spectacle de danse s'il le fallait, lui lirait trois fois de suite *Blanche-Neige et les sept nains*, comme elle aimait, et se ferait pardonner son départ de ce soir.

Laurent accompagna les enfants dans la chambre de leur mère et demanda à ce qu'on leur installe des lits. Vu la situation, ils ne pourraient pas rentrer chez eux. Avant qu'il quitte leur chambre, Enzo le retint.

– Toi, t'es pas un op.. oph..

Il semblait chercher un mot compliqué.

– Ophtalmologue ! lança-t-il, triomphant, au bout de quelques tentatives.

– Non, pourquoi ? répondit Laurent.

– Il a eu une infection aux yeux il y a neuf mois, intervint Francesca. Depuis il déteste les ophtalmos.

Laurent sourit.

– Non, moi je suis un docteur qui trouve les maladies des gens quand personne n'y arrive, et qui les soigne. Un docteur détective si tu préfères…

– Comme inspecteur Gadget ?

– Oui, voilà…

– Alors tu vas guérir maman ?

Laurent ne pouvait pas lui dire la vérité. Il chassa un chat dans sa gorge.

– Oui, bonhomme. Allez, dodo.

Et il éteignit la lumière.

5.

– C'est vous qui allez lui dire, Camille.
– Moi ? Mais lui dire quoi ?
– Vous allez lui donner les résultats de la laparotomie.
– Mais… je… je ne pourrai pas ! désespéra-t-elle.
– Ça fait partie du job, il faut vous habituer.

Ses mains se mirent à trembler. Elle paniquait.

– Je ne peux quand même pas dire à Mme Bianchi qu'elle va mourir !

– Vous ne pouvez pas lui mentir.

Camille se passa la main sur la gorge, remonta jusqu'à sa bouche. On aurait dit que sa nausée revenait. Laurent s'adressa à elle avec distance et précision, comme il le faisait avec les malades :

– Ne pensez pas que vous pouvez minimiser le choc. Dites-lui clairement qu'elle est condamnée. Insistez sur ces mots, elle ne peut pas lire dans vos pensées. Laissez-lui le temps d'intégrer la nouvelle. Dites-lui que vous êtes là. C'est important de penser que l'on n'est pas seul, même si c'est faux.

Camille ferma les yeux avant de hocher la tête. Ils

entrèrent ensemble dans la salle de réveil où Mme Bianchi avait repris connaissance. Elle chuchotait quelque chose pour elle-même, les mains jointes.

– Marie pleine de grâce… sainte Marie, mère de Dieu… maintenant et à l'heure de notre mort… Alors, docteur ? demanda-t-elle, les yeux encore fermés, concentrée sur sa prière.

Les lèvres crispées, Camille s'approcha du lit, posa sa main sur la sienne. La poitrine de la jeune interne se soulevait de plus en plus vite. Elle se balançait d'une jambe sur l'autre. Mme Bianchi l'observa, luttant contre la grimace que son visage laissait apparaître malgré elle. Camille répéta mot pour mot ce que Laurent lui avait demandé de dire. Quand elle se tut, Mme Bianchi repoussa la tête en arrière pour l'enfouir dans l'oreiller en pleurant. Personne n'osait plus bouger. Puis elle se tourna vers Laurent.

– Mais qu'est-ce que vous allez faire pour me soigner ?

Elle ne comprenait pas ou ne voulait pas comprendre. Ça revenait au même. Camille s'apprêta à recommencer son explication, mais Laurent la devança.

– Je suis désolé, madame Bianchi, mais ce que vous avez ne se soignera pas. Nous vous accompagnerons pour que vous souffriez le moins possible, mais il faut vous préparer, préparer vos enfants.

– Mes enfants ! Où sont-ils ?

Elle se raccrochait à une réalité pour oublier l'autre. Laurent la rassura.

– Madame Bianchi, y a-t-il quelqu'un dans votre entourage qui pourrait vous aider ? reprit-il.

Elle s'effondra, leur répéta qu'elle était seule, sans mari, sans parents. Elle ne savait pas quoi faire.

– Vous croyez que la DDASS va me les prendre ? s'inquiétait-elle. Est-ce qu'ils pourront rester ensemble ?

Laurent lui promit d'organiser une rencontre avec une assistante sociale qui trouverait la meilleure solution. Mais il savait bien qu'il n'y en aurait aucune satisfaisante. Pour le moment, il fallait qu'elle se repose.

En sortant de la salle de réveil, Laurent s'aperçut que Camille sanglotait. La colère monta d'un coup. Il la saisit par le bras et l'entraîna dans un cagibi où le personnel rangeait les balais. Elle retint un cri. Laurent sursauta : il l'avait à peine touchée.

– C'est rien, je suis tombée de vélo en arrivant au stage hier.

Laurent souleva sa manche, son bras était couvert d'ecchymoses et son coude avait doublé de volume. Elle devait souffrir le martyre.

– Pourquoi vous n'avez rien dit ?

– Il y avait trop de patients…

– Il faut vous faire soigner, enfin !

– Je sais, je n'ai pas encore eu le temps…

Laurent soupira. Encore une nouvelle qui voulait trop en faire. Il tempéra son énervement, lui expliqua que si elle désirait rester en médecine interne, elle avait intérêt à s'endurcir rapidement, face aux malades et face aux médecins. Leur service était au cœur de tous les autres. C'était à eux de diriger les traitements, les opérations, de prendre les décisions. Une seule hésitation et ils étaient bons pour se faire bouffer par des chirurgiens prétentieux, des oncologues pessimistes, et la liste était longue. Mme Bianchi n'était qu'un exemple parmi tant d'autres de vie fauchée, ils devaient se concentrer sur les patients qui attendaient. Ce discours, il le connaissait par cœur, se l'adressait chaque jour.

0 h 45. Enfin seul, Laurent repartit dans la salle des médecins. Il s'installa derrière un des bureaux, saisit les dossiers en cours et chercha celui de Mme Bianchi. Plusieurs fois par jour, il prenait le temps de relire les résultats des examens, les radios, les conclusions des confrères, pour vérifier qu'aucun détail ne lui avait échappé avant de donner ses instructions. Opération ou pas ? Quel traitement ? Beaucoup de confrères craignaient de commettre la faute qui les conduirait au procès ou, sans aller si loin, à la mise à l'écart de leur service. Pour Laurent l'enjeu était différent. Lui avait peur de mal faire. Il voulait ressentir l'intense joie de voir un malade rentrer chez lui quelques jours après être passé entre ses mains.

Il observa le planning du lendemain. En matinée : deux Crohn, deux lupus et trois diabètes sévères avec possibles amputations. Puis à 13 heures, il devait assister à l'opération d'un nourrisson souffrant d'une sérieuse malformation intestinale, qu'il suivait depuis quelques jours. À 15 heures, ce serait le tour de M. Brochant. Il était revenu à l'hôpital, ivre de nouveau. Il avait arrêté de boire six mois plus tôt après qu'on lui eut retiré une tumeur à l'estomac, mais le sort s'était acharné sur lui, son chien avait mangé son lapin, et il avait abattu Médor pour le punir. Seul chez lui, il s'était remis à boire. Parfois, la réalité dépassait les comédies les plus absurdes. Si ça n'avait pas été si triste, Laurent en aurait ri. Le pauvre homme avait intérêt à être fort vu la batterie d'examens qui l'attendait pour trouver quelle maladie pouvait expliquer ses nouveaux symptômes. Laurent n'était pas certain qu'il s'en sortirait cette fois, mais il avait accepté de tenter le coup. Un cas comme celui-là méritait qu'on lui laisse une chance.

Ça continuait comme ça jusqu'à 18 heures, s'il n'y avait ni urgences, ni mystère médical, ni complications… En bas de la pile, le dossier d'Anna lui apparut. Son autopsie était prévue en début d'après-midi. La gorge de Laurent se serra. Il avait essayé de ne pas y penser, mais demain, il aurait enfin une explication. Il avait pourtant suivi le protocole, il n'y avait pas eu d'erreur. Il avait bien transmis son traitement à l'anesthésiste. Aucune hémorragie pendant l'intervention, pas d'oubli. Avec le chirurgien, ils avaient fouillé les poubelles eux-mêmes, toutes les compresses étaient là. Pas d'allergie, pas d'antécédents qui n'aient été pris en compte. Cette mort était incompréhensible.

Anna était sortie du bloc, tout allait bien. Il l'avait dit à sa mère : « L'opération s'est bien passée, madame Pallin, vous pouvez l'attendre en salle de réveil. » Mais Anna ne s'était pas réveillée. La nuque de Laurent se raidit. Il se passa la main sur le front et ferma les yeux. Il revoyait le visage de l'adolescente avant de l'endormir. Elle était angoissée, lui avait demandé s'il était sûr qu'il fallait l'opérer. L'équipe s'était mise à rire. Laurent avait rassuré Anna, c'était vraiment une opération facile et il resterait à ses côtés. « Excusez-moi, docteur, je m'en fais toujours pour rien », avait-elle répondu. L'anesthésiste l'avait interrompue, la plongeant dans le sommeil. Et elle était morte. Laurent sentit son pouls s'accélérer. Ses doigts se crispèrent sur le dossier d'Anna. Il l'ouvrit une dernière fois. Et si un détail lui avait échappé ?

C'était étrange, la page des dernières analyses ne correspondait pas à son souvenir. Il était impossible que ce soit celles d'Anna, il ne l'aurait jamais envoyée au bloc avec un tel bilan ! Il examina le document. Au dos, il lut un numéro de patient qui ne correspondait pas à celui de sa malade. Il n'y avait aucun nom, juste des initiales : AB. Était-ce un groupe sanguin ? Non, cette information n'aurait pas figuré à cet endroit. Il chercha dans les autres dossiers de l'équipe, personne dans le service ne suivait le patient 23A7511, initiales AB. Il fronça les sourcils. C'était exactement le genre d'erreur qui pouvait donner lieu à une faute grave : inverser des analyses, des radios, perdre une feuille contenant des informations clefs... Il fallait à tout prix qu'il retrouve le dossier n° 23A7511.

Il sortit du bureau pour interroger les infirmières de garde, mais elles ne voyaient pas à qui il faisait référence. Selon elles, c'était sûrement un patient de Marc, qui avait la réputation d'être le chirurgien le plus tête en l'air de l'hôpital. Il laissait souvent traîner ses dossiers dans les autres services, et ça en choquait plus d'un. Mais Laurent ne reconnaissait pas son écriture. Il frappa à l'une des chambres du personnel, où dormait Camille. Elle venait à peine de s'allonger sur un lit réservé aux internes. Des sexes étaient dessinés sur des couvertures à l'état douteux, des bouteilles de bière jonchaient le sol, des fresques pornographiques ornaient les murs, donnant l'impression que l'interne était couchée sur une verge de chameau.

– C'est pas moi qui ai bu tout ça, précisa-t-elle.

Laurent lui fit signe que cela n'avait aucune importance.

– Ça vous dit quelque chose, ces analyses ? demanda-t-il en lui tendant la feuille.

Camille prit un air dubitatif puis son visage se durcit.

– Mais c'est très grave ! Où est-il ? souffla-t-elle, les yeux écarquillés.

– Justement, je ne sais pas.

Il lui expliqua l'origine de sa découverte.

– Et je ne sais pas non plus qui c'est ! Il faut absolument voir ce patient, il est dans un état plus que critique.

Camille relut les analyses, retourna plusieurs fois la feuille.

– Elles ont été faites aujourd'hui, regardez la date. On n'a qu'à descendre au labo, ils en sauront peut-être plus.

6.

Jamais personne ne se rendait au laboratoire d'analyses. Ils prirent l'escalier réservé aux médecins jusqu'au niveau –1 et s'engagèrent dans un long couloir dont le blanc initial avait viré au gris. Les traces laissées par les brancards et les poubelles accentuaient l'aspect général d'abandon. Laurent détestait les couloirs des hôpitaux, il ne comprenait d'ailleurs pas pourquoi on ne tournait pas plus de films d'horreur dans ce cadre. L'angoisse y était-elle trop évidente ? Ils bifurquèrent à droite et arrivèrent à la laverie. Des centaines de blouses sales étaient empilées dans des charriots grillagés.

Ils firent demi-tour, marchèrent en silence, à la recherche d'une indication. Sur la gauche, enfin, un panneau : « Laboratoire ». Ils entrèrent. Tout était éteint à l'exception d'une petite lampe de bureau posée sur le comptoir d'accueil. Un interne était affalé dans son fauteuil, bouche ouverte. Quand la porte se referma, il se redressa, mécontent d'être pris en flagrant délit pendant sa garde. Laurent lui montra la feuille qu'il avait trouvée dans le dossier d'Anna.

– Cette personne va très mal, et je ne vois pas à qui ces analyses peuvent correspondre dans notre service… S'il y a eu une erreur, ça pourrait coûter cher à l'hôpital.

L'interne saisit le papier en soupirant.

– Ça date d'aujourd'hui, précisa Camille.

– Ouais, j'ai vu ! À mon avis, c'est l'équipe du matin, parce que je suis arrivé à 14 heures et ça me dit rien. Bougez pas, je vais vérifier dans leurs notes. C'est bizarre qu'ils n'aient pas écrit le nom.

Il disparut dans un bureau. En observant cette pièce lugubre, Laurent se dit qu'il n'aimerait pas travailler là.

– Ali Benyoussef ! Patient 23A7511, suivi par le professeur Willot ! lança l'interne en revenant.

– Le professeur Willot ? Vous êtes sûr ? s'étonna Laurent.

– Bah je sais lire quand même !

Il leur montra la liste des analyses du jour, les noms des patients, les numéros d'identification décernés par l'hôpital et le praticien principal.

– À mon avis, le dossier complet est chez vous !

– Pardon d'insister, mais pouvez-vous vérifier qu'il s'agit bien du professeur Willot ?

– C'est écrit noir sur blanc, se justifia l'interne, excédé.

Laurent mit du temps à accepter tout ce que cette information pouvait impliquer.

Dans l'ascenseur, Camille, nerveuse, finit par se décider à prendre la parole.

– Pourquoi ça vous intéresse ? C'est un cas de Willot, il sait ce qu'il fait… On peut aller dormir maintenant, non ? hésita-t-elle.

– Est-ce que vous l'avez vu, ce patient ?

– Non… Je ne crois pas, répondit l'interne.

– Moi non plus. Pourtant il est venu aujourd'hui. Vous ne trouvez pas ça étrange ?

Elle haussa les épaules. Le chef du service avait bien le droit de gérer ses patients comme il l'entendait… Laurent sentit qu'il allait trop loin. Camille n'était là que depuis deux jours, et elle avait déjà dû faire face à beaucoup de situations auxquelles elle n'était pas préparée. Ça suffisait.

– Vous avez raison, je suis fatigué… Cette soirée m'a mis sur les nerfs. Allez vous coucher, Camille, on se voit demain.

Il appuya sur le bouton de l'ascenseur. Les portes s'ouvrirent et il les laissa se refermer. Ali Benyoussef, un mourant dont le dossier n'était pas parmi les autres, soigné par Willot, qui ne recevait plus aucun patient depuis des années, ça ne collait pas. Son patron avait-il fait une erreur qu'il essayait de cacher au reste du service ? L'hôpital risquait-il de se retrouver accusé ? Willot ferait-il porter le chapeau de sa faute à son équipe ? Dans ce cas, Laurent serait sans doute visé. Depuis qu'il avait été nommé chef de clinique, Willot le détestait plus encore que les autres. Si on l'accusait de quoi que ce soit, il devait connaître ce dossier, être prêt à répondre aux questions.

Il se dirigea vers la salle des transmissions. Dans la liste des chambres, le nom d'Ali Benyoussef n'apparaissait nulle part. Il ne dormait donc pas au service de médecine interne. Laurent téléphona au standard pour savoir à quel étage on l'avait placé mais on lui répondit qu'il n'y avait aucun patient inscrit à ce nom. De plus en plus surprenant. Cet homme était mourant, on avait vu ses résultats d'analyses le matin même, il aurait dû être hospitalisé. Il fallait le prévenir, lui dire de revenir le plus rapidement possible à Saint-Louis, autrement il risquait de mourir chez lui.

Laurent ouvrit les tiroirs des bureaux, sans faire de bruit, quand une voix l'interrompit :

– Bah alors, tu fais des heures sup ?

Il sursauta et se retourna vers la porte. Il se sentait comme un enfant pris la main dans un pot de confiture. C'était Marc.

– Qu'est-ce que tu fais encore là ? répondit Laurent.

– Oh j'ai traîné… Tu sais ce que c'est !

Ça sentait la séance de drague à plein nez… Quelle infirmière cette fois ? se demandait Laurent.

– Faut que t'arrêtes de bosser comme ça ! reprit Marc. Tu vas nous faire un infarc !

Laurent esquissa un sourire. Il aimait bien ce type. Ils n'avaient rien en commun, mais sa décontraction l'amusait. Marc avait l'aisance de ceux qui ont grandi dans l'opulence. Il était devenu médecin par envie, pas par revanche. Il affichait toujours un large sourire, ramenait derrière les oreilles ses cheveux blonds ondulés un peu trop longs. Il laissait toujours les premiers boutons de sa blouse ouverts et couchait avec toutes les externes, les infirmières du service, sans jamais culpabiliser de tromper sa femme.

– Je suis sur un cas pourri, je vérifiais deux trois trucs…

Sans savoir pourquoi, Laurent ne mentionna pas Ali Benyoussef.

– Tu viens prendre un café ?

– Désolé, je voudrais finir vite pour rentrer à la maison…

– Ah, pauvre Nathalie, encore toute seule ! Tu l'embrasseras pour moi !

Laurent fixa Marc l'air de dire : « Décidément, tu n'en loupes pas une ! » Marc comprit et éclata de rire.

– Jamais les femmes des copains ! Allez, bonne nuit, Valensi ! le salua-t-il en s'éloignant.

Laurent vérifia qu'il n'y avait personne dans le couloir et ferma la porte à clef. Il ne faisait rien de mal, mais c'était plus fort que lui, il devait trouver le dossier d'Ali Benyoussef. Il était forcément quelque part. Il ouvrit les tiroirs du bureau des internes. Rien. Rien non plus dans celui des externes. Il se dirigea vers l'armoire grise. On y gardait les dossiers des six derniers mois avant de les descendre dans la salle des archives de l'hôpital. On se disait qu'après cette période, les chances qu'un patient revienne étaient peu élevées. L'armoire se divisait en six étagères, une pour chaque mois. Des centaines de dossiers s'empilaient dans des boîtes en carton. Laurent poussa un soupir. Il pouvait en avoir pour des heures… Pourquoi s'entêtait-il ainsi ? C'était ridicule. Après tout, Camille avait raison, Willot avait bien le droit d'avoir un patient de temps en temps… Mais pourquoi ne pas l'avoir gardé à l'hôpital, pourquoi ne pas avoir inscrit son nom sur les analyses ? Il n'avait pas le droit de prendre le risque de laisser mourir quelqu'un même si c'était à cause d'une erreur de Willot.

Il saisit la première boîte, reconnut certains de ses

patients. Les noms et leurs pathologies lui revenaient à mesure que les dossiers apparaissaient devant lui, mais aucun Ali Benyoussef. Il déposa la deuxième boîte sur le sol quand il sentit que quelque chose clochait. Il se retourna vers l'armoire. Un morceau de papier cartonné orange dépassait, derrière la troisième boîte. Il l'attrapa, l'ouvrit et lut en première page :

Ali Benyoussef
Patient : 23A7511
Numéro de sécurité sociale : 1540999350199 50

Laurent eut un pincement au cœur. C'était le signalement de la Tunisie. Il avait le même. Il reprit sa lecture avec un intérêt redoublé.

Adresse : 10, rue des Roses 75018 Paris
Numéro de téléphone : 42 49 87 53

Il y avait ensuite le feuillet bleu que l'hôpital demandait de remplir, avec les antécédents. Ali Benyoussef avait eu les oreillons, avait été opéré des amygdales et n'avait pas d'allergie. Laurent trouva une copie des analyses qu'il avait déjà, et c'était tout. Le dossier était quasiment vide. Le patient était mourant, et il n'y avait aucune radio, aucun examen clinique, aucune trace d'un précédent passage dans un autre hôpital. C'était incompréhensible. Se pouvait-il que le reste du dossier ait glissé ailleurs ? S'il en avait trouvé une partie dans celui d'Anna, qui sait où les autres pouvaient être ? Il n'allait pas éplucher un par un tous les dossiers, ça lui prendrait trop de temps, et d'ici là, le patient serait mort…

1 h 37. La douleur perça de nouveau son crâne. Il ferma les yeux, les doigts pinçant les ailes de son nez. Il se décida pour la seule option qui lui semblait adéquate vu les enjeux. Malgré l'heure tardive, il composa le numéro de téléphone d'Ali Benyoussef. Il patienta trois sonneries avant d'entendre le message d'un répondeur.

– Bonjour, monsieur Benyoussef, pardonnez-moi de vous contacter si tard, je suis le docteur Valensi du service de médecine interne de l'hôpital Saint-Louis. Pourriez-vous revenir demain matin, il faudrait que l'on puisse vérifier certains points suite à vos analyses de ce matin. Bonne nuit.

Il raccrocha et s'en voulut aussitôt. « Bonne nuit »… Le type n'avait plus aucune défense immunitaire, il était peut-être agonisant au fond de son lit, et il lui souhaitait une bonne nuit ! Et s'il était mort et qu'on ouvrait une enquête ? On écouterait son répondeur, on penserait que Laurent était son médecin… Pourquoi avait-il laissé ce message ? À cette heure-ci ! C'était stupide ! Encore une fois, il avait cédé à ses obsessions, toujours vouloir sauver, maîtriser la situation… Il tenta de reprendre son souffle. Il s'inquiétait sûrement pour rien. Il avait fait son devoir, que pouvait-il lui arriver ?

Il jeta un œil aux dossiers sur le sol, toutes ces vies résumées en quelques pages, des taux de globules, des radios… Perdait-il pied ? Il fallait qu'il sorte d'ici. Il rangea les boîtes et posa le dossier d'Ali Benyoussef sur la pile des en-cours. Mais au moment de sortir, sans s'expliquer pourquoi, il eut un mouvement de recul. Il remit le papier cartonné orange derrière la troisième boîte, dans l'armoire, là où il l'avait trouvé.

7.

Dans le parking, il sentit une intense vague de fatigue s'abattre sur lui. Il n'avait pas envie d'entendre Nathalie lui raconter la soirée, les mille questions des invités et les jérémiades de Julia avant de se coucher. Il espérait qu'au moins sa femme n'avait pas eu de nouvelles nausées et que le repas avait été réussi. Il en doutait. Chaque semaine, il promettait de se rattraper, mais jamais il n'était à la hauteur. Que pensait Nathalie ? L'aimait-elle toujours autant qu'elle le disait ?

Il roula quelques mètres mais rentrer maintenant ne lui disait rien. De toute manière, à 2 heures du matin, Nathalie dormait sûrement, il n'était plus à une demi-heure près. À l'angle des avenues Vellefaux et Parmentier, l'épicerie du docteur David était encore ouverte, comme chaque soir. Un néon clignotant éclairait le store où l'on pouvait lire en lettres majuscules : « Épicerie de l'Hôpital ».

En ouvrant la porte, il déclencha une sonnette. Le docteur David, assis derrière la caisse, sursauta.

– Rino ! C'est toi, mon fils, entre, entre, ce *barrd* dehors, il va nous tuer !

Il mêlait encore le français et l'arabe. Laurent, ça lui rappelait ses parents.

Pour tous, David était l'épicier qui vendait des denrées alimentaires aussi bien que des livres d'anatomie ou du jasmin. Il passait pour un fou, et à l'hôpital beaucoup se moquaient de lui. Personne ne savait que Laurent le connaissait ni que pour lui il serait toujours le docteur David, un médecin respecté de Tunis, celui qui avait sauvé son frère Serge, celui qui avait découvert pour sa mère… En immigrant, il avait perdu son droit d'exercer, alors il avait ouvert cette épicerie près de l'hôpital, pour entendre les ambulances, les discussions des praticiens, des malades. Il était au courant de tous les cas importants, des décès, des ratés, savait qui était de garde, qui ne l'était pas. Souvent Laurent en apprenait plus sur son service en parlant avec lui qu'en restant à l'étage de médecine interne.

– Qu'est-ce que tu fais encore là, fils ?

– Les urgences… Ils m'ont appelé…

Le docteur David hocha la tête en fermant les yeux, comme si le mot « urgences » lui permettait de s'évader un peu dans son passé.

– Tu as vu que Maalouf, en orthopédie, il a sauvé un choc septique aujourd'hui ?

– Ah oui ? feignit de s'intéresser Laurent.

– Parole ! Et Martin de la dermato, il a eu un cas de lèpre ! En France ! En 82 ! La lèpre ! Tu le crois ça ?

Laurent ne pouvait pas s'empêcher de sourire. Malgré le froid, la neige au-dehors, le docteur David était un bain de chaleur. L'épicier était son seul lien avec sa Tunisie natale, même s'ils n'en parlaient jamais. David se leva pour aller chercher une bouteille à l'arrière du magasin, celle qu'il gardait pour les gens qu'il aimait. Et comme à chaque fois, il s'exclama :

– Boukha Bokobsa ! De luxe !

Ange, le père de Laurent, buvait la même. Le vendredi soir, après la mort de sa femme, il insultait Bokobsa, l'accusant de lui faire perdre la tête. En réalité, il n'avait besoin de personne d'autre que lui-même pour ça.

Le docteur David retroussa ses manches, déposa deux petits verres sur le comptoir et les remplit. Soudain, Laurent remarqua des rides sur ses bras et mains. D'un coup, il eut du mal à respirer, tout en s'efforçant de ne rien laisser paraître. Il ne supportait pas de voir vieillir David. Il scrutait la cohérence de son discours, son enthousiasme, ses yeux alertes. Tout allait bien. Pourtant, le docteur David se rapprochait de la mort. Laurent se sentit impuissant, il avait perdu trop de personnes autour de lui, David, il n'en serait pas capable. Il savait que c'était absurde, mais c'était comme ça. Il l'aimait. Pas comme un père, ni comme un frère ou un oncle. Le docteur David avait un statut spécial, une place bien à part dans sa vie. C'était lui qui lui avait transmis sa vocation, lui qui l'avait épaulé pendant ses études, qui lui avait conseillé la médecine interne. Selon lui, les vrais « chefs d'orchestre », c'étaient ces médecins-là. Enfin le docteur David était sa mémoire. Il savait tout ce que Laurent ignorait ou avait oublié sur ses parents, son histoire. Il n'était pas prêt à parler d'eux mais aimait en avoir la possibilité. Quand David mourrait, l'histoire des Valensi disparaîtrait avec lui.

– Qu'est-ce que t'as, toi ? T'y es pâlichon, observa l'épicier.

– Je suis fatigué.

– Ta femme, elle te fait pas à manger ?

Laurent leva les yeux au ciel.

– Vous dites n'importe quoi !

– Oh tu sais, Nathalie, moi je l'adore ! C'est une gentille, cette petite, elle est fragile mais gentille.

– Je sais.

– Alors quoi, c'est le père Simeoni qui vous cherche encore des misères ?

Antone Simeoni, le père de Nathalie, intéressait beaucoup le docteur David. Entre un Corse et un Tunisien, il y avait la Méditerranée en commun, et une forme de respect inné. Antone avait quitté l'Île de Beauté des années auparavant pour reprendre l'affaire de son beau-père à Nice, mais il restait têtu comme un Corse. Depuis qu'il avait appris la seconde grossesse de sa fille, le débat autour de la circoncision avait recommencé de plus belle. Pour Julia, ils avaient échappé au pire, mais là, on ne savait pas encore. Si c'était un garçon, ce serait le début des hostilités. Fervent catholique, Antone avait promis qu'il s'interposerait personnellement face au rabbin si l'idée prenait aux Valensi de circoncire son petit-fils. Du côté Valensi, la circoncision, ce n'était même pas une question ! Laurent ne savait pas quoi en penser. Lui-même était circoncis, il trouvait naturel que son fils le soit aussi, mais il ne souhaitait pas entacher des relations déjà compliquées avec sa belle-famille.

– Je vais lui parler. Il faut qu'il comprenne… Moi il m'écoutera, reprit le docteur David.

– Attendons de voir si c'est un garçon déjà, non ? sourit Laurent.

Le docteur David hocha la tête et but son verre cul sec. Il se resservit et fixa Laurent dans les yeux.

– Tu comptes me prendre longtemps pour un imbécile ?

– Comment ça ?

– Tu vas me dire ce qui te tracasse ? Je te connais comme si je t'avais fait, tes micmacs pour te cacher, ça marche pas avec moi.

Laurent trempa les lèvres dans son verre et grimaça. Rien à faire, il n'aimait pas la boukha. Il s'adossa au mur et sentit ses épaules s'affaisser. Le docteur David avait raison, ça ne servait à rien de faire comme si tout allait bien. Il lui raconta le dossier d'Ali Benyoussef, le lien avec Willot.

– Ce type, c't'une maladie de la merde !

David détestait le chef de service. Laurent sourit. Il poursuivit le récit de sa soirée, la découverte du nom oublié au laboratoire, le dossier dissimulé derrière les boîtes.

– Peut-être qu'il a simplement glissé, mais je comprends pas pourquoi on n'a pas hospitalisé ce patient…

Puis il révéla sa peur d'avoir fait une erreur en laissant ce message sur le répondeur d'Ali Benyoussef.

– Mais je m'inquiète sûrement pour rien…

Laurent cherchait l'approbation du docteur David plus qu'une réponse. Il espérait que l'épicier le traiterait de paranoïaque, comme d'habitude, lui répéterait qu'il ferait mieux de rentrer dormir pour être prêt le lendemain. Mais le docteur David se tut et recula sur sa chaise. Il observa une ambulance passer à travers la fenêtre et demanda :

– Tu dis qu'ils n'avaient pas écrit son nom sur le dossier, et que c'est Willot qui l'a suivi ?

Laurent acquiesça.

– Là, fils, c'est étrange ce que tu me racontes.

Laurent eut un mauvais pressentiment. Il sentit de nouveau la pointe dans son crâne.

– Répète-moi ce que disaient les analyses ?

Laurent lui rapporta les taux qu'il avait lus sur les résultats du laboratoire, l'immunodéficience à un stade maximal, la preuve que les organes lâchaient.

– Et Willot n'a pas posé de diagnostic, il l'a renvoyé chez lui ?

– Dans le dossier, il n'y avait que le feuillet de l'hôpital sur les antécédents et les analyses.

– Je ne porte pas Willot dans mon cœur, mais un professeur de ce niveau ne ferait jamais une faute pareille… Ça tient pas la route !

Plus il écoutait le docteur David, plus Laurent se rendait à l'évidence. Quelque chose lui échappait. Le problème devenait évident. Soit Willot avait commis une faute grave et chercherait un coupable, soit il voulait cacher le cas d'Ali Benyoussef, mais dans les deux cas, ça n'avait pas de sens.

– Demain matin, récupère le dossier et amène-le-moi.

Si ce M. Benyoussef te contacte, demande-lui s'il connaît personnellement Willot et refais les examens. Si ça se trouve, c'est de là que vient l'erreur…

C'était possible. Le laboratoire avait pu se tromper et Willot, en procédant à un examen clinique, s'en était aperçu, renvoyant Ali Benyoussef chez lui. Si tel était le cas et que le patient revenait le lendemain, Laurent l'examinerait, justifiant son message par une mesure préventive, et l'affaire serait réglée. Il s'accrocha à cette pensée et se décida à rentrer chez lui. Il salua le docteur David et prit la direction de la sortie.

– Au fait, c'est demain que tu vois tes frères ? lui lança l'épicier tandis qu'il gagnait le pas de la porte.

Laurent se retourna et hocha la tête, l'air abattu. Il n'avait pas pu annuler ce rendez-vous.

– Dis à Alain qu'il passe me voir, celui-là, il me donne jamais de nouvelles.

– Il n'en donne à personne ! Mais d'accord, on viendra vous voir.

– Tiens, prends un peu de jasmin.

– J'en ai plein la voiture.

– Et alors, on en a jamais assez !

Le docteur David épingla à la boutonnière de Laurent une fleur séchée et lui posa la main sur l'épaule.

– Bonne nuit, fils.

8.

2 h 54. Laurent alluma la lumière et l'éteignit aussitôt. Julia était couchée par terre, étendue sur un coussin, encore en tenue de danseuse. Dans une main elle serrait son doudou, et dans l'autre le disque *Eye of the Tiger* qu'elle avait choisi pour sa chorégraphie. Le cœur de Laurent se contracta si fort qu'il crut un instant qu'il avait cessé de respirer. Nathalie passa la tête dans le couloir.

– Elle n'a rien voulu entendre, elle t'attendait.

– Mais elle n'est pas bien, là ! Tu n'as pas essayé de la coucher ?

– À ton avis ?

– Oui… Pardon.

– Quand ta fille a décidé quelque chose… À un moment, je ne peux plus me battre contre elle.

– Pourquoi tu n'es pas couchée toi non plus ?

– Je t'attendais aussi.

Le mal de tête s'insinua de nouveau.

– Comment ça s'est passé ? demanda Laurent, ignorant la douleur.

– Bien. Ils sont partis tôt.

– Je suis vraiment désolé, je t'assure, il y avait un cas très difficile...

– Je sais, le coupa sa femme.

– Je te promets...

– Je sais, réaffirma-t-elle avec plus de conviction encore.

Laurent fronça les yeux.

– Tu as mal à la tête ? demanda Nathalie en posant la main sur son front.

Il acquiesça.

– C'est parce que tu n'as rien mangé et que tu es fatigué. Je t'ai préparé ton assiette, je te la réchauffe.

– Non, c'est bon, va te reposer, je te rejoins.

– Mon amour, après tu vas mal dormir et tu vas bouger toute la nuit, c'est très égoïste de ma part de te faire à dîner ! le taquina Nathalie.

Que répondre ? Il aurait mérité une scène ou du mépris. Pourquoi était-elle si gentille ? Ça cognait dans sa tête.

– Je m'occupe de Julia alors.

– De toute manière, tu n'as pas le choix ! répondit sa femme en riant, avant de disparaître dans la cuisine.

Il s'accroupit et caressa le bras de sa fille.

– Julia, mon cœur, c'est papa.

La petite se frotta les yeux. Elle somnolait, les traits lourds de fatigue.

– Papa, l'es rentré ?

– Oui, trésor, viens, on va aller te coucher dans ton lit.

– La t'a attendu pour la danse.

Julia parlait très bien pour son âge, à l'exception des

pronoms, qu'elle ne disait jamais, comme si elle n'acceptait pas encore d'être une personne différente des autres.

– Tu me feras ton spectacle demain, il est trop tard là. Je te promets que je n'irai pas au travail. On sera ensemble, d'accord ?

– Promis ?

– Promis.

Il prit sa fille dans ses bras, elle se blottit au creux de son cou et se laissa porter jusqu'à sa chambre. Laurent lui ôta ses chaussons de danse, son collant, son tutu et la chemise de Nathalie. La petite dormait debout. Il lui tint le bras pour y faire glisser une manche de son pyjama, puis l'autre, et le boutonna. Julia respirait la bouche ouverte, reniflant son doudou, un vieux foulard de sa mère qui la suivait partout depuis ses deux mois, et que Nathalie devait porter trois jours durant chaque fois qu'elle le lavait pour que son odeur y soit imprégnée.

Laurent passa sa main dans les cheveux en bataille de sa fille, ses boucles s'enroulaient autour de ses doigts. Il l'embrassa sur le front et murmura à son oreille qu'il l'aimait. Il se leva et s'apprêtait à fermer la porte quand sa fille l'interpella :

– Papa, reviens !

Julia semblait avoir peur. Il retourna s'allonger auprès d'elle dans le petit lit et la serra dans ses bras.

– Qu'est-ce qu'il y a, mon bébé ?

– Papa, ils sont morts tes parents ?

Douche froide. Il se massa les paupières.

– Oui, mon cœur.

Chaque fois qu'il s'absentait, les interrogatoires de Julia

reprenaient de plus belle. Avec Nathalie, ils se demandaient s'ils avaient bien fait de lui raconter la vérité. Elle pensait même à conduire la petite chez un thérapeute. Mais Julia était si jeune... Comme tous les enfants, elle posait beaucoup de questions pour vaincre ses angoisses... Elle insistait tant qu'avec Nathalie, ils ne savaient plus comment éviter de répondre, et ils refusaient de lui mentir. Julia avait-elle senti la souffrance de son père ? Le miracle qu'elle représentait pour ses parents ? Sans que personne le veuille, cette petite avait compris que quelque chose n'allait pas et plusieurs fois par semaine, il fallait qu'elle fasse un nouveau point pour être sûre.

– Mais comment ils sont morts ?

– On en a déjà parlé, Julia, dors maintenant.

Laurent tenta de se dégager.

– Attends ! Attends, papa ! Comment ils sont morts tes parents ?

– Ils avaient une maladie.

– Quoi comme maladie ?

Laurent appuya sur son front pour faire reculer la douleur.

– Ça s'appelle un « cancer ».

– Et moi aussi, je peux l'avoir le cancer ?

Laurent serra les dents.

– Non, mon cœur, c'est pour les vieilles personnes.

– Mais toi, papa, tu vas mourir aussi ?

– Non, trésor. Il faut que tu dormes maintenant.

– Tu promets que tu vas pas mourir ?

Laurent sentit quelque chose lâcher dans sa tête, dans

son cœur, il eut à la fois envie de vomir, de rire et de crier. Que pouvait-il répondre à cela ?

– Je suis juste à côté, mon cœur, dors maintenant, à demain.

– Papa ! Papa !

– Quoi, Julia ? s'impatienta-t-il.

– Plus tard, moi aussi la sera docteur, comme ça si t'as le cancer, la te soignera pour que tu meures pas.

Il aimait tant sa fille. Il l'embrassa sur la joue, caressa son front et ses yeux.

– Merci, mon ange, allez, dors maintenant.

Il se leva et ferma la porte sans laisser à Julia le temps de répondre. Elle ne cria pas. Il fit quelques pas dans le couloir pour qu'elle l'entende s'éloigner et revint sur la pointe des pieds coller son oreille à la porte. Rien. Laurent se sentit soulagé. Il passa par la salle de bain, se rinça le visage à l'eau froide et s'assit sur le rebord de la baignoire, la tête contre l'armoire.

Quelques minutes plus tard, il dormait debout quand Nathalie le réveilla avec une caresse sur la joue.

– C'est prêt, mon amour.

Jeudi 16 décembre 1982

9.

Un bruit le tira du sommeil. Quelqu'un crachait, toussait. Laurent regarda autour de lui, il était seul dans le lit. Nathalie s'était encore levée pour aller vomir et il l'entendait se débattre dans la salle de bain à côté. Il jeta un œil à sa montre. 5 h 57. Ça la prenait de plus en plus tôt. Le petit diable avait décidé de ne plus les laisser dormir. Énervé, il éteignit le réveil pour ne pas l'entendre sonner plus tard. Il avait perdu vingt minutes de sommeil. Vingt minutes sur quatre heures, ça comptait.

Ses yeux le piquaient, ses doigts étaient gonflés et le tiraient lorsqu'il essayait de les plier. Il posa les pieds par terre. Nathalie avait insisté pour mettre une moquette épaisse au sol, rose saumon. Au début, il était contre. Il craignait les bactéries et avait essayé de la dissuader : Julia était petite, elle marchait à quatre pattes… Mais Nathalie n'avait rien voulu entendre, alors il avait cédé. Et chaque matin, il aimait la sensation de la laine sur la plante de ses pieds tout en ne pouvant s'empêcher d'imaginer les milliers de bestioles invisibles qui galopaient entre ses orteils, gagnant ses chevilles, ses mollets. Une fois, il en avait parlé à Nathalie, qui l'avait regardé comme s'il était fou. Depuis, il gardait ça pour lui. Il avait opté pour des savates et se hâtait vers la douche à peine levé.

Un bruit lui parvint à travers la cloison. Nathalie endurait un nouveau spasme, sévère celui-là, et il bondit pour la rejoindre. Mais il se redressa trop vite et fut pris d'un vertige. Il s'appuya au mur, fixa ses mains et souffla. Ça l'aidait dans ces cas-là. Il sentait la migraine de la veille, menaçante, à l'arrière de sa tête. Il se massa les tempes et se dirigea vers la salle de bain. Il ouvrit la porte sans prendre la peine de frapper. Nathalie se retourna vers lui, les cheveux en bataille. Des larmes coulaient sur ses joues. Une de ses bretelles était tombée, laissant apparaître son sein gauche. Depuis qu'elle était enceinte, ses veines marbraient sa peau, se mêlant aux vergetures écarlates. Laurent essayait de la rassurer : ça partirait, ça n'avait pas d'importance… Rien n'y faisait, Nathalie ne supportait plus de se voir nue. « On dirait qu'un lion m'a griffée, c'est horrible », répétait-elle. Laurent ne voyait pas comment la consoler, car elle avait raison.

Agrippée à la lunette des toilettes, elle tenait une serviette.

– J'en peux plus, souffla-t-elle avant de rendre à nouveau.

Elle n'avait plus rien à vomir, que de la bile. Laurent s'approcha et lui caressa le dos.

– Ça va passer. Respire.

Nathalie éclata en sanglots.

– J'y arriverai pas. On aurait jamais dû…

Au moins une fois par semaine, elle se demandait s'ils

avaient bien fait de vouloir un deuxième enfant. Existait-il remarque plus vaine ? pestait Laurent. Que pouvaient-ils faire à présent ?

– Tu dis n'importe quoi. Ça va aller…

– Et s'il n'est pas normal ?

Laurent secoua la tête en soupirant.

– Te moque pas de moi. J'te dis qu'il y a quelque chose qui va pas, reprit-elle.

– Nath, t'es épuisée, c'est tout.

Elle jeta sa serviette par terre et repoussa sa main.

– Je suis pas folle ! Je te dis que quelque chose ne va pas avec cet enfant !

Ses yeux étaient injectés de sang, ses lèvres tremblaient. Elle était terrorisée. Laurent fut si surpris par son désarroi qu'il ne sut pas quoi répondre. Nathalie trouvait que Julia était si belle, si parfaite malgré ses caprices qu'une telle bénédiction ne pouvait être accordée deux fois, il y aurait forcément une punition quelque part. Cet enfant à naître serait à coup sûr ingrat, laid, handicapé, trisomique, la liste des possibles était longue. À chaque malaise, elle la lui rappelait. Pourquoi pensait-elle à ça ? Laurent ne comprenait pas.

Contrairement à lui, sa femme avait tout eu. Une enfance heureuse, aisée, une famille aimante. Mais elle s'était toujours sentie en décalage. Et la différence était visible. Ses quatre sœurs étaient robustes, plantureuses, de vraies terriennes, alors qu'elle était frêle, pâle, sans cesse perdue dans ses pensées. Tous l'appelaient l'« intello de la famille ». Dans leur bouche, c'était une moquerie. Elle s'entendait mieux avec eux depuis qu'elle était partie.

Quand elle vivait à Nice, elle toussait sans cesse. Dès son arrivée à Paris, sa respiration était devenue normale. Et chaque été dans le Sud, la toux reprenait.

Mme Simeoni, la mère de Nathalie, avait même confié à Laurent : « Je ne sais pas ce que j'ai raté avec Nathalie, mais je suis contente qu'elle vous ait trouvé. J'aurais aimé qu'elle me trouve aussi. » Puis elle l'avait mis en garde, il devait veiller sur sa fille. Elle avait hésité un instant avant d'avouer qu'adolescente, Nathalie avait voulu en finir, avalant une boîte entière d'aspirine. « Je savais pas que ça pouvait tuer… Les médecins nous ont dit que c'était une vraie alerte… C'est là que j'ai compris qu'on lui faisait du mal, et je ne savais pas quoi faire. »

Nathalie ne lui en avait jamais parlé. Il savait que sa femme était sensible, d'ailleurs c'était ce qui lui avait plu. Des années plus tôt, ils s'étaient rencontrés à une conférence sur la chirurgie réparatrice. Il pensait qu'elle étudiait la médecine. Elle avait souri. En fait elle était en fac d'histoire et écrivait une thèse sur les gueules cassées. Voir ce qu'il aurait été possible de faire aujourd'hui pour ces hommes aux vies meurtries atténuait sa souffrance. Ces soldats anéantis par la guerre qui jamais n'avaient retrouvé de vie normale, jamais plus n'avaient éprouvé l'amour, le frisson d'une caresse, la heurtaient au plus profond d'elle-même. L'idée que, quelques années plus tard, la chirurgie aurait pu faire quelque chose pour eux lui redonnait confiance dans ce monde si absurde. Laurent avait été désarmé par son empathie et il était tombé amoureux d'elle. Aujourd'hui, cette sensibilité compliquait les choses car elle s'appliquait à tout. Nathalie n'était plus une femme à la grossesse un peu difficile, elle était maudite et devait payer le prix d'avoir eu un premier enfant à son goût.

– Tu devrais te faire un thé et te recoucher ce matin, lui suggéra-t-il.

– Ah oui ? Avec Julia dans mes pattes ? On voit bien que t'es pas souvent là !

Laurent écarquilla les yeux. Pour la première fois, sa femme lui reprochait son absence. Mais elle se reprit aussitôt :

– Pardon, c'est pas ce que je voulais dire… Je sais très bien que tu fais tout ça pour nous. Tu as raison, je suis fatiguée.

Elle disait vrai, il n'était jamais là, et ne faisait rien pour que ça change, parce que l'hôpital passait toujours avant. Il avait besoin que sa femme le ramène vers elle, qu'elle le confronte à ses absences, mais elle en était incapable.

– Je vais prendre ma douche, dit-il.

Il n'avait plus envie de lui parler.

– Je te prépare ton petit déj.

Elle lui caressa la joue, il hocha la tête. Tout ça sonnait faux. Est-ce qu'elle avait peur de lui ? Peur de le perdre au point de ne rien pouvoir lui dire de sincère ? 6 heures 02. Il n'avait plus le temps pour ces questions. Il s'immobilisa sous le jet, se laissant masser le visage par les filets d'eau. D'un coup, il baissa la température. Il avait besoin de fraîcheur pour se réveiller.

L'eau glacée lui coupa le souffle. Il poussa un cri et finit par s'adapter. Comme il aurait aimé rester là… Il redoutait cette journée. Aujourd'hui, il devait revoir ses frères. Ils avaient enfin trouvé un acheteur pour l'appartement de leurs parents. Ils avaient repoussé autant que possible le moment de le vider, mais désormais ils n'avaient plus le choix, les déménageurs arrivaient à la fin de la semaine. Alain était spécialement rentré du Botswana la veille. Cette fois, Laurent n'y couperait pas. Il adorait ses frères, mais il n'aimait pas être avec eux. Trop de tensions, de non-dits. Il mettait chaque fois des jours à s'en remettre. Les retrouvailles finissaient le plus souvent en dispute sans que rien soit jamais résolu.

Il espérait simplement que ça passerait vite, et qu'il serait à l'heure à l'hôpital. Il songea soudain au dossier caché, aux requêtes secrètes de Willot au labo, à ce mourant qu'on avait renvoyé chez lui… La nuit n'avait pas apporté son lot de soulagement. Au contraire, il trouvait cette histoire plus louche encore. Rien ne tenait la route. Avait-il eu tort d'appeler Ali Benyoussef chez lui ? Mais qu'aurait-il pu faire d'autre ? Si c'était vraiment une erreur, il n'y avait pas d'autre solution que de la réparer… Il avait beau essayer de rationaliser la situation, son mauvais pressentiment ne se dissipait pas.

Nathalie frappa à la porte.

– C'est Serge au téléphone.

Laurent coupa l'eau, saisit la serviette qu'elle lui tendait. Le carrelage lui parut glacial. Il approcha le combiné de son oreille. Nathalie disparut dans le couloir.

– Alors, on se retrouve où ?

Serge ne prenait pas la peine de dire bonjour. Il semblait toujours gêné de lui parler, comme s'il fallait que ça aille vite. Laurent entendait en fond les hurlements d'un bébé, le quatrième enfant de son frère dont la femme, Johanna, était encore enceinte.

– C'est Moshé qui pleure comme ça ?

– Oui, il va se calmer si Dieu veut.

– Surtout si sa mère le nourrit, non ?

Il y eut un silence. Laurent devinait l'expression pincée de son frère.

– Bon, tu as eu Alain ? reprit Serge pour changer de sujet.

Il n'appréciait pas les taquineries qui touchaient Dieu de près ou de loin.

– Oui, 6 h 30 au café en bas.

– D'accord, à tout à l'heure si Dieu veut.

En raccrochant, Laurent sentit une vague de tristesse s'abattre sur lui. Il avait perdu son frère, englouti dans la religion, ses exigences et ses jugements. Serge percevait le monde à travers un prisme isolant. Il se donnait encore l'obligation d'être présent à sa famille, mais ce n'était que pour répondre à un commandement. Le cœur n'y était plus. Pour Serge, les choix de ses frères déshonoraient la religion et donc le déshonoraient lui. À ses yeux, il n'y avait qu'une façon d'être juif, c'était la sienne. Aucune discussion n'était possible, il fallait accepter ce qu'il donnait ou être prêt à se passer complètement de lui, et ça, Laurent en était incapable. Ses frères, c'était tout ce qui lui restait de son enfance, avec le docteur David.

Dans la cuisine, son café l'attendait sur la table. Sa femme déposa une tranche de pain grillé à côté.

– Miel ou confiture ?

– Miel, merci.

À peine avait-il bu une gorgée qu'il entendit des petits pas dans le couloir. Julia…

– Papa ! Papa ! hurla-t-elle en sautillant.

Elle leva les bras pour qu'il la prenne. Sans le faire exprès, elle renversa le bol. Le liquide noir s'écoula sur la table et le pantalon de Laurent.

– Enfin, Julia ! Je t'ai déjà dit de faire attention ! cria Nathalie.

La petite les regarda, désolée. Ses yeux fixèrent la tache et elle se mit à pleurer. Laurent la cajola.

– C'est pas grave, ma puce. Papa va se changer, c'est rien.

– Si tu lui dis ça, elle ne fera jamais attention…

Laurent hocha la tête, Nathalie avait raison, mais il n'était pas assez présent, il ne pouvait pas en plus gâcher le peu de moments qu'il passait avec elle.

– Moi non plus je n'aime pas la disputer, tu sais ! conclut Nathalie tandis que Laurent s'éloignait dans sa chambre, sa fille dans les bras.

Il déposa Julia sur son lit et prit un pantalon propre dans l'armoire.

– Toi la vas travailler aujourd'hui, papa.

– Oui, mon ange.

– La vas soigner des gens comme ça y vont pas mourir.

– Oui.

– Et ce soir l'es avec moi.

Laurent eut un pincement au cœur. Sa promesse de la veille… Encore une qu'il ne pourrait pas tenir, il avait complètement oublié le dîner avec Alain... Comment allait-il le lui annoncer ?

– Hein, papa ! insista Julia, comme si elle avait compris que leur plan était menacé. Ce soir la te fait la danse quand tu rentres tôt.

– Tu sais ce qu'on va faire, ma puce ? Samedi on ira à la piscine tous les deux ! Après on ira au cinéma et on achètera du pop-corn, d'accord ?

– Mais ce soir ?

Laurent reprit sa fille dans ses bras. Elle refusa de mettre ses mains autour de son cou comme elle le faisait d'habitude.

– Mon cœur, papa avait oublié, mais ce soir je dois dîner avec tonton Alain. Il reste à Paris juste une nuit, après je pourrai plus le voir.

– Pourquoi, il sera mort ?

Laurent resserra son étreinte.

– Non, mon cœur. Tonton Alain va rentrer en Afrique.

– Avec les lions ?

– Oui.

– On ira le voir bientôt ?

– Un jour, oui.

– Promis ?

Le sourire revenait sur le visage de sa fille.

– Promis. Je te demande pardon, mon trésor. Hier j'avais oublié, mais cette fois je te jure que samedi c'est papa et Julia, et on fera tout ce que tu voudras, d'accord ?

La petite hocha la tête. Ses boucles suivaient le mouvement de balancier.

– D'accord, répondit Julia, un sourire au coin des lèvres.

– On fait un magique ?

La petite sourit. Ils avaient inventé le « bisou magique », celui contre lequel rien ne pouvait résister. Il commençait sur le front, descendait sur les paupières, le nez et se terminait par des chatouilles sur le ventre.

– Toi tu l'aimes moi plus que ça.

Julia montrait un espace d'une cinquantaine de centimètres entre ses mains.

– Oh non ! Bien plus ! Je t'aime plus que l'univers ! Plus loin que les étoiles !

– C'est comment ?

Laurent prit les mains de Julia et dessina un grand cercle avec.

– Au moins vingt mille fois ça.

– Alors moi la t'aime deux fois l'univers ! renchérit Julia, impressionnée.

– Et moi, l'univers fois l'univers ! Tu pourras jamais m'aimer plus que moi je t'aime.

Elle sembla convaincue et se blottit contre lui. Il aperçut l'heure sur le réveil. 6 h 15, le moment de partir.

– Allez, mon cœur, papa doit y aller.

– Non la restes ! ordonna Julia, se cramponnant davantage au col de Laurent.

– Ma puce, samedi tu te rappelles ?

Laurent se redressa, mais sa fille ne le lâchait pas, ses petites jambes serraient sa taille. Il la soutint jusqu'à l'entrée.

– Du coup tu n'as rien mangé, déplora Nathalie.

Laurent fit signe que ce n'était pas grave.

– Je peux prendre ta voiture ? C'est trop dur de se garer là-bas…

Nathalie lui tendit ses clefs.

Elle attrapa sa fille qui se débattait. Les cris recommencèrent, les pleurs. La scène de la veille se rejouait, et Laurent, la même boule au ventre, claqua la porte à la souffrance de son enfant.

Dehors, l'air était glacial. Il avait neigé toute la nuit. Il remonta le col de son manteau et courut à la voiture de sa femme, alluma le contact et monta le chauffage à fond. Il n'y avait presque plus d'essence. Comment était-ce possible ? Elle avait fait le plein l'avant-veille ! Il regarda le compteur de kilomètres. Elle avait roulé deux cent soixante-dix kilomètres en deux jours. La route était la seule chose qui la calmait depuis quelques semaines. Il soupira et s'engagea vers le passage Charles-Dallery. Les essuie-glaces peinaient à repousser la neige verglacée sur le pare-brise. Les phares jaunes éclairaient les flocons, leur donnant des allures de lucioles. Il avait beau avoir grandi ici, la neige le fascinait toujours autant. Il détestait l'hiver pourtant, le froid, les arbres nus, la lourdeur des vêtements… Mais la neige, c'était l'un des cadeaux de la France.

10.

Laurent gara la voiture à cent mètres du passage Charles-Dallery. Il avait besoin d'y aller à pied. Il n'était pas revenu ici depuis cinq ans au moins, malgré la proximité de son appartement. Et même lorsque l'occasion se présentait, il préférait faire un détour plutôt que d'emprunter ce chemin pour rentrer chez lui. Il s'attendait à quelque chose, mais il ne savait pas vraiment quoi, et il avait peur d'être déçu.

Il passa devant le kiosque à journaux de Lucien où sa mère l'envoyait en cachette acheter du tabac, malgré l'interdiction des médecins. Il était fasciné par la blondeur du vendeur. Jamais avant la France il n'avait vu de couleur pareille, avec des yeux bleus et la peau blanche… Si claire qu'on pouvait voir ses veines au milieu des sourcils. Laurent regarda derrière les piles de journaux. Désormais, une grosse dame tenait le kiosque, une cigarette à la bouche, masquée par un nuage de fumée. Quelques mètres plus loin, il passa devant le panneau publicitaire, où il avait ressenti ses premiers émois devant une publicité pour les bas Dim. Une femme se penchait sur ses longues jambes galbées, les mains sur ses nylons. Sublime. Il était resté bouche bée sur le trottoir. À présent, le panneau avait disparu. À la place, il y avait un magasin de chaussures. Le rez-de-chaussée du 123 avait laissé place à un restaurant indien, et la boucherie Gourdon à un magasin d'optique.

Soudain, Laurent se sentit étranger à cette rue qui, des années durant, avait été sa seconde maison. Dès la sortie de l'école, il rentrait jouer au foot au bout du passage avec Domino, Chouchou et Riquet. Vers 20 heures, son père lui descendait son dîner entre deux tranches de pain italien, comme un vestige des casse-croûte tunisiens. Les copains l'enviaient, mais en réalité, il mangeait dans la rue parce qu'en haut il n'y avait pas assez de place, et la promiscuité provoquait toujours des histoires. Cet aspect de son quotidien, il le gardait pour lui et laissait les autres s'extasier devant son énorme sandwich.

Les week-ends, c'était les parties de billes, les courses relais et l'ennui sur les bancs. Qu'étaient devenus Domino, Chouchou et Riquet ? Ils avaient probablement retrouvé leurs vrais prénoms… Aujourd'hui d'autres enfants devaient jouer dans la rue, d'autres mères devaient les appeler par la fenêtre pour leur dire de monter se coucher. Ce n'était plus son quartier, Laurent n'était plus personne pour les habitants. L'aube n'y était pour rien. S'il revenait en plein jour, il ne récolterait aucun « Bonjour », ni « Je la plains, ta pauvre maman », comme avant. Ce temps était révolu. Aujourd'hui, il n'était plus qu'un simple passant.

Alain attendait à « sa » table dans le café en bas, au fond, à gauche, sous une photo d'Édith Piaf. Laurent fut étonné par sa ligne svelte, presque trop mince, lui qui avait toujours accusé des rondeurs trahissant son goût pour les ragoûts cuisinés à l'huile. Alain était très bronzé et grelottait dans son écharpe.

– Qu'est-ce qu'y fait froid chez vous ! Je pourrais pas !

À dix-huit ans, il avait quitté le foyer familial. Il ne supportait plus la violence de leur père. Un jour, tandis qu'Ange les frappait encore avec sa ceinture, il avait rattrapé la boucle et elle lui était restée dans la main. Ce geste avait signé la fin de quelque chose, et Alain avait compris qu'il fallait partir. Il voulait être musicien, ce qui rendait son père hystérique. Sans argent, sans soutien et animé d'une envie de liberté absolue, il s'était engagé dans la marine marchande du jour au lendemain et avait disparu. Au bout d'un an, il avait donné des nouvelles. Il était en Afrique, tout allait bien. Il voyageait souvent, mais on pouvait lui écrire chez un ami. C'est ainsi que Laurent lui avait annoncé la mort de leur père deux ans plus tard. Six ans après celle de leur mère.

– T'as vu, c'est plus Jean-Michel au bar ! ajouta-t-il.

– Oui, beaucoup de choses ont changé…

Laurent regarda son frère. Alain lui sourit. Il semblait hésiter, leva un bras et l'abaissa aussitôt.

– Oh et puis ça va ! Viens là que je t'embrasse ! déclara-t-il en serrant Laurent dans ses bras. Je suis tellement content de te voir, mon Rino !

– Moi aussi.

– Recule un peu, que je te regarde ! J'arrive pas à croire que tu sois chef de clinique ! Papa serait si fier !

– Il serait fier de nous tous…

– Tu parles ! Je pourrais devenir millionnaire, il trouverait encore des trucs à redire !

Alain commença à raconter le Botswana, son travail comme directeur adjoint d'une mine de diamants, mais Laurent était ailleurs. À cette évocation de l'hôpital, il ne put s'empêcher de penser à Ali Benyoussef. Était-il mort ? Avait-il eu son message et essayé de contacter le service ? Il devait savoir.

– Tu m'excuses une minute ? Je dois passer un coup de fil.

Alain sembla étonné d'être interrompu en plein milieu d'une phrase, mais fit mine que ça n'avait pas d'importance.

Laurent glissa quelques pièces dans le téléphone du bar et appela Camille. Au son de sa voix, il comprit qu'il l'avait réveillée.

– Docteur Valensi ?

– Oui oui, pardon… Je voulais juste savoir, rien de neuf ?

– Non… Je me suis rendormie, Mme Lavor était tombée de son lit mais rien de cassé, depuis RAS.

– Bon. Et pas de nouveaux patients ? Rien de louche ?

– De louche ? Non, pourquoi ?

Elle n'était pas au courant du message laissé à Ali Benyoussef. Mais s'il y avait eu un problème ou un entrant dans le service, on l'aurait mise au courant. Son étonnement était bon signe. Laurent s'apprêta à raccrocher quand Camille ajouta :

– Ah si ! L'infirmière de garde m'a dit que Willot vous cherchait.

La main de Laurent se crispa sur le combiné.

– Ah… Et elle a dit pourquoi ?

– Non. Mais vous devez aller le voir en arrivant. C'est peut-être à cause de Mme Bianchi ?

Laurent sentit l'angoisse monter, sans parvenir à l'expliquer. Ce n'était pas le genre de Willot de régler ses comptes en privé. D'habitude, il était friand d'humiliations publiques et n'était pas non plus du genre à féliciter qui que ce soit. Pourquoi tenait-il tant à voir Laurent alors ? Il avait beau essayer de se calmer, l'inquiétude ne cessait de s'amplifier. Pour autant, il préférait tenir Camille en dehors de tout ça. Il raccrocha et retourna auprès d'Alain.

À peine assis, il aperçut Serge derrière la vitre. Son frère s'approchait pour scruter l'intérieur de la salle. Quand il croisa le regard de Laurent, son visage se figea. Ses lèvres se pincèrent dans une expression de mépris. Serge salua Alain avec autant de chaleur que s'il rencontrait un inconnu. Laurent ne releva pas et embrassa son aîné.

– Bon alors, on y va ? souffla Serge.

– Tu veux pas prendre un café d'abord ? demanda Alain.

– Non… Je peux pas.

Étonné, Alain regarda Laurent, à la recherche d'une explication.

– C'est pas kasher ici, lança Serge, agacé.
– Même le café il doit être béni chez toi ? se moqua Alain.
– Bon, bon…, tempéra Laurent. De toute façon, il faut qu'on y aille, je dois être à l'hôpital à 7 h 30.

11.

La cage d'escalier sentait les épices et le renfermé. Enfant, Laurent n'y prêtait aucune attention. La seule fois où l'état de son immeuble l'avait dérangé, c'était quand un copain avait voulu monter chez lui. La crasse lui avait sauté au visage, les relents de cuisine, la rampe collante sous les doigts, impossible de laisser un étranger voir ça. Arrivé devant la porte d'entrée, il avait prétexté la présence de cousins pour ne pas le laisser entrer.

Sur le palier, Serge tournait la clef entre ses doigts. Il s'immobilisa quelques minutes devant l'entrée avant de la glisser dans la serrure. À présent, ce lieu était sacré. Ni Alain ni Laurent ne lui firent de remarque. Eux aussi se préparaient à affronter leur passé. Dans quelques instants, les fantômes délaissés depuis cinq ans à l'intérieur auraient leur revanche. Laurent et ses frères se regardèrent sans rien dire. Soudain, Serge ouvrit la porte et alluma la lumière.

Tout était à la même place, le chapeau de leur père accroché dans l'entrée, le bac à douche au milieu du coin cuisine, le canapé-lit cassé entrouvert, l'armoire des enfants trop pleine, la porte de la chambre des parents fermée. Seul un voile de poussière avait recouvert les meubles. Alain et Serge observaient, l'air hagard, ce spectacle. Laurent n'en revenait pas de la petitesse du lieu. Un peu moins de trente mètres carrés au total. Avaient-ils vraiment vécu à six là-dedans ? Aujourd'hui, son salon était plus grand que l'appartement de son enfance. Il s'imagina à la place de son père, si fier, si dur. Comment avait-il fait pour donner le change en quittant son sept pièces de Tunis pour ce lieu misérable sans salle de bain ni toilettes, où ils cohabitaient, entassés les uns sur les autres ?

Bientôt, les images affluèrent dans l'esprit de Laurent. Il avait l'impression de se noyer dans sa propre enfance. Tout ce à quoi il ne voulait jamais penser l'envahissait sans filtre. Une assiette traînait sur la table, et il se souvint aussitôt de l'odeur de friture qui collait à sa peau, ses cheveux. Il avait honte. Il espérait qu'elle se dissiperait sur le chemin de l'école, mais l'odeur s'accrochait à ses frisettes. Il redoutait chaque semaine de rendre ses devoirs souillés. Il avait beau essuyer la table, ses copies ressemblaient à des livres de recettes éprouvés par la cuisine de sa mère. Parfois, ça faisait baisser sa note, mais il n'osait pas se plaindre. Au-dessus de l'évier, il aperçut le fil sur lequel sa mère étendait le linge. Sa gorge se noua. Il n'y avait pas la place de nettoyer comme il fallait, alors il portait le même slip toute la semaine, le retournait au bout de trois jours pour se sentir propre.

– Bon, je vais dans la chambre, indiqua-t-il à ses frères en secouant la tête pour chasser cette pensée.

Dès qu'il aperçut le matelas, il se revit, allongé par terre dans le coin. La bassine bleue, les cris de sa mère, le drain qui lâchait son sang visqueux. Il se blottissait, les paumes contre ses oreilles, et comptait. Elle arrêterait de crier s'il allait jusqu'à 10. 10, 11, 12, il promettait à Dieu d'être sage, 13, 14, 15, elle s'arrêterait à 20, il promettait à Dieu d'avoir une bonne note à l'école, 21, 22, 23, il débarrasserait la table, 107, 108, 109, elle hurlait toujours, 203, 204, 205, son père tournait en rond dans la chambre, se passant la main sur le front puis dans les cheveux. La plupart du temps, sa mère se calmait aux alentours de 700, quand la morphine commençait à faire effet. Impossible de se rendormir après.

À la mort de sa mère, son père avait renvoyé mémé Nina chez les tantes de Marseille. Il ne pouvait pas en plus s'occuper d'une vieille femme qui perdait la tête. Un homme comme lui ne laverait ni ne torcherait une grand-mère, c'était au-dessus de ses forces, et surtout de ses principes. Puis il avait demandé à Laurent de dormir avec lui pour laisser le salon à Serge et Alain. Ce qui devait être une gentille proposition s'était transformé en cauchemar. Le vieux matelas dessinait encore la forme de sa mère, et chaque soir, Laurent s'engouffrait dans un tombeau, se glissait dans les bras de la mort et de la maladie.

Il ouvrit l'armoire. Le mausolée était encore là. Leur père avait refusé de jeter les robes de sa femme. Il avait tout gardé, même ses médicaments. Gare à celui qui toucherait aux affaires de sa Margot. Chaque vêtement était un souvenir, un manteau était une promenade en ville, un chemisier un repas en famille. Laurent avait vite compris que le chagrin, c'était d'aimer encore, et que son père aimerait sa femme à la folie jusqu'à sa propre mort. Il prit un sac plastique et y déposa les affaires, sans les regarder. Il essayait de se convaincre que tout cela n'avait rien à voir avec lui : des tissus, des chaussures, rien de plus. Il pouvait tout jeter. Mais la migraine reprit. De petites lames perçaient son cerveau. Chaque mouvement accentuait la douleur. Il avait envie de partir, retourner à l'hôpital, lutter contre la maladie. Rester ici le faisait renouer avec son désir de soigner, réparer. Cette chambre était le berceau de sa vocation. Il ne supportait pas les dégâts de la mort, c'était physique.

Quand il eut fini de vider l'armoire, il s'approcha de la table de nuit de son père. Dessus, il y avait la petite lampe qu'il avait achetée aux puces de Saint-Ouen, et son éternel dictionnaire *Larousse*. Chaque nuit, avant de dormir, Ange l'ouvrait à une page au hasard et apprenait les synonymes, vérifiait une définition, un contresens. Il savait qu'il ne se débarrasserait jamais de son accent, mais il voulait être irréprochable au niveau du vocabulaire.

Dans le tiroir, un foulard, et dessous, la couverture d'un cahier. Laurent sentit comme une décharge. C'était son journal ! Il l'avait complètement oublié ! Chaque soir, il s'asseyait par terre, adossé au lit, et écrivait tout ce qui lui passait par la tête. La plupart du temps, c'était des questions. Était-ce dû à leurs origines, leur éducation ou aux circonstances ? N'empêche, personne dans son entourage n'était disposé à lui répondre. Pire, il les ennuyait à force de parler. Un soir, son père était entré avec un cahier, comme ceux de l'école. Il avait dit en le tendant à Laurent : « À lui, tu peux lui poser tes questions. » Au début,

Laurent ne savait pas comment s'y prendre. Ça lui faisait bizarre de s'adresser à des feuilles de papier… Et à quoi bon poser ses questions ? Les cahiers ne répondaient pas non plus ! Il l'avait rangé dans un coin et n'y avait plus touché. Mais un soir, il s'était disputé avec un de ses frères, et il avait été puni. Il avait trouvé ça tellement injuste. Et il n'avait personne à qui se plaindre. Il s'était souvenu du cahier, et il avait noirci des dizaines de lignes. À la fin, il s'était senti soulagé. Les cahiers ne parlaient pas, mais ils savaient écouter.

Après, c'était devenu un rituel avant d'aller se coucher. Sans ce passage, il n'arrivait pas à trouver le sommeil. Dès qu'il avait fini, il tendait le cahier à son père, qui le rangeait à côté de lui. Comment avait-il pu oublier son existence ? Quand avait-il cessé d'y inscrire ses pensées ? Sur la dernière page était écrit : « 17 juin 1971 ». Un an avant la mort d'Ange. Il lut les trois dernières lignes.

Aurélie ne m'aime pas. Elle ne m'aimera jamais. Elle est sortie avec Tristan Chabanes. Il va l'emmener au restaurant et au cinéma. Ça doit être bien de pouvoir faire ça.

Laurent sourit. Cette Aurélie, il ne s'en souvenait plus, en revanche l'angoisse de ne pouvoir payer un dîner ou une sortie était ancrée en lui. Si aujourd'hui l'argent n'était plus un problème, il continuait de penser que c'était une chance.

– T'as fini ?

Serge se tenait dans l'entrebâillement de la porte. Il se grattait le bras.

– Mais tu saignes ! remarqua Laurent.

Serge posa immédiatement sa main sur son coude pour cacher la tache rouge.

– C'est rien…

Laurent s'approcha et, sans lui demander la permission, souleva sa manche. Le psoriasis couvrait ses bras. La perspective de cette matinée avait dû le travailler plus qu'il ne voulait se l'avouer. Il s'était frotté jusqu'au sang.

– Viens avec moi à l'hôpital, je vais t'arranger ça.

– Non, c'est bon… C'est pas grave.

– Arrête ton cinéma. Y en a pour cinq minutes.

– Qu'est-ce que vous faites ? les interrompit Alain.

– Rien, répondit Serge.

Alain s'assit sur le lit de leur père, Laurent le rejoignit. Sa tête allait exploser. Il s'allongea et se massa les tempes.

– Ça vous fait pas bizarre à vous ? demanda l'aîné.

– Si, acquiesça Laurent.

Serge ne répondit pas, mais son regard rivé au sol en disait long.

– Je me souvenais pas que c'était aussi petit, continua Alain.

– Tu vas pas être en retard ? demanda Serge à Laurent.

– Je suis content d'être avec vous, répondit-il.

– Moi aussi, fit Alain en s'allongeant à ses côtés.

Serge s'avança vers le salon puis revint sur ses pas. L'hésitation se lisait sur son visage. Au bout d'un moment, il finit par s'asseoir au bord du lit, leur tournant le dos.

– J'aurais bien aimé que papa connaisse autre chose que cette vie, lâcha-t-il.

Laurent ne trouva rien à ajouter. Alain non plus. Ils

restèrent là un moment. Des bruits leur parvenaient des autres appartements. Autour d'eux, la vie continuait. Bientôt, les nouveaux propriétaires effaceraient les traces de leurs parents ici. Les trois frères n'auraient plus que leur mémoire pour les garder près d'eux.

Serge accepta de suivre Laurent à l'hôpital. Dehors, la neige tombait à nouveau. Serge ouvrit la main et regarda les flocons se déposer au creux de sa paume. L'espace d'un instant, une expression innocente se lut sur son visage, son expression d'enfant qui avait disparu depuis tant d'années. Laurent sourit, tout n'était peut-être pas perdu.

– Et tu en as ailleurs des plaques ?

– Un peu.

– Ça te fait mal ?

– Tu sais, quand je vois la vie que les parents ont eue, je n'ai vraiment pas de quoi me plaindre, Dieu bénisse.

L'innocence avait disparu, remplacée par la rigidité de la religion. Laurent préféra ne rien répondre. Dans la voiture, il alluma la radio. Nathalie avait laissé une cassette de comptines de Julia, il bascula sur les informations. « Un braquage à Marseille a fait deux morts. Un des responsables est actuellement en garde à vue, l'autre a pris la fuite. Le maire s'est engagé auprès des familles de victimes à le retrouver avant la nuit. C'est le quatrième braquage du genre en l'espace de trois semaines. Santé à présent, avec la croissance surprenante de l'épidémie de cancer homosexuel. Trente-cinq nouveaux cas détectés aux États-Unis en quelques jours, vingt en Angleterre. Les autorités sanitaires… » Serge éteignit le poste avant la fin de la phrase.

– Ils cherchent toujours à effrayer tout le monde. Dieu donne et Dieu reprend, c'est tout.

– Je sais pas, Serge. Je commence à me dire que cette histoire de LAV, ça sent pas bon…

– LAV ?

– C'est le nom du virus.

– Ça t'inquiète ?

– Un peu, oui. Si c'est une nouvelle épidémie… Enfin… Tous les quarante ans, y en a une qui se déclare… Et la médecine a toujours un temps de retard…

– Mais t'as rien à craindre et ta famille non plus !

– Pourquoi tu dis ça ?

– On est juifs !

– Et alors ? répondit Laurent, interloqué par cet argument.

– Bah un cancer gay ! Y a pas d'homosexuels chez les Juifs ! C'est péché !

– Comment tu peux dire des conneries pareilles ?

En quelques secondes, Laurent sentit la situation lui échapper. Ce genre de préjugé le rendait dingue. Le ton monta, les insultes fusèrent. Les vieilles histoires refirent surface. Serge justifiait tous leurs malheurs passés par leur non-respect de Dieu. C'était de la faute d'Alain si leur père était mort, il avait fait une attaque parce que son fils était avec une Africaine, et que lui, Laurent, ne respectait pas la religion.

– Mais papa n'était pas croyant !

– Bien sûr que si !

C'était toujours la même chose. Serge finit par sortir de la voiture en claquant la porte et disparut dans une bouche de métro. Il ne savait pas pourquoi les propos de son frère continuaient de le mettre dans cet état depuis tant d'années. La journée n'avait même pas commencé et il était déjà à bout. Il fallait qu'il se calme. Il ouvrit la fenêtre, l'air frais l'apaisa. Ses patients l'attendaient, se répéta-t-il. Il se remit en route.

12.

7 h 40. Laurent avait dix minutes de retard pour le briefing de Willot et il était encore dans le parking. Il courut jusqu'à l'ascenseur, enfila une blouse dans le vestiaire et rejoignit la salle des transmissions. Dès qu'il ouvrit la porte, tous les regards se tournèrent vers lui. Médecins, chirurgiens, réanimateurs, infirmiers et infirmières, stagiaires, le service était au complet. Camille, mal à l'aise, lui adressa un discret hochement de tête pour le saluer.

– Le prince du désert daigne enfin nous rejoindre ! lança Willot.

Le chef de service avait un surnom désobligeant pour chaque membre de son équipe et s'en servait dès qu'il en avait l'occasion. Un quart d'heure de retard était un motif rêvé. Camille, choquée par cette remarque, ouvrit de grands yeux. Les autres fixaient leurs chaussures en attendant que ça passe.

– Vous pouvez nous expliquer les causes de votre retard, Valensi ?

– Je suis désolé, monsieur, un problème familial.

– Vous avez fait pratiquer une laparotomie hier soir sans l'inscrire au planning et sans attendre mon avis.

– C'était une urgence, ses enfants l'attendaient seuls depuis le matin…

– Vous êtes assistant social maintenant ?

Laurent ne répondit pas. Quand Willot était dans cet état, ça ne servait à rien d'épiloguer. Seule Camille se décomposait à vue d'œil. Elle n'avait jamais assisté à une démonstration de Willot à l'apogée de son art… Elle s'habituerait, comme tout le monde.

– Je ne sais pas comment ça se passe chez vous et je ne veux pas le savoir, mais ici, vous êtes dans un pays où il y a des règles. Dans cet hôpital, c'est pareil, soit vous obéissez, soit vous partez, c'est clair ?

– Oui, monsieur.

– Et ça vaut pour vous tous !

Laurent ne savait pas ce qui l'atteignait le plus, la fatigue, ce moment avec ses frères, ou ce salaud de Willot, mais il était épuisé. Le chef de service continua son monologue fielleux quelques minutes encore et reprit sa revue des cas en cours. Il énuméra tous les patients hospitalisés, ainsi que leurs derniers bilans et examens. Certaines sorties furent autorisées, d'autres soumises à un dernier contrôle. Willot balaya le planning du jour, inversa l'ordre de certaines consultations et décréta que la tournée des visites matinales pouvait commencer. Le personnel hospitalier du service se mit à le suivre à la manière d'un troupeau et ils s'entassèrent dans la première chambre.

– Bonjour, docteur, fit M. Charriz à Willot.

Le chef de service ne répondit pas. Pour lui, les malades passaient après leur maladie.

– Je voulais vous demander…, continua le patient.

– Bilan ok, selles normales, tension ok. Qu'on le prépare à partir, le coupa Willot sans un regard pour son interlocuteur.

Il reposa le dossier sur le lit et sortit de la chambre, laissant M. Charriz sans réponse, médusé par tant de mépris. Laurent posa sa main sur l'épaule du patient et lui glissa qu'il reviendrait aussitôt les visites terminées. L'homme hocha la tête, mais il était encore sous le choc.

Puis ce fut le tour de Mme Bianchi. En comparaison, Willot avait été adorable avec M. Charriz. Furieux de ne pas avoir été consulté avant son opération, le chef de service se vengea sur la patiente, ignorant son désarroi et celui de ses enfants encore dans la chambre. Il s'indigna que l'hôpital leur ait servi à manger, décrétant que ce n'était pas un hôtel et que tout cela avait un coût. Francesca était tétanisée. Laurent essayait de la rassurer discrètement, mais ce fut sans effet. Encore des patients qu'il devrait récupérer à la petite cuillère.

Ils enchaînèrent avec Mme Slimène et Mme Guilou, puis continuèrent très rapidement avec les patients qui devaient être opérés. En quarante-cinq minutes, la tournée était terminée. Willot partit s'enfermer dans son bureau en claquant la porte. L'équipe respira de nouveau. Certains proposèrent de prendre un petit déjeuner, Lila avait apporté des croissants, d'autres se préparèrent pour les premiers examens. Laurent était fasciné par la résignation générale. Ce tyran les maltraitait, eux et les patients, et personne ne réagissait, la vie reprenait comme si de rien n'était.

– Dis, j'ai un service à te demander, lui dit Marc.

Laurent, perdu, ne répondit pas.

– T'es encore bloqué à cause de Willot ? Faut pas faire gaffe, il joue au connard, mais dans le fond, c'est un pauvre mec.

– Ah bon ? Celui-là aussi c'est un pote de ton père ?

Le père de Marc avait été un grand cardiologue. Marc ne l'avouait jamais ouvertement, mais s'il était entré dans cet hôpital très réputé, ce n'était pas du fait de ses résultats. Il faisait partie de ceux pour qui la vie était facile. Son père connaissait tous les pontes, la plupart lui mangeaient dans la main.

– Plus ou moins...

– Et t'as jamais pensé à lui demander de le calmer ?

– C'est un pauvre type j'te dis. Sa femme l'a quitté, son fils est taré, il se venge sur nous... Enfin aujourd'hui, sur toi !

– Et sur les patients...

– Bon, j'ai vraiment besoin de toi... Est-ce que tu peux prendre ma garde de demain soir ?

Les yeux de Marc brillaient et il peinait à contenir son sourire. Laurent devina aussitôt de quoi il s'agissait.

– Comment elle s'appelle cette fois ?

– C'est Daphné d'obstétrique. On part à Deauville...

– Et ta femme, elle se doute de rien ?

– Bah non, puisque j'suis de garde !

Il fit un clin d'œil à Laurent.

– Je sais pas, écoute, j'ai pas trop envie d'être mêlé à ces histoires…

– Oh ça va, le mari modèle ! Tu me dois bien ça !

Il le suppliait avec un air de chien battu.

– Bon, d'accord.

Marc leva le poing en signe de victoire.

– Je te ramènerai du cidre !

Laurent éclata de rire en haussant les épaules. Marc représentait tout ce à quoi il ne voulait jamais ressembler, pourtant il l'appréciait de plus en plus. C'était le seul de ses collègues avec qui peut-être, un jour, il pourrait tisser des liens plus intimes. Mais il avait encore besoin de temps pour évaluer la confiance qu'il pourrait lui accorder. Pour lui, les rapports humains étaient toujours compliqués. Il se sentait vite pris au piège, trahi ou délaissé. Il le savait, alors il se méfiait…

– Et sinon, ta petite interne, elle est célibataire ?

– Qui ? Camille ?

– Oui. Camille… Un prénom de coquine, ça !

Marc exagéra un sourire carnassier.

– Me dis pas que t'y as jamais pensé ! T'as vu les seins qu'elle a ?

Laurent était décontenancé. Il n'avait jamais regardé Camille de cette manière.

– Je sais pas… Oui, elle est mignonne, balbutia-t-il.

– Elle est bonne oui ! Tout ce qu'il faut là où il faut !

– Marc… S'il te plaît, laisse-la au moins pendant son stage…

– Monsieur est jaloux ? lança-t-il en tapotant l'épaule de Laurent.

– Enfin ! Elle a vingt-cinq ans !

On frappa à la porte, ils sursautèrent. C'était Camille. Marc la dévisagea au point de la faire rougir. Laurent soupira, amusé par ces simagrées.

– Je suis désolée de vous déranger, docteur Valensi, mais il faut que je vous voie pour les pré-op…

– Bon, je vous laisse travailler gentiment, les salua Marc.

Derrière Camille, il fit un clin d'œil à Laurent avant de disparaître dans le couloir. L'interne dut sentir une ambiance inhabituelle, à présent elle était écarlate. Laurent lui donna ses instructions pour la matinée. Il lui demanda d'aller voir Mme Bianchi qui devait être encore toute retournée par la visite de Willot.

– Je vous rejoins dans quelques minutes, ajouta-t-il.

Camille obéit. Elle n'avait pas l'air rassurée d'aller seule retrouver cette famille maudite. Que pourrait-elle lui dire ? Quelle expression devait-elle adopter ? Quels gestes faire ? Tous les médecins s'étaient posé ce genre de questions, Laurent se les posait parfois encore. Mais il avait une urgence à régler.

Dès que Camille fut sortie du bureau, il verrouilla la porte, baissa les stores et se précipita vers l'armoire des archives. Il saisit la boîte de la veille et s'immobilisa. Le dossier d'Ali Benyoussef n'était plus là. Pourtant c'était bien derrière la troisième boîte en partant de la gauche qu'il l'avait reposé. Là où il l'avait trouvé. Assailli par le doute, il déplaça les boîtes autour, puis celles des étagères du dessus et du dessous. Rien. Aucune trace du dossier. Comment était-ce possible ? Quelqu'un l'avait-il récupéré ? Son mauvais pressentiment se renforça. Le dossier n'était pas tombé derrière par mégarde, on l'avait caché là. Laurent frissonna.

Que devait-il faire ? Alerter Willot ? Mais si c'était lui le responsable ? En parler aux autres chirurgiens ? Mais il n'était sûr de rien, et il attirerait les doutes sur lui… Ses mains devinrent moites. Il fixait les boîtes d'archives, hébété. L'hôpital était tout ce en quoi il croyait et avait toujours cru. Il n'avait aucune preuve, mais au fond de lui, il se sentait trahi. Quelqu'un essaya d'ouvrir la porte. Il sursauta.

– Qui est là ?

Laurent reconnut la voix de Simone, l'infirmière en chef.

– C'est Valensi, une minute !

Il se hâta de remettre les boîtes en place et alla ouvrir.

– Vous vous enfermez maintenant ?

– J'ai pas fait attention.

L'infirmière le regarda, dubitative. Pourquoi avait-il dit une phrase si stupide ?

– Je voulais relire un dossier sans être dérangé…, se reprit-il.

– Ça tombe bien, c'est vous que je cherchais, le professeur Willot veut vous voir.

– Moi ? Pourquoi ?

– Aucune idée, il vous attend dans son bureau.

13.

Comme tous les autres médecins du service, Laurent n'était jamais entré dans ce bureau. C'était un lieu tabou sur lequel de nombreuses blagues circulaient, pas toujours de bon goût. On suspectait Willot d'y abriter un atelier d'enfants clandestins, ou des maîtresses assassinées. Laurent avait beau être persuadé que cette convocation n'était pas bon signe, il ne pouvait s'empêcher d'éprouver une satisfaction à l'idée d'être le seul à pouvoir enfin percer le mystère.

Il frappa à la porte sur laquelle était écrit : « Professeur Claude Willot, chef du service de médecine interne ». Comment un tel type avait-il pu obtenir ce statut ? Ce n'était même pas un bon interniste. Pas mauvais non plus, mais rien d'exceptionnel. Il ne semblait pas aimer la médecine et détestait les patients. Pour lui un cas était un problème de mathématiques, il fallait simplement trouver la solution la plus rapide pour parvenir au résultat. Il connaissait théorèmes, annales, et se contentait d'appliquer les formules éprouvées avec la froideur d'un étudiant derrière son bureau. Il ne se souvenait jamais du nom des patients. Son assistante avait la plus grande difficulté à tenir à jour ses dossiers tant les aspects personnels lui échappaient une fois le patient « classé ».

– Entrez ! aboya Willot à travers la cloison.

Mal à l'aise, Laurent fit quelques pas dans la pièce sombre. Seule une petite lampe couverte d'un abat-jour épais éclairait le grand bureau. Il balaya la pièce du regard, elle était presque vide. Un porte-manteau, une table basse et une étagère sur laquelle plusieurs éditions du *Vidal* étaient alignées. Un détail interpella pourtant Laurent : sur un mur, une dizaine de cadres étaient accrochés, enfermant des papillons épinglés. Il frissonna. Les plaisanteries des internes n'étaient pas si loin de la réalité. Willot prenait un réel plaisir à contempler ces cadavres.

– Vous vous faites attendre, Valensi ! reprocha Willot.

Le chef de service trônait dans un large fauteuil en cuir noir, derrière une table où rien ne dépassait.

– Bonjour, professeur.

Avec Willot, se justifier ne servait à rien. Le mieux, c'était de parler le moins possible.

– J'ai reçu un appel ce matin d'un certain Ali Benyoussef que vous auriez contacté, et réveillé, cette nuit. Puis-je savoir qui vous a demandé d'intervenir auprès de ce patient ?

Willot articulait chaque syllabe avec exagération. Il avait posé sa question au ralenti comme pour être sûr qu'il donnait le rythme de la conversation. Laurent hésita. Devait-il dire la vérité ? Mentionner tous les détails ? Le dossier derrière l'armoire qui avait disparu depuis ? Le tour au labo pendant la nuit ? Chaque fois qu'il envisageait cette possibilité, sans savoir pourquoi, son cœur se serrait.

– J'ai trouvé ses analyses dans un de mes dossiers, j'ai voulu m'assurer qu'il n'y avait pas eu d'erreur.

– Dans quel dossier ?

– Celui d'Anna Pallin.

– La jeune fille morte suite à votre recommandation chirurgicale la semaine dernière ?

C'était la première fois qu'il se souvenait d'un nom. Cette remarque eut l'effet d'un coup de poignard dans le dos de Laurent. Anna, ses craintes, le signal plat du cœur, les tentatives de le faire repartir, en vain, le désespoir devant ce corps si jeune sans vie et surtout l'incompréhension… Laurent avait l'impression d'avoir soudain perdu quelques centimètres.

– Oui, bredouilla-t-il.

– Vous saviez donc que ces analyses n'étaient pas celles de votre patiente.

Willot reprenait son interrogatoire avec froideur. Laurent se dit qu'il aurait fait un bon agent du KGB.

– Oui, je l'ai vite compris.

– Et vous volez souvent les dossiers des patients de vos confrères ou simplement les miens ?

Cette remarque explosa comme une bombe. Un choc puis le silence.

– Je ne savais pas qu'il s'agissait de votre patient, monsieur. J'en suis désolé. J'ai été alarmé par les résultats que j'ai vus et j'ai voulu m'assurer qu'aucune erreur préjudiciable à l'hôpital n'avait été commise.

– Pensez à votre carrière plutôt qu'à l'hôpital, jeune

homme. Ici, en France, la hiérarchie est une valeur fondamentale.

– Oui, monsieur.

Laurent se sentait humilié, un élève face à la classe qui doit réciter une leçon qu'il ne connaît pas.

– Il se trouve que M. Benyoussef est un ami. Je tiens à m'en occuper personnellement.

Au mot « ami », Laurent se réveilla de la torpeur dans laquelle les questions de son supérieur l'avaient plongé. C'était impossible. Willot n'avait pas d'ami, encore moins un « Benyoussef » malade. Ça ne tenait pas la route. Laurent se contenta de hocher la tête.

– Les analyses étaient erronées, en totale contradiction avec l'examen clinique, alors il est rentré chez lui.

Laurent avait pensé à cette hypothèse la veille, il aurait aimé y croire, mais il n'y parvenait pas. Quelque chose en lui lui signifiait de se méfier.

– Vous pouvez retourner travailler, Valensi.

Au moment où Laurent se dirigea vers la porte, Willot le retint :

– Avez-vous parlé de M. Benyoussef à d'autres personnes du service ?

Laurent hésita. Willot lui lançait un regard noir, menaçant.

– Non, monsieur.

– Bien, cette discussion restera donc entre nous, n'est-ce pas ? Vous êtes un chef de clinique jeune et plein d'avenir, il serait dommage que certaines affaires entachent votre réputation…

– Mais… quelles affaires ?

Willot bascula en arrière sur son siège et fit craquer ses doigts. Il passa sa langue sur sa lèvre inférieure avant de répondre :

– Eh bien, êtes-vous sûr que votre décision était la bonne concernant cette jeune Anna Pallin ?

Il voulait frapper où ça faisait mal. Et il avait réussi.

– Cette discussion restera entre nous, monsieur Willot.

Le chef de service hocha la tête, le signal autorisant Laurent à sortir.

La lumière aveuglante des néons du couloir lui brouilla la vue. Il était 8 h 32, l'effervescence du service le rattrapa, il se plaqua contre le mur pour laisser passer un cortège opératoire. Une infirmière le bouscula tandis qu'il se dirigeait vers le bureau des transmissions.

– Vous allez bien, docteur Valensi ? demanda Camille en sortant de la chambre de Mme Bianchi.

– Oui… Oui, pourquoi ?

Laurent essayait de donner le change, mais il voyait bien que la tentative était vaine. Camille lui adressait un regard inquiet.

– Vous avez l'air malade.

Elle avait raison. Malade, il l'était. Il souffrait d'un mal qu'il n'avait plus éprouvé depuis longtemps : l'injustice. Il se sentait trahi par sa propre maison, l'hôpital. Il avait voulu bien faire et Willot l'avait menacé. Oui, il s'agissait bien de menaces, il en prenait clairement conscience. Willot ne lui avait-il pas fait comprendre que s'il ébruitait sa découverte sur Ali Benyoussef, il ruinerait sa carrière ? Mais qu'avait-il découvert ? Les analyses d'un mourant comme on en voyait tous les jours dans le service, qu'avaient-elles d'exceptionnel ?

– Ça va… je suis juste fatigué, tenta-t-il d'argumenter.

Mais Camille le dévisageait d'un air dubitatif.

– Comment va Mme Bianchi ? reprit-il.

– Pas très bien, répondit l'interne. Je voulais votre accord pour lui administrer de la morphine, elle a mal.

– Oui, oui, bien sûr.

Laurent signa l'ordonnance sans regarder le dosage.

– Je reviens vous voir, Camille, j'ai quelque chose d'urgent à finir.

Il se précipita vers les ascenseurs. Soudain, il se sentait observé. Il avait l'impression de devenir fou. Il n'y avait personne autour de lui, du moins personne qui semble prêter attention à lui, pourtant le sentiment d'être une proie s'intensifiait. Il choisit les escaliers, dévalant les marches. Il se rendit compte qu'il avait gardé le stylo de Camille.

En sueur, il parvint au sous-sol, emprunta le couloir de la veille et retomba sur la blanchisserie dans laquelle une équipe d'entretien s'affairait. Les femmes le regardèrent, étonnées, et continuèrent leur travail sans lui adresser un mot. Il fit demi-tour. Le couloir lui semblait encore plus sale, plus sombre aussi. Enfin, il aperçut la porte du labo. À bout de souffle, il entra. Ce n'était plus le même interne. Il demanda à la jeune femme derrière le comptoir :

– Celui qui était là hier, où il est ?

– Bonjour, répondit-elle sèchement.

Il s'appuya contre le mur et chercha à retrouver sa respiration.

– Pardon, bonjour.

Il avait du mal à articuler. L'interne trépignait, levant les yeux au ciel d'impatience.

– Hier soir, un de vos collègues m'a aidé sur un dossier, je voudrais lui poser une question.

– Benoît ? Il est parti à 8 heures, il sera là après-demain.

– Et on peut le joindre ?

– Si vous avez une question sur un dossier, je suis aussi habilitée que lui à vous répondre.

Voilà qu'elle en faisait une affaire d'ego.

– Je suis venu avec un numéro de dossier, il m'a donné le nom du patient, c'était sur des notes…

– Vous ne vous rappeliez plus le nom de votre patient ? le jaugea la femme.

– Non, ce n'était pas mon patient, mais j'avais besoin d'une information.

– Dans ce cas votre collègue qui suit ce patient pourrait vous la donner, non ?

Laurent soupira et s'approcha du comptoir. Il plongea son regard dans celui de la jeune interne et asséna :

– Il me faut le carnet de notes bleu qui est dans la petite pièce à gauche. Et il me le faut maintenant.

Le changement de ton fit son effet. L'interne disparut dans la pièce où il était écrit : « Privé » et en ressortit quelques minutes après, le carnet entre les mains.

– Voilà.

Laurent la remercia et s'en empara. Il feuilleta les dernières pages : rien. Les infos sur Ali Benyoussef avaient disparu. Il retourna le carnet, réitéra ses recherches : aucune trace des pages de la veille.

– Je pense que ce n'est pas ce carnet, pouvez-vous m'en apporter un autre ?

– C'est le seul dans le bureau.

– Mais… il n'est pas là…

– Qui n'est pas là ?

L'interne le regardait comme s'il était fou. À vrai dire, Laurent commençait à se le demander. Avait-il rêvé ? Cette idée lui parut aussitôt absurde. Évidemment qu'il n'avait pas rêvé ! La veille, il avait bien lu les notes des laborantins sur Ali Benyoussef, c'était même comme ça qu'il avait découvert son nom !

L'évidence le frappa à nouveau. Quelqu'un avait arraché les pages correspondantes. C'était un carnet classique, agrafé au milieu. Facile d'enlever une page et celle d'en face… Il l'ouvrit de nouveau. Rien d'anormal sur les premières feuilles. Soudain, sur la quatrième, il vit une phrase qui commençait en bas de page et ne se terminait pas sur la suivante. Il en était certain, il s'agissait de la page contenant les notes sur Ali Benyoussef. Comme le dossier disparu de l'armoire, les notes avaient été supprimées. À présent il n'y avait plus de doute, Ali Benyoussef représentait une menace et on cherchait à le faire disparaître des archives de l'hôpital. Personne ne devait rien savoir de sa venue ici. Mais pourquoi ? Le malaise ressenti en sortant de chez Willot s'intensifia. Il avait besoin de comprendre, c'était plus fort que lui. Mais comment s'y prendre ? Willot avait été clair, il lui tomberait dessus à la moindre tentative.

Dès qu'il remonta en médecine interne, plusieurs infirmières se précipitèrent vers lui. Ses patients du matin l'attendaient, ils étaient à jeun, fallait-il les envoyer à la préparation pré-op ? Laurent avait tant de choses à faire, par quoi commencer ?

Soudain, des cris parvinrent du bout du couloir. Des verres brisés, et un objet renversé, mais d'ici, impossible de savoir quoi. Plusieurs personnes hurlaient. Ils accoururent. Deux infirmiers retenaient un SDF très aviné sur un brancard. L'homme se débattait, hurlait. Il cracha sur l'un d'eux. Camille essayait de lui poser des questions de routine pour officialiser son dossier d'admission, mais elle n'obtenait aucune réponse.

– Monsieur, monsieur, calmez-vous ! répétait-elle. Comment vous appelez-vous ?

Pâle, elle respirait la bouche ouverte. L'homme puait et son odeur imprégnait déjà la moitié du couloir. Urine, merde, crasse, toute la misère humaine se dégageait de ses vêtements, de sa peau. Ses chaussures fendillées laissaient apparaître des pieds noirs aux blessures purulentes. Il était couvert de gerçures et de plaies infectées. Ses frusques étaient cartonnées par la saleté. Les patients du couloir se plaignaient de l'odeur. Camille verdissait, sur le point de tourner de l'œil.

– Qu'est-ce qui s'est passé ? demanda Laurent.

– On nous l'a monté il y a quelques minutes, il est tombé d'un toit, je crois qu'il a plusieurs côtes cassées et une fracture du tibia. J'arrive pas à l'ausculter.

– Il faut le calmer, lui souffla Laurent.

– Mais je sais pas comment faire, déplora-t-elle.

Laurent saisit une seringue sur le plateau derrière eux et la chargea de tranquillisants.

– Et s'il a des problèmes cardiaques, ou que c'est contre-indiqué ?

– C'est soit ça, soit on ne pourra pas le soigner…

Il saisit le bras poisseux et s'apprêta à le piquer quand le SDF se contorsionna, échappant aux infirmiers. Il réussit à dégager ses jambes et donna un grand coup de pied en direction de Camille. Laurent s'interposa et le prit au visage. La pièce devint noire.

14.

Quand il ouvrit les yeux, Camille, les infirmiers et Marc se trouvaient au-dessus de lui. Il était allongé sur les fauteuils de la salle d'attente, à quelques mètres du couloir où le SDF dormait. Marc avait dû réussir à lui administrer les calmants.

– Ça va, Valensi ? demanda son collègue.

Laurent plissa les yeux. Il y avait comme du brouillard. Une douleur aiguë irradiait autour de son œil. Il toucha sa pommette et sentit une entaille, il continua jusqu'à son sourcil où il palpa un pansement.

– Il t'a salement amoché, le poivrot, plaisanta Marc. On a dû te faire des points de suture.

Laurent ne devait pas être beau à voir. Il essaya de se redresser mais un vertige le paralysa.

– Vous devriez rester allongé encore un peu, docteur, conseilla Camille.

Elle posa sa main sur son épaule et lui tendit un verre d'eau. Elle souleva sa tête pour qu'il puisse boire. Quand elle toucha son cou, Laurent sentit ses mains fines et douces qui tremblaient un peu. Ça ne devait pas être facile de soigner son chef. Il se laissa faire. Elle souriait avec timidité. Une mèche blonde s'était échappée de sa queue-de-cheval et flottait devant ses yeux.

Laurent avait l'impression de la voir pour la première fois. Marc avait raison, elle était vraiment très jolie. Sa réserve naturelle semblait tenir le reste du monde à distance. Laurent sourit en se disant que c'était peut-être ça qui était attirant. Son regard dériva vers la poitrine gonflée de la jeune femme sous sa blouse, dont les pressions tiraient. Soudain, il pensa à Nathalie et sursauta. Il poussa l'interne pour se redresser.

– Ça va aller, merci, Camille.

Elle sembla déstabilisée par la brusquerie de sa réaction, mais il ne s'excusa pas. Il inspira et tenta de se mettre debout. Il s'aida du mur pour se soutenir et refusa l'aide de la jeune femme.

– Il faut repousser mes consultations de ce matin, je vous laisse organiser ça, d'accord ?

– Bien sûr, docteur.

Camille devait penser qu'il avait besoin de se remettre du choc, tant mieux. Mais c'était la discussion avec Willot qui le hantait. Le dossier et les notes disparus… Que s'était-il passé ? Quelque chose se tramait qui le dépassait, mais à qui en parler ? Par où commencer ? On le prendrait pour un paranoïaque. On l'accuserait de vouloir se venger de Willot… Il devait s'isoler un moment pour faire le point. La solution viendrait sûrement d'elle-même.

Il entra dans les vestiaires. Il gardait toujours une chemise de rechange dans son casier. À voir le nombre de taches sur ses vêtements, il avait dû pas mal saigner. En sortant ses affaires, il fit tomber le journal de son enfance qu'il avait récupéré le matin même passage Charles-Dallery. Il avait l'impression que son pèlerinage forcé là-bas avait eu lieu des années auparavant… Il le posa sur le banc derrière lui, et le fixa tandis qu'il enfilait sa chemise. Il l'observait comme s'il cherchait à l'apprivoiser. Au bout d'un moment, l'envie fut plus forte et il ouvrit une page au hasard.

Mais est-ce qu'on peut mourir tranquillement ? Est-ce que maman va mourir ? On m'avait pas dit. Papa crie tout le temps, mais il n'explique pas. Tout le monde dit que maman est très malade, mais nous, quand on est très malades, on finit par guérir. Ils ont jamais dit qu'elle ne guérirait pas. C'est pas possible, papa a dû se tromper. Je voudrais bien lui demander, mais chaque fois qu'elle me regarde, j'ai l'impression qu'elle veut qu'on oublie la maladie.
Mais la maladie, elle est partout ici. Il y a des coques qui sèchent pour faire comme si maman avait encore ses seins quand elle sort, on n'a pas le droit de faire de bruit, et maintenant, on peut même plus jouer. Je comprends pas à quoi ça sert les maladies, et pourquoi ça nous arrive à nous. Les autres mamans, elles sont en pleine forme. Y a que la mienne qui est comme ça, et en plus maintenant, elle va mourir.
Si maman meurt, papa ne vivra pas longtemps. Il sera trop en colère.

Laurent se souvenait du jour où il avait écrit ces mots. Il s'amusait dans l'appartement avec Alain et Serge, c'était un dimanche. Leur père était descendu jouer aux cartes avec ses beaux-frères. Quand il était rentré, la maison était sens dessus dessous, et les trois garçons se couraient après dans le petit salon, riant aux éclats, le vainqueur hurlant sa victoire… Ange s'était pétrifié avant de se précipiter dans la chambre où sa femme tentait de dormir. Il en était ressorti furieux. « Mais vous allez la laisser mourir tranquillement à la fin ! » avait-il lâché, à bout. La porte était encore ouverte, leur mère avait donc tout entendu. Elle devait savoir alors… Laurent et ses frères s'étaient regardés, pas sûrs d'avoir compris. Jamais ils n'avaient envisagé cette hypothèse. Leur père s'était ensuite enfermé auprès de sa femme, et ils étaient restés tous les trois sur le canapé. Ils avaient demandé à mémé Nina si elle savait, mais elle n'avait pas répondu.

Laurent ferma le journal. La pointe dans son crâne revint avec une puissance terrible, si forte qu'il en eut la nausée. Il n'eut pas le temps d'atteindre les toilettes et vomit par terre. Il pencha la tête sous le robinet et s'aspergea d'eau glacée. Cramponné à la vasque, il s'observa dans le miroir. Un bleu s'était formé autour de son œil. Ses cernes profonds trahissaient les nuits blanches à répétition. Mais derrière son regard, il reconnut le même air qui le suivait depuis toujours, cette morosité rebelle qui lui rappelait chaque jour que le pire pouvait vous tomber dessus sans prévenir. Il regarda sa montre : 9 heures passées. Il fallait qu'il se concentre, la journée ne faisait que commencer.

Il avait chaud, transpirait comme en pleine canicule. Il hésita un instant, finit par ôter sa chemise et la rangea dans son casier. Torse nu sous sa blouse, il se sentait diminué. Il aimait les différentes couches qui le distanciaient des patients. Là, ses avant-bras, son cou et le début de son torse étaient à découvert. C'était idiot mais ça le déstabilisait. Tant pis, il ferait avec, il était trop mal. Ce soir, il essaierait de se coucher tôt. Il irait dîner avec Alain, une heure, deux tout au plus, et il rentrerait. Il devait récupérer, autrement il ne tarderait pas à commettre des erreurs. Et dans son métier, c'était interdit.

Dans la salle des transmissions, il observa le planning. M. Brochant avait été déplacé à 10 h 30, il avait un peu de temps. Il se dirigea vers la chambre de Mme Bianchi pour voir comment elle réagissait à la morphine. Il espérait que les enfants auraient pu aller à l'école, que leur mère avait trouvé une voisine, une collègue pour s'occuper d'eux, mais il en doutait. Leur avait-elle dit la vérité ? Aucune solution n'était bonne, aucune douleur ne pouvait être évitée. Laurent entendait souvent Nathalie répéter que la difficulté dans la vie, c'était de faire des choix, mais le quotidien à l'hôpital lui prouvait le contraire. Ne plus avoir le choix était le plus terrible.

Dans le couloir, une voix cassée l'interpella :

– C'est vous le docteur Valensi ?

Laurent se retourna. Il s'attendait à trouver un vieillard et quand il vit l'homme devant lui, il eut un mouvement de recul.

– J'ai demandé à l'accueil, on m'a dit que c'était vous, reprit l'homme.

Il semblait jeune, devait mesurer près d'un mètre quatre-vingts, comme Laurent, mais il était si recroquevillé sur lui-même qu'il paraissait faire quinze bons centimètres de moins. Il était d'une maigreur inouïe, un vrai squelette. Les joues creusées à l'extrême, les os des bras et des mains collés à la peau, les yeux exorbités. Un mort vivant.

– Vous m'avez laissé un message hier soir. J'ai appelé le professeur Willot qui m'a dit de ne pas en tenir compte, mais j'en ai marre de toutes ces informations… C'est jamais clair.

Son teint cireux se raviva, il se mettait en colère.

– Vous êtes Ali Benyoussef ? demanda Laurent, fébrile.

– Oui ! Je croyais que les médecins devaient soigner les malades ! Pourquoi vous me demandez de revenir si lui m'ordonne de rentrer ? cria-t-il.

Toute son énergie de la journée s'était consumée dans cette phrase. Puis il se mit à tousser. Il avait du mal à reprendre son souffle et semblait disparaître dans ses vêtements trop larges. Soudain, ses jambes cédèrent et il s'écroula, plus capable de se tenir debout. Laurent appela des renforts tout en l'aidant à se relever pour gagner un siège. Ali Benyoussef tremblait. Il était brûlant. Laurent n'en revenait pas. Comment Willot avait-il pu renvoyer cet homme chez lui ? C'était criminel. Ce qui était sûr, c'est qu'il avait menti. L'examen clinique n'avait pas pu contredire la gravité des analyses.

Camille accourut, accompagnée d'une infirmière. Toutes deux semblèrent effarées par l'état du patient.

– Camille, il faut une chambre pour M. Benyoussef.

À ce nom, elle écarquilla les yeux. D'un mouvement de tête, elle fit signe à Laurent pour être sûre que c'était bien le M. Benyoussef des analyses de la veille, Laurent acquiesça. L'interne parut abasourdie. Elle devait penser la même chose que lui. Comment se faisait-il que cet homme ait été renvoyé chez lui ?

– Nous devons faire un bilan complet. Dès qu'il sera installé, je viendrai procéder à l'examen clinique. Il faut trouver ce qu'il a, précisa Laurent.

Puis il se tourna vers l'homme.

– Ne vous inquiétez pas, monsieur Benyoussef, on va s'occuper de vous.

9 h 15. Ali Benyoussef avait été placé dans une petite chambre qu'il partageait avec le SDF encore endormi. Laurent déploya le paravent pour procéder à l'examen clinique. À mesure qu'il l'observait, il ressentait sa peur et sa faiblesse. Ali Benyoussef était à bout, il n'en pouvait plus de lutter. Ébranlée, Camille triturait un bouton de sa blouse.

– Quel âge avez-vous, monsieur Benyoussef ? demanda Laurent.

– Trente-deux ans.

– Quelle est votre situation ?

– Marié, un enfant, mais je ne l'ai jamais vu. Ma femme s'est barrée quand je suis tombé malade.

Laurent hocha la tête. Il sentait qu'il ne fallait pas insister sur le contexte familial. L'administration de l'hôpital ferait avec les blancs dans le questionnaire. Il procéda aux palpations. Il aida le malade à se dévêtir et remarqua d'étranges plaques rougeâtres sur son torse. Psoriasis ? Eczéma ? Non, elles étaient différentes. Elles mangeaient la peau. Mais qu'est-ce que c'était ? Laurent passait ses livres de dermato en revue dans sa tête, quand l'évidence le frappa. Un sarcome de Kaposi ! Il n'en revenait pas, il n'en avait jamais vu sur un patient et pourtant, ça ne pouvait être que ça. Il dut froncer les sourcils car Ali Benyoussef ajouta :

– J'en ai aussi sur les jambes, mais ça fait pas mal.

Laurent continua l'examen. Tous les ganglions du malade étaient extrêmement gonflés. À ce point, il devait terriblement souffrir. Il prit sa température. 39,9°C. Ça n'avait pas pu changer pendant la nuit ! Mais que s'était-il passé lors de son passage à l'hôpital la veille ?

– Avez-vous des douleurs, monsieur Benyoussef ?

– Oui… Enfin…

Il regarda Camille, gêné.

– Vous pouvez parler librement, il n'y a que des médecins ici, le rassura Laurent.

M. Benyoussef, toujours mal à l'aise, prit son courage à deux mains et s'expliqua :

– J'ai de fortes diarrhées. Très fortes. Et ça… ça saigne.

Laurent nota sur sa liste de symptômes déjà longue : « Diarrhées aiguës associées à des rectorragies ».

– Quand vous perdez du sang, il est plutôt rouge foncé ou rouge vif ?

– Très rouge. Rouge vif, docteur.

– Très bien. Et avez-vous remarqué d'autres choses inhabituelles ?

– Non…

– Pas de maux de tête ? De gorge ? D'acouphènes ?

– Des quoi ?

– De sifflements dans les oreilles ?

Ali Benyoussef réfléchit quelques minutes.

– Je ne sais pas si c'est important, répondit-il, mais il y a quelques mois, j'ai commencé à voir moins bien. Plus flou, avec des taches. On m'a mis des lunettes, mais ça sert à rien.

– Très bien, répondit Laurent. Camille, prévoyez un examen ophtalmo aussi.

Laurent relut ses notes. Il n'y comprenait rien. Tous ces symptômes pouvaient être graves séparément, mais il ne voyait pas de lien entre eux. Quelle maladie provoquait tout ça à la fois ? Il devait retourner à la bibliothèque, et surtout interroger le docteur David au plus vite. Lui aurait sûrement une piste.

– Alors, docteur, vous en pensez quoi ?

– Pour l'instant, j'aimerais qu'on termine votre bilan. Camille va vous prélever un peu de sang pour faire des analyses.

– Encore ? Mais j'en ai fait hier, gémit-il.

– Oui, je sais, mais nous voudrions être sûrs… Il faut également vous faire passer une échographie abdominale, vous conduire en dermatologie et en ophtalmologie. Une fois que nous aurons tous les résultats, nous pourrons établir un diagnostic. D'accord ?

– Merci, docteur, sourit M. Benyoussef. Vous, vous êtes gentil.

Cette remarque déstabilisa Laurent. En quoi avait-il été gentil ? Il ne savait même pas de quoi le malade souffrait !

– Bon, je vous laisse avec Camille, je reviendrai vous voir un peu plus tard.

– Docteur, je sais pas si c'est important, mais j'ai eu un truc y a pas longtemps… ça grattait… Un zo… za… Je sais plus…

– Un zona ?

– Oui, voilà. On m'a dit que c'était comme une deuxième varicelle, mais j'avais tellement mal, je me souvenais pas que ça faisait si mal quand j'étais petit.

– Vous aviez déjà eu la varicelle ?

– Oui, comme tout le monde !

Ça voulait dire que ses anticorps ne fonctionnaient plus. Encore un symptôme. Mais qu'est-ce que c'était que ce bordel ?

– Très bien. Si quoi que ce soit d'autre vous revient, n'hésitez pas à nous le dire, répondit Laurent.

Il referma la porte, se dirigea vers la machine à café et s'en servit deux à la suite. Sa tête cognait sans relâche. Il prit des cachets dans la pharmacie du service. En se dirigeant vers la salle des transmissions, il passa devant le bureau de Willot. La colère monta d'un coup. Il l'avait pris pour un con et l'avait menacé alors qu'il était gravement en tort. Ça ne se passerait pas comme ça ! Mais pour le moment, Laurent devait faire le point sur son nouveau patient. Il descendit voir le docteur David à l'épicerie.

15.

Il faisait si froid dehors que Laurent en eut le souffle coupé. Il était sorti juste couvert de sa blouse. Il hésita à faire demi-tour, mais n'avait pas le temps. Une rue à traverser et il serait au chaud, chez le docteur David. Il s'élança. Chaque flocon qui tombait sur ses bras lui faisait l'effet d'une piqûre. En quelques secondes, ses pieds étaient engourdis, ses mains frigorifiées. Il ouvrit la porte de l'épicerie et s'écroula sur le comptoir. Le docteur David accourut du fond du magasin.

– Rino, c'est toi ?

Laurent se redressa. La douleur autour de son œil s'était réveillée, et ses lèvres étaient gelées. Il n'arrivait pas à répondre. En le voyant, le docteur David s'immobilisa.

– Qu'est-ce qui t'arrive, fils ?

Il ôta sa veste et la déposa sur les épaules de Laurent. Il s'absenta un court moment et revint avec un verre de boukha.

– Bois !

Laurent fit non de la tête.

– Fais-moi confiance. Juste une gorgée.

Laurent obéit. Il se sentit tout de suite mieux.

– J'ai besoin d'aide.

– Je vois ça ! se moqua David en pointant son œil.

– Non, ça c'est rien, répondit-il, la main sur son pansement. J'ai pris un coup.

Le docteur David écarquilla les yeux.

– Un SDF bourré..., précisa Laurent.

L'épicier fit mine de trouver ça normal et l'invita à poursuivre.

– Il est revenu.

– Qui ça ?

– Ali Benyoussef, le type d'hier.

– Ah ! Alors, c'était une erreur de Willot ?

– Pas vraiment...

Laurent lui raconta sa convocation chez le chef de service, les menaces qu'il lui avait adressées et son grossier mensonge concernant l'examen clinique qui soi-disant contredisait les analyses. Le docteur David tentait de rester impassible, pourtant ses yeux s'assombrissaient au fur et à mesure.

– Mais c'est pas ça qui m'inquiète.

– Ah bon ? Et c'est quoi alors ?

Laurent se passa la main sur la bouche.

– Dis-moi, fils, l'encouragea le docteur David.

– Je... je ne sais pas ce qu'il a.

– C'est pas grave ! Ça nous arrive à tous ! tenta de le rassurer David.

– Non... C'est très grave. J'ai jamais vu ça.

Laurent décrivit les symptômes, l'extrême maigreur, le zona, l'atteinte oculaire, les rectorragies, les ganglions et le Kaposi. Rien n'allait ensemble, tout était possible, mais ce pauvre homme ne pouvait tout de même pas souffrir de tous les maux de la terre en même temps ! Le docteur David fit quelques pas en silence dans l'épicerie.

– Mais pourquoi Willot se donne tout ce mal ? La clef, elle est là, fils… Tu ne vois vraiment pas de quoi il peut s'agir ? demanda-t-il avec un air malin, comme s'il avait une idée derrière la tête.

En une phrase, Laurent vit de nouveau le grand médecin de Tunis, celui qui avait sauvé Serge, celui qui avait diagnostiqué le cancer de sa mère. Le docteur David semblait plus grand, plus sûr de lui.

– Je crois surtout que tu as peur de le diagnostiquer, reprit-il.

Laurent déglutit. Il n'arrivait pas à détacher son regard des lèvres de son vieil ami. Il s'attendait à une sentence. Au fond de lui, c'était vrai, l'idée s'insinuait petit à petit, mais il refusait de la nommer, parce qu'après tout serait différent. Pourtant la maladie se dessinait, claire, menaçante.

– Dis-le, fils.

Laurent hésita :

– Un LAV ?

– Je crois bien… Cette saloperie est donc arrivée en France.

Un lourd silence enveloppa la pièce.

Laurent n'avait aucune preuve, aucun moyen de vérifier que c'était ça, mais il en était convaincu. Chaque jour aux infos, on comptait de nouveaux cas dans le monde, on décrivait l'état des malades, cette difficulté à les diagnostiquer… Tout concordait. Sitôt cette conviction énoncée, les questions s'insinuèrent dans son esprit : comment Ali Benyoussef l'avait-il attrapé ? Était-il le seul en France ? La maladie s'était-elle déjà propagée ? Pourquoi Willot avait-il renvoyé ce patient chez lui alors ? Pourquoi le cacher aux autres ? Il fallait au contraire lancer l'alerte ! Le mauvais pressentiment qu'avait Laurent s'intensifia. Décidément cette histoire puait. Comme s'il l'avait deviné aussi, le docteur David ajouta :

– Fais bien attention à toi, fils.

Laurent hocha la tête. Le message était clair : il était temps d'affronter la situation. Il sortit de l'épicerie pour regagner le service. Il était si préoccupé par ce qu'il venait de comprendre qu'il ne sentit plus le froid.

Dans le hall de l'hôpital, ses mains étaient bleues. Mais ce n'était rien par rapport à ce qui l'attendait, il en était sûr.

9 h 40.

– Je vous ai cherché partout, on m'a dit que vous étiez descendu.

Laurent avait du mal à écouter Camille, il fallait à tout prix qu'il parle à Ali Benyoussef.

– J'ai refait toutes les analyses, on devrait avoir les résultats très vite, j'ai dit que c'était une urgence maximale, poursuivit-elle.

– Parfait, merci, Camille.

L'interne s'apprêtait à le suivre dans la chambre d'Ali Benyoussef, mais il l'arrêta net.

– J'ai besoin que vous alliez au planning. Reportez toutes mes consultations à cet après-midi.

Camille parut surprise mais acquiesça et repartit. Laurent ouvrit la porte de la chambre 42. Le SDF dans le lit à côté déblatérait un discours sans queue ni tête sur un ton haineux.

– Darwin c'est ça ! Tous bouffés par le capitalisme ! Des singes ! Vous êtes des singes ! Tous bouffés ! Vous avez lu Darwin ? Lisez Darwin ! Des singes !

Encore un schizophrène.

– Je suis désolé, monsieur Benyoussef, il ne vous embête pas trop ? demanda Laurent en désignant son voisin.

Le malade fit non de la tête. Il avait l'air à bout de forces.

– Monsieur Benyoussef, je vais vous demander encore quelques petits efforts. J'ai des questions à vous poser.

– J'ai froid, répondit-il.

– C'est la fièvre. On vous a donné des médicaments, ils vont agir bientôt.

Ali Benyoussef ferma les yeux. Il grelottait.

– Monsieur Benyoussef, restez avec moi.

Laurent tapotait son épaule. Il fallait qu'il le maintienne éveillé.

– Vous pourrez vous reposer après, on n'en a pas pour longtemps…

Le patient rouvrit les yeux. Laurent y lut le désespoir. Cet homme semblait vouloir disparaître. Laurent ne savait plus quoi faire, quoi dire. Il se souvint que quand ses parents étaient tombés malades, l'un après l'autre, leur plus grande colère à lui et ses frères était due au silence des médecins. Ils ne leur disaient pas tout, soi-disant pour les ménager. C'était insupportable. La vérité pouvait être cruelle, mais restait toujours la meilleure option pour que le patient finisse par avoir confiance.

– Écoutez, je vais être franc. Je ne sais pas si j'arriverai à vous guérir, mais je vous promets de ne rien vous cacher. D'accord ?

Ali Benyoussef ouvrit grands les yeux. Cette phrase l'avait réveillé. Que s'était-il passé dans sa vie pour que cette simple promesse le fasse revenir ainsi ?

– Bon… Comment se fait-il que vous n'ayez pas consulté plus tôt ? Les symptômes ont dû commencer il y a quelque temps déjà, non ?

Le malade se redressa sur son lit.

– Mais ça fait des mois que je viens ici !

Laurent sentit les battements de son cœur résonner dans sa poitrine. Avait-il bien entendu ? Depuis des mois ? Comment était-ce possible ?

– Par qui étiez-vous suivi ?

– Par le professeur Willot.

Laurent n'en revenait pas. Il devait y avoir une erreur quelque part. Quelqu'un s'était bien rendu compte de quelque chose, non ? Puis l'évidence le frappa : oui, il y avait bien eu quelqu'un pour s'en apercevoir… lui. Ses mains étaient moites, il les essuya sur sa blouse. À côté, le SDF reprenait de plus belle sa paranoïa :

– La peste vous punira tous ! Dieu vous punira tous ! Darwin, lisez Darwin !

Son discours prenait soudain des allures de prédiction.

Le malaise était palpable. Laurent savait que s'il essayait de le faire taire, le fou redoublerait d'intensité.

– Avez-vous les anciennes analyses, les conclusions précédentes ? J'aimerais comprendre l'évolution de votre maladie, reprit Laurent tant bien que mal.

– Non. Ils m'ont dit qu'ils gardaient tout, que c'était plus pratique.

Laurent soupira.

– J'aurais dû les garder, docteur ? s'étonna Ali Benyoussef.

– Ça aurait été mieux, risqua-t-il. Mais on va se débrouiller autrement, ne vous inquiétez pas.

Ali Benyoussef était livide. Cette conversation l'avait épuisé. Laurent l'aida à se rallonger. Il lui expliqua comment il envisageait la suite, les examens qui l'attendaient et quitta la chambre.

Sonné, Laurent alla s'asseoir dans la salle d'attente. Il avait besoin de remettre ses idées en place. Que devait-il faire ? Contre qui se battait-il ? La situation lui apparaissait de plus en plus claire, soigner ce patient serait un combat, et pas uniquement contre sa maladie. Mais le pire était de ne pas avoir toutes les cartes en main. Laurent observait la valse des soignants dans le couloir, les brancards, les appels, les visiteurs. Pour la première fois, il se sentait étranger à la vie du service. Et ça lui faisait mal.

16.

9 h 55. En pénétrant dans la chambre de M. Charriz pour l'aider à se préparer au départ, Laurent avait conscience de fuir Ali Benyoussef, ainsi que ses autres patients. Que dire à Mme Bianchi ? À M. Brochant ? Il n'avait soudain plus la force d'affronter leur détresse. Voir M. Charriz avant sa sortie après plusieurs semaines d'hospitalisation, c'était tout ce dont il était capable.

– Je vous ai prescrit des antibiotiques, surtout ne les arrêtez pas avant la fin.

– Bien, docteur.

M. Charriz était si heureux de s'en aller qu'il l'écoutait à peine, mais sa femme notait toutes les recommandations sur un carnet.

– À la moindre douleur, vous venez consulter, on vous prendra en priorité.

– Vous inquiétez pas, docteur, ça va aller, répondit le patient.

Laurent sourit. Guéris, les malades devenaient plus confiants que lui.

– Merci encore, docteur, ajouta son épouse.

Cette petite femme était venue tous les jours. Elle n'ouvrait jamais la bouche, se contentait juste de rester auprès de son mari. Souvent, Laurent se disait que l'amour, ça devait être ça. Ne pas avoir besoin de parler, mais être là.

On frappa à la porte, trois coups discrets. Laurent se retourna, c'était Camille.

– J'ai les résultats des examens, chuchota-t-elle. C'est pas bon. Vraiment pas.

Elle tremblait. Laurent saisit les feuillets et les parcourut en détail. Défaillance hépatique sévère, créatininémie augmentée, hypoxémie sérieuse… Les taux avaient encore empiré depuis la veille. Ali Benyoussef était au plus mal.

– Je pense qu'il faudrait regarder au niveau des lactates, lança-t-il.

– Des lactates ?

– Oui.

Camille hocha la tête.

– Et j'ai eu le résultat ophtalmo, c'est la rétine, ajouta-t-elle.

Il fallait donc bien considérer ses problèmes de vue comme un symptôme supplémentaire… Les soupçons de Laurent se confirmaient. Ça ne pouvait être rien d'autre qu'un LAV.

– Je me demande vraiment ce qu'il a, s'inquiéta Camille.

Laurent soupira.

– Je crois savoir.

Camille lui adressa un regard étonné.

– Il va falloir qu'on soit prudents et réactifs, ajouta-t-il.

La jeune femme fronça les sourcils.

Il entraîna son interne dans le couloir, chercha un endroit à l'abri des regards. Toutes les chambres étaient occupées et des infirmières discutaient dans la salle des transmissions. Camille l'observait comme s'il était fou. Soudain, Laurent revint sur ses pas : le local d'entretien. Ils y pénétrèrent.

Par quoi commencer ? Il prit un moment pour rassembler les éléments dans son esprit et se lança. D'une traite, il expliqua son raisonnement : l'impossibilité d'isoler un des symptômes, l'aspect viral, la chute des anticorps au point de contracter des maladies pour lesquelles Ali Benyoussef avait normalement déjà des défenses immunitaires. Ensuite il y avait la volonté de Willot de cacher ce cas depuis plusieurs semaines, voire plus longtemps encore. Ne voyait-elle pas à quoi ils étaient confrontés ? C'était pourtant clair !

– Un LAV ? hésita-t-elle.

Laurent ferma les yeux en signe d'assentiment.

Camille était déboussolée. Être face au premier cas français d'une telle épidémie faisait peur. Mais en plus, les zones d'ombre créées par la hiérarchie rendaient la situation plus perturbante. La jeune interne était encore pleine d'illusions sur la médecine, sur sa vocation impériale, la beauté du serment… Une erreur, elle pouvait l'admettre, mais une malveillance ? À l'hôpital ? Au détriment d'un malade ?

– Enfin, pourquoi il aurait fait ça ? finit-elle par murmurer.

– C'est ce que je vais découvrir.

Elle hocha la tête, le regard perdu. Ça faisait beaucoup d'informations à ingérer.
– Et qu'est-ce qu'on fait maintenant ?
– On lance l'alerte.

En quelques minutes, l'intégralité du service fut au courant. L'équipe médicale se rassembla dans la salle des transmissions, et peu à peu le ton monta. Quelqu'un était parti chercher Willot, mais il n'était ni dans son bureau ni à l'étage. Des petits groupes de médecins et d'infirmières discutaient. La nervosité était palpable. Ils avaient peur, parlaient fort.
– Un premier cas de LAV, chez nous !
– Mais comment on va le soigner ?
– Qu'est-ce qu'il faut faire ?
– Vous croyez que d'autres vont suivre ?...
Laurent les observait. Tous partageaient les mêmes préoccupations. La peur, la colère, l'incompréhension, pour en revenir finalement à l'obligation de faire quelque chose. Mais quoi ? Il était déjà passé par tous ces états. Plus le temps passait, plus son incompétence l'effrayait. Que savait-on du LAV ? Rien. Comment était-ce possible ? Il prenait conscience du manque de professionnalisme de l'hôpital, alors que cette maladie se répandait à une vitesse ahurissante dans les autres pays du globe. Ou s'agissait-il d'autre chose ? Il était incapable de le dire. Tout comme il était incapable de soulager Ali Benyoussef, sans trouver de réponses. Par quels maux commencer ? Comment être sûr qu'un médicament n'aurait pas d'impact négatif sur un

autre symptôme ? Il n'y avait aucune procédure, aucune information.

Soudain, Roger, un des internistes spécialisés en neuro, monta sur le bureau.

– Ok, on se calme ! On se calme !

Laurent sourit.

– Je pense qu'il faut le mettre en quarantaine et attendre les instructions.

Une quarantaine ! Laurent n'y avait pas pensé. Une vague de désespoir s'empara de lui. Une quarantaine, ça reviendrait à mettre le service sens dessus dessous, à affoler l'hôpital, à rameuter la presse parce que forcément ils seraient au courant… Il n'était pas préparé à ça. Et plus important encore, Ali Benyoussef ne tiendrait pas face à tant de pression.

– Pardon, mais je pense que c'est un peu précipité, lança-t-il.

Tous les regards se tournèrent vers lui.

– Ah bon ? Et qu'est-ce qu'il te faut ? répliqua Roger.

– On pourrait essayer de soulager le patient d'abord…

– Et tu fais quoi s'il contamine tous les autres ?

Laurent n'avait rien à lui opposer. Personne ne savait comment le LAV se transmettait. Dans l'air comme la grippe ? Par le sang ? La salive ? Combien de temps le virus vivait-il en dehors du corps ? Leur ignorance était un trou sans fond.

– On n'a pas la preuve que c'est un LAV, hésita Laurent.

Il savait son argument mauvais, mais il ne voyait pas quoi dire d'autre.

– La preuve ? On l'aura jamais ! Y a pas de test ! répondit Simone, l'infirmière en chef.

– Attendez ! Attendez ! C'est quand même une super occasion ! On a peut-être le premier cas de France, faut pas se planter, intervint Marc.

Laurent eut envie de le serrer dans ses bras. C'était son premier soutien clair dans toute cette agitation. Il n'arrivait pas à donner tort à qui que ce soit, ils avaient tous raison, mais quelque chose en lui lui soufflait de tenir bon. La priorité, c'était son patient, même si pour le moment il ne savait pas comment s'y prendre.

– Faites ce que vous voulez, mais moi j'isole le service, conclut Simone. Marceline, Gisèle, vous me déplacez les malades des chambres 42 à 53. Lucie, on revoit le planning, on décale toutes les consultations de ce matin à cet après-midi, et les cas les plus prioritaires, vous me les descendez aux urgences.

– On n'attend pas Willot ? hésita Marceline.

– Comment vous expliquez que dans une situation pareille, le chef de service soit pas là ? Moi j'agis ! la rembarra Simone.

L'équipe médicale se mit en branle dans un brouhaha infernal. Chacun y allait de son commentaire. Certains médecins enfilèrent une seconde blouse, d'autres cherchèrent carrément des draps de chirurgie pour se protéger. Simone vida les tiroirs pour en sortir tout ce qu'elle pensait utile : du scotch, des stylos, des feuilles de sortie. Ridicule ! Lucie effaça le planning du matin sur le tableau.

D'autres médecins cherchèrent les consignes en cas de quarantaine.

– Mais c'est pas possible ! Y a que les consignes *incendie* ! Simone, où vous avez rangé le papier sur les quarantaines ?

– Et pourquoi ce serait moi ?

– Vous avez regardé dans l'armoire des archives ?

– Ça doit être accessible ! Dans les archives ça n'a pas de sens !

Du sens... Laurent désespérait d'en trouver. En quelques minutes, le service de médecine interne, d'habitude si bien rodé, sombrait dans le chaos.

– On devrait appeler le standard, prévenir tout l'hôpital ! reprit Roger.

– Attendons déjà d'avoir fini ici !

– Ils ont le droit de savoir ce qui se passe !

– Il a raison, il faut refuser les nouveaux patients, c'est tout l'hosto qui doit être en quarantaine.

Le désastre s'amplifiait. Laurent les observait, hagard. Il avait l'impression d'être dans un mauvais film. Et Ali Benyoussef dans tout ça ?

Une main le secoua. Il se retourna. C'était Camille.

– Qu'est-ce qu'on fait, docteur Valensi ?

Il aurait aimé avoir une réponse. Il n'avait aucun argument pour les calmer, aucune solution pour secourir son patient, pas plus qu'il n'avait de preuve de ce qu'il avançait. Il regardait le navire sombrer sans aucun recours.

– C'est à Willot de décider, conclut Laurent, navré.

S'en remettre au chef de service dans ces circonstances était un échec. Pire, un danger en ce qui le concernait.

Willot n'hésiterait pas à mettre ses menaces à exécution. Mais Laurent n'avait pas le choix. Au moment où il s'apprêtait à sortir, le téléphone sonna. Dans l'agitation, personne n'y prêta attention, à l'exception de Camille qui décrocha. En une seconde, elle devint écarlate, agita les bras pour faire signe aux autres de se taire.

– Oui… Bonjour, monsieur, bégaya-t-elle. Je vous la passe.

Elle demanda à Simone de venir, posa sa main sur le combiné et souffla :

– C'est le professeur Willot, il est avec M. Bernard.

Tout le monde se tut.

Bernard était le directeur de l'hôpital. On ne le voyait jamais. Comme la plupart des directeurs, il n'était pas médecin. Les malades, ce n'était pas son « truc », avait-il dit un jour. C'était un financier qui avait pour objectif de rendre l'hôpital rentable et de gagner la tête des classements des établissements parisiens et français. Un petit homme bedonnant qui cachait un vrai stratège. Il ne se mêlait jamais des problèmes. Son mot d'ordre : « Pas d'histoire. » Dès qu'un patient menaçait de porter plainte, que l'hôpital soit en tort ou pas, il réglait le problème « à l'amiable ». De nombreuses rumeurs circulaient sur les pots-de-vin qu'il toucherait des laboratoires. Mais il n'y avait jamais de preuves.

Simone s'approcha du téléphone. La maîtresse femme s'était transformée en un petit animal craintif. Évaporée, l'assurance.

– Allô ? murmura-t-elle.

Son regard balayait la salle à mesure qu'elle chuchotait de petits oui. La conversation fut brève. Elle raccrocha.

– Ils arrivent.

– Qui ? demanda Marceline.

– Bernard et Willot. Ils veulent nous parler. Vite, remettez tout en place !

17.

Bernard affichait un sourire hypocrite. Willot, derrière lui, semblait mal à l'aise. Laurent ne l'avait jamais vu ainsi. Où était passé le professeur menaçant de leur entretien du début de matinée ? Son corps trahissait sa peur, il avait le dos voûté, ses mains étaient cachées dans ses poches, ses pieds tournés vers l'intérieur.

Bernard salua l'équipe dans le calme. Il se racla la gorge et se lança :

– Mesdames, messieurs, merci de vous rendre disponibles. Le professeur Willot m'a informé de la confusion qui régnait dans le service ce matin. Certains d'entre vous craindraient qu'un premier cas de LAV ait été hospitalisé ici. C'est une erreur.

À cet instant, Laurent sut que le problème était plus important encore qu'il ne l'avait imaginé. Willot avait deviné bien avant lui de quoi souffrait Ali Benyoussef, et le salaud avait été d'une redoutable efficacité pour écarter les suspicions de l'équipe médicale. Bernard prenait soin de ne pas regarder Laurent quand il parlait et Willot baissait la tête. Ce discours sonnait faux. On aurait dit qu'il récitait un texte appris par cœur.

– Le professeur Willot, continua le directeur, a lui-même pris en charge le patient concerné. Il a fait pratiquer une série d'analyses, a consulté ses confrères chefs de service et il est parvenu à la conclusion suivante.

D'un geste, Bernard invita Willot à prendre la parole. Le chef de service ne leva pas la tête. Il sortit ses mains de ses poches quelques secondes et les y remit.

– Je comprends vos doutes, mais je suis formel : M. Benyoussef souffre d'un lymphome, aggravé d'une colite, due au traitement par antibiotiques.

Laurent comprit pourquoi c'était si facile de faire passer le LAV pour un cancer. Si on éludait certains symptômes, il y avait de quoi songer à un lymphome. Mais qu'en était-il de l'atteinte immunitaire ? Comment expliquer les conséquences rétiniennes d'Ali Benyoussef ? Comment pouvait-il avoir tant de fièvre sous antibiotiques ? Ce diagnostic ne tenait pas la route ! Pourtant, malgré son envie de poser des questions, Laurent se pinça les lèvres. Willot avait prononcé le nom d'un patient, ce qui ne lui ressemblait pas. Il semblait troublé, phénomène inédit. Bernard, derrière lui, l'incitait à poursuivre son monologue. Mais le côté forcé transparaissait. Que cachaient ces deux-là ?

Quand il eut terminé, Willot invita l'équipe à se détendre et à reprendre la journée normalement. Puis Bernard sortit et le professeur le suivit. Simone laissa éclater sa joie et serra Marceline dans ses bras. Roger proposa un champagne à l'heure du déjeuner.

– Et j'irai chercher des trucs chez le traiteur à côté pour un vrai apéro ! renchérit un externe.

Laurent n'en revenait pas. Comment avaient-ils pu croire à de tels arguments ? Étaient-ils aveugles à ce point ? Très vite, la réponse lui apparut limpide : ils *voulaient* y croire. Un LAV dans le service signifiait que l'épidémie touchait la France, que le danger approchait. Des risques devraient être pris, des victimes, des malades se multiplieraient. Un cancer, c'était plus confortable, et un apéro bien plus sympathique qu'une mise en quarantaine. Laurent était atterré. À vrai dire, il ne cherchait le soutien de personne, il continuerait à faire son possible pour soulager Ali Benyoussef, mais il se sentait terriblement seul, en total décalage avec ses confrères.

– C'est plutôt une bonne nouvelle, non ? risqua Camille, peu convaincue.

– Vous croyez ?

Elle fit non de la tête. Elle avait compris. Ils observèrent la salle en silence.

– Qu'est-ce qu'on va faire ? reprit-elle.

– Je ne sais pas encore.

Marc s'approcha d'eux.

– Bah alors ! Vous en faites une tête ! Camille, fais attention, il déteint sur toi ! Dans une semaine, tu feras la gueule toute la journée !

Laurent sourit, mais le cœur n'y était pas. Marc s'en rendit compte.

– Quoi ? Qu'est-ce qu'il y a encore ?

Laurent et Camille se jetèrent un coup d'œil. S'il y en avait un qui pouvait les aider, c'était lui.

– On peut te parler ? demanda Laurent.

Marc parut étonné.

– Bien sûr ! Qu'est-ce que vous avez fait, vous deux ? plaisanta-t-il en clignant de l'œil.

– Marc, c'est sérieux.

– Ok, ok ! Je vous écoute.

– Non, pas ici, répondit Laurent.

– Suivez-nous, ajouta Camille.

C'était plus un ordre qu'une proposition. Laurent en fut agréablement surpris. Son interne se sentait vraiment concernée. Ils la suivirent dans le local technique.

10 h 35. Laurent laissa Camille raconter l'histoire depuis le début. Les analyses trouvées dans le dossier d'Anna Pallin, les notes du laboratoire, l'appel à Ali Benyoussef, les menaces de Willot au matin, et l'évidente volonté de cacher un LAV quelques minutes plus tôt.

– On a fait le tour des symptômes, rien d'autre ne colle, conclut-elle.

– Attendez ! Vous êtes en train de me dire que Willot et Bernard auraient volontairement caché un cas de LAV ? Le premier cas de France ? C'est du délire !

– Marc, on est très sérieux…

– Valensi, calme-toi. T'es parano. Tu t'es planté sur un diagnostic, c'est pas grave…, tenta le chirurgien.

– Vous pensez vraiment que ce n'est qu'un lymphome ? le coupa Camille en lui tendant le dossier du patient.

À son tour, Marc parut ébranlé devant tant d'assurance. Lentement, il parcourut les analyses et conclusions médicales. À mesure qu'il tournait les pages, son regard s'obscurcissait.

– Vous êtes sûrs pour le zona ? Il avait vraiment eu la varicelle ?

– Sûrs.

– Et l'atteinte rétinienne, ça peut pas être lié à…

– À quoi ? répliqua Laurent.

– Je sais pas… Je cherche ! s'énerva Marc.

Laurent comprenait sa résistance. Ce dossier faisait mal. Ce qu'il signifiait était une torture, un point de non-retour. Comment continuer de travailler dans un hôpital qui trompait malades et médecins ?

– Marc, on a retourné le problème dans tous les sens. Quelque chose ne va pas. On a besoin de toi. S'ils ne veulent pas que ça s'ébruite, il doit y avoir une raison…, reprit Laurent.

– Il faut qu'on le sache pour continuer à le soigner sans risque, poursuivit Camille.

Marc les dévisagea. Il prenait peu à peu la mesure de ce qu'il venait d'apprendre. Il s'adossa au mur, dépité.

– Mais si vous avez raison… c'est un vrai scandale…

Laurent soupira.

– C'en est déjà un, conclut-il.

Marc semblait abasourdi. C'était la première fois que Laurent le voyait l'air si sérieux.

– Vous attendez quoi de moi ?

– Essaie d'en savoir plus, de taper plus haut. Nous on doit creuser ici et s'occuper du patient, mais y a forcément quelqu'un qui sait quelque chose… Et toi, tu connais tout le monde, précisa Laurent.

– D'accord. Je vais voir ce que je peux faire.

Marc soupira. Du regard il passait de Laurent à Camille en silence. Au bout d'un moment, il finit par se redresser et ouvrit la porte. La lumière des néons les aveugla.

– Je vous dis dès que j'ai du nouveau, conclut-il.

– Fais attention à toi, souffla Laurent.

Camille le remercia. Marc s'éloigna dans le couloir.

– Du coup, ils ont remis vos consult sur le planning. M. Brochant attend pour sa ponction lombaire…, précisa l'interne.

– Je sais. Je vous rejoins vite.

Laurent sortit du local à son tour.

– Mais je leur dis quoi ? lança Camille.

Son calme avait disparu. Elle ne voulait pas se retrouver seule ici. Jusque-là, l'hôpital était tout ce en quoi elle croyait, et à présent, elle ne savait plus quoi penser.

– J'arrive, Camille, je vous promets.

Laurent partit en courant. Il devait retourner voir le docteur David. Il n'arrivait pas à réfléchir sans lui.

18.

Le docteur David faisait les cent pas sur le trottoir, devant son épicerie.

– Rino ! Rino ! Viens vite ! cria-t-il en voyant Laurent traverser. Je me suis renseigné pour toi et…, commença le vieux médecin.

– C'est pire que ce que je pensais, le coupa Laurent.

Le docteur David l'interrogea du regard. Laurent lui décrivit la tentative de quarantaine et l'intervention incroyable de Bernard.

– Alors c'était ça !

– Quoi ? demanda Laurent.

– Je les ai vus, ces deux-là, ils se disputaient. J'ai rien compris à ce qu'ils disaient, mais Bernard avait l'air furax et Willot, il faisait peine à voir…

– C'était quand ?

– Tout à l'heure ! Y a une heure peut-être…

Laurent ne s'était donc pas trompé, il y avait bien de la tension entre son chef de service et le directeur de l'hôpital. Il ne savait pas encore pourquoi, mais ce qu'il avait ressenti lors de leur intervention n'était pas dû à son imagination. Willot n'était pas comme d'habitude, Bernard non plus, et cet enchaînement de faits avait fini de le convaincre : tout ça, c'était à cause du cas Ali Benyoussef. Le docteur David posa sa main sur l'épaule de Laurent.

– Fils, leurs histoires, c'est pas ça l'important. Ce qui compte, c'est le patient.

Encore une fois, le vieux médecin de Tunis avait raison. Depuis une heure, Laurent remuait ciel et terre pour démasquer sa hiérarchie, et il avait délaissé son malade. Mais que pouvait-il faire ? Comment soignait-on un LAV ? Il n'en savait rien.

– Je me suis renseigné. Y a une conférence ce midi à l'Ordre des médecins sur le LAV, tu pourrais apprendre des choses…

– Je savais pas qu'ils faisaient ça.

– Moi non plus. Y en a tous les trois jours. T'as du bol, ça tombe aujourd'hui.

Du bol ? Façon de voir, se dit Laurent. Mais ça prouvait bien qu'en France, la profession se réveillait. Partout ailleurs, on cherchait à s'informer, à comprendre. Il n'y avait qu'à Saint-Louis qu'on continuait de faire comme si le LAV n'existait pas.

Le docteur David nota le lieu sur un ticket de caisse. C'était à 13 heures dans un auditorium de la Salpêtrière, boulevard de l'Hôpital dans le 13ᵉ. S'il voulait être à l'heure, il avait intérêt à se dépêcher. Mais les examens de M. Brochant ne promettaient pas d'être simples. Il remercia l'épicier.

– Tu me raconteras, hein ! lui cria le docteur David tandis qu'il traversait la rue.

Laurent se hâta dans le hall. Le patient attendait dans la salle d'examen. Laurent était à peine entré dans la pièce que M. Brochant leva la tête et lui adressa un regard perdu. Des ponctions lombaires, il en avait déjà subi des tas, il savait qu'il allait souffrir. Laurent essaya de le rassurer, mais lui-même était trop ébranlé pour trouver les mots justes. Mieux valait passer à l'action.

Sans perdre de temps il s'empara de la seringue et la dirigea vers le bas du dos de son patient. Impossible de faire pénétrer l'aiguille… Laurent fronça les sourcils, étonné, et recommença sa manœuvre. Même résultat. Des gouttes de sueur perlaient le long de ses joues. Aujourd'hui, il était en train de perdre le fil. Tout foutait le camp, son savoir-faire avec. C'était invraisemblable ! Il avait dû pratiquer des milliers de PL depuis le début de ses études ! Celle-ci n'était pas différente des autres. Le patient attendait, épaules et tête baissées.

Ne pas se décourager. Il tenta d'oublier la présence des infirmières, des externes, de Camille, et se concentra. Par chance, le patient était trop effrayé pour se rendre compte de quoi que ce soit. Laurent repéra de nouveau le tracé entre les deux crêtes iliaques, le croisement avec les épineuses. Le point de ponction était bon. Il dirigea la seringue, inspira au moment de la planter, mais rien à faire. Elle ne voulait pas entrer. Il avait l'impression qu'il allait s'effondrer. Il était devenu un animal traqué, chaque faux pas pouvait lui être fatal.

Des mains entrèrent dans son champ de vision. Il mit

quelques secondes à se rendre compte que c'était celles de Camille, et que son interne lui parlait.

– Docteur Valensi, vous m'aviez promis que je pourrais m'en charger si je réussissais celle d'hier sur Mme Storange.

– Pardon ?

– Souvenez-vous ! Mme Storange… Vous m'avez félicitée hier pour sa PL et vous m'avez dit que ce serait à moi de procéder à celle de M. Brochant. Pouvez-vous me confier la seringue ?

Sans attendre sa réponse, Camille la lui prit des mains, palpa la peau du patient, repéra le point de ponction, demanda à M. Brochant de souffler et enfonça l'aiguille qui entra délicatement dans sa chair. En quelques minutes, elle avait récupéré suffisamment de liquide. Laurent n'en revenait pas. Ce n'était pas tant que ce qu'avait réalisé Camille était compliqué, mais jamais on ne l'avait soutenu de cette manière. Camille l'avait sauvé devant son staff, elle était sa coéquipière pour de bon. Cette pensée lui fit du bien. Il se sentit capable de reprendre les choses en main.

Camille confia les échantillons prélevés aux externes, surveilla le pansement que l'infirmière posait, donna les recommandations au malade et le rassura avant qu'il ne soit raccompagné à sa chambre. Toute l'équipe quitta la salle d'examen.

12 h 20. Laurent fila aux vestiaires. Il se passa un peu d'eau froide sur le visage.

– Faut que j'te parle, l'interrompit une voix.

Il leva la tête et aperçut Marc dans le miroir. Il était blême.

– Quoi ? Qu'est-ce qui se passe ?

– Pas ici.

Son collègue, terrorisé, inspecta l'intérieur de chaque W-C puis ouvrit la fenêtre pour observer les alentours.

– Marc, qu'est-ce que tu fais ?

– J'ai découvert quelque chose…

– Sur Ali Benyouss…

– Chut ! le coupa Marc.

Il ferma la porte à clef. Il faisait un pas en avant, deux en arrière.

– Ils sont partout et ils nous ont à l'œil. C'est grave, Laurent, très grave.

C'était la première fois qu'il ne l'appelait pas Valensi.

– Il y a un dossier. J'en saurai plus tout à l'heure. Faut qu'on se retrouve quelque part.

– Mais qui « ils » ?

– Je te dirai tout. On se retrouve dans deux heures au Saint-Maur, table du fond.

Marc sortit après avoir jeté un œil dans le couloir.

– Attends, attends, pars pas comme ça, le rattrapa Laurent.

– À tout à l'heure. Fais très attention.

Laurent se retrouva seul et s'assit sur l'un des toilettes, plus déboussolé que jamais. L'attitude et le discours de Marc l'avaient retourné. Qui les observait ? De quel dossier parlait-il ? Qu'avait appris Marc qui l'avait rendu à ce point nerveux ? Son ventre se contracta. Il était épuisé. Il avait l'impression que des mois entiers s'étaient écoulés depuis la veille. Ça allait trop vite. Il avait besoin d'une pause. Il regarda sa montre. 12 h 30. Il était déjà l'heure de partir pour la Salpêtrière. Il ferma les yeux et soupira. Le repos, ce n'était pas encore pour tout de suite.

19.

Dans le hall de la Salpêtrière, Laurent demanda à l'accueil où se trouvait la conférence de l'Ordre des médecins, mais personne ne sut lui répondre. Il s'adressa à des externes. En avaient-ils entendu parler ? Mais personne ne voyait à quoi il faisait allusion. Il monta au premier étage, puis au deuxième, passa en revue les salles de thèses, les auditoriums. Rien. 12 h 55. Il allait être en retard. Il redescendit dans le hall, interpella un médecin :

– Pardon, je suis de Saint-Louis, je cherche la conférence sur le LAV.

– Aucune idée, désolé, lui répondit son confrère avec un regard suspicieux, avant de s'éloigner.

Perdait-il son temps ? Il ferait peut-être mieux de rentrer ?

Soudain une femme l'aborda :

– Vous cherchez la conférence de l'Ordre des médecins ?

– Oui, bégaya-t-il.

Elle était sublime. Très grande, très mince, la peau métissée, des cheveux longs, frisés, châtains aux reflets blonds. Quelques secondes, Laurent fut hypnotisé. C'était peut-être la plus belle femme qu'il ait jamais vue.

– J'y vais aussi, suivez-moi, c'est au sous-sol.

Incapable de réfléchir, Laurent lui emboîta le pas. Elle ne marchait pas, elle flottait dans les airs, ondulant des hanches en une chorégraphie sensuelle. C'était bien la première fois qu'il lui était donné de voir un tel spectacle dans un hôpital.

Quand ils entrèrent, la salle était déjà pleine. Ils se dirigèrent vers le fond sans faire de bruit et s'assirent côte à côte. Face à eux, un homme en jean et polo avait déjà commencé son exposé. Devant lui, une vingtaine de médecins l'écoutaient.

– L'idée de ces conférences est de se tenir informés les uns les autres. Tant que nous n'en saurons pas plus, il faudra que la profession soit solidaire. On va en avoir besoin, disait-il.

Ensuite, il se présenta : professeur en immuno à Tenon, délégué à l'information à l'Ordre des médecins. Puis il projeta une série de cartes où le nombre de cas par pays était inscrit pour chaque mois depuis deux ans. Laurent n'en revenait pas. C'était fou ! Ce qu'il ressentait depuis quelque temps prenait forme : la maladie se répandait de façon exponentielle. Sur les images, la France était épargnée, ainsi que quelques autres pays d'Europe et les États communistes où, bien sûr, on ne pouvait tomber malade. Autant ne pas compter sur leurs données. Mais si ça continuait comme ça, on pourrait facilement compter des centaines de milliers de contaminés, des millions peut-être en quelques années à peine. Laurent essuya la sueur qui perlait sur son front. Autour de lui, les médecins semblaient tous aussi nerveux.

Le conférencier expliqua que c'était cette progression qui avait guidé les chercheurs vers l'idée d'un virus. Ça ne pouvait pas être génétique ou héréditaire, cette multiplication arbitraire en apparence impliquait une contamination. Il précisa qu'a priori ce virus ne concernait pas que les homosexuels, même si la majorité des patients observés aux États-Unis appartenaient à cette communauté. Cette donnée était néanmoins intéressante parce qu'elle pouvait guider la recherche. En observant les pratiques des homosexuels, on espérait en apprendre davantage sur le mode de propagation de l'épidémie. Il y avait d'ailleurs de fortes présomptions quant au facteur sexuel, mais rien n'était prouvé et d'autres transmissions étaient possibles.

Il renseigna enfin l'assemblée sur l'avancée des recherches scientifiques. Selon lui, plusieurs laboratoires travaillaient sur l'isolement du virus, mais on était très loin d'aboutir à un traitement.

Quelqu'un leva la main.

– Bonjour, docteur Vignot de Bichat. Comment on fait pour savoir si un patient est atteint ? Si ça se trouve, j'en ai laissé passer plusieurs…

– Je sais, c'est très difficile… Malheureusement, il n'y a pas de test de dépistage et il ne faudra pas compter dessus avant un moment, répondit l'homme.

Une femme prit la parole à son tour :

– Bonjour, docteur Amadino de Mondor. Si on ne sait

pas comment ça se transmet, comment on fait pour se protéger ? Enfin, je veux dire, nous, les médecins ?

Il y eut un blanc. Plusieurs personnes se raclèrent la gorge.

– Effectivement, c'est compliqué, concéda le conférencier.

– Y a-t-il un risque quand on palpe les patients ? poursuivit-elle.

– Nous ne savons pas, murmura le conférencier.

Laurent entendit des chuchotements, des toux nerveuses. Comme lui, les médecins mesuraient l'ampleur du problème. Ils seraient les premiers exposés si la maladie arrivait en France. Et Laurent savait que c'était le cas. Impossible d'être sûr que le LAV ne se transmettait pas comme une grippe.

Une foule de questions tourbillonnèrent dans son esprit, et à en juger par l'inquiétude qu'il sentait autour de lui, il n'était pas le seul. Comment fallait-il stériliser les instruments dorénavant ? Devait-il parler à Ali Benyoussef avec un masque ? Devait-il utiliser des gants de chirurgie pour l'ausculter ? Mais à dix francs la paire, l'hôpital ne l'autoriserait jamais ! Les gants étaient réservés aux opérations, et ce n'était pas près de changer avec des directeurs financiers comme Bernard. Que faire des seringues une fois le patient piqué ? Pouvait-on laisser dormir les patients souffrant d'autre chose dans les mêmes draps que les LAV, même après être passés en machine ? Quelles étaient les maladies associées le plus couramment ? Et le moins couramment ? Laurent était venu ici pour obtenir des réponses, il repartait avec plus de questions et d'angoisses. Que devait-il faire de son patient ? Comment pouvait-il le soulager ? Devait-il obéir à Willot et le laisser rentrer chez lui ? Il s'affala sur son siège, perdu.

– Pas facile, hein, compatit sa voisine.

Il avait oublié qu'elle était là.

– C'est assez décourageant, confirma-t-il.

– Vous êtes médecin, déduisit-elle en indiquant sa blouse.

– Oui, à Saint-Louis, service de médecine interne. Et vous ?

– Gabriella Moraes, je suis journaliste, répondit-elle en lui tendant la main.

Sans savoir pourquoi, Laurent eut un mouvement de recul. Il n'aimait pas les journalistes, il avait trop entendu d'histoires de médecins qui s'étaient confiés et avaient été trahis puis radiés du conseil de l'Ordre. C'était facile pour un journaliste de sous-entendre ou d'extrapoler, mais derrière, il y avait le secret médical, et ça, c'était sérieux.

– Et je ne mords que les docteurs méchants, plaisanta-t-elle.

Laurent sourit.

– J'ai l'habitude que les médecins aient peur de moi. Mais je suis de votre côté. Cette saloperie de maladie, on n'a pas fini d'en entendre parler, croyez-moi, ajouta-t-elle.

– Pourquoi vous dites ça ?

– J'ai mes sources… On nous en dit pas la moitié ici, c'est sûr.

Laurent repensa à Bernard et Willot. Si la situation était la même dans plusieurs hôpitaux, les suppositions de Gabriella Moraes devaient être vraies.

– Et vous, vous n'avez jamais eu de doute ? Aucun patient atteint ? C'est quand même bizarre que la France ne soit pas concernée, vous ne trouvez pas ?

Il y avait une lueur de malice dans son regard. Comment faisait-elle pour viser si juste ? Laurent avait l'impression qu'elle lisait dans ses pensées. S'il restait près de cette femme, elle saurait pour Ali Benyoussef en moins d'une heure. Il se leva.

– Vous partez déjà ?

– Oui, mes patients m'attendent…

– Je cherche des médecins pour écrire un article, et faire un peu de veille.

– De veille ?

– Oui. Vous finirez bien par avoir un cas un de ces jours. J'aimerais en être informée.

– Je ne sais pas, c'est contraire à l'éthique…

– Les gens doivent savoir à quoi ils s'exposent.

Elle avait raison, mais il ne voulait pas être celui que l'on sacrifie pour le bien de la communauté. Il enfila son manteau.

– Je vous laisse ma carte, insista-t-elle dans un sourire. Si vous changez d'avis…

Laurent la remercia et glissa la carte dans sa poche. Dans la salle, les questions affluaient, mais face au vide abyssal de connaissances, personne n'apprendrait rien. Pire, cette ignorance les minerait. Ils craindraient de se retrouver face à un cas, et rumineraient en attendant que ça arrive. Laurent soupira. Il n'avait pas envie de rester mais rentrer à Saint-Louis le démoralisait.

13 h 53. Laurent attendait à la table du fond du café Saint-Maur, comme Marc le lui avait demandé. Il avait faim, commanda un sandwich. Depuis combien de temps n'avait-il pas mangé ? Depuis le hamburger de la veille… Son cœur se serra. Il revit les visages de Mme Bianchi, Francesca, et pensa au passage Charles-Dallery. La bassine bleue, les médicaments de sa mère encore dans l'armoire. Son journal d'enfant. Il jeta un œil vers la porte. Marc n'arrivait toujours pas. Il sortit le journal de sa poche.

On a regardé le foot avec mémé Nina, Paris a gagné ! Après on est allés se coucher et elle m'a dit que j'étais son préféré.

Quand sa mère était tombée malade, son père avait acheté une petite télévision, quinze centimètres sur quinze, pour que ses journées au lit soient moins tristes. Chaque soir de match, les trois frères et la grand-mère envahissaient le lit parental. Le père râlait, mais la mère insistait pour que tout le monde reste. Par certains aspects, la maladie les rapprochait.

La serveuse déposa le sandwich sur la table et regarda Laurent avec un air dubitatif. Pourquoi ? En guettant la porte d'entrée, il aperçut son reflet dans un miroir. Son œil noirci avait gonflé, son pansement épais lui barrait le front, ses cernes étaient violets, son teint verdâtre. Avec sa blouse blanche, le mélange était étrange. Elle avait raison. Pas génial pour un médecin. Il se replongea dans son journal.

Papa veut encore qu'on aille au cimetière. Ils ont enlevé la bâche noire devant la porte d'entrée. Le deuil est fini pour tout le monde sauf pour nous. C'est vraiment dégueu !

Il sauta ce passage. Il n'avait pas envie de lire ça. Cette période était trop dure. Pas tant à cause de l'absence de sa mère, mais pour la discipline que leur père leur avait imposée. Chaque semaine pendant un an, ils devaient aller au cimetière à pied, prier, s'habiller avec des vêtements déchirés et un brassard noir… Aucune fête, aucune musique, aucune distraction. Rien ne devait perturber le travail de deuil. Enfin, la version religieuse du deuil.

Quand la maladie de Marguerite Valensi s'était déclarée, Laurent avait commencé à douter de l'existence de Dieu. Il en avait parlé à sa mère, il avait peur qu'elle meure. Elle lui avait répondu que chez les Juifs, on ne mourait pas. Comme un idiot, il l'avait crue. À sa mort, ce mensonge résonnait en boucle dans son esprit. Comment avait-il pu être si naïf ? Les Juifs n'étaient pas plus protégés que les autres. Aux doutes s'étaient ajoutés ces rituels morbides. Il s'en était convaincu, aucun Dieu ne pouvait être si mauvais. C'était sûr, Dieu était une invention pour que certains hommes aient le pouvoir sur d'autres.

14 h 12. Marc était en retard. Laurent croqua dans son sandwich. Aucun goût. La salade était défraîchie, le poulet sec. Il ne le finirait pas.

J'en ai marre des bisous collants. Serge a eu plein de cadeaux pour sa bar mitzvah et moi rien. Juste des bisous dégueu des tantes ! C'est pas juste.

Laurent sourit. Sa « communion », lui, il n'y avait pas eu droit. Sa mère venait de mourir. Deux ans plus tôt, à la bar mitzvah de Serge, Marguerite avait insisté pour prendre une photo avec lui, son « p'tit dernier » comme elle l'appelait. Il voulait juste manger et jouer, sa mère l'agaçait vraiment avec ces histoires. Elle avait eu gain de cause pourtant, il n'avait pas échappé au cliché. Cette photo, Laurent la chérissait. Jamais elle ne le quittait. C'était la seule où ils étaient tous les deux. Dessus, il boudait, elle l'embrassait et l'amour inconditionnel de sa mère transparaissait. Il survola avec appréhension les pages vers la fin du cahier. Repenser à sa mère, il y parvenait encore. Le reste, c'était différent. La cicatrice ne se refermerait jamais. C'était aussi pour ça qu'il avait cessé d'écrire.

Le vieux me parle toujours pas. Comme si c'était la fin du monde ! Un taré, celui-là. Qui m'a collé un père pareil ?

Il s'arrêta. Il se souvenait très bien du jour où il avait écrit ces mots. C'était en janvier, au milieu de sa seconde terminale. Depuis des mois, son père refusait de lui adresser la parole. Ils partageaient le même lit, vivaient à quelques mètres, et pourtant Ange ne démordait pas de sa colère. L'échec de son fils à son premier baccalauréat lui était insupportable. Il voulait qu'il soit médecin, mais impossible avec de tels résultats. Ça le rendait furieux. Pour Laurent, à part la musique et les copains, rien ne comptait. Il prenait exemple sur Alain, passait son temps à jouer de la guitare, voir ses amis, rigoler, parce qu'il pensait qu'il y avait droit à son âge…

Quel idiot, se dit-il en refermant le cahier. Il avait tout fait pour se racheter depuis, mais rien ne réparerait la mort de son père, pas même son statut de chef de clinique en médecine interne, le service le plus réputé de l'hôpital.

– Vous voulez un dessert ? demanda la serveuse.

Laurent tressaillit. Il avait oublié où il était. Il remercia la jeune femme et regarda sa montre. 14 h 23. Il n'avait plus le temps d'attendre, il devait être à 14 h 30 à l'hôpital. Tant pis, il croiserait Marc plus tard. Il avait encore dû succomber à une infirmière…

20.

En entrant dans le hall, Laurent perçut une étrange ambiance.

– Je suis vraiment désolée, dit Gaëlle des urgences.

Elle avait les yeux rouges. Et elle s'éloigna en se passant la main sur les paupières. Plusieurs infirmières pleuraient. Les patients les regardaient sans comprendre. Laurent interpella l'une d'elles.

– Il est arrivé quelque chose ?

– Vous n'êtes pas au courant, docteur Valensi ?

– Au courant de quoi ?

Il avait crié sans s'en rendre compte. La jeune femme parut surprise.

– Bah pour le docteur Marc. Il a eu un accident…

– Un accident ?

– Oui, il est tombé dans les escaliers… C'est une infirmière qui l'a retrouvé. Il est dans le coma.

Dans le coma ? Qu'est-ce que c'était que cette histoire ? L'information se matérialisait difficilement dans la tête de Laurent. C'était impossible, il avait mal compris. Il y avait une erreur ! Marc ? Tombé dans les escaliers ? Dans le coma ? Deux heures plus tôt, ils parlaient ensemble ! Marc était en pleine forme !

– Mais qu'est-ce qui s'est passé ?

– J'en sais rien… C'est Gaëlle qui me l'a dit…

– Et où est-il ?

– En réa.

Laurent n'y croyait pas… Il fallait qu'il en sache plus. Il partit chercher l'infirmière.

À l'accueil des urgences, derrière son comptoir, Gaëlle l'écoutait avec attention.

– Mais comment on peut se retrouver dans le coma en tombant dans les escaliers ? répétait-il.

– Une mauvaise chute, ça arrive tout le temps ! répondait-elle.

Mais Laurent n'arrivait pas à l'admettre. Marc préférait attendre l'ascenseur dix minutes plutôt que d'utiliser ses jambes… Pourquoi avait-il emprunté les escaliers cette fois ? Il essayait d'imaginer son collègue, son flegme, sa démarche lente et assurée… Ça ne collait pas avec une chute dans les escaliers. Sans s'expliquer pourquoi, une alarme s'alluma dans son esprit.

– Gaëlle, j'ai besoin d'en savoir plus. À quelle heure c'est arrivé ? Qui l'a trouvé ?

– Aucune idée.

– Vous pouvez vous renseigner auprès des autres infirmières ?

– Ça ne changera rien, vous savez, soupira-t-elle.

– Pour moi, ça peut tout changer, conclut-il d'un ton ferme.

Elle acquiesça.

À présent, il n'avait plus qu'une seule idée en tête : voir Marc. Il se précipita vers l'étage de réa. Camille pleurait. Laurent s'élança vers elle.

– Ils ont dit qu'ils savaient pas s'il se réveillerait, confia-t-elle entre deux sanglots.

Laurent accompagna son interne vers les fauteuils.

– Restez là.

– Mais je dois remonter en chirurgie pour les suivis...

– Non, vous ne bougez pas sans moi !

Camille écarquilla les yeux. Laurent n'en revenait pas d'avoir dit ça. Il ne pouvait pas en parler encore, mais il se sentait responsable de ce qui était arrivé à Marc. Il n'y avait aucune raison, et pourtant, cette idée ne le lâchait pas. Désormais, il avait l'impression qu'il devait protéger son équipe en plus de son patient.

Il entra dans la salle de réanimation. Le médecin qui avait pris Marc en charge était navré, le pronostic vital était engagé. Il ne voulait pas donner de faux espoirs. Marc gisait sur le troisième lit en entrant. Il était relié à de nombreux tuyaux. Sa jambe était plâtrée, son crâne enroulé dans des bandes blanches. Comment était-ce possible ? Laurent vacilla, se rattrapa au bord du lit. Tout cela n'avait aucun sens...

Il s'approcha. La douleur qu'il ressentait ne s'adressait pas à un simple collègue. Il avait le sentiment qu'on lui arrachait quelqu'un de précieux. Soudain, il en eut la conviction, Marc était son ami. Près de son oreille, il chercha quelque chose à dire, mais ne trouva pas.

– Je suis désolé, souffla-t-il enfin.

Une vague de chagrin le submergea. Et si Marc mourait ? S'il revenait en légume ? Et s'il ne pouvait plus jamais opérer, comprendre, aimer ? Les larmes roulaient sur les joues de Laurent. Il n'y avait rien à faire. Ce sentiment lui était insupportable. Aucun scalpel, aucune intervention ne pouvait arranger les choses, il fallait s'en remettre aux traitements et au ciel, mais c'était au-dessus de ses forces.

Il serra la main de son ami. Aucune réaction. Pas plus qu'à ses mots. Marc n'était plus là. Laurent se prit la tête entre les mains. C'était trop. Serait-il capable de tenir sa promesse ? Serait-il capable de continuer ? Il se contredisait de minute en minute. La motivation laissait place à la peur, l'assurance au doute. Il fallait qu'il sorte de cette chambre.

Au bout du couloir, des cris. C'était Michèle, la femme de Marc. Il l'avait déjà rencontrée. Elle tenait à peine debout, ses yeux effarés cherchaient son mari, ses collègues, quelqu'un pour la tirer de ce cauchemar. Mais personne ne pouvait prononcer les mots qu'elle attendait.

– Valensi ! appela-t-elle.

Laurent se pétrifia. Camille se leva, mais il lui fit signe de rester à sa place. La femme de Marc s'approcha en s'appuyant au mur.

– Laurent Valensi… Je… je…

Elle ne parvint pas à terminer sa phrase et éclata en

sanglots. Laurent la prit dans ses bras. À quelques mètres d'eux, Camille détournait le regard. C'était insoutenable.

– Je suis désolé, murmurait Laurent.

Michèle n'entendait plus rien. Elle vivait au rythme de ses sanglots.

– J'y arriverai pas ! J'arriverai pas à le voir comme ça, c'est trop dur, répétait-elle.

Laurent lui proposa de l'accompagner, mais d'abord, il lui suggéra de prendre un tranquillisant. Camille se hâta d'aller en chercher avec de l'eau. La femme refusa d'abord, mais Laurent insista et elle finit par accepter.

Ensemble, ils entrèrent dans la chambre. La femme de Marc était soutenue d'un côté par Camille et de l'autre par Laurent, mais à la vue de son mari, elle s'effondra. Elle hurlait si fort que les réanimateurs durent la faire sortir. Tant de douleur et d'impuissance, Laurent, ça le rendait fou. Un psy arriva, qui prit Michèle en charge.

En remontant à l'étage de médecine interne, Camille et Laurent croisèrent des médecins et des infirmières. Tous avaient les yeux rougis. Marc était connu et apprécié dans l'hôpital. Au moment où il s'apprêtait à rejoindre ses collègues, Laurent aperçut Gaëlle au bout du couloir, qui lui faisait signe.

– Bon, je ne sais pas exactement à quelle heure c'est arrivé, mais l'infirmière qui l'a trouvé, c'est Lisa d'hémato.

– Ok. Et elle est encore là ?

– Oui, je l'ai prévenue que vous passeriez sûrement la voir.

– Merci, Gaëlle.

Laurent fit aussitôt demi-tour pour se diriger vers l'étage d'hématologie. Là, il aperçut une petite brune frêle, des taches de rousseur partout sur le nez et les pommettes. Laurent sut tout de suite que c'était Lisa.

– Vous êtes le docteur Valensi ? demanda-t-elle.

– Lisa ?

– Oui… Je suis désolée pour votre ami.

Laurent hocha la tête. Il ne savait pas quoi répondre.

– Écoutez, je ne veux pas vous ennuyer, reprit-il après un temps. Mais Marc comptait beaucoup pour moi. Et… je cherche à comprendre.

– C'est normal…

– Quand vous l'avez trouvé, il était déjà dans le coma ?

Lisa le fixa, surprise.

– Gaëlle ne vous a pas dit ?

– Quoi ? s'étonna Laurent.

– C'est ça que j'ai trouvé bizarre. Je venais d'ouvrir la porte de la cage d'escalier quand j'ai entendu quelqu'un crier. Une seconde plus tard, Marc était au sol…

– Mais… qu'est-ce qu'il criait ?

– « Laissez-moi. »

La respiration de Laurent se coupa quelques secondes. Il en était certain désormais, Marc n'était pas tombé, on l'avait poussé. Il n'avait aucune preuve, mais son intuition était la bonne.

– « Laissez-moi » ? répéta-t-il. Et c'est tout ?

– Oui. Enfin… une porte a claqué à l'étage du dessus, mais je n'ai vu personne…

Laurent essayait d'imaginer la scène. Marc tentant

d'échapper à quelqu'un qui le poursuivait. Peut-être s'étaient-ils battus ? Pour finir, cette personne avait poussé son ami. À présent, il était dans le coma. Non, ce n'était pas un accident. La colère imprégna tout son corps. Il trouverait le coupable. Dans sa tête, il en fit la promesse à Marc.

– Docteur Valensi, je veux pas de problème, moi…

– Vous n'en aurez pas.

– Je suis nouvelle ici… Gaëlle a insisté pour que je vous parle, mais…

– Tout ce que vous avez dit restera entre nous, je vous le promets.

Lisa esquissa un sourire.

– Bon, je dois retourner travailler, dit-elle en saluant Laurent. Je suis vraiment désolée pour votre ami.

– Merci encore.

Elle ne répondit pas.

Laurent regarda le sol, les murs de l'hôpital. Il avait soudain l'impression d'être dans un endroit étranger. Qui avait bien pu pousser Marc ? Et pourquoi ? Qu'avait-il découvert ? Marc avait mis son nez où il ne fallait pas en fouillant le cas Benyoussef, et on avait voulu l'empêcher d'en savoir plus ou de révéler ses informations. Ça pouvait être n'importe qui, mais Laurent ne voyait que deux personnes possibles : Willot ou Bernard. Peut-être les deux. Ses supérieurs. Ceux de Marc aussi. Des employeurs qui devaient veiller à la sécurité de leurs médecins… Il faudrait jouer serré.

14 h 50. Il retourna dans son service. Il n'avait plus confiance en personne. Camille le héla.

– Pas maintenant, Camille.

– Mais, docteur, c'est au sujet de Marc.

Laurent s'arrêta net.

– Quoi ? Que se passe-t-il ?

– Rien de nouveau mais… enfin, quand vous êtes parti ce matin, Marc vous a cherché. Il a dit qu'il avait quelque chose d'important à vous dire, que ça ne pouvait pas attendre. Il avait l'air très nerveux… Je m'en veux, docteur. J'ai senti qu'il n'allait pas bien, et je n'ai rien fait.

Camille fondit en larmes.

– Est-ce qu'il vous a raconté de quoi il s'agissait ?

– Non, mais il a dit qu'on était « entourés de salauds ».

Bien sûr, Marc avait découvert quelque chose qui avait déplu à Willot ou Bernard, le reste n'avait été qu'une conséquence.

– Et vous savez à qui il a parlé après ? Je veux dire avant de tomber ?

– Non. Il a dit qu'il irait voir Willot, mais je ne sais pas s'il l'a fait.

Camille avait du mal à parler tant elle pleurait. Laurent passa sa main sur son épaule. Il cherchait ses mots. Consoler les autres, ce n'était pas son truc.

– Camille, reprit-il, il faut qu'on sache à qui il a parlé.

– Pourquoi ?

– Parce que…

Camille soutenait son regard.

– Vous pensez qu'il n'est pas tombé, c'est ça ?

– Je ne sais pas, admit Laurent, prudent.

– Moi je ne crois pas. Toute cette histoire, c'est pas net.

Laurent n'était donc pas le seul à nourrir de telles suspicions.

– Je vais retourner voir l'équipe. De votre côté, essayez de savoir à qui il a parlé en dernier.

– D'accord.

– Rendez-vous ici dans vingt minutes. Après, il faudra reprendre le travail, autrement on risque d'avoir des problèmes aussi.

– Bien, docteur.

Laurent interrogea tous ceux qu'il pouvait trouver, personne ne savait rien. Et puis quelle idée, l'heure était à la peine, pas à ces questions stupides ! Quitte à s'interroger, il n'avait qu'à chercher des solutions pour que le service ne soit pas débordé avec un médecin en moins. Dépité, Laurent s'en alla retrouver Camille. Elle semblait soucieuse.

– Alors, du nouveau ? demanda-t-il.

– Je ne sais pas…

– Comment ça ?

– Ce qui est sûr, c'est que Marc est entré dans le bureau de Willot une demi-heure avant l'accident.

C'était donc ce pervers de Willot. Il avait voulu épingler Marc comme ses papillons. Une bouffée de haine inonda Laurent. Il avait envie de lui casser la figure sur-le-champ, mais Camille poursuivit :

– Mais selon Clothilde, une amie externe, Bernard les aurait rejoints…

– Dans le bureau de Willot ?

– Oui.
– Elle est sûre de ça ?
– Oui.
– Et cette Clothilde, elle est digne de confiance ?
– Je ne la connais pas très bien… J'ai demandé à tous les autres, personne ne les a vus ensemble. Elle était partie aux toilettes mais elle aurait vu Bernard entrer dans le bureau du professeur, c'est tout ce que je sais.

Bernard ou Willot… Le choix n'était pas plus clair, sauf que désormais, Laurent n'en était plus aux hypothèses. Il savait qu'il avait raison. Il en avait le souffle coupé.

Soudain, la perspective changeait. S'il n'avait pas parlé à Marc, s'il avait lâché le cas Benyoussef comme on le lui avait dit, rien de tout cela ne serait arrivé. Il était responsable. Son ami allait peut-être mourir à cause de lui, de son obsession. Tout était de sa faute. Il se redressa. Sa décision était prise : il n'en resterait pas là. Il fallait qu'il expose à la France, au monde entier ce qui venait d'être commis. Il devait prouver que cet accident n'en était pas un, découvrir les informations pour lesquelles Marc avait été puni. Il n'avait plus le choix. C'était allé trop loin.

21.

15 heures. Sans réfléchir, Laurent se dirigea vers le bureau de Willot. Marceline lui barra le chemin.

– Y a plusieurs messages pour vous, Valensi, dit l'infirmière en se mouchant. Je vous les ai notés.

Elle indiqua le bureau dans la salle des transmissions. Laurent eut un moment d'hésitation. Qui pouvait chercher à le contacter ? Serait-ce une nouvelle menace ? D'un coup, les mains moites, il s'empara du Post-it qui lui était adressé. C'était Nathalie. Elle avait essayé de le joindre cinq fois. Il soupira. Que se passait-il encore ?

– Je vous attends dehors, murmura Camille.

Laurent la remercia et composa le numéro de chez lui. Nathalie décrocha aussitôt. Il entendait Julia pleurer derrière elle.

– Où t'étais ? Ça fait des heures que j'essaie de te joindre !

– C'est compliqué ici ce matin…

– Ici aussi, même très compliqué !

Nathalie semblait paniquée. Derrière elle, Julia criait :

– L'est papa ? La veux parler à papa ! La veux parler à papa !

– Qu'est-ce qui se passe ? demanda Laurent, déstabilisé.

– Julia a mal à l'oreille ! T'entends pas ?

– Passe-la-moi. Julia ?

Dès qu'elle perçut la voix de Laurent, la petite cessa de pleurer et se mit à tousser. Elle en rajoutait.

– Papa ?

– Oui, mon cœur, qu'est-ce qui se passe ?

– L'a mal à l'oreille. La dois venir me soigner…

– Papa est au travail, mon ange, je dois soigner des gens très malades.

– Moi aussi l'est malade…

– Je sais, mon bébé. Papa va dire à maman quoi faire, et je viendrai te soigner ce soir, d'accord ?

– Non, la viens maintenant ! L'a très mal.

– Je sais, mon cœur, passe-moi maman.

– Non la restes avec moi !

– Chérie, passe-moi maman, je dois lui parler.

Julia recommença à crier. Elle ne voulait pas lâcher le combiné.

– Elle a de la fièvre ? demanda-t-il à sa femme.

– 37,5°C.

– Bon ça va. Et tu lui as donné quoi ?

– Rien ! C'est pour ça que je t'appelle !

– Nath, enfin, c'est toujours pareil ! Commence par un peu d'aspirine !

– Me prends pas de haut, c'est pas moi le médecin…

Laurent était épuisé. Il n'avait pas le courage de mener

une dispute aussi ridicule. Comment expliquer à sa femme qu'elle se noyait dans un verre d'eau ? 37,5°C ! C'était du cinéma, et elle ne le voyait même pas ! Julia voulait faire payer à son père son absence de la veille et celle de ce soir, c'était tout.

– Tu rentres quand ? demanda sa femme.

– Je sais pas…

– Tu veux pas faire un saut pour venir l'ausculter ?

– Je peux vraiment pas…

– Je comprends.

Son ton signifiait le contraire. Encore une fois, elle ne disait pas ce qu'elle pensait.

– Marc a eu un accident, c'est le chaos ici… Il est dans le coma.

– Marc, celui qui trompe tout le temps sa femme ?

Il la détesta d'avoir dit ça. Comme si son ami n'avait eu que ce qu'il méritait. Comment pouvait-elle juger les autres quand tout ce qu'elle avait à faire dans la vie, c'était de veiller sur sa fille, et que même ça, elle n'en était pas capable ? Il essaya de se raisonner. Nourrir de telles idées ne le mènerait nulle part. Nathalie était enceinte, épuisée, et Julia pouvait être terrible… Lui-même était bien content de partir au travail quand elle le sollicitait trop… Mais quand même !

– Je vais essayer de passer… Je suis désolé, mon amour, parvint-il à répondre.

Ses mots sonnaient faux eux aussi. Nathalie s'en était sûrement rendu compte, mais elle ne releva pas. Il lui indiqua la posologie des médicaments, lui conseilla de coucher la petite devant un film, elle finirait par s'endormir et elle-même pourrait se reposer.

– Et toi, comment tu vas ? demanda-t-il quand la conversation fut apaisée.

– Ça va aller.

Laurent ne sut quoi répondre. En silence, il écoutait le souffle de sa femme.

– Bon, il faut que je raccroche.

– Ok. Fais attention à toi, dit-elle.

Elle ne croyait pas si bien dire.

– Je t'aime, Nath.

– Je sais.

Quand il eut reposé le combiné, un sentiment de tristesse l'envahit. À force de vouloir être partout, il n'était nulle part.

Laurent retourna dans la chambre d'Ali Benyoussef. Avec toutes ces histoires, il n'avait pas eu de nouvelles depuis des heures. Il n'avait pas plus de solution qu'en fin de matinée, mais il voyait un peu plus clair sur la manière de s'y prendre. Il irait à tâtons, testerait les antibiotiques, les doses. Peut-être qu'avec un peu de chance, il réussirait à le soulager…

Il frappa à la porte, personne ne répondit. Il entra. Le SDF marmonnait en se cachant sous ses draps. À côté de lui, la place d'Ali Benyoussef était vide. Il n'y avait ni lit ni chaise. Le rideau de séparation était ouvert. Laurent sentit une sueur glacée couler le long de son dos. Son patient avait disparu. Il interpella le SDF :

– Où est l'homme qui dormait à côté de vous ?

Le SDF remonta davantage le drap sur sa tête, laissant dépasser ses pieds.

– Monsieur, s'il vous plaît, il y avait quelqu'un là, où est-il ?

D'un coup, l'homme se découvrit, les yeux injectés de sang.

– Les Américains, ils l'ont emmené ! Ils nous observent, ils sont partout !

– Des gens l'ont emmené ?

– Chut ! Ils sont là ! Ils vous emporteront aussi !

Le cœur de Laurent cognait dans sa poitrine. Cette situation ne lui plaisait pas du tout. Il sortit de la chambre et chercha Camille. Elle revenait de la réanimation.

– J'ai augmenté les doses de Mme Bianchi. Elle a mal mais elle est stable, annonça-t-elle en souriant.

– Où est M. Benyoussef ?

Camille ne semblait pas comprendre sa question.

– Ali Benyoussef, il est où ? répéta Laurent.

– Dans sa chambre !

– Mais non ! J'en sors ! Il n'y a personne.

Interloquée, Camille murmura :

– Vous croyez que…

– Je ne crois rien ! Il faut qu'on le retrouve, la coupa-t-il sèchement.

Ils décidèrent de se séparer, chacun se chargeant d'un côté du couloir. Ils devaient interroger médecins, infirmières, patients. Un malade dans l'état d'Ali Benyoussef, ça ne pouvait pas disparaître comme ça ! À moins qu'il soit mort ? Laurent frissonna.

Vite, il alla trouver Simone, elle pensait aussi qu'il était dans sa chambre. Pareil pour Marceline. Ils vérifièrent sur le planning, dans les couloirs, en salle des transmissions. Personne ne l'avait vu partir, aucun arrêt cardiaque n'avait été signalé, aucun décès non plus. C'était insensé !

– Il ne tient pas debout ! Quelqu'un l'a forcément déplacé ! criait Laurent, hors de lui.

Quelle bande d'incapables ! Même pas foutus de surveiller leurs patients ! Il maudissait son service alors qu'en réalité, il s'en voulait de l'avoir laissé seul. Camille les rejoignit. Rien non plus de son côté.

– C'est la première fois que je vois ça, déplora Simone.

Laurent se serait volontiers passé de cet « exploit ». Il demanda aux infirmières de mener l'enquête dans les autres services, en attendant il allait refaire un tour des chambres avec Camille.

– Mais on en vient !

– Eh bien on y retourne ! Il ne s'est quand même pas volatilisé ! tonna-t-il.

Les trois femmes sursautèrent. D'ordinaire, Laurent surveillait son langage, ses manières, jamais un mot plus haut que l'autre, jamais d'impératif, surtout depuis qu'il était passé chef de clinique. Il sortit du bureau en claquant la porte. Camille le suivit. Il se passa la main sur le front en soupirant. Qu'allait-il faire à présent sans patient ? Comment expliquerait-il cette disparition à ses supérieurs ? Et Marc qui était dans le coma !

Une femme de ménage qui nettoyait le sol s'approcha.

– Suivez-moi, chuchota-t-elle.

– Merci, madame, mais nous avons un problème à regler, lui répondit Laurent.

– J'ai vu quelque chose. Venez…

D'un signe de tête, elle leur indiqua la cage d'escalier. Intrigué, Laurent lui obéit.

La femme de ménage scruta les étages. Il n'y avait personne.

– C'est le patient de la 42 que vous cherchez ? souffla-t-elle d'une voix à peine audible.

– Oui, M. Ali Benyoussef, précisa Laurent.

– On l'a emmené à la morgue.

Laurent eut un vertige. Camille blêmit.

– À la morgue ? Il est. .

– Non, il n'est pas mort. Moi je nettoyais en bas, et je les ai vus l'installer dans une des chambres à côté de la zone froide.

Laurent ne savait même pas qu'il y avait des chambres au sous-sol. Il n'en revenait pas. C'était une quarantaine qui ne disait pas son nom. Plutôt que d'isoler le service, on isolait le malade.

– Mais qui l'a déplacé ?

– Je sais pas. Des nouveaux. Enfin, je les connais pas. Y avait un grand brun, et un autre avec des lunettes.

Avec une telle description, autant dire que la moitié de l'hôpital pouvait être concernée… De toute manière, l'urgence était de retrouver Ali Benyoussef, le reste attendrait. Il devait être terrorisé, le pauvre.

– Vous pouvez nous y conduire ? demanda Laurent.

– Je dois faire mon travail…

– Ça ne prendra que quelques minutes…

– Je sais pas… Moi je veux pas de problème.

– Je vous promets qu'il ne vous arrivera rien, jura Laurent.

En fait, il n'en savait rien, mais il n'avait plus de temps à perdre à arpenter les couloirs du sous-sol.

– S'il vous plaît, madame, insista Camille.

La femme de ménage soupira.

– D'accord, venez.

22.

15 h 30. À une cinquantaine de mètres de la morgue, deux chambres se faisaient face. L'endroit était lugubre, glacial et mal éclairé. Comment avait-on pu infliger cela au malade ? La femme de ménage repartit, laissant Camille et Laurent dans le couloir. Laurent mit un moment à ouvrir la porte. Il craignait de trouver Ali Benyoussef furieux, ou à moitié mort… Trop tard pour reculer. À présent, il était le seul à pouvoir secourir cet homme, il n'avait pas le choix. Du moins, il ne voulait pas se le donner. Il entra.

Une petite télévision était allumée. Ali Benyoussef était redressé sur son lit, la lampe de chevet allumée. Il avait repris quelques couleurs.

– Ah, docteur ! Je commençais à me demander quand vous alliez arriver !

Le ton naturel qu'avait employé le patient étonna Laurent. Comme s'il était normal qu'il le trouve ici.

– Excusez-moi, que vous demandiez-vous ? questionna Laurent en faisant mine d'avoir mal entendu.

– Les médecins qui m'ont conduit ici m'ont dit que

vous viendriez plus tard… Mais plus tard, ça veut rien dire !

Les salauds qui avaient fait ça se doutaient que Laurent le retrouverait ! Pourquoi tous ces coups bas, ces mystères ? Il était un simple médecin, il consacrait sa vie à soigner des gens. Que faisait-il au cœur de ces intrigues ? Il fixa son patient dans les yeux et s'assit sur son lit.

– Écoutez, monsieur Benyoussef, j'ai besoin de comprendre… Racontez-moi tout depuis le début. Quand vous êtes venu la première fois, et puis après, quand sont apparus vos symptômes, qu'est-ce qu'on vous a diagnostiqué ? Je dois tout savoir.

Ali Benyoussef hocha la tête.

– Ils vous ont rien dit alors ?

Laurent ne répondit pas. C'était évident. Le silence dura quelques minutes. Enfin, le patient se racla la gorge.

– L'année dernière, j'ai eu des vertiges, et puis j'ai eu une angine qui voulait pas partir, et j'avais du mal à respirer. Au bout d'un mois, je suis venu ici. J'étais avec ma femme. Elle venait de tomber enceinte et elle avait peur d'être malade…

Il eut un sourire triste et fit un geste de la main comme pour balayer ce souvenir. Il raconta que suite à ses premières analyses, un professeur en immunologie était venu lui poser des questions. Avait-il voyagé récemment dans un pays exotique ? Avait-il des oiseaux ou des animaux tropicaux chez lui ? Le médecin semblait mal à l'aise. C'était là qu'on avait présenté le professeur Willot à Ali Benyoussef. Ils avaient demandé à sa femme de sortir et l'avaient interrogé sur sa sexualité.

– C'était la première fois qu'on me posait ce genre de question… J'ai mal réagi. Vous comprenez, chez moi, c'est mal vu tout ça…

Ali Benyoussef était vexé qu'on puisse le prendre pour un homosexuel, et il était parti. Quelques mois plus tard, les symptômes avaient empiré et de nouveaux étaient apparus. Il entendait parler de l'épidémie de cancer homosexuel et il s'était mis à douter… Il n'avait eu qu'une aventure avec François, est-ce qu'on pouvait tomber malade comme ça ? À présent, des larmes coulaient sur ses joues.

– Toute ma vie j'avais lutté contre… Je m'étais marié parce que mes parents n'auraient pas supporté… Un fils pédé !

Il avait rencontré François trois ans plus tôt dans un restaurant. Il était serveur. À la fin du déjeuner Ali Benyoussef savait que sa vie allait changer. Il ne pouvait pas décrocher son regard du jeune homme. Il n'avait pas touché à son plat. François s'en était inquiété. Y avait-il un problème ? Oui, mais pas celui auquel il pensait. Ali Benyoussef n'avait pas su quoi répondre et François avait souri. Quand il avait apporté l'addition, il avait laissé une carte avec son numéro de téléphone écrit au dos. Ça se voyait tant que ça ? s'était demandé Ali Benyoussef.

Pour être honnête, ce n'était pas la première fois qu'un homme lui faisait signe. Son homosexualité ne trompait personne, à part sa famille… Même en Tunisie, quand il y allait en vacances, on avait essayé à plusieurs reprises de l'embrasser, le caresser dans des boîtes ou des chichas. Il s'était toujours offusqué. Mais là, avec François, c'était plus fort que lui. Il était attiré par cet homme. Ça venait du fond de lui-même. Il fallait qu'il le revoie, qu'il le touche, qu'il l'embrasse, qu'il l'écoute pour tout connaître de lui.. Il ne pourrait pas vivre autrement.

– J'aimais beaucoup Nadia, mais je l'aimais pas... Avec François, j'ai pas réussi à lutter. C'était trop... trop fort, reprit Ali Benyoussef.

Alors un soir, après de nombreuses hésitations, quand Nadia s'était endormie, il l'avait appelé. Ils s'étaient donné rendez-vous le lendemain au restaurant, à la fin du service, et ils avaient passé la nuit ensemble. Une nuit fabuleuse où pour la première fois Ali Benyoussef s'était senti à sa place. Il se fichait des réactions de Nadia, des conséquences dans sa vie. Tout ce qu'il voulait c'était rester aux côtés de François. Il se demandait comment il avait pu s'empêcher d'être heureux jusque-là. Comment avait-il fait pour se marier, faire l'amour à sa femme sans aucun désir, accepter de vivre l'existence d'un autre ?

Cette fois, c'était décidé, il allait assumer son homosexualité aux côtés de son grand amour, même si ses origines constituaient un obstacle de taille. Il n'avait rien demandé, pas plus d'être arabe que gay... Il ferait avec, il était prêt. Chaque fois que les doutes émergeaient, il lui suffisait de voir François ou de penser à lui pour retrouver la force d'avancer dans sa vérité.

Ali Benyoussef se mit à tousser. Camille, les larmes aux yeux, l'aida à se calmer, arrangea son oreiller pour qu'il soit plus confortable.

– Mais c'était pas si simple… Nadia était vraiment gentille…

Il n'arrivait pas à la quitter. Chaque fois, elle se mettait dans des états pas possibles, le suppliait de ne pas l'abandonner. Il ne voulait pas lui faire de mal. Et puis elle était tombée enceinte. François avait fait mine de s'en fiche, mais en fait, quelque chose s'était cassé.

– J'ai pas su choisir, vous comprenez ? se justifia-t-il.

Il avait beau redoubler de marques d'affection, François s'éloignait, et Ali n'arrivait plus à supporter sa femme. Puis tout était allé très vite.

– Nadia a eu des doutes. Faut dire que je me cachais pas vraiment ! Elle m'a suivi et elle a tout découvert… Elle est partie du jour au lendemain et je l'ai jamais revue. Le gosse est né, mais je le connais pas… Quand ils ont appris, ma famille m'a tourné le dos, ils veulent plus jamais me voir.

Il marqua une pause avant de reprendre

– Je parle jamais de ça, docteur… Mais si je meurs, il faut qu'on sache… J'ai jamais voulu faire de mal…

– Personne ne vous juge ici, monsieur Benyoussef.

– On vous juge toujours dans la vie.

Il toussa de plus belle. Camille lui servit un verre d'eau.

– Merci, mademoiselle, lui dit-il. Après ça, François m'a quitté. Il ne voulait pas d'une histoire si compliquée. C'était il y a quatre mois. J'étais si mal que j'arrivais pas à savoir si c'était le chagrin ou si j'étais malade. Un jour, je me suis évanoui dans la rue, et je me suis réveillé ici. Le professeur Willot m'a dit que j'avais sûrement quelque chose de grave, mais qu'il ne savait pas encore quoi, que je devais faire des examens... Il m'a dit que je serais son patient attitré et qu'il ne fallait pas que j'en parle pour ne pas faire de jaloux dans le service... Franchement, je voyais pas qui pouvait être jaloux de moi...

– Et il a trouvé ce que vous aviez ?

– Pas vraiment. Je lui ai demandé pour le cancer homosexuel. Il m'a dit qu'il ne pensait pas. Y en avait pas en France. Mais que c'était sûrement un lymphome. Il m'a demandé de venir deux fois par semaine, il voulait essayer un traitement. Et puis avant-hier, il m'a dit de rentrer chez moi, et vous m'avez appelé...

Laurent hocha de nouveau la tête. Que dire après ça ?

– Vous savez, docteur, je suis pas idiot. Y a quelque chose de pas net, mais j'ai pas la force de lutter. Ce monde, je le comprends pas.

– Vous n'êtes pas le seul, répondit Laurent.

Ali Benyoussef essuya de la sueur sur son front.

– Vous m'avez promis de me dire la vérité, docteur.

– Oui, marmonna Laurent.

– C'est ça qui m'a plu. Et vous savez, il faut tenir ses promesses...

Laurent avait soudain l'impression d'être un enfant pris en flagrant délit devant le proviseur de l'école.

– Dites-moi, docteur, qu'est-ce que j'ai ?

Laurent jeta un regard affolé à Camille. Il avait l'impression qu'elle avait vieilli de dix ans depuis la veille. Elle avait beau déployer des forces inimaginables, lui apporter un soutien considérable, cette fois c'était à lui d'assumer. Ali Benyoussef avait raison.

– Le cancer homosexuel n'existe pas. En fait, c'est un

virus depuis le départ. Un lymphadénovirus, on appelle ça le LAV. On ne sait pas grand-chose dessus. Comment ça s'attrape, comment ça se transmet… Mais vu vos symptômes, il y a de fortes chances que ce soit ça.

– Alors je n'ai pas de cancer ?

– Non.

– Mais… est-ce que je vais mourir ?

Pourquoi Laurent avait-il promis ? Que pouvait-il répondre ? Il n'y avait aucun traitement, aucun recul, pas l'ombre d'un test de dépistage… Il prit la main du patient dans la sienne.

– On va se bagarrer, monsieur Benyoussef. Je ne sais pas encore comment, mais on va pas laisser la maladie gagner comme ça.

M. Benyoussef fixa le sol.

– C'est pour ça qu'ils me traitent comme un lépreux, hein ?

– Comment ça ? s'inquiéta Laurent.

– C'était pas un traitement de faveur de m'amener ici. Je suis un lépreux.

Il éclata en sanglots. Laurent s'approcha de lui, mais le patient lui fit signe de rester à sa place.

– Je veux pas mourir !

Camille détourna la tête.

– Je veux pas ! répétait-il.

Il était terrifié. Laurent cherchait des mots pour l'apaiser, mais rien ne venait. Cet homme était le premier cas de LAV en France, sans espoir de guérison, parqué dans une chambre à côté de la morgue, planqué par le chef de service… Ça dépassait l'entendement.

– Monsieur Benyoussef, il faut vous accrocher…

– Laissez-moi ! hurla le patient. Je suis pas un rat de laboratoire !

– Personne ne pense ça…

– Sortez d'ici ! implora-t-il.

Laurent était déboussolé. Il comprenait la réaction du malade, mais que faire ? Jamais il ne s'était senti si inutile. Il obéit et invita Camille à le suivre hors de la chambre.

La jeune interne était livide. Soudain, elle se mit à trembler.

– Qu'est-ce qu'il y a, Camille ?

– Rien.

Mais son expression disait le contraire.

– Dites-moi, insista-t-il.

Elle devint rouge, peinait à respirer. Elle cherchait quelque chose dans ses poches qu'elle ne trouvait pas, et paniqua. Elle finit par saisir sa Ventoline et en aspira quelques bouffées.

– Asthmatique, précisa-t-elle quand elle retrouva son souffle.

Laurent savait que les crises d'asthme ont toujours un déclencheur, physique ou psychologique. Il insista de nouveau pour que Camille lui révèle ce qui la tracassait à ce point.

– C'est juste que… enfin, vous pensez qu'on l'a attrapé ?

– Quoi donc ?

– Le LAV ?

C'était ça. Elle commençait à se rendre compte du danger. Il avait refoulé cette question depuis le début de la journée. Lui-même refusait de penser aux conséquences. Camille le fixait. Elle attendait qu'il la rassure, mais que pouvait-il répondre ?

– Je ne sais pas, Camille. J'espère pas.

– Comment on va faire ?

Laurent écarta les mains. Si le virus était aussi sévère qu'il le redoutait, les médecins seraient aux premières loges. Mais comment savoir ? Il n'y aurait que le temps et les victimes pour apporter les informations nécessaires et tirer les conclusions adéquates. Laurent détestait cette absence de solution, et imaginait déjà la réaction de confrères qui rechigneraient à prendre des risques… Comment feraient les malades si les médecins écoutaient leur peur ? Elle était justifiée, bien sûr, et après ? C'était aussi ça leur métier, accepter qu'en soignant on puisse mourir.

Plus il réfléchissait, plus la colère montait. Ali Benyoussef abandonnait la lutte, ses supérieurs l'avaient lâché, et maintenant la volonté de Camille s'ébranlait. La situation lui échappait. Il devait être plus fort que la peur, parce qu'il ne supportait ni la faiblesse ni les défaites. Tout ce qu'il avait obtenu dans sa vie l'avait été à force de rudes combats. Le couloir sombre, la morgue à quelques mètres semblaient le narguer. Son patient était là, à trois pas de lui. Il n'avait pas le droit de baisser les bras.

– Ça suffit, déclara-t-il en rouvrant la porte de la chambre d'un geste sec. C'est là qu'on doit être. Près de notre patient. On sait jamais quand la mort va tomber. Regardez Marc, à l'heure qu'il est, on se porte mieux que lui.

Camille transpirait à grosses gouttes.

– Vous n'êtes pas obligée, Camille, mais moi, je peux pas le laisser comme ça.

Il entra dans la chambre. Ali Benyoussef pleurait, recroquevillé sur son lit.

– Monsieur Benyoussef, lança Laurent sur un ton déterminé. Je comprends votre désarroi, mais vous ne pouvez pas vous laisser aller comme ça.

– Qu'est-ce que ça peut vous faire ?

– Vous en valez la peine. Vous vous le devez à vous-même, à la vie, même si elle est dure.

Le silence pesait sur eux. La pièce paraissait de plus en plus petite, de plus en plus sombre.

– Qu'est-ce que vous en savez ?

– Je le sais, c'est tout, conclut Laurent.

Camille acquiesçait à chacune de ses paroles, comme si elles lui étaient adressées aussi. Ali Benyoussef se tut. Soudain, il se contracta, plissa les yeux, le visage déformé par la douleur.

– Qu'est-ce qui se passe ? demanda Laurent en s'approchant de son lit.

– J'ai des crampes depuis ce matin. Ça finit par passer mais ça fait mal.

– Laissez-moi regarder.

Laurent souleva la chemise du patient et palpa son ventre. Il était dur. Pas normal.

– Camille, il faut lui faire une échographie abdominale.

– J'ai voulu en faire une ce matin, mais on m'a dit qu'il n'y avait pas de place avant deux jours.

– Ils ont menti. On va devoir se débrouiller autrement.

– Ces douleurs, c'est à cause du LAV, docteur ? questionna le patient.

– Sûrement.

– Alors à quoi ça sert de vouloir me soigner si on sait pas soigner ma maladie ?

– On ne sait pas éradiquer le LAV, mais on peut traiter certains symptômes pour que vous viviez mieux.

D'un coup de pied, il débloqua les roues du lit et le poussa vers la sortie. Camille passa devant. Ali Benyoussef les observait, les mains sur le ventre. Malgré son désarroi, il semblait être rassuré qu'on s'occupe de lui.

23.

Laurent arrêta le lit à quelques mètres du service de radiologie.

– J'arrive.

Il se redressa. Il fallait qu'il ait l'air imposant et sûr de lui. Il passa les portes de l'imagerie médicale.

– Bonjour, docteur Valensi, salua l'interne de radio. Dis donc ! Qu'est-ce qui vous est arrivé ? demanda-t-il en pointant l'œil de Laurent.

C'était le même interne que pour Mme Bianchi. Laurent aurait préféré quelqu'un qu'il ne connaissait pas du tout, même si les chances étaient faibles… Celui-là devait avoir gardé un a-priori depuis la veille, et la nouvelle requête de Laurent n'arrangerait pas les choses.

– Rien. Un patient m'a donné un coup sans le faire exprès…

– Et vous avez passé une radio ? Votre bleu n'est pas beau à voir.

– Tout va bien, je vous assure. Je ne suis pas là pour moi. J'ai un patient qui attend dehors, reprit Laurent. Il a besoin d'une écho en urgence.

L'interne était pris au dépourvu et vu son expression, il détestait ça.

– Mais, docteur Valensi, on ne peut pas procéder comme ça ! Vous imaginez si tous les médecins descendaient avec leurs patients ! Il faut prendre rendez-vous...

Laurent connaissait ce discours. La vérité c'était qu'il y avait toujours une petite place pour les imprévus, les amis ou la famille... Quelques secondes plus tôt l'interne était prêt à lui faire passer une radio, mais pour son patient, il était débordé...

– Il est mourant, l'interrompit-il. J'ai besoin de savoir ce qui se passe.

– Comment s'appelle-t-il ? soupira le radiologue.

– Ali Benyoussef. Il est dans le service de médecine interne.

L'interne leva la tête et resta quelques secondes sans rien dire.

– Je sais pas... Faut que je demande... Je croyais que c'était le patient du professeur Willot...

Laurent avait encore été doublé.

– Oui, mais il m'a chargé de m'en occuper.

L'interne était déstabilisé, il fallait agir maintenant, avant qu'il ne retrouve ses esprits. Laurent appela Camille et fit entrer le lit d'Ali Benyoussef. En quelques secondes, il installa le patient sur la table et aspergea son ventre de liquide pour l'échographie. Comme un automate, l'interne s'installa face à son écran et passa la sonde.

L'infection se distinguait très clairement sur les images. C'était plus qu'une colite. Il faudrait intensifier les antibiotiques pour éviter que le mal se propage. Mais comment augmenter encore les doses ? Ali Benyoussef était déjà au maximum… Et ce depuis des semaines. Laurent devait réfléchir, se replonger dans les documentations, le *Vidal*, ses livres de médecine… Il y avait sûrement une solution à laquelle il ne pensait pas.

– Camille, vous pouvez raccompagner M. Benyoussef dans sa chambre ?

Elle acquiesça, l'air inquiet.

– Je vous rejoins, je voudrais juste faire quelques recherches.

– Pas de problème.

– Veillez à ce qu'il se repose, d'accord ?

– Oui, docteur Valensi.

Laurent regagna son service.

16 h 15. Sur le bureau de la salle des transmissions, un nouveau Post-it lui était adressé. Nathalie avait encore appelé. Il le jeta à la poubelle, il n'avait vraiment pas la tête à ça. Il saisit un des exemplaires d'immunologie sur l'étagère, parcourut différents chapitres. Herpès, peste, Ebola, Burkitt, hépatites A, B, C… Quels étaient les symptômes, les traitements ou leurs pistes, les périodes d'incubation, les modes de transmission ? Pouvait-il y avoir des liens avec le LAV ? De quoi s'inspirer pour soulager Ali Benyoussef ? Laurent avait toujours adoré explorer les livres de médecine. Adoré et redouté à la fois. Au fil des lectures, il était persuadé d'avoir toutes les maladies du monde.

Pendant ses études, il se rendait chaque semaine aux urgences ou chez un confrère pour se faire ausculter. Ne sentaient-ils pas cette boule dans son cou ? Cette tache sur son bras n'était-elle pas suspecte ? N'y avait-il pas de raideur dans sa nuque ? Tant de fois il s'était vu mourir d'une maladie foudroyante, s'imaginant agoniser chez lui, seul et terrorisé. Mais c'était sa peur qui parlait, irrationnelle. Et à chaque nouveau sujet étudié, une frayeur en chassait une autre.

Avec les années, il avait réussi à prendre du recul. Un peu. Il ne pouvait pas non plus tout attraper. Le monde était certes plus menaçant qu'encourageant et il y avait plus de manières de mourir que de vivre. Mais chaque jour, le miracle se produisait, on naissait, on guérissait ou, mieux, on ne tombait pas malade. Pour beaucoup, l'existence était longue et joyeuse, et la maladie un accident éventuel de parcours. Pourquoi ne pas y croire aussi ? Parfois, quand un patient le touchait plus que les autres, la peur revenait, et avec elle les souvenirs de son enfance. La bassine, le cancer de sa mère… Mais au quotidien, il parvenait à moins y penser.

Il sauta des chapitres. Rien d'intéressant jusque-là. Il s'arrêta sur celui des hépatites. Très vite pourtant, il s'interrompit. Il perdait son temps. Rien ne correspondait vraiment. Il se sentait comme un laborantin devant ses pipettes, sauf que dans son cas le patient attendait et le temps était compté. Le LAV, c'était l'échec de la médecine. Il referma le livre et le rangea sur l'étagère. Ça n'avait servi à rien.

Même s'il doutait de trouver plus d'informations, il saisit le *Vidal* et étudia les antiviraux qui pouvaient peut-être lui servir. Plus il tournait les pages, plus la colère montait. Là non plus, rien d'utile !

Soudain, le téléphone sonna, c'était Simone.

– Docteur Valensi, votre femme est en ligne, elle vous demande.

Sans lui laisser le temps de répondre, Simone transféra l'appel.

– Mais pourquoi tu me rappelles jamais ?

– Nath, je te l'ai dit, j'ai vraiment une journée très dure !

– Laurent, tu crois que ça me fait plaisir de te déranger ? Mais j'ai pas le choix…

Elle l'avait appelé Laurent, autrement dit elle était à bout. Il l'imaginait seule dans l'appartement, entre ses nausées et les crises de Julia… Il essaya de se calmer.

– La fièvre n'a pas monté mais elle se plaint beaucoup. Je peux pas la laisser comme ça, poursuivit-elle.

– Elle fait du cinéma, Nath.

– Cinéma ou pas, ta fille va mal ! Elle a besoin de toi.

Laurent souffla. Il avait envie de fuir. Ils en avaient tous après lui, il n'avait que deux bras ! Il demanda à parler à la petite.

– Julia, mon cœur, il faut être gentille avec maman.

Elle pleurait. Sa fille était au plus mal, et lui cherchait un traitement qui n'existait pas pour un mourant !

– L'a bobo, papa !

Son langage régressait.

– Je sais, mon ange, je te promets que demain je m'occupe de toi toute la journée.

Cette fois, la vérité, il n'assumait plus. Autant donner dans le mensonge pansement.

– La promets ?

– Oui, mon cœur.

La petite se calma.

– Allez, tu me repasses maman ?

Avant de céder, la petite lui fit promettre encore qu'il serait avec elle toute la journée du lendemain. Le cœur serré, Laurent abdiqua de nouveau et Julia rendit le téléphone à sa mère.

– Bon, on se voit tout à l'heure ? reprit Nathalie.

– Tout à l'heure ? s'étonna Laurent.

– Bah oui ! Pour mon écho ! Je te l'ai redit hier !

Il avait complètement oublié…

– Oui, oui, bien, sûr ! À tout à l'heure.

Comme si son emploi du temps n'était pas assez rempli…

Il était encore dans le bureau quand Camille vint le retrouver.

– Il dort. Et on aura les derniers résultats d'ici une heure ou deux.

– Merci. Vous avez été super.

Elle sourit.

– On a une consultation dans pas longtemps je crois.

– Vous voulez y aller quand même ? s'étonna-t-elle.

– Je n'ai pas le choix…

Camille acquiesça. Il y avait un cas d'atteinte viscérale multiple qui ne pouvait pas attendre, et avec l'absence de Marc en chirurgie, le planning avait été bousculé. À présent il était carrément surchargé. En ce qui concernait Ali

Benyoussef, pour le moment, il n'y avait rien à faire de plus. En consult au moins, Laurent n'y penserait pas. Mieux, il aimait la sensation de servir à quelque chose, ça valait le coup d'essayer de se remonter le moral. Il se prépara sans conviction. Il avait du mal à s'intéresser à un cas si standard.

24.

En entrant dans la chambre du malade, il salua à peine les externes et demanda le dossier sans prendre le temps de mettre tout le monde en confiance en résumant le cas, comme il le faisait d'habitude. Il l'analysa machinalement. Radios, échos, traitements, opérations préalables… Il ne prononçait pas un mot. Il se sentait mal, obsédé par cette impression d'impuissance. Il avait passé des heures à étudier la médecine, à sacrifier sa famille, ses finances, ses proches pour se dévouer au combat contre la mort. Il avait choisi cette vie et son lot d'injustice parce que cette voie était plus forte que tout. Mais aujourd'hui, il était amer. Combien de maladies émergeraient face auxquelles il ne pourrait rien ? Combien de traitements ne seraient pas découverts à temps ? Combien de patients devrait-il regarder mourir ?

Il repensa à la réunion de l'Ordre des médecins. « On n'a pas fini d'en entendre parler », avait dit le conférencier. « On ne nous en dit pas la moitié », avait ajouté la journaliste. Au fond de lui, il pensait comme eux.

Concentrée, Camille observait ses gestes. Elle semblait

abattue depuis le récit d'Ali Benyoussef. Laurent se sentait responsable d'elle, de son évolution, comme de celle de tous les internes et externes qu'il avait en charge. Mais comment lutter cette fois, quand lui-même était dans cet état ?

Il prescrivit un nouveau traitement et prévint le patient d'éventuels effets secondaires avant de quitter la chambre. Il passa devant la réa. Marc était allongé sur son lit, immobile. Le cœur de Laurent se serra. Il ferma les yeux. Mais le visage joyeux de son ami avant l'accident était partout dans son esprit. Qu'avait-il découvert ? À qui avait-il parlé ? Où était-il allé ? Il devait bien y avoir des indices. Quelqu'un l'avait forcément aperçu.

Il demanda à Camille de l'attendre. Elle chercha à savoir où il allait, mais il ne voulait pas la mêler davantage à cette histoire. Marc, ça suffisait.

– Je préfère que vous surveilliez les patients.

Elle n'insista pas. La fatigue se lisait sur son visage. Cette journée était interminable, et il était à peine 16 h 30 !

Il commença par interroger les gens du service de chirurgie. Marc leur avait-il semblé bizarre ce matin ? L'avaient-ils vu aller dans un endroit inhabituel ? Parler à quelqu'un de haut placé dans l'hôpital ? Chaque fois, on le regardait avec étonnement. Personne n'avait rien vu ni rien remarqué d'anormal. Marc était arrivé avec des croissants, il avait fait les visites, relu ses dossiers pour les opérations, et à l'heure du déjeuner il était sorti.

Laurent questionna ensuite les femmes de ménage. Pas plus d'informations. Il monta dans les autres services, puis descendit aux urgences. Même réponse. Marc avait fait ce qu'il lui avait demandé : il avait été discret. Trop peut-être. Laurent ne voyait plus quelle piste remonter.

Il s'apprêtait à regagner l'étage de médecine interne quand il aperçut une femme lui faire signe. Il se retourna pour vérifier que c'était bien à lui qu'elle s'adressait. Il n'y avait personne derrière. Il mit du temps à la reconnaître. C'était la mère d'Anna. L'autopsie ! Ça aussi, il l'avait complètement oublié. Elle devait savoir ce qui s'était passé à présent. Pourquoi sa fille ne s'était pas réveillée après une simple opération exploratrice. Il se tétanisa. Entendre une autre mauvaise nouvelle était au-dessus de ses forces.

Mme Pallin avait les yeux bouffis. Elle qui était venue si soignée à l'hôpital pour accompagner sa fille se présentait aujourd'hui dans des vêtements informes, sans maquillage, les cheveux en bataille. Elle était terrassée.

– Vous devez être soulagé, docteur, souffla-t-elle à Laurent en retenant un sanglot.

– Soulagé ?

– Oui… C'est pas votre faute… Ils ont dit que c'était lié ni au diabète ni à l'opération. Que vous aviez eu raison de vouloir l'opérer pour comprendre son mal de ventre. Mais rien n'explique sa mort. Pour eux, c'est un mystère.

L'autopsie n'avait donc rien révélé.

– Je ne comprends pas, docteur… Vous savez, j'ai toujours cru. Je vais à l'église… On est des gens bien… Je comprends pas… Comme ça, sans raison…

– Je ne sais pas non plus, madame Pallin, répondit Laurent.

– Il l'a rappelée.

Encore une qui cherchait les réponses dans un autre monde et qui se sentait trahie. Laurent n'avait ni la force ni le statut pour combattre ça. Question allumés de la religion, Serge lui suffisait. Aujourd'hui encore, il se demandait comment son frère pouvait croire à toutes ces salades. Se sentait-il vraiment mieux depuis qu'il priait matin et soir, qu'il mangeait kasher et qu'il n'utilisait pas l'électricité le samedi ?

– Docteur, je peux vous demander quelque chose ? reprit Mme Pallin.

Laurent avait très envie de répondre non.

– Je vous en prie, madame Pallin.

– Comment était-elle ?

– Pardon ?

– Je veux dire, quand elle est partie, est-ce que son visage était en paix ?

Que pouvait-il répondre ? Il avait rejoint le bloc en urgence quand on lui avait appris que ça se passait mal. Le visage d'Anna était caché par le champ opératoire. Il était concentré sur son cœur que le chirurgien essayait de relancer… Il n'avait pas vu son visage. Mais Mme Pallin semblait tant attendre de sa réponse… Il détestait ces situations.

– L'infirmière m'a dit que ma fille avait versé des larmes mais qu'elle avait l'air sereine. Vous croyez qu'elle était triste de me quitter ? reprit la mère d'Anna.

– Sûrement, madame Pallin. Quand ils partent, les patients sont souvent à la fois soulagés et tristes…, céda Laurent.

Il ne pouvait tout de même pas lui dire que verser des

larmes était un phénomène naturel au moment de la mort, au même titre que tous les autres liquides du corps... Quelle infirmière avait été assez idiote pour lui raconter ça ? Et dans son malheur, la pauvre femme s'accrochait à cette idée. Qui avait raison ?

– Je prierai pour vous, docteur Elle vous trouvait gentil.

Mme Pallin pressa le bras de Laurent, se signa et repartit. C'était absurde. Tout était absurde.

Les opérations de Marc avaient été réattribuées. L'administration prenait toujours le dessus. Pas le temps de réfléchir, la vie continuait. Laurent en avait été frappé à la mort de son père. Impôts, assurances, formulaires à remplir, à envoyer, rendez-vous à honorer, il avait eu l'impression d'être broyé par le système. Sa vie n'avait plus de sens, il était seul à Paris avec Serge qui déjà s'isolait dans la religion, et chaque jour il devait remplir des documents. Numéros de comptes bancaires, de sécurité sociale, d'organismes de rattachement... Il était dans le brouillard, faisait ce qu'on lui demandait, mais à chaque formalité, il s'enfonçait un peu plus dans l'amertume. C'était donc tout ce qui restait des morts pour la société ? Des numéros ? Des factures ? Ces sentiments enfouis depuis longtemps remontaient tandis qu'il effaçait le nom du patient qu'il venait de traiter.

– J'ai les résultats, l'interrompit Camille.

Elle n'avait pas l'air bien. Ça devait être mauvais. Elle tendit le dossier sans un mot. Les lactates avaient considérablement augmenté et le patient toussait de plus en plus, ce qui devenait inquiétant.

– Je me demande si on ne devrait pas le monter en réa, ajouta-t-elle.

– Pour l'intuber ?

Elle hocha la tête.

Ce n'était pas une mauvaise idée, mais au-delà du scandale qu'ils encouraient en défiant ainsi la direction, Laurent n'était pas certain que cette option soit la plus judicieuse. S'ils l'intubaient, il faudrait faire appel à un réanimateur, et mêler d'autres personnes à ce cas compliquerait les choses, si elles acceptaient… Il n'y avait pas de bon choix. Laurent expliqua son raisonnement à Camille. Elle n'avait pas pensé à tout ça.

– Mais avec les antibiotiques, normalement…

– Camille, on ne sait pas du tout comment il va réagir. On ne sait rien de cette maladie… On ne peut pas prendre ce risque. Il faut le surveiller, rester à ses côtés, et on agit en fonction, ok ?

Elle acquiesça.

– Je vous rejoins dans sa chambre.

Cette fois, il passa au vestiaire récupérer son manteau et descendit voir le docteur David.

25.

16 h 50. Le docteur David était en train d'encaisser les courses de deux jeunes médecins qui le regardaient à peine.

– Dis donc ! Les gâteaux, ils sont chers chez toi ! reprocha l'un d'entre eux.

Il le tutoyait sans même le connaître. Le docteur David se contenta de sourire. Laurent sentit la colère monter. L'épicier lui fit signe de laisser tomber. Il le connaissait par cœur.

– Qu'est-ce qu'il y a encore, fils ? lui demanda-t-il une fois les deux clients partis.

Laurent ne savait plus par où commencer. Tant de choses s'étaient passées qu'il en avait perdu ses repères. Qu'avait-il déjà raconté ? Qu'y avait-il de nouveau ? Tout se mélangeait dans sa tête.

– Je crois que j'ai besoin de reprendre du début.

– Toi, ça va pas fort, hein ? compatit le vieux médecin.

Laurent soupira.

Il repensa à tout ce qui s'était passé depuis la veille, aux analyses dans le dossier d'Anna, à son échange avec

Mme Pallin, au nom d'Ali Benyoussef, qu'il avait contacté. Puis à Willot qui l'avait appris et que ça avait rendu furieux. Enfin à Ali Benyoussef arrivé dans un état pitoyable. Il raconta au docteur David comment Bernard et Willot s'en étaient mêlés. Ils avaient tenté d'utiliser les ressemblances entre les symptômes du LAV et certains cancers pour le faire passer pour un lymphome, tout en s'assurant que le patient resterait bien caché dans une chambre près de la morgue. De son côté, Marc avait découvert quelque chose, mais il en était mort, ou quasi.

– Le patient va sûrement mourir et on aura fait tout ça pour rien, rumina Laurent.

– Tu sais ce que ça me rappelle, fils ?

Laurent secoua la tête.

– Le choléra en Tunisie ! Tu crois que tu es le premier médecin à faire face à une épidémie qu'il ne contrôle pas ? Et la peste en Algérie ? En Asie ? La polio dans les années 50 ! Tu débarques ou quoi ?

Laurent sentit ses joues chauffer.

– N'aie pas honte, Rino ! Tu te sens débordé, c'est normal.

Laurent préféra ne pas s'étendre sur son souvenir.

– Mais qu'est-ce que vous avez fait avec le choléra ? reprit-il.

– J'ai fait avec ! J'avais pas le choix ! Et toi non plus, t'as pas le choix !

– Mais je sais pas comment guérir ce patient.

– Fais de ton mieux, et prépare-toi pour le suivant.

Il marqua un temps et prit un air grave avant d'ajouter .

– Parce que tu sais qu'il y en aura d'autres.

Laurent acquiesça. Le docteur David avait raison, comme d'habitude.

– Et qu'est-ce que je dois faire ?

– Vu la situation avec Bernard et Willot, on vous cache des choses, c'est sûr. Fouille ! Enquête ! Il doit y avoir des traces, des indices quelque part. Tu crois vraiment qu'il n'y a pas eu d'autres cas en France quand il y en a partout ailleurs ?

La respiration de Laurent se bloqua. Le docteur David pensait comme la journaliste à l'Ordre des médecins. On était au-delà de la trahison !

– Fils, des salauds, y en a toujours eu. C'est pas parce que ces salauds sont des médecins que tous les médecins sont des salauds, tu suis ?

Laurent hocha la tête, encore sous le choc.

– Remonte, Rino, et bats-toi.

Ragaillardi, Laurent traversa la rue en courant, salua les médecins et infirmières qu'il croisa dans le hall. Il ne partait pas gagnant dans cette histoire, mais il allait se démener. Quelle que soit l'issue du cas Ali Benyoussef, il y aurait un avant et un après et ça dépendait de lui. Mais en arrivant dans son service, son enthousiasme retomba aussitôt. Par où commencer ? C'était bien beau de vouloir se battre, mais contre qui en fait ? Et avec quoi ? Pouvait-on vraiment affronter un ennemi qui ne se déclarait pas ?

Il arpentait le couloir à la recherche d'une idée quand il passa devant le bureau de Willot. Bien sûr. S'il y avait un endroit où commencer à chercher, c'était là. Il frappa, personne ne répondit. Il appuya sur la poignée, la porte était fermée à clef. Il repartit dans la salle des transmissions, jeta un œil dans les chambres des patients, Willot n'y était pas non plus. Il demanda enfin à Marceline si le patron était là.

– Non, y a une réunion administrative au quatrième, répondit-elle.

– Et elle dure jusqu'à quand ?

– 17 h 30 environ. Mais il faudrait demander à Simone…

Laurent réfléchit. Ça lui laissait un peu moins de vingt minutes pour entrer, fouiller et ressortir. Il devrait faire vite. Il remercia l'infirmière pour ces renseignements et partit voir Simone pour tenter de récupérer la clef. Comme la femme de ménage en chef, Simone avait un passe pour toutes les salles de l'hôpital, en cas d'urgence. Généralement, elle le portait sur elle, mais il lui arrivait de le laisser dans le bureau. Laurent ouvrit la porte. Elle n'était pas là. Il vérifia dans les tiroirs, sur les clous qui servaient de porte-clefs, rien. Elle l'avait donc avec elle. Il hésitait. Devait-il attendre une autre occasion ? Chercher ailleurs ? Après tout, rien ne prouvait que Willot cachait quoi que ce soit ici… Il fit demi-tour puis revint sur ses pas. Quelque chose en lui le poussait à insister, sans qu'il sache pourquoi.

Il entra dans une chambre au hasard où un patient se reposait.

– Bonjour, monsieur, avez-vous pris vos gélules d'Orphacol ? J'ai vu l'indication sur votre dossier, lui demanda Laurent.

Pris de court, il avait demandé le premier médicament qui lui venait à l'esprit. L'homme pâlit.

– Non, on m'a rien dit…, paniqua-t-il.

– Ces infirmières alors ! Ne vous inquiétez pas, j'appelle quelqu'un.

Laurent appuya sur le bouton placé à côté des lits, qui déclenchait un signal sur les *pager*s des infirmières. Dès qu'on l'actionnait, Simone devait vérifier que l'appel était traité et retournait dans son bureau. Laurent laissa le patient déboussolé, et courut chercher un café allongé à la machine. Il se planta ensuite à quelques mètres du bureau. Quand il vit Simone arriver, il la bouscula. Le liquide brûlant s'étala sur sa blouse.

– Oh, pardon, Simone !

– Mais vous pouvez pas regarder où vous allez ?

– Excusez-moi, enlevez vite votre blouse et allez vous rincer !

Dès qu'elle fut entrée dans les toilettes, il saisit le trousseau et détacha le passe, puis repartit vers le bureau de Willot. Il espérait juste qu'elle ne chercherait pas sa clef. Son cœur martelait si fort dans sa poitrine que tous devaient l'entendre. Si on le prenait la main dans le sac, il risquait gros.

26.

Arrivé devant le bureau du professeur, il aperçut deux personnes dans le couloir. Il se baissa pour faire semblant de nouer ses lacets, le temps qu'elles passent. Mais à peine eurent-elles tourné qu'il reconnut les voix de deux collègues. Ils sortaient d'une chambre à quelques mètres. Il fallait se dépêcher. Il glissa la clef dans la serrure et pénétra dans la pièce interdite. Il détourna le regard des papillons épinglés au mur et fonça vers le bureau. Il ne savait pas ce qu'il cherchait, mais il devait trouver une piste.

Dans les tiroirs, une photo d'un jeune homme dans un cadre ébréché, un ordonnancier, des papiers à en-tête… Rien d'intéressant. Sa montre indiquait 17 h 22. Il lui restait quelques minutes à peine, Willot pouvait revenir d'un instant à l'autre. Laurent s'attaqua à l'étagère, ouvrit livre par livre, les secoua. Rien non plus. C'était impossible, il devait bien y avoir quelque chose. Le dossier initial d'Ali Benyoussef, les conclusions des médecins… Il scanna la pièce du regard, elle était presque vide, il ouvrit de nouveau les tiroirs. Soudain, il s'arrêta sur le cadre et le saisit. Il y avait comme une boursouflure. Il l'ouvrit. Un papier glissa. Laurent le déplia. Dessus, le drapeau français, suivi d'un texte écrit à la main.

Cher professeur Willot,
Nous vous le confirmons, nous avons encore besoin de temps. Soyez assuré que l'information concernant le cas AB sera aussi maîtrisée qu'à Cochin.
Les Français ne sont pas prêts. Les fêtes de Noël approchent, un nouveau scandale n'aiderait personne. Nous entendons vos craintes et avons conscience des enjeux. Les laboratoires sont sur de bonnes pistes. Attendons le moment opportun.
Nous vous prions d'agréer, professeur Willot, l'expression de nos salutations distinguées.

Stéphane de Riançon,
cabinet du ministère de la Santé

Laurent se passa la main sur la bouche. Il n'y croyait pas. Il relut la lettre une deuxième fois pour être sûr qu'il ne s'était pas trompé. AB, est-ce que c'était Ali Benyoussef ? « L'information concernant le cas AB sera aussi maîtrisée qu'à Cochin. » Ali Benyoussef n'était-il donc pas le premier patient atteint de LAV en France ? Mais alors, pourquoi le ministère tenait-il à garder l'information secrète ? Au contraire, il fallait informer les gens, et vite ! Il repensa à la journaliste. « On ne nous dit pas la moitié. » Elle avait raison.

Nouveau coup d'œil à sa montre. Il était presque la demie, Laurent devait sortir maintenant. Il hésita à garder la lettre, mais maniaque comme il l'était, le professeur devait vérifier que chacun des objets de son bureau était à sa place. Laurent la replia et la replaça entre le cadre et la photo. Il avait un doute sur l'ordre des livres, mais il n'avait plus le temps de réfléchir. Tant pis. Il sortit, courut dans le bureau de Simone et déposa la clef sur les clous. Il espérait qu'elle ne s'était rendu compte de rien. Après tout, elle la mettait souvent là…

Soudain, il se sentit vidé. Ses jambes ne le portaient plus. Il devait s'asseoir. Pourtant il n'avait pas envie d'être vu. Il courut se réfugier aux toilettes et s'enferma à clef. La tête dans les mains, il n'en revenait tout simplement pas. Bernard et Willot étaient de mèche avec un conseiller du ministre de la Santé pour planquer Ali Benyoussef et peut-être d'autres patients… Quelle bande d'ordures ! Que devait-il faire ? Il n'allait tout de même pas se mettre le gouvernement à dos en soignant un patient ! Mais qui était hors la loi dans cette histoire ? Décidément, tout foutait le camp ! Il avait envie de hurler. C'était trop grave pour que sa logique puisse le calmer.

Quand il finit par ressortir, il fut frappé par l'étrangeté des lieux. Tout lui semblait différent. Ou était-ce lui qui avait changé ? Une infirmière déplaça un chariot. Il sursauta. Les bruits étaient comme amplifiés.

– Ah, docteur Valensi ! Je vous cherchais, lança Simone en se dirigeant vers lui.

Il se pétrifia. Elle avait dû comprendre pour la clef, elle l'avait dénoncé à Willot, Laurent serait arrêté sous peu…

– Votre femme a appelé il y a un quart d'heure. Elle a dit que c'était à son tour…

– Pardon ?

Laurent était trop perturbé pour comprendre ce que Simone lui disait.

– Je sais pas ! Elle m'a pas expliqué, elle m'a juste dit de vous répéter ça…

Son tour ? L'échographie de Nathalie ! Il avait encore oublié. Il regarda sa montre, elle devait être terminée. Il se précipita vers l'ascenseur. Nathalie ne lui pardonnerait jamais de l'avoir abandonnée. En quelques minutes, il était en radiologie. Le même médecin l'accueillit. Cette fois, il ne cacha pas son mépris.

– Votre femme vous a attendu, mais il a fallu que je la fasse passer, j'ai pris trop de retard aujourd'hui.

L'allusion n'était pas masquée, mais Laurent ne releva pas. Il reprit sa course vers l'entrée principale, scruta le hall. Il y avait là une centaine de personnes. À quelques mètres de la porte, il aperçut sa femme.

– Nath !

Elle ne se retourna pas. Il courut et bouscula un homme au passage, s'excusa d'un geste de la main.

– Nathalie ! cria-t-il de plus belle.

Elle se retourna sans s'arrêter. Il la rattrapa.

– Je suis désolé, Nath… Désolé.

– J'en ai marre de tes excuses. T'as que ce mot à la bouche.

– Mais c'est vrai !

– Tu savais que j'avais la trouille ! Tu savais que j'avais besoin de toi ! Tu n'es jamais là !

– Mais…

Nathalie pointa son œil.

– C'est quoi ça ? l'interrompit-elle en se mordillant la lèvre.

Elle faisait ça chaque fois qu'elle se retenait de crier.

– Un SDF complètement saoul qui m'a donné un coup ce matin…

Nathalie soupira.

– Et ça fait mal ? demanda-t-elle, un peu plus calme.

– Non, ça va.

– Décidément, en ce moment, je ne te comprends pas.

Laurent explosa :

– Tu crois vraiment que je m'amuse ? Tu crois que c'est ça dont je rêvais, moi ? Me faire casser la gueule par un schizo alcoolique ? Jamais dormir, jamais vous voir ! Tu crois que je suis heureux ?

Il prit conscience qu'il avait agrippé les bras de sa femme. Il la relâcha. Nathalie retenait ses larmes.

– Excuse-moi, reprit-il.

Elle renifla. Il tenta de lui prendre la main mais elle se dégagea.

– Tu m'as fait de la peine, c'était important pour moi que tu sois là.

– Je suis vraiment désolé. Je te jure, j'ai pas arrêté une seconde…

– Je sais, mais tu dois aussi être un père, tu comprends ? Moi encore, ça va, mais Julia… Tu lui manques. Et ce bébé, il aura aussi besoin de toi, ajouta-t-elle en posant une main sur son ventre.

Elle avait raison. Il était en dessous de tout avec sa famille.

– Je te promets que je vais faire des efforts, reprit-il.

– Ne fais pas de promesses que tu ne tiendras pas.

Il préféra se taire. Les épaules de Nathalie s'affaissèrent. La situation ne changerait jamais.

– Et… tout va bien ? demanda-t-il en fixant l'enveloppe des échographies.

– Oui, tout est normal.

– On… enfin, tu sais ce que c'est ?

– Oui.

Laurent sentit soudain un regain d'énergie.

– Bah dis-le-moi !

– Non, tu le mérites pas, répondit sa femme, esquissant un petit sourire.

– Nath…

– Tu le sauras quand j'aurai décidé.

Elle lui fit un clin d'œil. Fille ou garçon, ce secret, c'était tout ce qu'elle possédait pour renverser la balance. Soudain, elle sursauta.

– Il a bougé !

– Il ?

Elle s'était trahie.

– Il bouge encore, regarde.

Elle prit la main de Laurent et la plaça sur son ventre. Il sentit le frôlement du pied entre ses doigts. Des larmes montèrent. Il allait avoir un fils. Un petit garçon. Un Valensi… Il embrassa sa femme dans le cou, elle le laissa faire. Ils restèrent un moment blottis l'un contre l'autre.

– Je t'aime, mon amour, lui murmurait-il à l'oreille.

– Je sais, répondait-elle. On va avoir un petit garçon.

– Docteur Valensi ! les interrompit une voix.

C'était Camille.

– Je suis désolée, docteur, mais il y a un appel pour vous, il paraît que c'est urgent…

Le visage de Nathalie se referma.

– Julia m'attend à la maison. Clémence ne peut pas la garder trop longtemps…, dit-elle à Laurent, résignée.

– Je suis désolé.

– Arrête…

– Nath, je suis avec toi.

Elle hocha la tête.

27.

C'était la première fois que le docteur David l'appelait à l'hôpital.

– Rino, faut que tu descendes, vite !

Décidément, ils allaient tous le rendre chèvre.

– Qu'est-ce qui se passe ?

– J'ai remarqué quelque chose dans la rue…

De son épicerie, rien ne lui échappait.

– Depuis quelques mois, reprit-il, Willot part chaque jour un peu avant 18 heures, puis il rentre trois quarts d'heure après. Je sais pas ce qu'il fait. Jusqu'ici, je m'en fichais, mais avec ce qui se passe…

– Et qu'est-ce que j'y peux ?

– Suis-le ! Faut savoir où il va !

– Mais j'ai des patients…

– Fils, écoute-moi, vas-y.

Laurent finit par accepter. Peut-être le chef de service se rendait-il au ministère ou dans un autre hôpital où il cachait des cas de LAV ? Il fallait en avoir le cœur net, mais Laurent était fatigué d'avance. Il courut au parking. La voiture de Willot était encore là. Laurent se mit au volant et guetta dans son rétroviseur l'arrivée du professeur.

Cinq minutes plus tard, Laurent suivait la Citroën de son patron. Il roulait vite, traversa Paris en un rien de temps. Châtelet, boulevard Saint-Michel, boulevard Raspail, Montparnasse. Se rendait-il à Cochin ? Le cas observé là bas était-il toujours vivant ? Laurent s'agrippa à son volant. Cochin… Il détestait passer par là, c'était encore trop douloureux depuis que son père y était mort.

Au lieu de ralentir, Willot continua sur l'avenue René-Coty. Mais où allait-il ? Le trajet semblait interminable. Au bout de l'avenue, il mit son clignotant et se gara. Laurent le dépassa et chercha une place quelques mètres plus loin. Il attendit dans la voiture que Willot sorte et l'observa. Avenue Reille, il entra dans un bâtiment. Laurent le suivit. Il s'arrêta devant la porte où il était écrit : « Institut Marie-Thérèse – Centre de soins psychiatriques pour adultes et non-adultes ». Qu'est-ce que ça voulait dire ? Willot était-il souffrant ? Ça pouvait expliquer beaucoup de choses. Mais de là à fréquenter chaque jour un centre…

Laurent entra. Une sœur souriante était à l'accueil. Assis sur un siège, un adolescent obèse lisait une BD.

– Bonjour, je peux vous aider ? demanda la sœur.

– Bonjour, ma sœur.

– Vous venez pour une visite ?

Laurent ne savait pas quoi répondre. Il n'avait pas eu le temps d'inventer d'excuse… Il tenta le tout pour le tout.

– Je viens voir M. Willot.

Le garçon leva la tête de sa BD et fixa Laurent d'un air étrange.

– Ah, vous êtes un ami de Jean-Baptiste ? Il va falloir patienter un peu, son père est avec lui, reprit la sœur.

Jean-Baptiste ? Le fils de Willot ? Soudain, des bribes de sa conversation de la veille avec Marc lui revinrent, selon qui Willot n'était qu'un pauvre type avec un fils malade. C'était donc ça ! Willot venait chaque jour rendre visite à Jean-Baptiste.

– Oui, je suis un ami. Mais jusqu'ici je n'ai pas eu beaucoup le temps de venir. Je suis médecin, se justifia Laurent.

– Ah ! Vous étiez à l'université avec lui ? Quel dommage n'est-ce pas ? Un élève si brillant.

Jean-Baptiste Willot en fac de médecine ? Un élève brillant en plus ? D'un coup Laurent le détesta moins. C'était un salaud, mais qui devait beaucoup souffrir. De quoi Jean-Baptiste était-il atteint ? Ce n'était pas les troubles psychiques qui manquaient...

– Son état nous a tous surpris... Mais j'ai appris très récemment qu'il était ici...

– Oui, nous n'avons pas beaucoup de places... Jean-Baptiste nous a rejoints en début d'année.

– Je peux lui parler ?

– Oh oui ! Il n'a pas fait de crise depuis plusieurs jours. Il va de mieux en mieux...

Des crises. C'était donc une maladie cyclique.

Le jeune obèse ne lâchait pas Laurent des yeux, un sourire en coin et une lueur suspicieuse dans le regard. Laurent, mal à l'aise, lui tourna le dos.

– Puis-je prendre votre nom ? Je vous annoncerai dès que son père sera sorti, demanda la sœur.

Laurent tressaillit. Ça allait trop loin, trop vite. Que pourrait-il dire à ce Jean-Baptiste ? Comment réagirait Willot s'il apprenait qu'il avait rendu visite à son fils ? Il devait partir.

– En fait, je ne vais pas pouvoir rester… Des patients m'attendent… Je… je reviendrai, bredouilla-t-il.

La sœur parut étonnée.

– Donnez-moi au moins votre nom, je lui dirai que vous êtes passé…

– Non, non, je préfère lui faire la surprise une prochaine fois, répondit Laurent en sortant.

À peine avait-il fait trois mètres qu'une voix l'interpella :

– Hé ! docteur !

C'était le jeune obèse.

– T'as une cigarette ? demanda-t-il.

– Non, désolé, je fume pas.

– Toi, t'es pas vraiment un pote de JB.

Laurent se figea.

– Pourquoi, tu le connais bien, toi, JB ?

– Ça se pourrait…

– Et tu peux m'en dire plus ?

– Y a un café à l'angle, ils vendent des cigarettes, si tu veux on peut y aller.

Il devait avoir treize ans tout au plus.

– T'es pas un peu jeune pour fumer ?

– Comme tu voudras ! Salut ! fit-il en s'éloignant.

– Attends ! Attends ! le retint Laurent. D'accord, allons au café.

Quelques habitués buvaient au comptoir. Laurent avait toujours détesté l'ambiance des bars de quartier, cette misère ordinaire où l'on vient boire pour oublier. Autour d'eux, les rares clients fixaient leur verre, les yeux bouffis.

– Pourquoi tu veux l'espionner Jean-Baptiste ? attaqua le jeune homme, une fois assis à une table.

– Je ne veux pas l'espionner…, se défendit-il.

– Appelle ça comme tu voudras ! Tu crois que je t'ai pas chopé avec la sœur ?

Ce gosse avait une repartie incroyable.

– Mais dis-moi, qu'est-ce que tu fais là, toi ? lui demanda-t-il pour faire dévier la conversation.

– Belle tentative ! Mais personne n'échappe à mes questions, rit-il. Mon frère est à l'institut. Ma mère s'en remet pas, alors on y va tous les jours, même si ça sert à rien. Et moi j'attends.

– Comment tu t'appelles ?

– Luc. Tu me payes des clopes pour savoir comment j'm'appelle ? Moi, ça me va ! se moqua-t-il.

Laurent sourit.

– Je travaille pour le père de Jean-Baptiste, et c'est quelqu'un de bizarre, je voulais comprendre pourquoi, alors je l'ai suivi jusqu'ici, et voilà…

– Ouais, il est louche, le père Willot. J'l'entends souvent parler avec les sœurs et avec JB. C'est un mec sympa, JB, schizo mais cool.

Jean-Baptiste était donc schizophrène. Luc raconta à Laurent qu'avant d'arriver à l'institut Marie-Thérèse,

Willot Junior avait eu un parcours compliqué. C'était un élève brillant, arrivé major du concours de première année de médecine, destiné à une brillante carrière, mais en quatrième année, il avait fait une crise, puis une deuxième, et il avait dû tout lâcher. Il avait été interné à Sainte-Anne, mais on n'avait pas pu le garder longtemps. Les centres dans Paris étaient trop chers et il était parti en Bourgogne. Quand il s'était retrouvé seul là-bas, son état avait empiré de façon conséquente.

– Et sa mère ?

– Elle les a quittés y a des années de ça, avec une bonne partie du fric.

– Et Marie-Thérèse, c'est moins cher ?

– Tu rigoles ! C'est l'institut le plus cher de France !

Laurent ne comprenait plus.

– T'as l'air étonné, reprit Luc.

– C'est juste que ce n'est pas très cohérent…

– La vie c'est pas cohérent, docteur ! plaisanta-t-il.

Quand il riait, son double menton tremblait.

– T'as encore un peu de fric ? demanda-t-il.

– Pourquoi ?

– Si tu me paies un autre paquet, j'ai peut-être une info pour toi.

Laurent leva les yeux au ciel. Payer deux paquets de clopes et un briquet à un gamin de treize ans n'était pas vraiment déontologique. Mais ce gosse avait des oreilles qui traînaient partout. Après tout, si les cigarettes ne venaient pas de Laurent, Luc était suffisamment malin pour s'en procurer ailleurs…

– Tu travailles à Saint-Louis, non ?

– Comment tu le sais ? s'étonna Laurent.

– Si tu travailles pour Willot, c'est que t'es là-bas.

Laurent se sentit gêné devant l'évidence de la réponse.

– Ben je serais toi, je ferais gaffe à mon patron, reprit le gamin.

– À Willot ?

– Non, le *big boss* de l'hosto.

– Bernard ?

– Dans le mille.

– Tu connais M. Bernard ?

– Tout le monde le connaît à Marie-Thérèse ! C'est lui qui a raqué pour créer l'institut.

– Bernard a financé Marie-Thérèse ?

– Ouaip ! Et en retour, il décide qui y va, qui y va pas. Je peux te dire que ma mère lui fait souvent des gâteaux…

Bernard avait permis à Jean-Baptiste de venir à Marie-Thérèse, un endroit où le jeune homme était bien traité, où il pouvait progresser et où son père pouvait lui rendre visite presque chaque jour. Étant donné le contexte, c'était idéal… Pas étonnant que Willot s'accroche à cette situation.

Du coup, tout s'expliquait : Bernard tenait Willot grâce à son fils. Si Willot n'abondait pas dans le sens du patron, le jeune schizophrène serait renvoyé de Marie-Thérèse, ses chances de mener une vie relativement normale disparaîtraient et Willot ne pourrait plus le voir. C'était du chantage pur et simple !

– Mais comment t'es au courant de tout ça ? demanda Laurent.

– Oh, je passe beaucoup de temps ici… Et y a pas grand monde qui fait gaffe à moi, alors j'écoute…

Ce gosse faisait de la peine à Laurent, avec ses yeux tristes sous cette énorme masse de chair. Que de souffrance derrière sa nonchalance…

Luc demanda s'il pouvait avoir une tarte. Clopes et sucreries, le mélange typique des dépressifs… Le gamin avait peut-être plus sa place à Marie-Thérèse qu'il ne le croyait. Quand la serveuse apporta le plat accompagné d'un chocolat chaud, Laurent se leva.

– Tu sauras retourner à l'institut ? demanda-t-il à Luc.

– Tu m'prends pour un débile ou quoi ?

– Pardon, tu as raison, répondit Laurent, amusé.

Il remercia Luc, lui paya ses paquets de cigarettes en lui conseillant tout de même d'arrêter, et s'en alla.

Dans la voiture, il ne pouvait pas s'empêcher de trouver des excuses à Willot. Le professeur avait dû espérer que son fils reprendrait le flambeau et le ferait briller davantage encore. Au lieu de quoi il se retrouvait avec un enfant isolé, rejeté par la société, sans le moindre espoir de mener une vie indépendante. Et cet effroyable chantage pour assumer une situation qu'il devait détester… Soudain, Laurent prit conscience d'un élément auquel il n'avait pas prêté attention : Jean-Baptiste était à Marie-Thérèse depuis quelques mois. Laurent était prêt à parier que son entrée à l'institut coïncidait avec la première consultation d'Ali Benyoussef. Garder le silence en échange du séjour de son fils… Laurent n'avait aucune preuve, mais plus les minutes passaient, plus il était sûr que son intuition était bonne. Bernard était une ordure. Et dire que Saint-Louis était régi par des gens comme ça ! La colère de Laurent montait. Il ne pourrait plus les regarder en face. Quant à leur obéir, il préférait ne pas y penser. L'important, c'était son patient. Le reste était secondaire.

28.

En arrivant à Saint-Louis, Laurent se rendit dans la chambre d'Ali Benyoussef. Le pauvre était en pleine crise d'angoisse. Camille, à ses côtés, ne trouvait aucun mot pour le réconforter. Laurent fit signe à son interne de le laisser seul avec lui. Camille obéit.

Laurent approcha une chaise et s'assit.

– Je veux pas crever, docteur ! suppliait-il.

– Calmez-vous, ça va aller.

– Vous mentez ! Vous avez dit que vous me prendriez pas pour un con ! Je vais crever ici ! Dans une cave ! Tout le monde s'en foutra !

– Monsieur Benyoussef, on va tout faire pour que vous alliez mieux.

– Mais y a rien à faire ! Ce que j'ai, ça se soigne pas. C'est vous qui l'avez dit !

– C'est vrai, reconnut Laurent. Mais on peut essayer de vous soulager pour que vous retrouviez une vie normale.

– Une vie normale ?

Laurent se mordit les lèvres. La normalité, une idée stupide en effet. Qu'y avait-il de normal dans cette vie ?

Incompréhension, souffrance et rejet avaient jalonné l'existence d'Ali Benyoussef jusqu'à son séjour à l'hôpital, qui ne dérogeait pas à la règle.

Laurent appela Camille. Dès qu'elle entra dans la chambre, il débloqua les roues du lit et commença à avancer.

– Mais où on va ? demanda l'interne.

Interdit, Ali Benyoussef était suspendu aux lèvres de Laurent en attendant sa réponse.

– Vous allez récupérer votre chambre dans notre service, monsieur Benyoussef.

– Et Willot ? lâcha Camille.

– C'est pas notre problème. Notre patient doit rester près de nous.

Ali Benyoussef esquissa un sourire et, pour la première fois, Laurent vit Camille lui adresser un regard admiratif. Elle lui sauta dans les bras et se reprit aussitôt, honteuse.

– Pardon, docteur, mais merci.

Il aurait dû sortir Ali Benyoussef de ce trou bien avant.

19 heures. Tous les patients dînaient dans leurs chambres. Le service était calme. Laurent et Camille installèrent Ali Benyoussef dans sa chambre initiale. Une vieille femme avait remplacé le SDF. Elle les accueillit avec un sourire. Camille alla chercher un plateau repas et insista pour qu'Ali Benyoussef mange un peu. Il avait beaucoup de fièvre et de nombreux médicaments à prendre. S'il ne mangeait pas, son foie en pâtirait et il souffrirait davantage. Il avala quelques bouchées de son hachis parmentier et se rallongea.

On frappa à la porte. Willot, accompagné de trois médecins et deux infirmières du service, entra pour la transmission du soir. Le professeur, sidéré de découvrir Ali Benyoussef, ressortit en claquant la porte. Camille se pinça les lèvres. Laurent se demandait quoi faire, quoi dire, mais aucun mot ne vint. Willot allait lui passer un savon, il assumerait. Après tout, il ne faisait que s'occuper de son patient. Dehors, Simone l'attendait.

– Le professeur Willot veut vous voir, docteur.

– Dans son bureau ?

Simone hocha la tête.

– Il a l'air très énervé, ajouta-t-elle avant de retourner dans le local des infirmières.

La boule au ventre, Laurent frappa à la porte du bureau pour la seconde fois ce jour-là. Willot nettoyait ses lunettes avec fébrilité. La pièce était chargée d'un silence pesant. Laurent se rendit compte qu'un des livres sur l'étagère n'était pas aligné avec les autres. Il sentit les battements de son cœur accélérer. Était-ce pour cela que Willot l'avait convoqué ? Avait-il deviné qu'il était venu ici plus tôt ?

– Pourquoi vous acharnez-vous sur ce patient, Valensi ? finit par demander le professeur.

Laurent n'avait pas réfléchi à cette question. Parce que je suis médecin, songea-t-il. Il sentait que son chef cherchait une raison plus profonde, vers laquelle Laurent n'osait pas creuser. Une image lui revint pourtant, sans qu'il puisse la réfréner. Il revit son père, immigré tunisien apeuré, diminué par son accent, se mourir sur son lit à Cochin…

– Alors, Valensi ?

Était-ce si simple ? Laurent s'était juré qu'il deviendrait médecin, et que jamais en sa présence un étranger ne ressentirait que ne pas être français entrerait en ligne de compte dans sa prise en charge. Tous égaux sur les lits d'hôpital, tel avait été son but… Oui, il devait l'admettre, quand il avait compris qu'Ali Benyoussef était de Tunisie, il s'était senti plus proche de lui. Mais était-ce cela la raison que semblait invoquer Willot ? N'aurait-il pas fait la même chose pour un autre patient ? Il ne savait pas. Tout s'embrouillait dans son esprit.

– Il est malade, professeur Willot… Je dois le soigner…

– Mais nous le soignons ! le reprit le professeur.

Comment osait-il dire de telles inepties ? Lui qui s'arrangeait avec la vérité depuis le départ.

– Il n'a pas de lymphome, vous le savez très bien ! explosa Laurent.

Willot baissa le regard sur ses mains. Ses ongles tapotaient le bureau à un rythme saccadé.

– Vous vous croyez plus malin que tout le monde, hein ?

– Non, professeur… Je…

– Vous pensez être un meilleur médecin, n'est-ce pas ? Un médecin avec une éthique ?

Laurent n'arrivait pas à avaler sa salive.

– Professeur Willot, je ne peux pas le regarder mourir sans rien faire…

– Mais il n'y a rien à faire ! Vous savez guérir le LAV, vous ?

Il reconnaissait donc que c'était bien un LAV.

– Non, admit Laurent.

– Et s'il contamine le service ? Les autres médecins ? Si on est obligés d'évacuer l'hôpital, vous ferez quoi ? C'est pas un mort que vous aurez sur la conscience, mais des centaines !

Il avait raison… Laurent ne trouvait aucun argument contre cette logique.

– Vous voulez être le bon Samaritain ? Parfait ! Vous allez vous en charger, mais je vous préviens, je ne veux pas de scandale, autrement M. Bernard fermera le service.

Soudain, Laurent douta. Un homme condamné valait-il la peine d'une telle prise de risque ?

– Allez ! Sortez d'ici, j'en ai assez de vous.

– Bien, monsieur, acquiesça Laurent.

Dans le couloir, il sentit tout de suite que quelque chose avait changé. En remontant Ali Benyoussef, les esprits avaient dû s'agiter. La nouvelle avait dû s'ébruiter. Tout l'hôpital devait savoir que c'était bien un cas de LAV. Ses collègues le dévisageaient en silence. Quand il arriva devant la chambre d'Ali Benyoussef, il tressaillit. Il n'y avait plus personne à l'intérieur, seule une femme de ménage passait la pièce à l'eau de Javel.

Laurent chercha de tous côtés. Ali Benyoussef n'était nulle part. Et Camille ? Au fond du couloir, il aperçut un champ chirurgical tendu du plafond jusqu'au sol. Il s'approcha. Une infirmière, couverte des pieds à la tête, lui indiqua que son patient se trouvait de l'autre côté et qu'il ferait mieux d'enfiler une protection. Laurent l'ignora et pénétra dans ce sas improvisé. Un autre champ recouvrait la porte de la chambre 60, la plus isolée du service. Camille, assise à côté du patient, prenait sa tension.

– Il est faible, docteur, précisa-t-elle, sans commenter le reste.

– Docteur, supplia Ali Benyoussef d'une voix éteinte, je voudrais voir mon enfant avant de mourir. S'il vous plaît, dites à ma famille de venir. Dites-leur que je suis désolé d'être celui que je suis.

Laurent hocha la tête. Un nouveau transfert dégradant, aucune amélioration de l'état du patient et maintenant une requête impossible. Il désespérait. Il sortit de la chambre, suivi par Camille. Quand ils eurent fermé la porte, Laurent demanda :

– Comment ça s'est passé ?

Son interne devint toute rouge.

– Camille, je sais bien que vous faites tout ce que vous pouvez, j'ai juste besoin de savoir comment il s'est retrouvé là.

Camille lui raconta. Simone était venue pour l'interroger, elle avait des doutes depuis le matin et Camille n'avait pas voulu lui mentir.

– J'en avais assez…, se justifia-t-elle. Après tout, ce sont tous des soignants.

– Vous avez eu raison, la rassura Laurent.

– Après tout est allé très vite. En quelques minutes ils avaient tendu les draps, échangé les chambres et Ali Benyoussef s'est retrouvé seul dans la 60. Au fond, c'est pas plus mal. Au moins on est tranquilles.

Laurent en doutait.

29.

19 h 50. L'infection d'Ali Benyoussef n'avait pas évolué depuis le début de l'après-midi. Ce n'était pas encore un bon signe, mais pas un mauvais non plus. Laurent pouvait se permettre de le laisser un moment. Il retourna en salle des transmissions pour examiner ses autres dossiers. Il téléphona ensuite en réa pour savoir s'il y avait une évolution du côté de Marc. Rien de nouveau. Avant de raccrocher, l'interne lui fit comprendre qu'il ne fallait pas trop espérer. Laurent regarda par la fenêtre la vie qui continuait dehors à travers les fenêtres des immeubles. Une femme servait à dîner, des enfants regardaient la télé. Tout cela était si irréel.

Il repensa à cette journée, et à tout ce qu'il ne comprenait pas, à commencer par ce qui s'était passé à Cochin, qu'il fallait absolument cacher selon le ministère… Il n'en revenait toujours pas d'avoir trouvé cette lettre dans le bureau de Willot. Mais comment obtenir des informations ? À qui les demander ? Sa solitude l'oppressait. Il se leva pour faire le tour du bureau, les mains dans les poches. La carte de la journaliste était toujours là. Il la sortit : Gabriella Moraes. Quel nom magnifique. Et s'il l'appelait ? Elle semblait s'intéresser suffisamment au sujet pour s'activer. Mais fallait-il mêler la presse à cette histoire ? Les conséquences pourraient être pires. Il reglissa la carte dans sa poche et s'apprêta à sortir quand il aperçut deux hommes dans le couloir. Les visites étaient pourtant terminées à cette heure…

– Vous êtes le docteur Laurent Valensi ? demanda le plus grand des deux.

Il était chauve, emmitouflé dans une écharpe et un large imperméable.

– Oui, c'est moi, répondit Laurent, étonné.

– Inspecteur Cosi, précisa l'homme en présentant sa carte de flic.

– C'est vous qui avez suivi la jeune Anna Pallin ? enchaîna l'autre.

– Oui, balbutia Laurent. Que se passe-t-il, messieurs ?

– Simple enquête. Il y a eu une plainte comme quoi il y aurait eu une faute médicale. On est là pour vérifier.

– Mais l'autopsie a eu lieu aujourd'hui, et l'équipe soignante est hors de cause…

– L'autopsie a été faite par des médecins d'ici. Qu'est-ce que ça prouve ? reprit l'inspecteur Cosi.

– Docteur, buvez-vous ? renchérit l'autre, l'air mauvais.

– Pas du tout ! s'offusqua Laurent.

– Pas même un petit verre de temps en temps ? Vous êtes vraiment sûr, jamais ?

– Si, comme tout le monde quand je vais à un dîner… Mais ça ne veut rien dire !

– Buveur occasionnel, marmonna l'homme.

Il sortit un carnet et y inscrivit cette information.

– Quels autres patients suiviez-vous en parallèle de Mlle Pallin ?

– Beaucoup ! Je ne sais plus en détail… C'était la semaine dernière !

Laurent se sentit aussitôt coupable. La migraine s'étendait dans son crâne. Qui avait-il ausculté avant ? Après ? Impossible de se rappeler. Il avait travaillé tous les jours depuis deux semaines, suivi peut-être une centaine de patients. Sans ses dossiers, il ne pouvait pas se souvenir de tous. Qu'y avait-il d'anormal à ça ? Pourquoi ces hommes le provoquaient-ils ainsi ?

– Entrez dans le bureau, je vais jeter un œil aux archives, leur proposa-t-il.

– Non, merci, docteur. On voulait évaluer l'attention que vous portez aux malades.

– Je porte une très grande attention à mes patients ! se défendit Laurent.

Ça cognait dans sa tête.

– Et pourtant vous êtes incapable de citer leurs noms une semaine après, observa l'inspecteur Cosi.

Laurent ne sut quoi répondre. Cosi sourit, il avait marqué un point.

– On va continuer notre petit tour. On reviendra vous voir très vite, docteur Valensi…

– En attendant, ne faites pas de bêtises.

Ils s'éloignèrent et prirent l'ascenseur. Laurent ne les lâcha pas du regard jusqu'à ce que les portes se referment.

Pas de bêtises ? Qu'est-ce que ça signifiait ? Laurent, sonné, se laissa tomber sur un des sièges de la salle d'attente et repensa à cet interrogatoire. Depuis quand des inspecteurs venaient interroger des médecins ? Il n'avait jamais vu ça ! Le cueillir, seul, à la sortie de sa garde, c'était n'importe quoi ! À moins qu'on leur en ait donné la possibilité… Ou, pire, qu'on le leur ait demandé… Qui avait bien pu se plaindre ? Mme Pallin elle-même était venue le voir pour lui dire qu'elle prierait pour lui, qu'il devait être soulagé d'être mis hors de cause dans la mort inexpliquée de sa fille. Alors qui ? Le cœur de Laurent s'emballa. Une idée lui vint, qu'il refoula aussitôt. Était-ce possible ? Bernard ou Willot avaient-ils voulu l'intimider ? Pas de bêtises, était-ce une nouvelle menace ? Cherchait-on à lui faire peur pour qu'il abandonne le cas Ali Benyoussef ? Sa douleur à la tête s'intensifiait encore. Chaque battement de cœur était un nouveau coup à son crâne.

Était-il paranoïaque ou simplement épuisé ? Il n'arrivait plus à réfléchir et ne savait pas à qui se confier. Mais s'il avait raison, si Marc avait été blessé intentionnellement et si quelqu'un cherchait à l'effrayer… Ça tenait la route. Il ne pouvait pas rester là sans rien faire. Comment avancer sans prendre de risques ni mettre en danger ses collègues ? Il sortit la carte de sa poche.

Gabriella Moraes répondit à la première sonnerie et le reconnut aussitôt. Laurent n'avait pas le temps de s'étendre au téléphone. Il fallait qu'il la voie, il avait besoin de son aide. Elle accepta sans chercher à en savoir plus. Il lui donna rendez-vous une demi-heure plus tard au café

Saint-Maur. C'était là qu'il aurait dû voir Marc. Gabriella reprenait le flambeau en quelque sorte. Triste ironie.

Avant de partir, Laurent retourna dans la chambre d'Ali Benyoussef s'assurer que tout était stable. Il conseilla à Camille d'aller se reposer, la nuit risquait d'être longue. Elle ne se fit pas prier et laissa Laurent avec le patient.

– Comment vous sentez-vous, monsieur Benyoussef ? demanda Laurent.

– J'arrête pas de tousser, répondit-il d'une voix abîmée.

– Vous avez mal à la gorge ?

– Oui… Chaque fois que je tousse, ça me fait mal. Et le ventre aussi…

Laurent palpa son abdomen. Il était dur, mais pas plus qu'en début d'après-midi. L'infection sévissait encore, mais ne s'aggravait pas. Laurent saisit son stéthoscope et écouta le cœur du malade. Un léger voile enveloppait son souffle. Les poumons faiblissaient. Il ne commenta pas.

– Ouvrez la bouche maintenant, monsieur Benyoussef, dit-il en prenant sa petite lampe.

Le malade s'exécuta, mais au moment où Laurent s'approcha de lui, Ali Benyoussef fut pris d'une violente quinte de toux, et cracha du sang. Laurent recula, trop tard. Son visage, ses mains étaient couverts d'éclaboussures rouge foncé.

– Je suis désolé, docteur, implora le patient.

Il continuait à tousser et à perdre du sang. Laurent s'empara de la bassine au pied du lit et passa sa main sur le dos du patient pour l'aider à se calmer. Un vaisseau avait dû se rompre, c'était plus impressionnant que grave. En quelques minutes, l'hémorragie cessa. Laurent tendit une serviette à Ali Benyoussef, qui s'essuya. Il l'aida à se rallonger.

– Désolé, docteur, répétait le patient, épuisé.

– Ce n'est rien, tentait de le rassurer Laurent.

Il partit dans la salle de bain s'essuyer et aperçut son reflet dans le miroir. Il était couvert de sang. Il paniqua. Il s'excusa auprès du patient et sortit de la chambre pour courir aux toilettes.

Il jeta sa blouse dans la poubelle, nettoya son visage, ses mains. Il frottait avec frénésie, réitéra l'opération à plusieurs reprises. Dans sa tête, les phrases égrenées toute la journée tournaient en boucle : « On ne connaît pas le mode de transmission. Dans l'air ? Le sang ? » Il ne croyait plus à un mode de transmission comme la grippe : étant donné le facteur multiplicateur, il y aurait eu beaucoup plus de contaminés déjà. Mais par le sang c'était plus probable… et il venait d'en être aspergé. Il courut torse nu dans la réserve de médicaments, s'empara de bouteilles d'éther, d'alcool à 90°, d'une nouvelle blouse et retourna aux toilettes. Il s'inonda de produits désinfectants et frotta de nouveau. Sa peau devenait rêche. De l'alcool s'insinua sous le pansement de son sourcil, il hurla de douleur.

Il observa le carnage autour de lui. Le sol était couvert de flaques d'eau. Il avait vidé une bouteille d'alcool ainsi qu'une bouteille d'éther. Un paquet de compresses entier y était passé. Pourtant sa peur ne faiblissait pas. Avait-il attrapé le LAV ? Aucun moyen de le savoir. Pour lui non plus il n'y avait pas de test. Il avait du mal à respirer, s'imaginait parqué dans la chambre du sous-sol, près de la morgue, agonisant seul pour avoir voulu soigner quelqu'un qu'il ne connaissait pas... Mais pourquoi s'était-il obstiné ainsi ? Willot avait raison, il aurait mieux fait de rester dans son coin ! À cette heure, il serait chez lui ! Au lieu de ça, il n'était qu'angoisse et regrets. Il dut s'appuyer au mur pour garder l'équilibre. Il avait beau essayer de se raisonner, aucun argument ne parvenait à le calmer. Il ne voyait qu'une seule solution : cesser de soigner Ali Benyoussef, ne plus s'en approcher.

Il courut vers la chambre réservée aux internes, où Camille se reposait. Il frappa à la porte. La jeune femme ouvrit, visiblement surprise par tant d'agitation.

– Il faut effacer Ali Benyoussef du planning.

– Que s'est-il passé ? s'étonna-t-elle.

– Rien ! hurla Laurent. Simplement, on doit prendre du recul.

– Très bien, obéit Camille, je le ferai demain.

Elle fronçait les sourcils. Ce changement soudain mélangé à son épuisement limitait sa tolérance.

– Non ! Maintenant !

Si le nom d'Ali Benyoussef disparaissait du tableau, se disait Laurent, la menace qui pesait sur lui s'amenuiserait. Ridicule, il le savait, mais il n'était pas en mesure de lutter contre cette superstition.

– Qu'est-ce qui se passe, docteur Valensi ?

Laurent ne savait pas quoi répondre. Raconter était trop difficile. Mettre des mots, c'était donner plus de poids à la réalité. Camille posa sa main sur son épaule.

– Ne vous inquiétez pas, je vais y aller, le rassura-t-elle.

Laurent acquiesça.

– Et j'ai essayé de contacter la famille du patient, ils m'ont tous raccroché au nez, ils ne veulent plus entendre parler de lui.

La solitude était partout. Le docteur David disait toujours qu'on naissait seul et qu'on mourait seul, Laurent n'avait jamais mesuré à quel point il avait raison. Il regarda sa montre. 19 h 20. Il allait être en retard à son rendez-vous avec Gabriella Moraes. Plus que jamais, il se sentait concerné par tout ce qui touchait au LAV. Si la journaliste pouvait l'aider, il devait s'en servir.

30.

Gabriella Moraes l'attendait au fond de la salle. Elle détonnait dans l'ambiance générale. Elle était plus belle, plus raffinée. Une grâce se dégageait d'elle. Laurent s'approcha, elle lui adressa un grand sourire.

– *Querido !* Je me demandais si tu allais venir ! s'exclama-t-elle.

Elle le tutoyait, comme si elle le connaissait depuis toujours.

– Je… Pardon, je suis en retard, bafouilla Laurent.

– Mais non ! Je suis heureuse que tu m'aies appelée.

Elle avait dit ça d'une voix langoureuse. Laurent se crispa. Peut-être avait-il fait une erreur… Croyait-elle qu'il voulait la séduire ? Il fit tourner son alliance autour de son doigt pour attirer le regard de la journaliste dessus. Elle parut amusée, mais ne releva pas.

– Alors, tu as un cas, c'est ça ? attaqua-t-elle.

– Pardon ? Qu'est-ce qui vous fait croire ça ? se défendit Laurent.

– Écoute, *querido*, on n'a pas le temps de tourner autour du pot. Si tu t'intéresses au LAV, c'est que tu te sens concerné. Et vu ta tête, je pense que tu as peur, donc tu as un cas, CQFD.

C'était implacable en effet.

– Je… je ne vous connais même pas ! Qui me dit que je peux vous faire confiance ?

Elle soupira. Malgré son agacement, elle souriait toujours.

– Ok, tu as raison, je vais y aller plus mollo. Je m'appelle Gabriella Moraes, peut-être que tu connais ce nom ?

Laurent fit non de la tête, étonné par cette remarque.

– Mon père a été ambassadeur du Brésil en France pendant dix ans, c'est comme ça que j'ai appris le français.

– Vous êtes brésilienne ?

– Dans le mille, *querido* ! répondit-elle en riant.

Fille d'ambassadeur, ça expliquait peut-être cet air supérieur et à la fois accessible. Gabriella Moraes avait grandi dans la diplomatie.

– J'ai passé ma vie à parcourir le monde. Chaque fois, se refaire des amis, changer d'école… c'était très compliqué. Mon seul compagnon, c'était mon stylo. Je suis devenue journaliste et me voilà.

– Pourquoi vous vous intéressez au LAV ?

Le visage de Gabriella Moraes se referma soudain.

– Je ne m'intéresse pas au LAV.

Laurent écarquilla les yeux.

– Je m'intéresse à l'avenir du monde, à l'hypocrisie, aux scandales… Et aujourd'hui, tout ça est concentré dans cette maladie de merde ! C'est énorme, *querido*, énorme, crois-moi.

Laurent s'affaissa sur son siège, le temps de digérer

cette information. Gabriella Moraes semblait satisfaite d'avoir capté son attention. Elle commanda deux bières.

– Tu vas en avoir besoin, précisa-t-elle.

Elle laissa Laurent avaler quelques gorgées et reprit son explication. Son meilleur ami, Dany, un Américain, était tombé malade deux ans auparavant. Il vivait à San Francisco, et bien sûr, ajouta-t-elle, il était gay. C'était à ce moment-là qu'elle avait rejoint son association, Equal, qui militait pour les droits des homosexuels, et pour la recherche sur ce soi-disant cancer gay.

– Des foutaises ! Juste une façon de ne pas prendre en charge les malades ! s'énerva-t-elle.

– Vous croyez ? demanda Laurent.

– Je crois pas, je sais ! Parce que quand t'es homo comme Dany, Washington te considère comme un rebut de la société ! On va pas payer pour te guérir ou chercher un remède… Simplement voilà, on est quasi sûrs que le LAV n'est pas réservé aux homosexuels, et c'est là que ça se complique.

Gabriella Moraes expliqua le fonctionnement d'Equal. L'association avait des bases dans tous les continents et opérait des relevés et analyses de façon régulière dans tous les hôpitaux.

– Tout ce qu'on fait, c'est de l'observation, c'est empirique. On n'est pas des scientifiques, mais bordel, c'est des preuves quand même !

– Et vous avez essayé d'en parler ?

– Bien sûr ! Personne ne nous écoute ! C'est pour ça qu'on a besoin de médecins, de chercheurs… Faut qu'on soit solidaires et qu'on fasse éclater ce putain de scandale !

Laurent repensa à la lettre du cabinet du ministère de la Santé trouvée dans le bureau de Willot.

– Et votre ami Dany, comment va-t-il ?

– Il est mort.

Laurent baissa les yeux.

– Ne sois pas triste, *querido*, il n'a pas besoin de pitié, juste qu'on fasse avancer les choses. C'était ça son but.

Elle poursuivit son explication et précisa que selon ses sources, il y avait des risques que le LAV se transmette par voie sexuelle et par le sang, parce que beaucoup de drogués étaient atteints, même ceux qui ne couchaient plus depuis longtemps… Elle était prête à parier que tôt ou tard il y aurait des problèmes avec les chirurgies et les transfusions si les méthodes de stérilisation n'évoluaient pas. Laurent repensa au sang d'Ali Benyoussef sur son visage. Il frissonna.

– Mais vous en savez beaucoup plus que moi. Pourquoi m'avoir donné votre carte alors ?

– Je te l'ai dit, *querido*, répondit-elle en posant sa main sur celle de Laurent. Je suis pas médecin. J'ai besoin de cas concrets, et toi tu en as un…

Laurent fixa un instant sa main sur la sienne. Longue, fine, manucurée. Cette femme était sublime. C'était la première fois depuis le début de son mariage que quelqu'un le troublait autant. Ses grands yeux verts, sa peau caramel, ses longs cheveux… Laurent aurait pu la regarder des heures, contempler chacun de ses traits, leur équilibre parfait. D'un coup, il se sentit coupable et se dégagea. Gabriella Moraes sursauta, étonnée.

– Et qu'est-ce que vous faites du secret médical ? lui demanda-t-il.

– Je ne te demande pas de noms.

Elle avait réponse à tout. Laurent se passa la main dans les cheveux. Il ne savait plus quoi faire, ni quoi dire. Il la connaissait depuis quelques minutes à peine et pourtant il se sentait en confiance. Il partageait son propos, son envie de justice. C'était pour ça qu'il était devenu médecin : remédier au désordre de la nature et des hommes…

– Tempête sous un crâne, hein ! plaisanta Gabriella en pointant son index vers la tête de Laurent.

– Je suis un peu perturbé par tout ça, vous comprenez ?

– Bien sûr… Je t'oblige à rien.

Elle se tut. Elle ne semblait pas contrariée, elle attendait. Au bout de quelques minutes, elle reprit d'une voix plus douce :

– Toi, tu devais être un premier de la classe ! Tu supportes pas quand c'est pas dans des cases, hein…

Laurent retint un rictus.

– Pas vraiment…

– Qu'est-ce qui s'est passé alors ? lui demanda la journaliste.

Laurent se demanda si c'était une technique de manipulation pour mieux l'endormir, mais Gabriella Moraes avait vraiment l'air concerné. Sans savoir pourquoi, il se mit à lui raconter. Il ne se livrait à personne, pas même à Nathalie, mais était-ce les circonstances, la fatigue, la voix de Gabriella Moraes ? Les mots sortaient de sa bouche sans qu'il ait de prise sur eux.

Il était effectivement un bon élève jusqu'en sixième, et puis sa mère était tombée malade, ses notes avaient chuté. À sa mort, il avait cessé d'apprendre, « ouvrir sa tête » comme il disait lui faisait trop mal, il préférait qu'elle reste endormie. Les professeurs avaient voulu l'envoyer en formation pour un travail manuel, mais son père était venu hurler dans un français approximatif que son fils ne serait pas plombier, qu'il serait médecin ! On lui avait ri au nez, mais il avait obtenu un sursis pour que Laurent reste en voie générale. Il demeurait malgré tout parmi les derniers de la classe. Il avait raté son bac avec des notes d'une nullité affligeante. Le directeur l'avait renvoyé. Il s'était retrouvé au mois de juillet sans lycée pour sa rentrée en septembre. Il s'en fichait, mais pour son père, c'était le pire des affronts. Ange l'avait contraint à s'asseoir des heures durant, les *Pages jaunes* en main, pour faire la liste de tous les établissements secondaires de Paris et sa banlieue où postuler et il avait menacé Laurent de le renvoyer de la maison s'il ne se présentait pas à chacun d'entre eux jusqu'à ce qu'on l'accepte dans une classe de terminale.

Pendant des jours, Laurent avait essuyé refus sur refus. Qui voulait d'un cancre pareil ? Et puis la chance avait tourné. À Jacques-Decour, le dernier lycée de sa liste, le proviseur faisait l'objet d'un reportage et il n'avait pas osé lui dire non devant les caméras du journal télévisé. Laurent avait eu sa place comme ça. Son deuxième bac ne le motivait pas pour autant. Il détestait la vie besogneuse de son père. Si c'était à ça que menaient les études, à quoi bon ?

Et puis Ange avait fait une attaque, et il était mort quelques mois avant l'examen. Laurent ne se pardonnait pas de l'avoir tant déçu. Il fallait qu'il devienne médecin. À partir de là, il n'avait plus lâché ses livres.

Mais face à Gabriella, il ne rentra pas dans les détails. Laurent avait encore du mal à en parler. Il ne put dire que quand son père s'était écroulé, il ne lui parlait plus depuis six mois. Le soir du malaise, Laurent n'était pas à la maison. Quand il était rentré, son père gisait sur le sol, inanimé. Il avait appelé les secours mais Ange était mort deux jours plus tard. Impossible de savoir à quelle heure avait eu lieu l'attaque ni combien de temps il avait sombré avant que Laurent ne rentre chez lui… Depuis, il n'arrivait pas à s'enlever de la tête qu'il avait fait perdre un temps précieux à son père, que s'il avait été là, Ange serait peut-être encore vivant aujourd'hui. Une blessure encore à vif qui le faisait souffrir chaque jour.

– Ok. Toi et moi, on sait alors, conclut Gabriella Moraes.

– On sait quoi ?

– Que la vie, ça tient à rien. C'est absurde.

Laurent acquiesça.

– Y a que ce qu'on fait qui peut donner du sens, *querido*.

Elle avait raison.

Après tout, que risquait-il en parlant ? Rien de plus qu'en se taisant, à en juger par l'état de Marc. Il soupira, jeta un œil autour de lui et résuma le cas Ali Benyoussef. Il passa cependant sous silence la lettre trouvée dans le bureau de Willot, mais expliqua sa conviction que c'était un LAV malgré l'absence de test. Il décrivit l'état du patient, et surtout la suspicion qu'un autre cas avait été pris en charge à Cochin.

– Comment tu le sais ? demanda la journaliste, qui n'en revenait pas.

– Des rumeurs… Mais il faudrait des preuves. Quels médecins, quels symptômes, etc.

– Je m'en charge, affirma-t-elle.

Ils convinrent de se tenir au courant des moindres avancées. Au moment de partir, Laurent tendit la main à Gabriella Moraes. Elle sembla surprise, presque vexée. Cette réaction embarrassa Laurent, qui sursauta quand elle le serra dans ses bras. Sans rien dire, il se laissa faire.

– À plus tard, partenaire, conclut-elle.

Laurent sourit. Il se sentait soulagé d'un poids en reprenant le chemin de l'hôpital.

Quand il sortit du café, la rue était déserte, comme figée par le froid. Il resserra son manteau et rentra le menton dans son col. Il repensait à la conversation qu'il venait d'avoir. Il avait encore du mal à croire qu'il se retrouvait au cœur d'une telle histoire. La veille, à cette heure-ci, il n'était qu'un simple médecin. Depuis tout avait basculé.

Soudain, Laurent entendit des bruits de pas. Il se retourna. Personne. Étrange. Il continua d'avancer. Les bruits reprirent. Il s'arrêta de nouveau, regarda devant lui. Un homme se reflétait dans l'abribus, à demi caché derrière un arbre. Laurent traversa, jetant un regard en biais. L'homme le suivait.

Son cœur accéléra, sa gorge devint sèche. Il hâta le pas.

L'homme, grand, vêtu de noir, se rapprochait. À présent, il ne se cachait plus : il était après lui. Laurent se mit à courir. Le froid giflait son visage déjà brûlé par les désinfectants. Ses muscles tiraient, sa migraine le tiraillait. Il était épuisé de fatigue, vidé par le stress, et l'hôpital semblait si loin… Il avait envie d'abandonner, de s'écrouler pour laisser la fatalité décider, mais une voix lui intimait de tenir bon. Continuer. Continuer…

Quelque chose bloqua sa cheville et il tomba sur le trottoir. Laurent se débattait, mais le type était plus fort. Il semblait ne rien sentir. Il plaqua la tête de Laurent sur le sol.

– Arrête de foutre ton nez dans la merde, sinon on va vraiment t'y mettre.

Laurent n'arrivait plus à respirer. L'homme relâcha son étreinte. Laurent se retourna et envoya un grand coup de pied dans le genou de son adversaire. Il y mit toute sa force, comme si sa vie en dépendait. L'homme cria et attrapa sa jambe endolorie. Laurent en profita pour s'échapper et fila tout droit, sans se retourner.

En quelques minutes, il était à l'hôpital. Il patienta dans le hall pour être sûr que l'homme ne l'avait pas suivi. Personne. Il souffla. Aucun doute : une nouvelle tentative d'intimidation.

31.

21 h 10. Laurent se dirigeait vers le vestiaire quand il surprit une discussion dans la salle des transmissions qui l'intrigua. Il était persuadé d'avoir entendu son nom. Sans faire de bruit, il s'approcha. Il reconnut son frère Alain, qui discutait avec Camille. Mais comment était-ce possible ? Soudain ça lui revint. Le dîner, le rendez-vous en tête à tête. Alain lui avait demandé des jours auparavant de l'accompagner à Belleville. Avec tout ce qui s'était passé, ça lui était sorti de la tête.

Camille semblait troublée par ce qu'Alain lui racontait.

– Vous savez, c'est pas parce que c'est mon frère, mais Laurent, c'est un héros ! expliquait-il. Quand notre père est mort, il s'est retrouvé tout seul, orphelin, sans un sou, et il s'est battu pour devenir médecin. Il dormait en bonnet et chaussettes en hiver, parce qu'il avait pas de quoi se payer le chauffage, il piquait du pain au resto U le midi pour pouvoir dîner le soir, et il passait son temps à travailler !

– Je ne savais pas que vos parents étaient morts, répondit Camille.

– Ouais… Niveau maladie, on a été servis ! Si Laurent est devenu un grand docteur, faut pas chercher plus loin… Lui, il raconte jamais rien, mais la vérité, c'est que c'est un héros.

Laurent détestait qu'on l'affiche comme ça. À quoi bon raconter ces histoires ? On le regarderait avec pitié, ça biaiserait tout ce qu'il avait essayé de construire. Fin de la neutralité, de la médecine comme seul facteur de jugement. Il ne serait plus qu'un pauvre orphelin.

– Bonsoir, lança-t-il.

– Oh, Rino ! On parlait de toi justement ! répondit Alain, avant de se décomposer. Qu'est-ce qui t'arrive ?

Son œil, Laurent avait oublié. Il désamorça aussitôt en racontant sa mésaventure du matin.

– Vous faites vraiment un métier de dingues !

– Et alors, de quoi parliez-vous avant que j'arrive ? Tu racontais pas trop de bêtises j'espère, s'inquiéta Laurent.

– Mais non ! Tu me connais, je suis une tombe ! plaisanta Alain en clignant de l'œil en direction de Camille.

Le pire, c'était qu'il assumait complètement son côté groupie ! Camille n'osait plus regarder Laurent dans les yeux. Bon Dieu, les effets des confidences commençaient !

– Bonsoir, docteur Valensi, balbutia-t-elle. Je vais vous laisser avec votre frère, j'espère que vous pourrez profiter un peu de votre soirée.

Voilà, c'était toujours pareil… De la pitié.

– Des changements chez M. Benyoussef ?

– Non, aucun.

Laurent se demandait si ce dîner était vraiment une bonne idée. Après tout, il serait sûrement plus utile à l'hôpital… En fait, il n'avait pas envie de parler de lui, ou de sa vie avec Nathalie, encore moins de son enfance.

– Alain, je suis désolé, mais je crois qu'il vaudrait mieux que je reste ici, on a un cas difficile…

– Ne vous inquiétez pas, docteur, je monte la garde, s'il y a un problème, je vous appelle au restaurant, votre frère m'a donné le numéro, le rassura Camille.

– Mais s'il faut aller vite…, objecta Laurent.

– Il y a trois médecins de garde et Belleville est à dix minutes…, insista-t-elle.

Alain le connaissait bien, il avait prévu le coup. Laurent se retrouvait à court d'arguments.

– Bon, très bien. Je vais me changer et on y va.

– Je viens avec toi ! proposa Alain. Au revoir, mademoiselle, dit-il à Camille en lui serrant la main. Vous faites un métier admirable !

C'était reparti pour la séance de congratulations… Alain en faisait toujours trop pour compenser ses complexes de ne pas avoir fait d'études.

Camille le remercia et ils s'éloignèrent vers le vestiaire.

– Je suis passé voir David, reprit Alain.

– Ah oui ?

– Ça faisait longtemps que je l'avais pas vu. Il a vieilli, non ?

Laurent se crispa. Il repensa aux rides sur les bras de l'épicier qui lui avaient tant fait de peine la veille.

– Tu trouves ? Je m'en rends pas compte, répondit-il.

– Écoute, ça m'a frappé !

– Et vous avez parlé de quoi ? demanda Laurent pour changer de sujet.

– Comme d'habitude… De Serge ! Il m'a conseillé de rien lui dire pour la naissance de mon fils. Il comprendrait pas…

– Il a peut-être raison.

– Franchement, je sais pas s'il a bien fait de lui sauver la vie ! plaisanta Alain.

Quand ils vivaient encore en Tunisie, un soir, Serge s'était plaint de douleurs au ventre. Leur père avait cru à un caprice et l'avait privé de dîner pour le faire « réfléchir ». Mais au milieu de la nuit, Serge s'était mis à hurler, il dégoulinait de sueur. Leur mère avait supplié Ange de le conduire à l'hôpital, elle était sûre qu'il ne faisait pas semblant.

Au petit matin, le père avait cédé. Il avait accepté de conduire son fils aux urgences. Toute la famille l'avait accompagné. Le docteur David les avait reçus et avait examiné Serge. Il avait demandé pourquoi on ne l'avait pas amené avant. C'était grave, une septicémie. Il devait opérer d'urgence pour essayer de lui sauver la vie, sans garantie. Marguerite s'était évanouie, Ange se cognait la tête contre le mur du hall, psalmodiant des insultes en arabe. Seul dans son coin, Alain pleurait. Pour Laurent, très jeune encore, cet épisode avait marqué le début de sa fascination pour la médecine. Il regardait le ballet des médecins et des infirmières dans les couloirs, les seringues, les médicaments. « Septicémie », un si joli mot pour un si grand mal… Rien qu'en entendant ces quatre syllabes, ses parents s'étaient effondrés.

L'opération avait duré plus de deux heures. Le docteur

David était ensuite venu dans le couloir, s'était assis à côté des parents et leur avait annoncé que leur fils devrait rester en observation quelques jours et se reposer, mais qu'il n'aurait pas de séquelles. Un miracle. Le docteur David était devenu un héros. Marguerite lui cuisinait chaque semaine un plat pour le remercier. On parlait de lui tous les jours à la maison… C'était ça que Laurent voulait devenir : un sauveur. Sa vocation était née. Par moments, elle avait faibli depuis, mais elle n'était jamais partie, même quand il était un cancre.

Ils entrèrent dans le vestiaire. Avant de se changer, Laurent tenait à informer Gabriella de ce qui s'était passé quand ils s'étaient séparés. Il l'appela après avoir demandé à Alain de l'attendre encore quelques minutes. Son frère s'assit sur le banc à quelques mètres de lui, sourire jusqu'aux oreilles. Il adorait pénétrer dans les coulisses de l'hôpital. Attendre dans le vestiaire des médecins était un privilège pour lui. Laurent détestait cette attitude d'adolescent écervelé.

Gabriella décrocha tout de suite. Il lui raconta l'agression de l'homme en noir, veillant à ce qu'Alain n'entende pas. Il précisa qu'il n'avait aucune preuve que ça avait un lien avec leur affaire.

– Tu es bien naïf, *querido*… Évidemment que c'est lié ! l'interrompit la journaliste. Et tu vas bien ?

– Ça va oui… Plus de peur que de mal…

– Fais bien attention à toi, d'accord ?

Laurent était touché par cette attention qui semblait sincère. Ils ne se connaissaient que depuis quelques heures, mais il ressentait pour Gabriella un attachement, une proximité inexplicables. Elle lui raconta ensuite qu'elle avait tenté de contacter de grands journaux. *Le Monde*, *L'Aurore*, *Le Matin*... Tous l'avaient ignorée.

– Ils m'ont même pas passé leur rédac-chef !

– Pourquoi ?

– Je travaille pas chez eux, ils savent pas s'ils peuvent avoir confiance je pense... À moins que ce soit autre chose...

– Comme quoi ?

– Je sais pas... Des consignes pour ne pas aborder encore certains sujets contre des promesses d'exclusivité...

– Ça arrive souvent, ça ?

– Plus que tu crois, *querido*... Rien ne marche correctement dans ce monde !

Laurent soupira.

– T'inquiète pas, on y arrivera quand même.

Il sourit et se tourna vers son frère. Alain l'observait sans prêter attention à sa conversation, l'enveloppant d'un regard bienveillant.

Il faisait chaud dans la pièce, et il fit signe à Laurent pour savoir s'il pouvait se dévêtir. « Évidemment », mima Laurent, tandis qu'il continuait de parler avec Gabriella. Son frère avait toujours peur de gêner ou de faire un faux pas. Alain retira son manteau et dénoua son écharpe. À l'autre bout de la pièce, un détail intrigua Laurent. Il plissa les yeux pour mieux voir. Il espérait se tromper. Son souffle se tarit. Il raccrocha à la hâte et s'approcha d'Alain.

– Qu'est-ce que tu as dans le cou ?

Alain posa sa main sur la tache violacée.

– Oh rien ! J'en ai des comme ça un peu partout ! Au Botswana, tout le monde a ça… C'est sûrement un parasite.

Laurent avait du mal à faire cesser le tremblement de ses lèvres. Non, pas ça…

– Enlève ta main, que je regarde s'il te plaît.

– Tu vas pas commencer à faire le docteur avec moi !

Comme tout orphelin marqué par la maladie, Alain était hypocondriaque, fasciné par la médecine, mais quand elle s'adressait aux autres.

– Alain, laisse-moi regarder, insista Laurent en écartant la main de son frère qui soupira.

Il observa la plaie de près. Il ne s'était pas trompé. Son frère avait un sarcome de Kaposi dans le cou. Laurent se sentit défaillir. Pas Alain, ce n'était pas possible, pas lui, pas la mort, encore…

– Alors, c'est quoi ? s'inquiéta son frère.

Laurent ne se sentait pas capable de le lui dire. Il n'était pas non plus capable de l'admettre. Alain était atteint d'un mal incurable. C'était impensable. Au-delà de ce qu'il pouvait vivre. Son grand frère. Son gentil grand frère…

– Je pense que tu as raison, ça doit être un parasite…, rassura-t-il son aîné.

– Ah, tu vois ! se réjouit-il.

D'un coup, une phrase d'Alain lui revint. Saisi par le choc, il n'y avait pas fait attention.

– Tout le monde a ça au Botswana tu dis ?

– Oui ! Saletés de bestioles !

L'Afrique aussi était donc concernée par le LAV ?

– Bon, j'ai faim ! Et je te préviens, ce soir on mange tunisien ! déclara son frère.

Laurent se força à sourire. Sans plus savoir ce qu'il faisait, il ôta sa blouse comme un automate, enfila son pull, son manteau et suivit son frère.

Au moment où ils s'apprêtaient à sortir, le docteur Lourmain, chef de service d'oncologie, s'approcha d'eux.

– Docteur Valensi ! Puis-je vous parler un moment ? demanda-t-il.

Laurent ne lui avait jamais adressé la parole, comment connaissait-il son nom ?

– Bonsoir, docteur, répondit Laurent, décontenancé.

Encore sonné par sa découverte, il n'avait pas la présence d'esprit de trouver une excuse. Alain fit quelques pas en arrière pour les laisser discuter. Le docteur Lourmain le remercia d'un signe de tête.

– J'ai reçu le dossier d'un de vos patients ce matin, M. Ali Benyoussef. Je voulais juste vous dire que selon moi, il ne fait aucun doute que c'est un lymphome.

Laurent avait une soudaine envie d'exploser. Tous aussi idiots et hypocrites !

– Ah oui ?

– Oui, j'ai bien regardé tous les examens, je pense vraiment que vous devriez nous le confier, nous travaillerons avec le professeur Willot qui l'a suivi jusqu'ici…

Apparemment il avait été briefé, mais il avait raté la mise à jour… En plus d'être un imbécile, ce médecin était mal informé. Laurent préféra garder les nouveaux éléments de l'affaire pour lui, à commencer par sa dernière discussion avec Willot. Il promit de faire le nécessaire le lendemain en arrivant. Le docteur Lourmain, étonné par la docilité de son interlocuteur, tendit la main à Laurent qui la serra en retour.

Laurent invita son frère à le suivre.

– Allez viens, on y va.

– Dis donc, tu as l'air d'être sur un cas important… C'est de ça que tu parlais tout à l'heure ?

Finalement, Alain était plus attentif qu'il n'y paraissait…

– Oui… Mais rien de spectaculaire en fait… On travaille souvent avec d'autres services…

– Et c'était quoi cette histoire d'homme en noir ? Tu fais pas de bêtises quand même ?

– T'écoutes mes conversations maintenant ?

Alain sourit.

– Je suis ton grand frère…

– Arrête de t'inquiéter, tout est sous contrôle, ok ?

– Si tu le dis, répondit son aîné, sans conviction.

Ils se mirent en route vers Belleville.

32.

Dès que Laurent ouvrit la porte du restaurant, l'odeur enivrante des épices lui tourna la tête. Chaque fois, ça lui faisait le même effet. Un saut dans le passé. Le sol était gras, ses chaussures collaient. La lumière était faiblarde, pourtant on devinait les peintures jaunies et les tables crasseuses. Les rideaux aux fenêtres viraient au marron, les vitres, trop poisseuses, permettaient à peine d'apercevoir l'extérieur. Le mur face à l'entrée était couvert de photographies de Tunis : des femmes à la plage, sirotant une citronnade, des familles devant la statue de Jules Ferry, le point de chute de la promenade du dimanche, commune à la plupart des clans. Plus bas, il y avait un couple avec des enfants devant le TGM. Laurent n'en avait gardé aucun souvenir, mais son père parlait souvent de cette ligne des vacances : Tunis, La Goulette, La Marsa, celle que l'on prenait en été pour rejoindre les cousins au bord de la mer. Un des enfants sur la photo devant le train posait plus loin avec un énorme sandwich, un casse-croûte tunisien débordant de thon et de salade aux poivrons cuits.

Plus qu'une décoration, ce mur était une stèle devant

laquelle tous les expatriés affamés de Belleville venaient se recueillir avant d'avaler un couscous, un complet poisson ou une *pkaïla*. Ici, il fallait fermer les yeux sur l'hygiène et se concentrer sur le goût. Aucun autre endroit dans Paris ne tenait si bien ses promesses. Chez Albert, la Tunisie était encore là, quelles que soient l'heure ou la saison. Le boui-boui en aurait rebuté plus d'un, pourtant l'endroit était plein. Que des habitués.

Albert, derrière la caisse, salua Alain et Laurent de la main. Il ne parlait jamais à personne, encaissait l'argent, notait le montant sur un morceau de papier qu'il jetait en fin de soirée, et replaçait son crayon derrière l'oreille. Il restait là, sans bouger, toute la soirée durant. Il n'observait pas la salle, son regard allait plus loin. Vers le passé sûrement, se disait Laurent.

– Oh, les frérots, vous êtes deux ?

C'était Fortunée, la fille aînée d'Albert. Approximativement un mètre soixante pour cent vingt kilos. Elle semblait à bout de souffle à chaque pas. Malgré son prénom, on ne pouvait pas dire que la nature l'avait gâtée… Son bas de jogging rose, taché, moulait ses énormes fesses et son T-shirt jaune très décolleté saucissonnait ses bourrelets, laissant apparaître des traces de sueur aux aisselles. À la taille, elle avait accroché un torchon sale, avec lequel elle nettoyait à peine les tables dès qu'un client partait.

– Salut, Fortunée, répondit Alain en lui faisant la bise.

Ils avaient le même âge. Les enfants d'Albert avaient toujours été proches des frères Valensi.

– La même table que d'habitude ?

– Bien sûr !

– Et toi, Rino, qu'est-ce qui t'est arrivé ?

Fortunée regardait l'œil de Laurent avec inquiétude.

– Rien, t'en fais pas…

– Tu veux pas mettre un steak dessus ?

Dans la famille d'Albert, tout se réglait toujours par la nourriture. Au moindre bleu, on vous appliquait de la viande crue, et pas un petit morceau…

– Non, merci, Fortunée, je me suis soigné.

Fortunée leva les yeux au ciel, l'air de dire : « Les médecins, vous n'y connaissez rien. » La mère de Laurent avait le même genre d'attitude : rien de mieux que de respirer de l'eau de fleur d'oranger contre la nausée ou le mal de ventre, des clous de girofle contre la faim ou d'appliquer du vinaigre blanc pour les piqûres de moustique. Les médicaments, la science, c'était bon pour les Français… À en juger par ses dernières années, Marguerite, ça ne l'avait pas menée bien loin, ces idées-là.

– Bon, ce soir, je m'occupe personnellement de vous, parce que vos femmes, elles font n'importe quoi ! Vous êtes rachitiques ! déplora la serveuse.

Elle tendait le tissu de la chemise de Laurent pour contempler sa taille fine et ouvrait le manteau d'Alain pour constater sa maigreur. Laurent sourit : avec les Tunisiennes, l'exagération était systématique, et l'embonpoint signe de bonne santé. Vu la corpulence de Fortunée, il était évident qu'un homme qui pesait moins d'un quintal frisait la maladie…

Ils s'installèrent près du mur de photos. Ils n'avaient même pas fini d'enlever leurs manteaux que Fortunée avait déjà servi la *kemia* : salade de pommes de terre au cumin, carottes sautées, piments, *slata mechouia, makbouba*...

– Je vous apporte des bricks, œuf et thon ou œuf tout seul ? ajouta-t-elle.

– Thon ! s'exclama Alain, ravi.

Il se jeta sur les salades comme s'il n'avait rien avalé depuis des siècles. Il découpa de ses mains un gros morceau de pain italien et trempa la mie blanche, épaisse dans les pommes de terre rougies par la sauce. Tout en mangeant, il dénoua son écharpe et la posa à côté de lui. Le Kaposi réapparut. Laurent en eut la nausée. Il n'arrivait pas à dévier son regard de la tache et de ce qu'elle signifiait.

Il n'avait toujours pas le courage d'aborder le sujet. Et le faire maintenant alors qu'Alain était en pleine délectation, ça aurait été criminel, tenta-t-il de se justifier. Mais au fond de lui, il savait que tôt ou tard ce serait à lui d'assumer l'annonce, et la suite... Son frère rentrerait-il d'Afrique ? Il disait que toute la famille avait des taches comme ça là-bas... Sa femme aussi alors ? Viendrait-elle avec lui ? Est-ce que ça vaudrait la peine ? Laurent aurait-il des solutions à leur apporter ? Il en doutait. S'il les forçait à rentrer, ce serait par pur égoïsme, pour rester auprès de son aîné le plus possible.

– Oh là là... Goûte, goûte..., s'extasiait Alain, les lèvres brillantes d'huile.

C'était un spectacle réjouissant de le regarder dévorer. Il avait toujours aimé manger, comme tous les Valensi. C'était leur marque de fabrique. Mais pour Alain, c'était plus important encore. Peut-être parce qu'il était parti tôt et qu'il s'était privé de tous ces mets rattachés à leur enfance.

Des petites bulles de graisse éclataient encore à la surface des bricks. Alain croqua dans l'une d'elles, laissant le jaune d'œuf brûlant s'écouler dans sa bouche. Il ne disait plus rien, tout entier concentré sur son repas. Laurent piqua dans les salades. Le piment était fort, il en avait besoin. Un bon coup de fouet venu du Sud. Il donna sa part à son frère qui la reçut comme un cadeau à la valeur inestimable.

– Tu es sûr ? insista-t-il.

– Vas-y, je préfère le reste.

Quelqu'un monta le son de la musique jusqu'ici tamisée. C'était Raoul Journo, le chanteur préféré de la mère de Laurent. Elle avait tellement écouté toutes ses chansons que Laurent les connaissait par cœur. Aucune hésitation, celle-là, c'était « Taalilat Laaroussa ». Alain lui sourit. Deux grands-mères assises à la table à côté commencèrent à se tortiller sur leur siège. Très vite, leurs mouvements s'harmonisèrent, et malgré leur excès de poids, une grâce se dégageait d'elles. La danse orientale qu'elles offraient dans une totale décontraction hypnotisait Laurent. Il se souvenait de sa mère et de mémé Nina en train de préparer la graine de couscous. Elles lui demandaient de mettre et remettre encore le même disque tandis qu'elles traquaient les grumeaux. Comme si le mouvement était inné, elles ondulaient des hanches et claquaient des doigts à certains moments de la mélodie. Laurent pouvait les observer pendant des heures. Pour lui, c'était ça l'Orient, la fluidité, la sensualité partout, même dans les gestes les plus anodins.

Fortunée déposa deux assiettes débordantes de *pkaïla* sur la table. Les Tunisiens adorent prétendre que c'est un plat sain parce qu'il est à base d'épinards. Avec des remarques pareilles, c'était facile de comprendre pourquoi la plupart mouraient de leur cholestérol... Des épinards, il ne restait presque rien. La viande trempait dans une sauce épaisse, verdâtre, parsemée de haricots. À son contact, la semoule de couscous se gorgeait d'huile. La *pkaïla* n'était pas à la portée de tous. Si le couscous séduisait les Français, ils allaient rarement plus loin dans leur découverte de la cuisine tunisienne. Les Marocains récoltaient plus de succès. Ils avaient l'art de la présentation, les plats à tajine, le mélange du sucré et du salé... Les Tunisiens étaient fiers de leur côté sauvage, de leurs plats pour initiés. Les autres en étaient dégoûtés ? Tant mieux, ça en laissait plus ! Ce genre de discours avait bercé l'enfance de Laurent.

Il mangea son plat en silence, comme Alain. À la fin du repas, ils commandèrent deux boukhas, la Bokobsa de luxe, en hommage à leur père. Ils trinquèrent à la vie et Laurent sentit une pointe percer ses côtes. Il avait réussi à oublier le Kaposi, mais en quelques secondes l'angoisse était revenue, avec ses questions. Il avait une double responsabilité : celle du médecin et celle du frère. Mais il n'y arrivait pas. Par quoi commencer ? Parler du LAV ?

– Bon, et toi alors ? demanda Alain, le coupant dans ses pensées.

– Moi ?

– Oui, toi... Tu parles toujours des autres ou tu dis rien ! Comment ça va à la maison ?

– Oh… ça va. Nathalie attend un garçon.

– C'est vrai ? Mais c'est super ça !

– Oui c'est bien… Sauf que je sens les engueulades se profiler…

– Pourquoi ?

– Les Simeoni sont contre les circoncisions…

– Et toi ?

Laurent fut surpris par cette question. Il ne se l'était jamais posée, la circoncision, c'était une évidence… En réalité, il détestait ce rituel qui le projetait au Moyen Âge. Il se sentait en total décalage avec la joie du rabbin, qui charcutait un nouveau-né… La plupart du temps, il évitait de regarder la scène. Mais c'était comme ça, un passage obligatoire, pensait-il jusqu'ici… Pourtant, était-ce vraiment le cas ?

– Je sais pas, répondit-il enfin.

Alain éclata de rire.

– C'est des petits problèmes tout ça ! On finira tous poussière… Circoncis ou pas, ça se verra plus !

Il avala une nouvelle gorgée de boukha.

– Et sinon, le boulot est dur, mais c'est bien, ajouta Laurent.

Il avait l'impression d'être un petit garçon qui raconte sa semaine d'école à son père. Alain avait beau avoir fait toutes les bêtises possibles et fui au bout du monde, il n'en restait pas moins la figure d'autorité depuis la mort de leurs parents.

– Tu travailles trop, Rino. Je sais pas ce que tu cherches, mais la réponse, je suis pas sûr qu'elle soit là…

– Tu deviendrais pas philosophe, toi ? se moqua Laurent.

Alain éclata de rire.

– L'Afrique tu sais, ça fait réfléchir… On ferait bien d'y envoyer Serge d'ailleurs !

Son visage se referma. La discussion changea de ton. C'était reparti : pourquoi Serge s'était-il enfermé à ce point dans la religion ? Comment la religion pouvait-elle le conduire à tant d'aveuglement ? Comment avait-il pu oublier sa jeunesse ?

– Tu sais qu'il ne se souvient même plus qu'on a vu les Stones en concert ? C'est pas possible, il ment !

Laurent ne comprenait pas non plus ce phénomène. Serge avait effacé de sa mémoire, consciemment ou pas, une partie de son passé, celle qui ne correspondait pas à l'homme pieux qu'il pensait ou voulait être devenu. Craignait-il que son adolescence lui fasse perdre des galons à la synagogue ? Quoi qu'il en soit, les discussions sur leur passé commun aboutissaient toujours à des moments de désolation pour les uns et d'énervement pour les autres. Alain désespérait d'avoir perdu son frère, et Serge l'accusait d'inventer des histoires pour le dévaloriser.

À trente-sept ans, Serge avait déjà quatre enfants, en attendait un cinquième, se levait à 6 heures pour aller prier avant de se rendre à son cabinet de comptable et il ne se couchait jamais avant une nouvelle heure de prières. Il mangeait uniquement dans des endroits bénis par les rabbins les plus respectés de France, donc pas chez ses frères. Laurent s'était fait à ces changements, mais pas Alain.

– Qu'est-ce qu'on peut faire ? demanda-t-il.

– Rien…, répondit Laurent.

Face à cette évidence, Alain se resservit à boire.

Le dîner touchait à sa fin. Un vendeur ambulant de jasmin entra dans le restaurant. Alain lui en acheta cinq brins.

– Tu en donneras à Nathalie et Julia de ma part, précisa-t-il.

Ils se levèrent, Alain insista pour payer et ils sortirent, après que Fortunée les eut serrés dans ses bras dodus et moites. Elle leur fit promettre de revenir vite, leur donna du pain et des salades à emporter chez eux et les libéra.

Dans la rue, Alain ajusta son écharpe. Le Kaposi. Encore. Laurent ferma les yeux. Soudain, les voitures, les passants, le monde alentour lui parvinrent comme une rumeur inintelligible. Son frère était malade et ne le savait pas. Son frère allait mourir d'une maladie encore peu connue, sur laquelle il n'y avait pas l'ombre d'un traitement. Il devait lui dire. Il devait… Mais les mots ne voulaient pas sortir. C'était trop.

– Bah qu'est-ce qui t'arrive ? s'inquiéta Alain.

Laurent le fixa, sentit ses lèvres se mettre à trembler et des larmes couler le long de ses joues. Il serra son frère dans ses bras.

– Je t'aime, Alino, fut tout ce qu'il put dire avant d'éclater en sanglots.

Chez les Valensi, on ne disait jamais ce genre de chose. Alain ne répondit pas. Hésitant, il serra son frère en retour.

– Tu as trop bu, toi…, conclut-il en riant.

Laurent se mit à rire aussi. C'était nerveux. Il n'avait

presque rien bu, mais était soulagé que son frère ne cherche pas plus loin la raison de cet accès de sentimentalisme. Alain le raccompagna à sa voiture avant de monter dans un taxi. Laurent observa son frère s'éloigner et il rentra chez lui, la boule au ventre.

33.

Minuit. Nathalie était assise sur le canapé du salon, Julia, endormie sur ses genoux. À l'arrivée de son père, la petite se redressa.

– Papa ?

– Bonsoir, mon cœur.

Laurent prit sa fille dans ses bras et embrassa sa femme.

– La t'a fait un doudou magique pour ta blessure.

Nathalie avait expliqué à Julia que Laurent s'était fait mal, qu'il avait un pansement et un bleu, mais que ce n'était pas grave. Alors, en bon futur médecin, la petite avait voulu participer à la guérison de son père. Nathalie avait sacrifié un torchon. Avec ses feutres, Julia avait dessiné un soleil dont les rayons atteignaient un œil. Tout autour, des étoiles vertes, bleues et roses.

– La doit le poser sur ton œil avant de dormir. L'est magique.

– Mais comment tu as fait ? demanda Laurent, l'air faussement impressionné.

– L'a récité une formule que l'a inventée, mais la marche, répondit Julia, très fière.

Laurent serra sa fille dans ses bras. Être en leur présence à toutes les deux lui faisait un bien fou. Il devait passer plus de temps chez lui. C'était comme une évidence, elles étaient son essentiel. L'hôpital, Alain lui semblaient loin. Enfin. Et il se sentait en sécurité.

– Vous êtes encore allés chez Albert ? demanda Nathalie avec une mine dégoûtée.

– Eh oui !

Nathalie n'était jamais passée au-delà de l'aspect du restaurant, d'autant qu'elle n'était déjà pas une grande amatrice de nourriture…

– Tu vas encore être malade cette nuit, le taquina-t-elle.

C'était le côté négatif de ces escapades à Belleville : la digestion n'était pas garantie. Une fois sur deux, Laurent finissait penché sur les toilettes, à vomir tripes et boyaux. Trop gras, trop copieux, trop tout… Son corps n'était plus capable de supporter. Et dire que lorsqu'il était enfant, les bouteilles d'huile se vidaient plus vite que celles d'eau… Comment avait-il fait ?

Julia semblait en pleine forme, comme il l'avait pressenti, son otite était un prétexte. Mais elle avait besoin d'attention.

– Alors, mon trésor, tu as mal à l'oreille ? demanda Laurent.

Julia se raidit, comme si elle venait de s'en souvenir. Elle prit aussitôt un air abattu.

– Oui, l'a très mal, affirma-t-elle.

– Laquelle ? La droite ?

Julia réfléchit et donna raison à son père.

– Bon, je vais t'examiner.

Quand Laurent prononçait cette phrase face à d'autres enfants, il récoltait des pleurs, des cris de panique. Pour Julia, c'était presque un moment de fête, d'intimité dont elle connaissait les rituels par cœur. Elle savait quand ouvrir la bouche, quand tousser une fois que le stéthoscope était posé, comment dire : « Ahhh » en gonflant ses amygdales. Laurent la regardait faire, amusé.

Elle partit dans la salle de bain où la lumière était la plus forte et s'assit sur les toilettes, comme à son habitude. Mais quand Laurent s'approcha d'elle, il s'arrêta net. Et s'il avait attrapé le LAV ? La toux hémorragique d'Ali Benyoussef, la panique à l'hôpital, l'éther, l'alcool, le Kaposi d'Alain… Et si le LAV se transmettait par le sang, un simple contact, l'air ? Toutes ses incertitudes resurgirent. La pointe entre ses côtes se transforma en douleur diffuse, il manquait d'air… Et s'il était atteint et qu'il transmettait la maladie à sa fille, à sa femme ? Il n'arrivait plus à avancer. Julia l'observait, étonnée. Il était perdu. Sa poitrine semblait coincée dans un étau. Et chaque fois qu'il repensait au sang d'Ali Benyoussef, l'étau se resserrait.

Il avait touché Nathalie et Julia, les avait embrassées, et là, il s'apprêtait à examiner sa fille… Il ne pouvait pas prendre ce risque, il ne supporterait jamais de leur faire du mal. Comment s'en sortir ? Il ne savait plus quoi faire.

– La transpire beaucoup, papa ! remarqua Julia.

Laurent se passa la main sur le front, trempé. Il suait à grosses gouttes. Était-ce la peur ou la maladie qui s'activait déjà dans son corps ? La petite, inquiète, s'approchait de lui.

– Reste sur les toilettes, Julia, ordonna-t-il.

Elle le fixa, médusée. Il ne savait pas quoi dire pour se justifier. Il ne pouvait simplement pas la toucher… Il regarda partout autour de lui… Il était coincé. Comment faire pour les éviter sans les inquiéter ? Retourner à l'hôpital ? Et après ? Qu'inventerait-il demain ? Il s'enfonçait dans l'angoisse quand il eut une idée.

– J'arrive.

Il partit dans le salon chercher son « torchon magique ». Il alla ensuite dans la cuisine où Nathalie rangeait ses réserves de produits ménagers. Il ouvrit un sachet de gants Mappa et les enfila. Il noua ensuite le torchon autour de sa bouche pour s'en servir comme d'un masque de chirurgien. Nathalie, intriguée, vint à sa rencontre.

– Qu'est-ce que tu fais ?

Il sursauta.

– C'est pour ausculter Julia…

– Pourquoi tu te déguises ? s'amusa-t-elle.

Il ne pouvait pas lui dire la vérité. Il était peut-être condamné et si ça se trouvait, en les embrassant, il leur avait transmis le virus. Si par chance ce n'était pas le cas, il ne voulait plus rien risquer. Il maudissait son métier. Quel imbécile ! Il s'était laissé déborder par son rôle, son serment… Soigner tout le monde quelles que soient les conséquences… Mais une fois sorti de l'hôpital, cet engagement semblait ridicule, dérisoire et sans commune mesure avec l'amour qu'il portait à sa famille, menacée par sa faute. Il était égoïste, inconséquent… Mais que pouvait-il faire d'autre, avait-il eu le choix ? Là n'était pas la question ! Il se cherchait des excuses alors que les chefs d'accusation étaient légion.

– Un jeu avec Julia, se justifia-t-il.

Nathalie ne releva pas et retourna s'asseoir devant la télé. Laurent rejoignit sa fille qui n'avait pas bougé. Elle éclata de rire en le voyant arriver.

– Mais pourquoi l'as mis ça, papa ?

– C'est plus rigolo, non ? répondit Laurent, lui-même peu convaincu.

Julia fit une moue dubitative.

Il l'examina. Elle n'avait rien à l'oreille, bien sûr. Il continua ses observations quand il aperçut des plaques rouges sur le bras de la petite.

Son cœur se souleva, la migraine, latente depuis des heures, se manifesta de nouveau sous son crâne. Que signifiaient ces plaques ? Était-ce un symptôme du LAV ? Julia était-elle déjà atteinte ? Il n'arrivait plus à respirer. Il saisit sa fille et l'entraîna dans le salon.

– Depuis quand elle a ça ? cria-t-il à Nathalie.

La petite, perturbée par l'état de son père, commença à pleurer. Elle se réfugia dans les bras de sa mère.

– Mais calme-toi enfin, tu lui fais peur ! Qu'est-ce qui te prend ? réagit Nathalie.

Laurent avait du mal à respirer.

– Ces taches-là, depuis quand elle les a ?

– Laurent, tu m'as dit toi-même que c'était rien ! C'est moi qui ai insisté y a deux semaines pour aller voir le dermato, tu te souviens pas ?

Ça lui revenait. Des dartres, un simple eczéma. Où avait-il la tête ! Il fallait qu'il se calme. Il se passa la main dans les cheveux. Il avait chaud dans ses gants Mappa.

– Excuse-moi, j'avais oublié, déplora-t-il.

Nathalie le regardait, sourcils froncés.

– Tu es sûr que ça va ?

– J'ai eu une journée difficile… Désolé. Allez viens, Julia chérie, tu n'as rien, on va se coucher.

– Tu comptes parler à travers le torchon encore longtemps ? plaisanta Nathalie. Je crois que Julia n'est pas la seule à avoir besoin de sommeil !

Il hocha la tête, mais conserva le torchon.

Seul point positif, la petite était épuisée, elle s'endormit en quelques secondes. Pas besoin de la serrer dans ses bras ni de lui lire une histoire. Quand il ferma la porte de sa chambre, il enleva ses gants et le torchon pour rejoindre Nathalie dans le salon.

– J'ai montré l'échographie à Julia, tu devineras jamais ce qu'elle m'a sorti !

Nathalie semblait amusée par avance. Laurent était préoccupé et les mots de sa femme semblaient voler au-dessus de lui sans jamais l'atteindre. D'un geste de la tête, il l'incita pourtant à raconter.

– Elle regarde l'écho en noir et blanc, et elle me dit : « Ah mais c'est comme *Zorro*, c'est un vieux film ! » Elle est trop mignonne, non ?

Laurent esquissa un sourire.

– Bon, je le gardais pour plus tard, mais j'ai quelque chose pour toi, ça va te remonter le moral.

Elle sortit une petite boîte du buffet.

– Pour monsieur le papa ! Y a pas de raison qu'on offre des cadeaux qu'à la mère pour la naissance, lança Nathalie dans un sourire.

Laurent n'en revenait pas. Ça cognait encore dans sa tête mais il essayait de se concentrer sur le présent. Il déchira le papier et découvrit le stylo plume Montblanc dont il rêvait.

– Comme ça tu pourras écrire de belles ordonnances ! murmura sa femme dans un sourire.

Il ne savait plus quoi dire. Il ne méritait pas cet amour. Il n'était jamais là, il menaçait leurs vies à toutes les deux, et pourtant Nathalie ne bougeait pas. Elle était son pilier. Bien plus qu'il ne le croyait jusque-là. Il murmura quelques remerciements. Les larmes perlèrent au coin de ses yeux. Décidément, ce soir, il était une vraie mauviette !

– Faut pas être si ému, mon amour, c'est qu'un stylo, tenta-t-elle de le rassurer.

Mais rien ne pouvait calmer le tourbillon de questions et de reproches qui envahissait sa tête.

– Merci, il est magnifique, répéta-t-il. Va te coucher, je te rejoins vite, je vais l'essayer.

Nathalie sourit et serra son mari dans ses bras. Il demeura immobile. Il avait l'impression d'être si loin… Cette sensation de vide était terrible.

Quand il la rejoignit dans la chambre, elle lisait. Il s'appliqua à rester de son côté du lit pour ne pas la toucher. Cette nuit, il faudrait éviter de se rapprocher de sa femme. Demain, il trouverait une solution. Il essayait de s'en convaincre quand il ferma les yeux pour faire semblant de dormir.

Une heure plus tard, Laurent se réveilla en sueur. Son drap était trempé. Il venait de faire un cauchemar. Ils étaient à la mer en famille et il était parti nager, seul. L'eau était parfaite, il s'éloignait du rivage dans une sensation de bien-être. Soudain, il ne voyait plus la plage, il fallait faire demi-tour. Mais en regagnant son parasol, une femme vêtue du même maillot de bain que Nathalie l'attendait, sauf que ce n'était pas Nathalie. Elle était blonde, et la petite fille à ses côtés n'était pas Julia. Toutes les personnes autour d'eux avaient également changé. Où étaient passés les petits vieux, les enfants, le ballon ? Les couleurs, les formes étaient différentes. Pourtant tous semblaient le reconnaître. Laurent criait, cherchait sa vie telle qu'elle était, mais tout avait disparu et il était prisonnier de ces gens qui croyaient le connaître.

La migraine avait encore empiré. Il ne se souvenait pas avoir jamais eu si mal. Il partit dans le salon et ouvrit la fenêtre. Le vent glacial lui coupa le souffle. C'était ce qu'il cherchait : qu'on l'anesthésie. Mais ses angoisses ne disparaissaient pas pour autant. Avait-il contaminé Julia et Nathalie ? Comment faire pour aider Alain ? Comment pourrait-il retourner à l'hôpital, soigner Ali Benyoussef et ses futurs patients atteints du LAV, puisqu'il était sûr à présent que l'épidémie ne faisait que commencer, si cela représentait un risque pour les siens ? Au moment où il avait prêté serment à la fin de sa thèse, il n'avait pas hésité. Il lui semblait naturel de soigner n'importe quel malade qui se présenterait à lui. Il n'avait pas mesuré l'envers de la médaille. Ce pacte pouvait s'avérer diabolique. Aujourd'hui, il se sentait au bord d'un précipice : renoncer à sa vocation ou mettre sa famille en danger. Ensemble, ces options étaient impossibles, pourtant, tôt ou tard, il faudrait renoncer à une partie de lui-même. Survivre en n'étant qu'à moitié vivant ou prendre le risque de mourir et tuer les siens ? La douleur sous son crâne devenait insoutenable.

– Mais qu'est-ce qui se passe ?

Nathalie avait enfilé sa robe de chambre et elle le regardait, effarée.

Il ne pouvait pas lui mentir. Il avait besoin de se confier, de se libérer de ce poids qui l'étouffait. Il lui raconta les analyses trouvées la veille, l'arrivée d'Ali Benyoussef et le diagnostic. Il n'eut pas la force de lui parler d'Alain.

– Pourquoi tu t'inquiètes ? À la télé, ils ont dit que c'était que pour les homosexuels, tenta de le rassurer Nathalie.

– C'est un virus, Nath, pas un cancer. On sait pas comment ça s'attrape, ni en combien de temps. On n'a aucune idée de la façon de le soigner, on sait même pas si on pourra le soigner un jour.

– Mais je croyais qu'il n'y avait aucun cas en France ?

– On nous ment…

– Tu racontes n'importe quoi ! On nous mentirait pas pour quelque chose d'aussi grave…

En prononçant cette phrase, elle se rendit compte qu'il avait raison.

– Mais nous ? On risque quelque chose ?

Laurent avait l'impression que ses tempes allaient exploser tant ça cognait dans sa tête.

– Je… je ne sais pas. Je n'espère pas.

– Tu n'espères pas ? s'effondra Nathalie.

Les jambes de Laurent cédèrent, il s'écroula sur le sol.

– Qu'est-ce qui se passe ? hurla sa femme.

– J'ai très mal à la tête…

Tétanisée, elle l'observait comme s'il était la mort en personne. Laurent essaya de se relever, impossible. Nathalie sursauta.

– Reste là, il faut que tu prennes quelque chose.

Elle partit dans la cuisine. Laurent entendit des bruits de verre et de robinet. Nathalie revint dans le salon et prit des Doliprane dans son sac à main. Elle se dirigea vers son mari pour lui donner le tout mais s'immobilisa à mi-chemin.

– Laurent, j'ai besoin de comprendre.

Il hocha la tête pour lui faire signe de poursuivre.

– Quand tu as commencé à le soigner, tu savais qu'il avait cette maladie ?

– Pas tout de suite…

– Mais tu as compris quand ?

– Ce matin.

Nathalie fixait le sol. Son visage se crispait davantage chaque minute.

– Donc quand je suis venue tout à l'heure, tu savais ?

Laurent ne répondit pas. Il n'y avait rien à dire.

– Tu m'as serrée dans tes bras ! Tu as caressé mon ventre ! Tu as embrassé ta fille ! Mais tu te rends compte ? Comment tu as pu ?

Laurent avait si mal… Pourtant, il préférait encore la douleur de la migraine à celle que les questions de Nathalie suscitaient. Comment avait-il pu faire preuve de tant d'inconséquence ?

– Réponds-moi !

Nathalie tremblait, sa peau d'ordinaire si pâle était parsemée de taches rouges à présent.

– Est-ce qu'on va mourir ?

– Je ne sais pas, Nath ! Je ne sais pas comment j'ai pu ! Je devais soigner ce type ! Je ne sais pas comment on attrape cette merde ! Je ne sais rien, voilà !

Nathalie se tut un moment.

– C'est tout ce que tu as à me dire ?

– Nath, j'ai mal… On peut pas en parler demain ?

Nathalie fit quelques pas en arrière et posa le verre d'eau et les médicaments sur le sol. Son hésitation semblait la torturer, mais sa peur prit le dessus.

– Je pense que c'est mieux que tu dormes dans le salon. Je ne veux plus que tu me touches ou que tu approches Julia. Demain j'irai avec elle chez mes parents.

Laurent paniqua. Il avait dû affronter Alain, Ali Benyoussef, le LAV, mais faire face à cette crise était au-dessus de ses forces. Dans un effort surhumain, il se redressa et plongea son regard dans celui de sa femme.

– Nath, mon amour, toi et Julia, vous êtes tout ce qui compte…

Elle recula encore, le visage fermé et les yeux injectés de haine.

– Non, Laurent. Ce qui compte avant tout pour toi, c'est la médecine. Je veux bien subir cette vie de fous où tu n'es jamais là, stressé dès que tu rentres, mais je refuse de te laisser menacer ta fille ou ton fils.

– Je ne veux menacer personne…

– Mais c'est ce que tu fais ! le coupa-t-elle.

Elle était révoltée. Il ne l'avait jamais vue aussi en colère.

– Nath, me laisse pas…, supplia-t-il.

– C'est toi qui nous as laissés, là ! Est-ce que tu te rends compte des risques que tu as pris ?

Elle partit s'enfermer dans leur chambre.

Laurent avala un comprimé et se prit la tête entre les mains. Elle avait raison. Le salaud, c'était lui. Il resta allongé sur le sol, immobile. On aurait dit que le temps s'était arrêté.

Une heure plus tard, Nathalie le réveilla. Elle était habillée et traînait une valise vers l'entrée.

– Qu'est-ce que tu fais ?

– Je suis désolée, je n'y arrive pas. On va partir maintenant, lança-t-elle.

– Maintenant ? Nath, il est 3 heures du matin ! Qu'est-ce que tu racontes ?

– J'ai l'impression que plus on reste ici, plus c'est dangereux et je ne veux pas faire prendre ce risque à Julia ni au bébé. Je pars chez ma mère. Je prends ma voiture.

Il essaya de la retenir.

– Ne me touche pas ! cria-t-elle.

Elle tira Julia du sommeil, Laurent restait à deux mètres derrière elle, interdit.

– Julia, mon cœur, réveille-toi.

– Maman ? répondit la petite. C'est le matin ?

– Non, mais on doit partir, ma chérie, papi et mamie nous attendent.

– On part pour Noël ?

– Oui, voilà.

– Et papa aussi ?

– Non, papa reste ici.

Laurent faisait les cent pas derrière elle, incapable de dire quoi que ce soit. Sa vie lui échappait et il n'avait aucun argument, aucune solution.

La petite se mit à pleurer. Nathalie plaça son doudou et quelques vêtements dans un sac. Elle prit sa fille dans ses bras. La petite se débattait.

– Julia, calme-toi, tu vas faire mal à ton frère, la coupa sa mère.

Mais Julia ne voulait rien entendre, surtout pas une remarque sur un frère qui n'était pas là. Elle réclamait les bras de son père.

– Non, tu ne peux pas toucher papa.

La petite hurlait, Laurent avait envie d'en faire autant, mais il était si effondré que ses forces lui manquaient.

– Nath, attends, on va trouver une solution, essaya-t-il de tempérer.

– Tu as un vaccin ? Un traitement ?

– Non...

– Tu peux me garantir que c'est sans risque pour nous ?

Il fit non de la tête.

– Alors il n'y a pas de solution. Je ne te pardonnerai jamais de nous avoir fait ça.

Elle claqua la porte. Laurent se pencha par la fenêtre. Quelques minutes plus tard, il les vit traverser la rue. Julia hurlait toujours. Plusieurs fenêtres s'éclairèrent dans les immeubles de la rue. Elles affolaient tout le quartier.

Julia aperçut son père et lui fit un signe de la main. Il le lui rendit. La nausée le reprit.

La voiture démarra et sa famille disparut dans la brume d'hiver. Il était gelé. Il se retourna, contempla son salon vide et le sapin dont les guirlandes clignotaient. Qu'avait-il fait ?

Vendredi 17 décembre 1982

34.

6 heures. Une douleur pointait dans son dos. Laurent était allongé par terre, sur le parquet du salon, juste sous la fenêtre. Dans son sommeil, un courant d'air froid avait contracté ses muscles. Comme un automate, il alla se recoucher dans sa chambre. C'est là qu'il se souvint que Nathalie et Julia étaient parties. Une décharge irradia tous ses membres. La colère de sa femme, les pleurs de sa fille, les reproches et l'angoisse, tout lui revint. La nuit n'avait pas apporté son lot de consolation, il se sentit plus coupable encore. Était-il malade ? Avait-il contaminé sa famille ? Comment sa vie avait-elle pu basculer en si peu de temps ? Comment cela avait-il été possible ? Il voulait bien faire. Il avait relu ses dossiers avant de partir, il avait ouvert celui d'Anna Pallin pour essayer de comprendre encore pourquoi elle était morte, et il était tombé sur ces foutues analyses anonymes ! Le mauvais papier au mauvais moment, et en vingt-quatre heures, tout avait foutu le camp. Il ne parvenait pas à en vouloir à Nathalie. Elle avait raison. Au fond, le fait qu'elle soit loin le rassurait. Mais cette situation ne pourrait pas durer. Ils finiraient

par se parler de nouveau, et après ? Il n'aurait pas plus de garantie ni de solution qu'aujourd'hui. Il se sentait vidé.

Dans une heure, il devrait repartir pour l'hôpital, retrouver son patient et l'impuissance qui allait avec. Est-ce qu'Alain l'appellerait ? Il revoyait le Kaposi sur le cou de son frère… Il devait affronter tout ça. Pourtant c'était au-dessus de ses forces. Nouvelle pointe dans le bas du dos. Il ne lui manquait plus qu'un lumbago ! Il boitilla jusqu'à la salle de bain, une main sur les reins, l'autre au mur, saisit les derniers anti-inflammatoires du paquet et les avala d'une traite. En se redressant, il aperçut son reflet dans le miroir. Son teint gris lui fit peur. Le pansement au-dessus de son œil s'était décollé, laissant apparaître les deux points de suture. La boursouflure avait un peu diminué, mais c'était laid. Le bleu virait au jaune par endroits, le blanc de ses yeux était injecté de sang, comme si ses vaisseaux avaient éclaté pendant la nuit. Une vérité trop dure à voir peut-être ?

Il se nettoya le visage. Sa peau tirait encore depuis qu'il l'avait décapée à coups d'alcool et d'éther. Lui revinrent les images du sang d'Ali Benyoussef qui l'éclaboussait et la panique l'envahit. Il aurait tant aimé revenir en arrière. Hier encore, à cette heure-ci, tout était normal, sa vie était parfaite et il ne s'en rendait pas compte. Il se faisait réveiller par les câlins de sa fillette et le café chaud de sa femme, il partait exercer un métier qu'il adorait… Les dernières heures avaient été criminelles, et aujourd'hui, il devait assumer de ne pas savoir de quoi serait fait son avenir, s'il allait mourir ou pas, à cause de son patient.

Il fallait soulager son dos, autrement il ne pourrait rien

faire aujourd'hui. Ne rien faire… Peut-être était-ce la solution après tout ? Mais il savait qu'il ne parviendrait pas à rester au lit. On comptait sur lui, et au fond, lui-même comptait sur sa propre capacité à surmonter les ennuis. Comme une dernière chance de retrouver un peu d'estime. Il alla chercher la bouillotte de Julia, fit chauffer un peu d'eau et s'allongea dans le lit conjugal en appliquant la chaleur sur la zone endolorie. À chaque fois il était surpris par l'efficacité de la chaleur, son effet calmant et rassurant. En quelques secondes, il se sentait protégé. Il devait profiter de ce moment, car la journée ne promettait pas d'être tendre… Il hésita à se rendormir, mais le réveil serait trop cruel. Il ferma les yeux et essaya de ne penser à rien.

Tentative vaine. En une fraction de seconde, sa tête fut envahie par un flot de souvenirs plus douloureux les uns que les autres. Nathalie qu'il regardait dormir dans des draps blancs, le soleil de Nice qui éclairait la chambre pendant les vacances, les premières nuits avec Julia quand ils glissaient leur nouveau-né entre eux. Alain et lui jouant de la guitare. Le premier baiser donné à Nathalie, dans la file d'attente pour aller au cinéma. Il avait décidé de se lancer une fois à l'intérieur, l'obscurité de la salle en soutien, mais il l'avait trouvée si belle. Alain le serrant dans ses bras avant de s'engager dans la marine… Sa femme, sa fille, son frère étaient partout, qu'il ait les yeux ouverts ou fermés. Sans eux, il était condamné à errer. La tristesse qui l'habitait s'insinuait dans chacun de ses membres, pourtant il n'arrivait pas à pleurer, il n'en avait pas la force. Il était au-delà des larmes, quand elles ne soulagent plus rien.

7 heures. Il se leva. Son dos ne lui faisait presque plus mal. Ça irait pour aujourd'hui. Il prit les premiers vêtements à sa portée, sans prêter attention aux couleurs, et se dirigea vers la cuisine pour se faire un café. Depuis des années, Nathalie s'en chargeait. Il ne le lui avait jamais demandé. Quand il vivait passage Charles-Dallery, après la mort de sa mère, son père se levait chaque jour à 5 heures pour faire le déjeuner de ses fils avant de partir au travail. Le temps qu'ils se lèvent, le café avait refroidi, il était imbuvable. Alors Laurent jetait tout et en faisait un nouveau. C'était comme un lien invisible, une transmission. Laurent prenait la suite du père pour que ses efforts ne soient pas vains, que ses frères se lèvent et aillent travailler aussi.

Le bâtiment de l'hôpital Saint-Louis lui apparut puissant, écrasant. Une prison dans laquelle il enfilerait la tenue en laissant tout ce à quoi il tenait à l'extérieur pour se concentrer sur sa mission. Servirait-elle à quelque chose ? Il risquait sa vie pour rien peut-être… Il hésita à faire demi-tour, lassé par cette pensée, mais il se sentit plus mal encore. Abandonner maintenant reviendrait à cracher sur ses sacrifices et ce qu'il avait perdu. Abandonner serait admettre que la veille, il avait pris ces risques uniquement pour satisfaire son ego de médecin et non par extrême nécessité. La nécessité était la même aujourd'hui. Nathalie était partie à cause de cette situation. Pour elle et pour Julia il devait assumer et continuer. Il refusait de les avoir perdues sans raison.

7 h 30. Le garde du parking le salua. Laurent gagna sa place, prit l'ascenseur et avança dans le couloir. Il s'arrêta

net. Serge l'attendait, en costume de travail, avec sa casquette rouge pour cacher sa kippa. Il avait l'air furieux.

– Qu'est-ce que tu fais là ? lui demanda Laurent.

– Faut qu'on parle, siffla-t-il.

– Vas-y.

Serge regarda autour de lui. Quelques blouses blanches circulaient. Il se planta face à Laurent, jambes écartées et bras croisés.

– Qu'est-ce que tu fous ?

– Comment ça ?

– Nathalie m'a appelé en plein milieu de la nuit. Elle m'a tout raconté. Mais t'es pas bien ou quoi ?

Laurent leva les yeux au ciel. Que sa femme soit partie, ça lui faisait mal, mais qu'elle ait averti Serge, ça l'achevait.

– Serge, je sais pas ce qu'elle t'a dit, mais la vérité est plus compliquée…

– La vérité c'est que tu menaces la vie de ta femme et ta fille !

– Écoute, retourne à ta comptabilité… La vie, c'est pas des tableaux de chiffres !

– Et tout ça pour un connard d'Arabe ! le coupa son frère.

Laurent sursauta. Toute sa vie, il avait souffert du racisme ordinaire, redouté que le fait d'être juif réduise ses rêves à néant, et voilà que son frère, confronté aux mêmes problèmes, affichait des propos infâmes.

– Ça va pas de dire des choses pareilles ?

– Redescends sur terre, Laurent ! Ils nous détestent !

Laurent recula de quelques pas, comme si cette discussion ne valait pas la peine d'être partagée.

– Les généralités, c'est pas mon truc.

– Ah oui ? Et tu crois qu'il reste beaucoup de Juifs en Tunisie ? En Algérie ? Qui nous a chassés, rappelle-moi ?

– Là on est en France...

– La faute à qui ?

Laurent soupira.

– La faute à qui si les parents sont morts d'avoir quitté leur terre ?

– Pas la faute de mon patient en tout cas.

– Qu'est-ce que t'en sais ?

– Je le sais...

– Ah bon ? Et ses parents, ils faisaient quoi y a quinze ans ? Tu mets ta famille en danger pour ça ? Pour ces gens ?

– Je suis médecin, pas politique.

– Écoute-toi ! Que le bon Dieu te vienne en aide, parce que tu perds le sens des priorités ! Ta pauvre femme et ta fille qui doivent prendre l'autoroute en pleine nuit, s'arrêter dans un hôtel à Lyon pour dormir quelques heures et partir se réfugier chez tes beaux-parents, tout ça pour que monsieur accompagne un connard vers la mort, tu trouves ça logique ? Tu trouves ça moral ? Dieu te préserve !

– Tu vas la fermer ? hurla Laurent.

Tous les bruits cessèrent autour d'eux, les blouses blanches interrompirent leur ballet. Laurent n'eut plus l'énergie de contenir sa rage, elle l'empoisonnait depuis trop longtemps.

– Qu'est-ce qui te prend bon sang ! T'es passé où, Serge ? Hein ? T'es où ?

Serge le regarda, interdit.

– Je veux retrouver mon frère, bordel ! Celui qui donnait l'argent qu'il n'avait pas aux clochards ! Celui qui pleurait quand maman est morte !

Ce 27 février, ils s'attendaient à ce que leur mère meure. La veille, leur père les avait conduits à l'hôpital pour lui « dire au revoir ». Marguerite n'avait même pas ouvert les yeux. Droguée, elle était reliée à des dizaines de tuyaux. Son corps avait triplé de volume sous l'effet de la cortisone. Son teint verdâtre annonçait déjà la pourriture de ses chairs. Laurent l'avait fixée un moment, Alain l'avait embrassée sur le front, mais Serge n'avait pas pu la regarder. En rentrant à la maison, il s'était arrêté dans la rue pour vomir. Le lendemain matin, leur père leur avait demandé de rester sages à la maison. Ils avaient eu le droit de manquer l'école. Lui devait se rendre à l'hôpital. Laurent avait été marqué par l'évolution de son attitude. Quand Ange avait appris la maladie de sa femme, il s'était battu avec les médecins, insistait pour qu'on essaie des choses, même s'il n'y avait rien à essayer. Il criait, mendiait, répétait les mêmes rengaines. Il n'acceptait pas ce nouveau coup du sort. Pas sa Marguerite. Pas elle. Un être si parfait ne pouvait pas mourir.

Deux ans plus tard, c'était devenu un homme terne, froid. La mort l'avait gagné lui aussi, tuant ce qu'il y avait de léger, de joyeux en lui. Vivre était devenu une mission. Tenir pour ses fils. Mais au fond de lui, tout ce qu'il souhaitait, c'était rejoindre sa femme. À son retour de l'hôpital, il leur avait demandé de s'asseoir sur le canapé. « Maman est morte, les enfants », avait-il annoncé. Laurent en avait encore honte aujourd'hui, mais tout ce qu'il avait trouvé à répondre était : « Mais qui va nous faire à manger alors ? »

Depuis des semaines, son père n'était plus qu'un fantôme, ses tantes venaient pleurer chez eux, obligeant Laurent à remonter à l'appartement plutôt que de jouer avec ses amis dans la rue. Il se sentait prisonnier. La maladie de sa mère était comme une punition qui lui était directement adressée. Alain s'était senti responsable de ses cadets. Mais Serge s'était tétanisé, puis son visage s'était déformé sous l'effet de la douleur. Il était parti s'enfermer dans la chambre, hurler sa peine. Des heures durant, il avait pleuré, inconsolable. Plus que d'en être ému, Laurent l'avait jalousé. Son aîné pleurait si bien… Ça en imposait ! Serge était le plus sensible, le plus fin des trois, celui qui avait compris que plus rien ne serait pareil, et que ce n'était que le début des souffrances. Laurent avait essayé de pleurer aussi, mais aucune larme n'était venue. Il aurait préféré descendre jouer au foot, quitter cet appartement où l'ambiance morbide lui pesait. Au lieu de quoi, il avait dû écouter les conseils des tantes, apprendre à honorer leur mère et aider leur père… Il enviait Serge d'être aussi triste, au moins personne ne l'embêtait.

Aujourd'hui, ce frère, Laurent ne le reconnaissait plus. Il le regardait sous les lumières froides du couloir de l'hôpital. Serge vérifiait que sa kippa était bien accrochée à ses cheveux. Il faisait ce geste chaque fois qu'une dispute éclatait, comme pour rappeler aux autres qu'il avait un lien spécial avec Dieu. Laurent eut envie de le secouer pour le délivrer de cette carapace aussi cruelle que ridicule.

– C'est pas possible, Serge, t'es où ? Le vrai Serge, hein ! Le juste ! Celui qui pensait que tous les hommes sont égaux ! reprit Laurent.

Enfin il mettait des mots sur cette rancœur qu'il abritait depuis des années. Un fou ! Les gens autour le dévisageaient, des patients avaient ouvert les portes de leurs chambres pour assister à la scène. Il s'en fichait. Serge transpirait, rouge de colère, les yeux brillants.

– C'est quoi ce connard raciste, intolérant que tu es devenu, qui méprise ses propres frères parce qu'ils sont mariés à des goys ? Si c'est ça l'aide de ton Dieu, qu'il se la garde, j'en veux pas !

– Ne parle pas de Dieu comme ça !

– Je ne t'écoute pas ! Je ne sais pas qui tu es ! Ce salopard, là, répliqua Laurent en le pointant du doigt, c'est pas mon frère !

– Et tu fais quoi de ta femme ?

– C'est mon problème ! Tire-toi !

Laurent laissa Serge seul, face aux ascenseurs. Il entra dans la salle des transmissions, les regards ne le lâchaient pas, il le sentait. Il n'arrivait pas à se calmer. À la moindre réflexion, il exploserait encore. Il ne fallait pas… Mais comment ? La seule idée qui lui vint fut de descendre voir le docteur David. Lui seul savait trouver les mots.

35

8 heures. L'épicerie était vide.

– Rino ! Je suis content de te voir ! Alors, quelles nouvelles ? demanda le docteur David.

Il lui souriait, comme si tout était normal. Pour la première fois de sa vie, Laurent lui en voulut. Comment pouvait-il lui poser cette question ?

– Ça n'a pas l'air d'aller, reprit l'épicier.

Laurent lui raconta le fils de Willot, la fausse piste qui au final avait apporté des éléments sérieux. La rencontre avec Gabriella Moraes, la description des travaux de son association, Equal. L'homme qui l'avait suivi en sortant du bar, sa conviction que c'était lié au reste. Et puis sa terreur la veille, sa réaction folle face à Julia, avec ses gants Mappa et son torchon. Le départ fracassant de Nathalie, les reproches de Serge. La seule chose qu'il ne parvenait pas à formuler était le Kaposi dans le cou d'Alain, et ce que ça impliquait… Le docteur David l'écoutait, attentif.

– Bon, et ton patient dans tout ça ? finit-il par demander.

Avait-il écouté ce qu'il venait de lui raconter ?

– Mais vous êtes taré vous aussi ou quoi ? cria Laurent, excédé.

– Calme-toi, fils, là tu es à chaud…, tenta de le rassurer l'épicier.

– Mais comment vous, vous ne l'êtes pas ? Ah, c'est facile de tout commenter derrière votre caisse ! Mais qui prend les risques ? Qui est en train de gâcher sa vie, hein ?

Le docteur David baissa les yeux.

– Regardez-moi quand j'vous parle ! Je fais quoi moi maintenant ?

Le docteur David l'avait toujours encouragé à devenir médecin. Depuis des années, ils entretenaient un lien spécial grâce à la médecine. Depuis un jour particulier en fait. Marguerite souffrait du dos depuis des mois, elle avait aussi des sortes de boules dans le sein droit et aux aisselles. Ange était réfractaire à l'idée qu'elle montre sa poitrine à un homme. Elle n'avait qu'à se reposer, renifler de l'eau de fleur d'oranger et avaler un peu de paracétamol, ça passerait. Mais un jour, la douleur avait été plus forte, et Laurent avait traversé Paris en courant pour prévenir le docteur épicier.

En ouvrant la porte sur Laurent, le docteur David et sa vieille mallette, Ange avait paru surpris, mais il avait passé la main sur la tête de son fils. Derrière la cloison, Laurent avait saisi quelques bribes, des mots qui faisaient peur, « tumeur », « grosse comme un pamplemousse », « incurable » et bien sûr « cancer ». À partir de là, la vie avait basculé. La mère de Laurent avait enchaîné les séjours en service d'oncologie, les traitements douloureux et sans effets, la détérioration… Pourtant, de tout ce malheur, quelque chose était né : un lien indéfectible entre Laurent et le docteur David. L'épicier incarnait celui qui avait mis un mot sur une situation que Laurent pressentait. En nommant le mal, on pouvait l'affronter, peut-être même le combattre. Il lui en était reconnaissant. Une fois encore, il sauvait sa famille des doutes, des non-dits. Il ne pourrait pas soigner sa mère, mais il pourrait colmater ces blessures-là.

Dès lors, chaque samedi après-midi, Laurent venait lui rendre visite. Il écoutait ses récits de cas, ses explications d'anatomie, de chimie… Ça n'avait rien à voir avec l'école. Laurent n'avait pas l'impression d'apprendre. Le docteur David aussi se délectait de ces moments passés ensemble. À cette époque, Laurent ne mesurait pas la souffrance qui devait habiter l'épicier de ne plus pouvoir exercer son métier. Avec le temps, il avait compris que c'était une manière pour lui de rester médecin, de revivre ce qui avait été le cœur de sa vie, ce pour quoi il avait renoncé à tout, à sa femme, au fait d'avoir des enfants. Mais la France n'avait pas voulu de son talent. Tout ce qui lui restait, c'était ces cas qu'il racontait à un enfant de dix ans.

Il ne faisait jamais aucune réflexion à Laurent sur le fait qu'il ne travaillait pas en classe. Mais quand il était venu lui annoncer qu'il se lançait dans le cursus de médecine, le docteur David avait souri. Il avait été là à la moindre question, au moindre doute. Il choisissait pour lui des annales à faire et refaire, lui organisait des examens blancs à l'arrière du magasin. Ce concours de 1re année, le vieil homme y participait à nouveau.

Le jour où Laurent avait été admis, l'épicier en avait eu

les larmes aux yeux. Et durant toutes les études, les stages de Laurent, il avait été là. Il voulait qu'il devienne un meilleur médecin. Même quand Laurent réussissait, il cherchait ce qui pouvait être amélioré. « On n'a jamais fini d'apprendre », répétait-il. Et il avait raison. Le médecin que Laurent était devenu, il le lui devait en grande partie.

Mais aujourd'hui, Laurent était malade de voir David réagir avec tant de distance à l'écroulement de sa vie.

– Vous avez jamais rien compris, vous ! Y a pas que la blouse qui importe ! Ma femme, je l'aime ! Et à cause de vous, elle est partie ! À cause de vos conneries, vos obsessions ! Pourquoi vous m'avez poussé à le soigner, Ali Benyoussef ? Pourquoi vous m'avez pas juste dit de rentrer chez moi, et de faire comme si j'avais rien vu ?

– Parce que tu crois que tu aurais supporté ? finit par répondre l'épicier. Honnêtement, tu crois que c'est de ma faute ?

Laurent savait bien que non, mais il n'avait pas la force d'assumer. Lui seul avait pris la décision de s'exposer et d'exposer sa famille. Les conseils du docteur David, c'était lui qui était venu les chercher.

– Tu es médecin, Laurent. Tu crois que c'est un métier comme un autre ? T'es pas dans un bureau ! Tu peux pas décider un matin de pas traiter un dossier ! T'as des gens qui meurent si tu n'agis pas… Être capable de ça, c'est un privilège, mais c'est aussi un fardeau ! Tu croyais que t'allais t'en sortir sans que ça fasse mal ? Que le seul tribut à payer, ce serait une engueulade de temps en temps avec ta femme et un peu de culpabilité ? Réveille-toi, fils !

Laurent cherchait quoi répondre, mais il ne trouvait

rien. La justesse des mots du docteur David l'avait encore une fois freiné dans son élan. C'était si dur… Il avait besoin de laisser sa frustration, sa peine s'en aller… Mais il n'y avait personne sur qui les déverser. Il faudrait vivre avec. La lâcheté, c'était pire que la mort, les regrets aussi. Alors il fallait continuer. Le résultat ne lui appartenait pas. Il se prit la tête entre les mains. Le docteur David s'approcha et lui caressa le dos.

– Calme-toi… Calme-toi, Rino. Ça va s'arranger.

– Qu'est-ce que vous en savez ?

– Parce que tu fais ce qu'il faut. Quoi qu'il se passe, ça ira, murmura le docteur David.

Ce n'était pas une réponse, et à la fois c'était la seule possible.

– Tu es encore un meilleur médecin que je ne pensais.

– Pourquoi ? s'étonna Laurent.

– Parce que tu soignes enfin avec ta tête, ton cœur et tes tripes.

Jamais le docteur David ne lui avait dit des mots comme ça. Il n'en revenait pas. C'était court, mais efficace. Laurent se ressaisit. Il avait eu besoin de cette parenthèse. À présent, il n'avait plus le choix, il devait aller au bout.

– Je peux passer un coup de fil ? demanda-t-il au docteur David qui lui tendit le combiné en guise de réponse.

Il composa le numéro de Gabriella Moraes. Le téléphone sonna dans le vide. S'était-il trompé ? Laurent rappela, mais personne ne décrocha. Son sang ne fit qu'un tour. De nombreuses raisons pouvaient expliquer ce silence. Il était tôt, elle dormait encore, elle était en rendez-vous, chez des amis… Mais rien à faire, il n'arrivait pas à se calmer. Il repensait à l'homme en noir de la veille. Gabriella avait-elle été suivie aussi ? Quelqu'un s'en était-il pris à elle ? Si c'était le cas, il ne se le pardonnerait pas. Il l'avait mêlée à cette affaire, d'elle aussi il était responsable...

Il reposa le combiné et fit quelques pas vers le fond de l'épicerie. Il était trop nerveux. Il avait beau essayer de se raisonner, de respirer, il était tendu jusqu'au bout des ongles. À ce rythme, il ne tiendrait pas deux semaines.

– Essaie encore, fils, lui conseilla le docteur David.

Il avait deviné qui Laurent essayait de joindre et son angoisse face aux sonneries ininterrompues.

– Ça fait trois fois !

– Essaie je te dis !

Laurent obéit. Une sonnerie, deux sonneries... Il s'apprêta à raccrocher quand il entendit la voix de Gabriella Moraes.

– Allô ? *Querido*, c'est toi ?

Laurent se sentit aussitôt soulagé. Elle allait bien.

– Tu as essayé de m'appeler, non ?

– Oui, plusieurs fois, j'étais inquiet.

– Désolée, j'étais en ligne sur mon autre téléphone. Je pouvais pas décrocher...

– Pas grave, balbutia Laurent.

En réalité, il était vexé, il aurait aimé être la priorité de la belle Brésilienne.

– Vous avez du nouveau sur Cochin ?

– Beaucoup de nouveau, et pas que sur Cochin ! J'ai besoin d'encore un peu de temps, mais on peut se donner rendez-vous dans une heure, je pense que ce sera bon.

– Beaucoup de nouveau, comment ça ?

– Pas par téléphone. Mais je peux te dire que s'ils nous emmerdent, on leur fait pas du bien non plus...

Laurent ne put s'empêcher de sourire. Il aimait l'aisance de cette fille, son côté décomplexé. Elle ne tournait pas autour des mots, elle fonçait dans tous ceux qui se mettaient en travers de son chemin. Il était habitué à ce que les femmes soient discrètes, effacées, mais il trouvait l'attitude de Gabriella Moraes d'une féminité extrême. Son bagout, c'était son premier atout.

Ils convinrent d'un rendez-vous dans un autre café, proche de l'hôpital. Dorénavant, mieux valait éviter le Saint-Maur. Laurent ne tenait plus en place. Quelles étaient ces nouvelles qu'elle avait à lui annoncer ? Qu'avait-elle découvert ? Encore une heure à patienter, ça lui semblait interminable.

Il retourna près de la caisse et l'épicier l'embrassa. Ce n'était pas son genre, pourtant Laurent se laissa faire.

– Je suis avec toi, fils. Ce patient, c'est nous... Il mérite qu'on s'occupe de lui.

Il y avait une lueur étrange dans ses yeux. Ce patient que l'hôpital abandonnait, c'était lui, bien sûr. Lui que les mêmes administrations empêchaient d'exercer. Lui, le Tunisien esseulé.

Soudain, Laurent eut une idée. Comment avait-il pu ne pas y penser avant ?

– Venez avec moi !

– Qu'est-ce que tu racontes ?

– Accompagnez-moi, docteur David.

La peau couleur olive du vieil homme rougit, tandis qu'il levait les yeux au ciel. Rien qu'à l'idée de monter dans le service, il se tétanisait.

– Venez avec moi, vous seul pouvez m'aider.

– Mais tu n'y penses pas ! Personne me laissera entrer !

– Je vous passerai une blouse, on y verra que du feu.

– On ne peut pas faire ça, Rino, c'est hors la loi !

– Quand la loi est débile, faut s'adapter. Vous avez raison, ce patient, c'est vous, c'est moi… Vous pouvez pas l'abandonner.

Le docteur David jeta un coup d'œil à l'extérieur. Si un client entrait, il aurait une bonne raison de refuser. Par chance, la rue était déserte. Laurent retourna le petit panneau accroché à la porte du côté « Fermé ».

– Descendez le store. Vous venez avec moi, c'est pas une question, reprit-il.

– Rino, je comprends, c'est très gentil de ta part…

– Je ne suis pas gentil, le coupa Laurent. Le patient est seul, sa famille le méprise, il est mourant, il a besoin de quelqu'un pour se dire qu'il compte, lui rappeler d'où il vient, qu'il se raccroche à quelque chose, autrement il ne se battra pas. Vous le savez comme moi.

Le docteur David semblait se répéter la phrase de Laurent. Pendant près d'une minute, il ne prononça pas un mot.

– Et Willot ?

– C'est l'heure des visites et, vu la situation, je suis prêt à parier qu'il ne mettra pas un pied dans la chambre 60. On sera tranquilles…

Le docteur David acquiesça de nouveau et fixa le sol un moment. Enfin il leva la tête.

– Et tu as des blouses pour les vieux ? demanda-t-il dans un sourire.

36.

En vitesse, Laurent fit entrer le docteur David dans les vestiaires. Il ouvrit l'armoire où l'on rangeait les blouses propres et lui en tendit une. Le docteur David la prit avec délicatesse. Il la regardait avec des yeux émerveillés, la caressa.

– Les tissus sont plus épais qu'en Tunisie, nota-t-il.

Ça n'appelait pas de réponse. Laurent se contentait de l'observer. Avec une lenteur exagérée, comme s'il voulait savourer chaque instant, l'épicier la déplia. Il enfila ensuite un bras puis l'autre, et la boutonna de haut en bas. Il ajusta les manches, la lissa et enleva une poussière qu'il remarqua sur son épaule. Laurent ouvrit le casier de Marc et en sortit son stéthoscope. Autant que ça serve à quelqu'un et Marc aurait été d'accord, il en était sûr.

Le docteur David le plaça autour du cou et alla devant le miroir. Là, il marqua un temps. Il arrangea quelques mèches de cheveux qui avaient glissé sur son front et sourit. D'un coup, il semblait plus grand. Laurent retrouvait le médecin de Tunis imposant, rassurant. C'était magique.

– Ça fait du bien, Rino, j'avais oublié, souffla le vieil homme. Merci.

Laurent sourit.

C'était la première fois depuis des jours qu'il avait le sentiment de faire quelque chose de bien. Il prenait un risque, oui, mais pour tant de récompenses en retour… L'émotion du médecin de Tunis le touchait plus qu'il ne l'aurait cru. Il était léger, heureux. Ces instants étaient uniques et tous deux les savouraient à la hauteur de ce qu'ils signifiaient.

– Allez, fils, montre-moi ton patient.

Laurent jeta un œil dans le couloir. Marceline sortait d'une chambre. Il valait mieux attendre quelques minutes. C'était une vraie commère. Quand l'infirmière entra dans la 27, Laurent fit signe à l'épicier de le suivre. Ils marchaient d'un pas rapide. Ils étaient presque arrivés à la chambre 60 quand un interne sortit de la 50. Laurent fut pris de panique. André était une fouine, il fallait toujours qu'il se mette en avant et il détestait Laurent depuis qu'il avait été nommé chef de clinique. Le croiser aujourd'hui avec l'épicier déguisé en chirurgien, c'était du pain béni…

– Valensi ! Justement, je me demandais où tu étais ! Tu n'as pas fait la visite de Willot ce matin ?

– Non… Je suis sur un cas un peu spécial…

– Oui, j'ai appris ça…

Puis il fixa le docteur David et fronça les sourcils.

– Bonjour, on se connaît, non ? interrogea-t-il.

Comme tout le monde, il devait faire ses courses à l'épicerie de l'Hôpital… Laurent, au plus mal, commença à bégayer quelques syllabes, quand le docteur David l'interrompit.

– C'est possible. Professeur Tordjman, service d'immunologie du CHU de Nice-Centre, dit-il en tendant la main à l'interne. J'anime beaucoup de conférences dans toute la France, vous y avez peut-être participé ?

Son aplomb sidéra Laurent. André s'immobilisa.

– Tout à fait, oui, ce n'était pas vous la conférence de la Salpêtrière il y a trois ans sur l'hépatite B ? répondit-il pour ne pas perdre la face.

– Quelle mémoire ! Bravo, jeune homme, c'était moi en effet, le félicita le docteur David.

L'interne afficha un large sourire. Les compliments, c'était son péché mignon.

– Nous devons y aller…, intervint Laurent.

– Au plaisir de vous revoir, docteur ! salua David.

André hocha la tête et continua son chemin. Quand ils eurent avancé de quelques mètres, Laurent et le docteur David échangèrent un sourire.

8 h 45. Ils entrèrent dans la chambre. Toute expression de légèreté disparut du visage du docteur David. Il s'approcha du lit, l'air concentré. Ali Benyoussef gémissait d'une voix faible. Camille était à ses côtés. Elle ouvrit de grands yeux quand elle vit le vieux médecin.

– Camille, je vous présente le docteur David, c'est un de mes amis, il va nous aider, précisa Laurent pour couper court à toute question.

– Enchantée, docteur, le salua Camille.

Elle s'écarta du lit pour laisser les médecins examiner le patient.

– Il a dormi une grande partie de la nuit, mais depuis une heure, il se plaint de douleurs au ventre, sa tension est faible.

Le docteur David était déjà en train de palper l'abdomen du malade. Il procéda à un examen de routine complet. À mesure qu'il auscultait Ali Benyoussef, il lui parlait en arabe. Le patient se laissait faire et lui répondait dans sa langue d'origine avec une expression de soulagement. Le contact entre eux était fluide, naturel.

Laurent observait les doigts du vieux médecin, la délicatesse de son toucher, son agilité. Le malade ne voyait pas les étapes passer, il se laissait guider, confiant. Laurent comprit qu'il avait encore du chemin à faire. Le docteur David avait raison, on n'a jamais fini de s'améliorer. Jamais un de ses patients ne s'en était remis à lui comme Ali Benyoussef était en train de le faire.

– Camille, s'il vous plaît, puis-je voir les analyses de M. Benyoussef ? demanda-t-il à l'interne.

Camille les lui tendit. Le docteur David parcourut le dossier. Il hochait la tête comme s'il faisait des rapprochements entre les lignes, établissait des liens. Puis il vérifia la perfusion.

– On va changer la posologie de vos médicaments, monsieur Benyoussef.

L'épicier fit venir Camille près de lui et lui indiqua les modifications à établir. Laurent écoutait. Il approuvait les idées de son mentor. Il n'avait pas envie d'intervenir. Le voir s'épanouir dans cette petite chambre, face à ce mourant, lui redonner espoir, chercher des solutions, c'était le plus beau spectacle auquel il ait assisté dans un hôpital. Le docteur David reprenait vie et tout le monde autour était entraîné dans cette renaissance.

– Ça ne vous ennuie pas que l'on reste un peu avec vous, monsieur Benyoussef ? finit-il par demander une fois les médicaments ajustés.

Ali Benyoussef eut une expression qui disait : « Bien au contraire. » Le docteur David fit un clin d'œil discret à Laurent.

– Alors, vous venez de Tunisie m'a-t-on dit.

– Oui, docteur, de Djerba, mais j'ai grandi à Tunis.

– Incroyable ! Je viens de Tunis moi aussi…

Il prononça encore quelques phrases en arabe que Laurent ne comprit pas.

– Et le docteur Valensi aussi est de là-bas ! On s'est connus en Tunisie, précisa l'épicier.

Ali Benyoussef adressa un regard étonné à Laurent. S'il était l'ami du docteur David, c'était qu'on pouvait vraiment lui faire confiance. Sans se faire remarquer, Camille apporta une chaise au docteur David, pour qu'il puisse s'asseoir près du patient. Ce n'était qu'une petite attention, mais Laurent en fut touché. Chaque fois que quelqu'un faisait preuve de respect ou d'affection envers son ami, il en était reconnaissant de façon disproportionnée.

Les deux Tunisiens échangèrent sur Djerba, la couleur de la mer, sa chaleur, son étendue à perte de vue, l'odeur des poissons grillés et des salades cuites. Ils parlèrent du lycée Carnot de Tunis, du cinéma le Majestic, du journal *Tunis le Soir*… Ali Benyoussef avait du mal à parler, mais cette conversation lui faisait tant de bien qu'il semblait en oublier les douleurs. Ils se trouvèrent même des connaissances communes, un cordonnier et un marchand de tissus du souk El-Bey.

Le docteur David décrivit son appartement tant aimé de la rue de Marseille, Ali Benyoussef le sien à la casbah. Tous deux étaient émus d'évoquer cette époque et semblaient éprouver les mêmes difficultés à se souvenir de la raison de leur départ. Fuir les conflits politiques, oui, gagner plus d'argent, protéger sa famille, bien sûr… Mais est-ce que ça en avait valu la peine ? Dans cette petite chambre d'hôpital calfeutrée derrière des champs opératoires, la question restait en suspens.

À les voir ainsi, Laurent se demandait de nouveau comment Juifs et Arabes pouvaient parfois nourrir tant de haine les uns envers les autres. Plus jeune, déjà, il s'était fait cette réflexion à chaque fois qu'il accompagnait son père au marché d'Aligre. Ange passait son temps à critiquer les Arabes qui les avaient chassés. Pourtant, il prenait invariablement son café avec eux. Juifs et Arabes restaient ensemble pour ne pas se mêler aux Français qui leur faisaient peur. Ils restaient ensemble tout simplement parce qu'ils se ressemblaient. Laurent se remémorait les discussions absurdes avec son père, des années plus tard ça le faisait encore sourire. « Mais pourquoi tu vas tout le temps avec les Arabes si tu les aimes pas ? demandait-il à son père.

– Mohammed c'est pas pareil…, répondait son père.

– Et Nacer ? insistait Laurent.

– Lui non plus c'est pas pareil…

– Mais alors, c'est lesquels les Arabes que t'aimes pas ?
– Laisse-moi avec tes questions ! C'est eux qui ne nous aiment pas ! »

Laurent regarda sa montre. Il était temps de rejoindre Gabriella Moraes. Il appela Camille et l'invita à le suivre dans le couloir.
– Pour l'instant, laissez-les. Je serai de retour d'ici trente minutes, une heure max, précisa-t-il.
– Bien, docteur.
– Allez voir le planning, je doute qu'on coupe aux consultations aujourd'hui… Hier soir, il était plein à craquer.
– D'accord.
– Merci, Camille, en tout cas… Vous… vous faites un super travail.
Elle le remercia. Mais au moment où Laurent s'éloignait, elle le rattrapa.
– Je ne savais pas que vous étiez ami avec M. David…
– Vous connaissiez le docteur David ? s'étonna Laurent.
– Disons que je suis déjà allée à l'épicerie de l'Hôpital…
Elle l'avait reconnu et n'avait rien dit. Depuis le début, elle les laissait faire sans s'interposer, ni s'étonner. Laurent prit la mesure de la confiance qu'elle lui accordait. Il n'était pas sûr de la mériter.
– Je… enfin, on…, bégaya Laurent.
– Il devait vraiment être un bon médecin en Tunisie… Ça se voit tout de suite, le coupa-t-elle.
– Le meilleur, conclut Laurent.
Camille lui sourit et retourna dans la chambre.

37.

Près de la place du Colonel-Fabien, Laurent sentait l'excitation monter à l'idée de revoir Gabriella Moraes. Il avait beau réfréner cette agitation, son corps lui échappait. Ses mains étaient devenues moites et il accélérait le pas sans le vouloir. Il en avait honte, mais n'y pouvait rien.

Jusqu'à présent, il avait été heureux avec sa femme. La tendresse avait remplacé la fougue des débuts, ils avaient des projets avec leurs lots de joie, mais Laurent ne vibrait plus. Il avait la médecine pour ça, et avait réussi à se convaincre que ça suffisait, qu'il n'avait plus besoin de nuits d'amour passionnées. Ce sentiment des premières fois, cette excitation, c'était bon pour les adolescents et il était fier d'avoir dépassé ce stade. Il pouvait se targuer d'être un adulte responsable, apaisé, sage… En réalité, il avait mis ses désirs de côté au profit d'une vie d'époux et de père. Il ne le regrettait pas. La plupart du temps… Dans les moments difficiles avec Nathalie, il se mettait à rêver que quelqu'un renverserait tout, donnerait un coup de pied dans cette vie parfois trop prévisible. Il rêvait de nuits d'amour sauvages sur une table, dans une ruelle, du sexe n'importe où, incontrôlé, incontrôlable. Il rêvait d'une femme qui le ferait se sentir vivant, homme à nouveau.

Toutes ces pensées tournaient en rond dans sa tête. En s'approchant du café, il imaginait Gabriella Moraes nue et chassait aussitôt cette image. Elle réapparaissait immanquablement. Gabriella qui arrachait sa chemise, Gabriella glissant sa langue dans sa bouche, Gabriella qui ignorait ses réticences et se jetait sur lui. Il pouvait sentir les doigts fins de la Brésilienne caresser son torse, ses cuisses, ses ongles rouges dans ses cheveux, ses yeux qui le déshabillaient…

Et Camille ? Sans savoir pourquoi, il repensa à Camille qui apportait la chaise au docteur David, Camille qui le serrait dans ses bras quand il avait décidé de remonter Ali Benyoussef dans sa chambre… Pourquoi ? Il se souvint de Marc lui demandant s'il couchait avec elle… C'est vrai qu'elle était très jolie. Une beauté juvénile, terrienne. Il pouvait l'imaginer, lourde, charnelle, sa grosse poitrine entre ses mains…

Mais que lui arrivait-il ? Était-il en train de devenir fou ? Pourquoi ces obsessions soudaines, ces fantasmes ? Aimait-il encore Nathalie ? Il était perdu. Une passante le dévisagea. À sa façon de le toiser, il eut l'impression qu'elle lisait dans ses pensées et le jugeait. Il était en dessous de tout. Il avait fait prendre des risques inouïs à sa femme enceinte, à sa petite fille, et quelques heures après leur départ, il se mettait à rêver qu'il trompait Nathalie avec une journaliste qu'il connaissait à peine et avec son interne ! Mais qu'est-ce qui n'allait pas chez lui ? Il était bon à enfermer !

Il fallait qu'il se calme. Se concentrer sur le cas Ali Benyoussef. Se focaliser sur la médecine, il ne voyait que ça. Les palpitations dans son ventre le gênaient à présent. Très malvenues. Il se donna un coup sur le front pour terrasser les idées déplacées qui en émergeaient. Un passant s'éloigna de sa trajectoire. Il eut envie de rire. Il était tombé bien bas… Voilà qu'il faisait peur aux gens !

Serge avait peut-être raison. Il détestait le simple fait d'avoir formulé cette phrase… Mais avait-il un contre-argument ? N'était-il pas en train de gâcher sa vie ? Tout ce qu'il avait construit avec la femme qu'il avait choisie ? Bien sûr que si ! Le cas Ali Benyoussef dépassait la médecine, c'était un point de non-retour, à tous les niveaux. Il perdait le fil. Maintenant il rêvait de tromper sa femme ! Mais comment arrêter le carnage ? Serge lui aurait dit d'aller prier, mais il n'en était pas là, même s'il ne voyait pas quoi faire d'autre.

Prier ! Il s'arrêta sur le trottoir. La situation lui échappait. Il ne croyait pas en Dieu, il en était sûr. Il avait combattu les restes de son éducation religieuse dès la mort de sa mère. Et ce n'était pas qu'une idée. Il avait trouvé comment marquer son éloignement. Une semaine après l'enterrement, il avait pris son argent de poche, et était sorti dans la rue comme un soldat part au combat. « On ne meurt pas chez les Juifs », disait sa mère. « Dieu nous protège, ne t'inquiète pas », insistait-elle. Foutaises ! Elle était morte, personne ne les avait protégés du drame. À présent il était seul, avec son père et ses frères. Mémé

Nina allait être envoyée à Marseille chez sa tante. Ils resteraient entre hommes, passage Charles-Dallery, à supporter les colères d'Ange, quel Dieu permettait ça ? Non, il allait faire ce qu'on lui avait toujours interdit, consommer la rupture définitive avec la religion.

Il était entré dans une boulangerie, avait attendu son tour. Au dernier moment, il avait laissé passer la personne derrière lui, il manquait un peu de courage. Il fallait qu'il ose. Ce serait sa façon à lui de se venger. Il n'appartiendrait plus à ce clan de croyants trompés ! Il s'était adressé à la boulangère d'une voix ferme : « Un sandwich jambon beurre, s'il vous plaît. » Il l'avait dit, il avait réussi. Un simple sandwich, deux interdits, et pas des moindres : du porc et le mélange du lait et de la viande. Il s'était installé sur un banc en bas de chez lui et s'y était attaqué. Il était trop nerveux pour se rendre vraiment compte du goût. Il le mangeait comme on prend un médicament. Chaque bouchée était un effort, et quand il l'avalait, il regardait le ciel pour le défier.

Il était remonté chez lui gonflé de fierté. Lui au moins avait fait quelque chose, il s'était rebellé. Laurent sourit. Quel gamin il était… Il était vraiment persuadé d'avoir effectué un acte de bravoure en avalant ce sandwich au jambon… Ridicule. En fait, il était juste un môme perdu, sans défense face à l'absurdité. Et à en croire son état aujourd'hui, il n'était pas sûr que les choses aient changé depuis.

Il allait voir Gabriella Moraes parce qu'ils s'étaient alliés dans cette affaire, c'était tout. Il avait besoin d'en savoir plus sur Cochin, elle allait aussi lui dévoiler les nouveautés auxquelles elle avait fait allusion plus tôt. Pas la peine d'exagérer, c'était uniquement professionnel, il ne faisait rien de mal. Il reprit sa marche vers le café.

9 h 05. Dès qu'il ouvrit la porte, Gabriella Moraes se leva de sa chaise pour l'accueillir à bras ouverts.

– *Querido !* Je suis si contente de te voir.

De sa longue main, elle caressa son dos. Elle aurait été son amante, elle n'aurait pas fait mieux.

– Bonjour…

Il avait du mal à articuler. Cette femme le troublait beaucoup trop.

Ils commandèrent des cafés.

– Au fait, ça veut dire quoi, *querido* ? demanda-t-il.

Gabriella Moraes éclata de rire, découvrant ses dents blanches, parfaitement alignées.

– « Mon chéri » !

Elle lui fit un clin d'œil. Il n'en fallut pas plus pour que les images reviennent. La langue de Gabriella dans sa bouche, la blouse arrachée, le chemisier, les bretelles de son soutien-gorge… Stop !

– Ça ne va pas ? s'inquiéta-t-elle.

Elle posa sa main sur la sienne, encore.

– Gabriella, je préfère être clair, commença Laurent.

Il se concentrait pour que sa voix ne vrille pas. Rester droit, être ferme.

– Je suis marié et j'aime ma femme.

Voilà, il l'avait dit ! Mais Gabriella Moraes n'eut pas la réaction qu'il avait imaginée. Il aurait souhaité un minimum de regret, une sollicitation… Au lieu de quoi la Brésilienne éclata d'un rire tonitruant. Gêné, Laurent se retourna pour vérifier qu'on ne les observait pas. Tout de même, il n'y avait pas de quoi se marrer à ce point !

– Excuse-moi, *querido*, mais vraiment tu n'y es pas… C'est pas que t'es moche, hein ! Mais tu n'es pas mon genre, *bonito*.

Elle avait l'air d'avoir pitié de lui. Il rongeait son frein. Non mais pour qui se prenait-elle ? Il n'aurait jamais rien fait avec elle de toute manière ! Tous ces *querido*, ces caresses, est-ce qu'il se comportait comme ça, lui ? Mais en réalité, il était blessé.

– Tu vas pas te mettre à bouder, non ? le taquina-t-elle.

Elle avait une telle façon de le regarder qu'il se décrispa. Ses yeux disaient : « C'est quand même pas si grave, on n'est pas là pour ça… » Et ils avaient raison.

– Je t'aime beaucoup tu sais…

– Vous me connaissez pas, objecta Laurent.

– J'en ai vu assez.

Laurent laissa un petit sourire se dessiner sur son visage. Cette femme, c'était impossible de lui résister.

– Et pourquoi tu me dis pas « tu » ?

C'était tout ce qu'elle trouvait à ajouter ! Madame en avait assez d'être vouvoyée ! Pourtant Laurent ne trouva rien d'autre à répondre qu'un simple :

– D'accord.

Satisfaite, Gabriella Moraes but son café sans le lâcher du regard. Laurent l'imita. Puis elle reposa sa tasse.

– Bon, passons aux choses sérieuses. On a du boulot, *querido*.

Laurent se figea. Il savait pourquoi il était venu ici. Il

attendait ces informations depuis la veille, pourtant cette phrase le secoua. Les retours à la réalité étaient violents ces jours-ci.

– Tu avais raison, c'est vraiment pas net tout ça.

En une nuit, Gabriella Moraes avait réussi à obtenir les coordonnées du médecin qui s'était occupé du cas de Cochin. Apparemment, il avait été confronté aux mêmes difficultés que Laurent quelques mois plus tôt. Pour soigner son malade, il avait dû s'opposer à sa direction, qui avait cédé contre son silence.

– J'en sais pas beaucoup plus au niveau médical, je te laisse son numéro, à toi de jouer.

– Merci beaucoup, Gabriella, vous… tu as vraiment assuré.

Laurent s'apprêtait à remettre son manteau quand elle le retint.

– C'est pas tout, *bonito*.

Elle se redressa sur sa chaise, passa ses longs doigts sur sa lèvre. Ce qu'elle avait à dire semblait très important.

– Je crois que l'abcès se perce…

– Comment ça ? demanda Laurent.

– J'ai une touche…

Laurent ne comprenait plus. Quel genre de touche ?

Gabriella Moraes regarda autour d'eux et quand elle fut assurée que personne ne les observait, elle se rapprocha de lui pour lui raconter.

La veille, elle avait envoyé par coursier une lettre au cabinet du ministre de la Santé. Elle y expliquait les dossiers disparus à Cochin et à Saint-Louis, ses soupçons d'épidémie étouffée, l'aspect illégal de tous ces mensonges… Elle menaçait les autorités de faire éclater un scandale international si elles ne s'expliquaient pas. Elle précisait son parcours, ses connexions internationales, son rôle à Equal, ses appuis dans le milieu médical… Et surtout elle insistait sur le fait qu'elle avait des preuves.

– Et alors ? s'enquit Laurent.

– Devine qui a rendez-vous dans trente minutes au ministère ?

– Non !

– Je te le dis, *querido*, on va y arriver.

Laurent se sentait gêné. Il détenait une information qui pouvait servir, qu'il gardait pour lui depuis le départ. À ce stade Gabriella méritait d'avoir toutes les cartes en main. Il était si exposé qu'un peu plus ou un peu moins… L'essentiel était que les choses avancent, et là, ils avaient une chance.

– Gabriella… je t'ai pas tout dit, avoua-t-il.

Elle écarquilla les yeux.

Il lui raconta ses recherches dans le bureau de Willot, le fait qu'en apparence rien ne dépassait. Puis ce cadre boursouflé, et la lettre du cabinet à l'intérieur. Le conseiller du ministre y précisait que ce n'était pas le moment d'apeurer la population, qu'il fallait la laisser profiter de Noël.

– Quelle bande d'ordures ! souffla Gabriella.

Il précisa que c'était ainsi qu'il avait entendu parler de Cochin. Il avait préféré garder ça pour lui parce qu'il était quand même en mauvaise posture et n'était pas censé être au courant.

– T'inquiète pas, je comprends, le rassura-t-elle.

– Je pensais qu'il fallait que tu le saches au moment de les rencontrer.

– Oui, tu as bien fait. Au moins on n'est plus dans les suppositions…

Gabriella paraissait songeuse d'un coup.

– À quoi tu penses ?

– Je me dis qu'il y a autre chose.

– Comment ça ?

– Si ton patron accepte d'attendre, c'est qu'il y a autre chose qui le retient…

– Je comprends pas.

Elle réfléchissait plus vite que lui, il n'arrivait pas à suivre.

– Tu es trop bon, *querido*, tu vois que l'aspect médical. Moi je te dis qu'il y a toujours une affaire de fric.

– Mais y a aucun fric à se faire avec deux mecs morts du LAV !

– Vois plus grand. Ton Bernard, à mon avis, il a des intérêts ailleurs.

Laurent eut comme un flash. Toutes les rumeurs à propos de Bernard, ses liens avec les laboratoires pharmaceutiques, les consignes qu'on leur donnait régulièrement pour prescrire tel médicament plutôt qu'un autre, ces voitures au volant desquelles le patron s'affichait, qu'il n'aurait jamais pu se payer avec son salaire. Bien sûr que Gabriella avait raison ! Mais comment le vérifier ?

– Tu es là ? le secoua-t-elle.

Il lui fit part de ses réflexions. Elle hocha la tête. Ils étaient sur la même longueur d'onde : Bernard était le plus louche dans cette histoire, c'était lui qu'il fallait coincer en parallèle avec le ministère.

– Je te jure, ils vont pas s'en sortir comme ça, ces raclures ! s'indigna-t-elle.

Pour la première fois, son grand sourire avait disparu, ses yeux d'habitude si rieurs s'étaient obscurcis.

Laurent se sentait vidé. Toute cette affaire le dépassait.

– Bon, il faut que j'y aille, dit-elle. Je t'appelle dans une heure. Donne-moi un numéro sûr.

Laurent réfléchit. Il valait mieux éviter l'hôpital... Aurait-il le temps de rentrer chez lui ? Pas évident. Il ne voyait qu'une solution. Il écrivit un numéro sur un morceau de papier.

– Tiens, c'est l'épicerie de l'Hôpital.

– Une épicerie ?

– Oui, fais-moi confiance. C'est moi qui décrocherai. Dans une heure.

– Deal, *querido*.

Elle l'embrassa sur la joue et courut à sa voiture.

38.

Camille attendait Laurent à l'entrée de la salle des transmissions. Elle faisait une sale tête. Laurent pensa tout de suite à Ali Benyoussef et son sang ne fit qu'un tour.

– Quoi, qu'est-ce qui se passe ?

– Rien de grave, tenta-t-elle de le rassurer.

Elle précisa qu'Ali Benyoussef était encore avec le docteur David, qu'il n'y avait pas de quoi s'en faire à ce niveau-là.

– C'est juste que le planning…, reprit-elle. Enfin, ils ont supprimé toutes vos consultations…

– Quoi ?

Il entra dans la pièce, s'approcha du tableau. Camille avait raison. Son nom n'était nulle part. Ses patients avaient été répartis dans les plannings d'André, Nicolas, Sabine et Pierre. Tout ce qui lui restait, c'était un cas de constipation aiguë. Une blague ! La colère monta mais il parvint à se maîtriser. C'était normal, chacun ses armes. Il cherchait des noises à ses supérieurs, ils se vengeaient. Tant pis, ça ne durerait pas. Pour le moment, il fallait courber le dos, demain serait un autre jour.

– Je suis désolée, docteur Valensi, murmura la jeune interne.

– Ne le soyez pas, Camille. On a vraiment pas de quoi chômer aujourd'hui, tant mieux. Allez, on s'y colle.

Camille lui sourit. Elle ne devait pas s'attendre à ce qu'il prenne les choses aussi bien.

Une heure plus tard, il se dirigeait vers les ascenseurs pour réceptionner l'appel de Gabriella, quand Simone l'interpella :

– Docteur Valensi ! Attendez !

Elle marchait vite, ce qui, vu sa forte corpulence, lui donnait un air de pantin désarticulé.

– J'voulais vous dire… On est venu me poser des questions sur Anna Pallin…

– Qui ça ? s'étonna Laurent.

– Deux types, assez grands. Un inspecteur, Cosi, et son équipier. Ils voulaient savoir dans quel état vous étiez au moment de son arrivée dans le service et si vous aviez déjà commis des fautes…

Laurent frissonna. Décidément, ils en avaient après lui.

– Et vous leur avez dit quoi ? s'inquiéta-t-il.

– La vérité.

Elle marqua une pause, fixa Laurent dans les yeux.

– Que vous êtes un très bon médecin, peut-être le meilleur du service, et un excellent chef de clinique.

Laurent eut envie de la serrer dans ses bras. Il se contenta de poser sa main sur son épaule.

– Merci, Simone…

– Me remerciez pas… On est une équipe, et j'aime pas ce qui se passe…

Les infirmières étaient rarement valorisées par les chefs, pourtant sans elles rien ne marchait. On avait besoin de leur disponibilité, de leur précision, de leurs égards auprès des patients. Simone était la plus entêtée. Elle quémandait toujours de la reconnaissance, enfonçait les médecins chaque fois que c'était possible. Qu'elle parle de l'équipe ainsi étonnait Laurent. Il avait l'impression de la découvrir pour la première fois.

– J'ai vu le planning, j'apprécie pas, docteur Valensi… J'apprécie pas du tout !

– Vous inquiétez pas, ça durera pas…

– Écoutez, je veux pas savoir ce qui se trame. Tout ce que je sais, c'est qu'il se passe des trucs pas très nets ici.

Laurent hocha la tête.

– Je suis avec vous, docteur Valensi. On en a parlé avec les filles. On est de votre côté, voilà.

Et sans attendre de réponse, elle s'éloigna dans le couloir. Laurent se sentit plus léger.

Il traversa le hall de l'hôpital, évita les collègues, courut vers le trottoir d'en face. Il sortit les clefs que le docteur David lui avait confiées et ouvrit la porte de derrière. Être ainsi seul dans l'épicerie fermée était très étrange. À côté du téléphone, il y avait une photo de La Goulette accrochée au mur. Laurent sourit. Il s'assit et attendit que ça sonne.

Derrière le rideau de fer, il entendait les voix des passants étonnés de trouver l'épicerie du docteur David fermée. Sans doute la première fois depuis plus de vingt-cinq ans !

Il regarda de nouveau sa montre. Dix minutes qu'il attendait et Gabriella n'avait toujours pas appelé. Mais que faisait-elle ? Il imagina aussitôt des scénarios inquiétants. Avait-elle été suivie et agressée ? Était-elle dans un service d'urgence, comme Marc ? Devait-il appeler les hôpitaux de Paris pour se renseigner ? Chaque minute qui passait était une torture. Il tournait en rond, se promenait dans les rayons.

Devant un pot de Banania, il frissonna. Julia… C'était ce qu'elle prenait au petit déjeuner. Dans quel état était sa fille ? Qu'avait-elle compris de la situation ? Allaient-elles bien ? Un fossé se creusait sous ses pieds. Trop de questions en suspens dont il craignait les réponses. Il faudrait qu'il les appelle bientôt. Il devrait peut-être laisser passer quelques jours, le temps que chacun retrouve les idées claires… Mais les retrouverait-il vraiment ? Et s'il avait contracté le LAV, quel avenir ? Serait-il bientôt comme Ali Benyoussef, empêché de voir ses enfants ? Devrait-il attendre de constater ou non des symptômes pour revoir sa famille ? Mais combien de temps devrait-il guetter ces signes ? Il n'en avait aucune idée. Il revit aussitôt le cou d'Alain. Le Kaposi et ses propres mensonges… Comment dire la vérité à son frère ? Comment l'aider ? Le voir souffrir serait pire que de souffrir lui-même. Tout dans cette histoire le dévastait. Mieux valait se concentrer sur l'action.

Il vérifia à nouveau que le téléphone était bien branché et que la ligne fonctionnait. Un quart d'heure de retard.

Devait-il rejoindre Gabriella ? Mais où ? Il pourrait toujours se rendre au ministère, on le renseignerait. Il prit ses clefs de voiture et s'approcha de la porte quand la sonnerie retentit. Il bondit vers le téléphone.

– Allô ? Gabriella ?

– Excuse-moi, *querido*, je suis en retard, tu t'es pas inquiété ?

Laurent était trop fier pour l'admettre.

– Pas du tout, moi aussi j'étais en retard…

– Parfait. Alors, j'ai une bonne et une mauvaise nouvelle, je commence par quoi ?

Laurent détestait cette formule. La plupart du temps, la bonne nouvelle n'en était pas une, et il était doublement déçu.

– La mauvaise…

– Eh bien, on est vraiment gouvernés par des raclures !

Ce n'était pas une découverte ! Elle avait été reçue par les représentants du cabinet du ministère de la Santé et des Affaires sociales.

– C'est là que je me suis dit qu'on leur faisait peur ! Tu te rends compte, les Affaires sociales ! Ça prouve bien que cette *puta* de maladie va tout écraser sur son passage ! Et ils le savent, ces *babacas* !

– Ces quoi ?

– Ces connards de connards ! s'exclama-t-elle, furieuse.

Elle expliqua à Laurent qu'ils avaient passé la première partie de la rencontre à la rassurer. C'était inutile d'alerter la terre entière, soi-disant, tout le monde chez eux était au courant des enjeux, mais rien n'était sûr encore… Ils avaient lourdement insisté sur le fait qu'il fallait laisser le temps à la science d'avancer. Comment parler d'une maladie qui n'avait ni test ni nom officiel ? On ne savait rien de ce virus, de son mode de fonctionnement. Tout ce qui circulait n'était que suppositions, observations… Rien de prouvé en somme, alors à quoi bon affoler les gens ?

– Mais quelle bande d'hypocrites ! Ils étaient là, dans leurs costards, avec leurs gros bides et leurs lunettes en écaille, à essayer de me faire avaler leurs couleuvres ! Mais rien que le fait de me recevoir du jour au lendemain, ça veut bien dire qu'ils y croient pas eux-mêmes, ces politicards de mes couilles !

Laurent éclata de rire. Entendre Gabriella jurer comme un soudard avait un côté décalé qui lui faisait un bien fou. L'absurde pouvait aussi avoir son versant positif.

Ensuite, ils lui avaient tenu à peu près le même discours que dans la lettre trouvée dans le bureau de Willot : ils avaient besoin d'attendre que les Français soient prêts ; pour eux, ce n'est pas encore le moment…

– Et qu'est-ce que tu as répondu ?

– J'ai acquiescé ! J'ai la preuve que j'attendais !

– Quelle preuve ?

– Ils ont peur ! Ils pensent m'avoir endormie, tant mieux ! Je vais pouvoir continuer à peu près tranquille… J'ai autre chose.

– Quoi ?

– Ils m'ont fait voir un double du dossier de ton patient. Ali…

– Benyoussef ?

– C'est ça.

Pour le secret médical, le gouvernement avait encore des choses à apprendre…

– Mais ils sont complètement fous ! Ils ont pas le droit de faire ça !

– Je sais bien, mais j'allais pas leur dire ! Ils m'ont fait signer un papier, une clause de confidentialité…

– N'importe quoi !

– Apparemment, Willot était pas le seul sur le coup…

– Comment ça ?

– Ton patient a vu beaucoup d'autres médecins de l'hôpital avant que tu t'en occupes.

– C'est pas possible ! Il m'a juré qu'il n'avait vu que Willot…

– En tout cas, y avait plein d'examens pratiqués par tes collègues !

Laurent n'en revenait pas.

– Qui ?

– J'ai pas pu noter, mais j'en ai retenu trois. Adeline Marcel, Sylvain Boulanger et Gérald Aknin.

Laurent n'avait jamais entendu ces noms. Il passa les différents services en revue dans sa tête. Rien à faire, ça ne lui disait rien.

– Allô ? fit Gabriella au bout d'un moment.

– Oui, oui, je suis là. Mais je les connais pas.

– Les deux premiers sont en néphrologie et l'autre en médecine interne.

Cette fois, pas de doute, ces noms avaient été inventés. Il travaillait chaque jour avec le service de néphrologie, il en connaissait tous les internes, les externes, les stagiaires. Si ces médecins avaient collaboré de près ou de loin avec

Saint-Louis, il les aurait connus. Et que dire de la médecine interne ! Son propre service ! Celui qu'il supervisait ! Là où il passait ses journées, ses soirées, ses week-ends depuis des années !

– Mensonges ! lâcha-t-il. Ces gens n'existent pas.

Il lui fit part de son raisonnement. Gabriella Moraes soupira.

– Encore plus connards que des connards alors…

– Et la bonne nouvelle ? finit-il par demander.

– Ah oui ! En fait, c'est pas une si bonne nouvelle, mais bon, pas vraiment mauvaise non plus…

Laurent n'était pas surpris…

Elle lui raconta qu'en plus de son rendez-vous au ministère, elle avait essayé plusieurs fois de contacter Bernard. Comme il ne répondait pas, elle avait listé les grands labos susceptibles de chercher des traitements pour le LAV et les avait appelés un par un.

– C'est pour ça que j'étais en retard, *querido*…

Tous l'avaient fait tourner en bourrique. Alors elle avait eu l'idée de se faire passer pour l'assistante de Bernard.

– Et tu devineras jamais ! Pour eux, c'est comme si c'était habituel. On m'a tout de suite passé le département correspondant. Et pas n'importe qui ! Le *big boss* !

– Et tu as dit quoi ?

– J'ai raccroché !

– Pourquoi ?

– Parce que maintenant je vais pouvoir chercher ! Je sais où et qui, ça me suffit !

C'était ça sa technique : éroder les surfaces juste assez pour découvrir les bonnes pistes et creuser seule. Culotté, mais intelligent. En tout cas jusqu'ici, ça semblait fonctionner. Elle en avait plus découvert en deux jours que lui en des années à côtoyer ces salauds !

– Je serais toi, je me méfierais…

– Je peux difficilement me méfier davantage ! plaisanta Laurent.

– Je rigole pas, *querido*…

Selon elle, la véritable ordure dans cette histoire, c'était Bernard. Willot n'était qu'un pion qui obéissait à son patron. La réalité était encore plus perverse… Laurent repensa à l'institut Marie-Thérèse et au probable chantage de Bernard vis-à-vis du chef de service, ce qui corroborait les soupçons de Gabriella. Laurent garda cette information pour lui. Il y avait assez de choses à déblayer pour le moment qui leur seraient plus utiles.

– Et du coup, on fait quoi ? demanda Laurent.

– Toi tu retournes travailler comme si de rien n'était…

– Et toi ?

– Moi j'ai déjà une petite surprise pour eux…

– Quoi ?

– Fais-moi confiance, *querido*. Tu vas vite le savoir.

Elle raccrocha avant que Laurent n'ait le temps d'insister. Devant lui, le docteur David arrivait, à bout de souffle.

– Rino, tu devrais remonter…

– Quoi ? Qu'est-ce qui se passe ? C'est Ali ?

– Non, lui, rien n'a bougé… Mais… le service… c'est la folie. Vas-y vite.

39.

11 heures. C'était le chaos. Des gens couraient dans tous les sens. Des flashs d'appareils photo l'éblouirent. Des caméras, des journalistes happaient les moindres blouses blanches qu'ils apercevaient, essayant de leur poser des questions. Chaque fois la même réponse :

– Je ne sais rien, désolé.

Les sonneries des téléphones retentissaient. Des dizaines de badauds tentaient d'entrer, repoussés par des vigiles, d'autres se ruaient vers la sortie. Mais que se passait-il ? Laurent cherchait des visages familiers dans ce vacarme, il était emporté par la foule et ne parvenait pas à fixer son regard sur qui que ce soit.

À son tour, il bouscula tous ceux qui obstruaient son chemin. L'accès à l'ascenseur était bloqué. Des vigiles encore. Mais d'où sortaient-ils ? Dans les escaliers, ce n'était pas mieux. Les gens allaient et venaient en tous sens. Il parvint à se frayer un chemin jusqu'à l'étage de médecine interne.

Simone était en sueur, rouge écarlate, un combiné de téléphone dans chaque main. Marceline, à côté, était dans la même situation. À quelques mètres, un vigile empêchait les journalistes d'entrer. Les patients criaient. Laurent entendait des bribes de phrases :

– On veut savoir !

– Est-ce qu'on est en danger ?

– Je veux changer de service !

– Où est-il ?

– Je veux changer d'hôpital !

– Est-ce qu'on va mourir ?

André, Nicolas et Sabine tentaient de les calmer. Les stagiaires sillonnaient le couloir pour les reconduire dans leurs chambres, leur promettant qu'on viendrait les voir très vite pour leur expliquer.

Panique totale. Laurent n'avait jamais vu ça… Une main se posa sur son épaule. Il se retourna. Sans un mot, Camille l'entraîna par la main. Le bout du couloir était bloqué par des bandes en plastique rouge et blanc, comme celles utilisées par la police et les pompiers.

– Il est avec moi, précisa-t-elle au vigile. C'est le docteur Valensi.

Affichant un rictus mauvais, le vigile les laissa passer de l'autre côté. Laurent avait l'impression de travailler dans une usine nucléaire sous haute sécurité. Toutes les chambres, de la 40 à la 60, avaient été vidées. La zone en quarantaine avait progressé. Camille ouvrit l'une d'elles pour s'y réfugier et souffla un grand coup. Elle avait l'air à bout.

– C'est l'horreur, docteur, amorça-t-elle.

Elle lui raconta que la présence d'Ali s'était ébruitée. Comment ? Elle n'en savait rien, mais depuis qu'il était descendu, c'était l'apocalypse. Le standard était saturé d'appels terrifiés de tout le pays. À entendre les gens, une nouvelle peste allait s'abattre sur la France, la fin du monde était proche, ils voulaient savoir comment réagir, s'ils pouvaient faire leurs courses de Noël, aller dans leurs familles, manger normalement ou éviter certains aliments… Bref, que des questions auxquelles personne n'avait de réponses. Mais la population était bien moins tolérante vis-à-vis de l'inconnu que ne l'étaient les médecins et les infirmières. Dans ce genre de cas, la notion de patience et de confiance en la science ne les effleurait pas du tout.

– Et la rumeur s'est propagée dans le service… Enfin, la rumeur… Les patients ont découvert qu'il y avait un LAV à l'étage, et ont tous voulu partir ! Ils ont menacé d'appeler des avocats, des juges, des journalistes…

Puis elle expliqua qu'en quelques minutes, la presse avait débarqué.

– Ce qui est incroyable, c'est la vitesse… Je vous jure. Une minute, tout était calme, et d'un coup, la panique. Ça appelle de partout. Même des Antilles ! Je sais pas ce qui s'est passé. Pourtant on a été prudents, docteur…

Laurent avait son idée. Quand Gabriella parlait de « petite surprise », elle avait peut-être minimisé. C'était elle, bien sûr… Il ne voyait que ça. Tout de même, elle aurait pu le prévenir ! Mais comment s'y était-elle prise ? Cette femme ne cessait de l'étonner.

– Et le patient ?

– La fièvre a un peu monté, mais on peut plus augmenter les antibios… Le docteur David a dit de lui mettre des glaçons, mais avec toute cette agitation, on n'a pas pu, alors on a ouvert la fenêtre. Avec la tempête et le froid, ça ira peut-être...

– Bonne idée. Je vais aller le voir.

Il tendit sa veste à Camille.

– Pourriez-vous apporter ça au vestiaire ? Vous connaissez mon casier ?

– Oui, oui, docteur. Pas de problème, je vous rejoins dans la 60.

– Merci, Camille.

Camille n'eut pas le temps de faire trois mètres qu'une voix s'éleva dans le couloir :

– Mais qu'est-ce que c'est que ce foutoir !

C'était Bernard qui hurlait.

Malgré le bruit, il interpella son équipe et leur demanda de gagner la salle des transmissions aussi vite que possible pour un briefing express. Willot sortit de son bureau et Laurent intercepta le regard noir que Bernard lui lança. S'il avait eu un revolver, nul doute qu'une balle se serait logée dans le front du « grand professeur » de médecine interne.

En quelques minutes, l'équipe brava la foule et se rassembla pour entendre les remontrances du patron. Au grand étonnement de Laurent, Bernard commença par s'en prendre à Willot, le traitant d'incapable. Laurent sentait qu'il y avait de nombreux non-dits et sous-entendus dans ce sermon. Les autres priaient pour que leur tour ne vienne pas. Willot ne chercha pas à se défendre, il écoutait chacun des reproches sans broncher, hochait même la tête.

À dire vrai, il n'y avait pas grand-chose à objecter. Le chef de service, c'était lui, et le chaos était venu d'ici. L'hôpital était sens dessus dessous et la crise n'était pas près d'être contenue… Willot était le responsable officiel.

Laurent s'étonna de ne rien ressentir. Pas une once de culpabilité ou de pitié. Willot méritait bien plus qu'une petite séance d'humiliation devant son équipe. Bernard marqua un temps d'arrêt, balayant du regard chacun d'entre eux.

– Et ne croyez pas que vous allez y couper. Il y a un traître parmi vous, et je crois savoir qui c'est, lâcha-t-il sur un ton à la limite de l'écœurement.

Il déambulait dans la salle et s'arrêta face à Laurent. La menace lui était clairement adressée. Laurent ne réagit pas. Bernard était convaincu qu'il pouvait encore retourner la situation à son avantage. Mais c'était trop tard, il serait bientôt percé à jour. Cette pensée rassura Laurent. Il se sentait indestructible. Ailleurs, en ce moment même, Gabriella continuait de se démener. Bernard pouvait hurler, menacer tant qu'il voulait, le couperet tomberait. Il était allé trop loin. Il paierait. Laurent ne savait pas encore quand ni comment, mais les dés étaient jetés.

– Je suis aussi abasourdi que vous, monsieur Bernard, répondit Laurent.

Il y eut quelques raclements de gorge dans la salle.

– Ali Benyoussef est pourtant votre patient, que je sache !

– Oui, mais j'ai pour principe de respecter le secret médical avec la plus haute vigilance… Vraiment, je ne comprends pas ce qui s'est passé…

– Ben voyons !

– Et j'en suis le premier pénalisé ! Avec tout ça, j'ai beaucoup de mal à soigner mon patient…

Bernard, visiblement surpris, recula et continua de déblatérer des reproches inutiles, mettant l'équipe en garde contre la mauvaise presse qui risquait de mener l'hôpital à la faillite, et donc de menacer leurs emplois à tous… C'était complètement stérile. Laurent fit signe à Camille de s'éclipser : Ali Benyoussef était plus important que ces simagrées. Elle s'éloigna discrètement, le manteau de Laurent encore à la main.

Puis le directeur de l'hôpital leur expliqua que la situation était plus grave qu'ils ne le pensaient. Il avait reçu des appels de la presse américaine et brésilienne. C'était eux qui avaient contacté les antennes françaises. Tout cela prenait une tournure internationale qui risquait de les dépasser.

C'était donc ça ! Gabriella avait dû avoir trop de difficulté à convaincre les rédactions françaises pour Dieu sait quelles raisons, alors elle avait tapé plus haut, plus fort. Elle avait dénoncé le scandale aux États-Unis avec l'aide d'Equal, ainsi qu'au Brésil, où ses relations étaient plus puissantes… Laurent sourit intérieurement.

Enfin Bernard ordonna à Willot de le suivre pour régler la suite, sans fournir davantage de précisions. L'équipe se retrouva seule. Au début, personne n'osait parler mais Laurent se sentait dévisagé, critiqué. Les regards étaient insistants, les moues embarrassées, les sourcils levés, les pauses gênées…

Au bout d'un moment, André, l'interne qui avait croisé le docteur David plus tôt, prit la parole :

– Bon, dis-nous franchement, qu'est-ce que t'as fait ?

– Mais rien ! J'ai pas quitté mon patient !

– Arrête, on t'a tous vu faire sans arrêt des allées et venues depuis hier !

– Je te dis que je n'ai rien fait ! s'énerva Laurent.

– Alors qui a parlé ?

André s'adressait à tout le monde, imitant Bernard dans sa manière de se déplacer, les mains dans le dos, les dévisageant les uns après les autres. Laurent pensait être le seul à avoir remarqué quand Nicolas objecta :

– Tu te prends pour le patron ou quoi ?

– Pas du tout ! se justifia André dans une expression qui en disait long sur sa vexation.

– De toute façon, quelle importance ! On est pas dans un commissariat ! reprocha Simone.

À la fin de sa phrase, elle fit un clin d'œil à Laurent. D'autres le remarquèrent sûrement, mais ce soutien lui alla de nouveau droit au cœur. Il avait vraiment sous-estimé cette infirmière qu'il prenait pour une grincheuse obsédée par la propreté et les plannings ordonnés. Il lui sourit en retour.

– Vous avez qu'à faire les langues de bois si ça vous plaît, mais en attendant, on fait quoi ? riposta André.

De nouveau le silence.

– On a qu'à continuer ! répondit Laurent avec la plus grande simplicité du monde.

André éclata de rire tant l'idée lui paraissait saugrenue.

– Je crois qu'on a tous de quoi s'occuper, poursuivit Laurent. On vient de perdre vingt minutes. On a des dizaines de patients à soigner, à rassurer, un standard qui explose… À part reprendre le boulot, je vois pas ce qu'on pourrait faire.

Une vague d'acquiescement parcourut l'assemblée.

– Et à quoi ça sert qu'on soigne nos patients s'ils sont contaminés par le tien ?

Comme un boxeur au sol, André s'était relevé pour asséner un dernier coup.

– Qu'est-ce que tu proposes ? demanda Laurent.

André hésita et finit par suggérer une vraie quarantaine.

– Pourquoi il retourne pas au sous-sol ? Ou dans un hôpital militaire ?

– Mais tu t'entends ? Tu parles d'un pauvre type de trente-deux ans, en train d'agoniser à cent mètres ! Il a peur, il a mal, et toi tu proposes qu'on le transfère pour le laisser crever comme un rat !

– Je dis juste que faire prendre des risques aux autres patients c'est tout aussi injuste ! Tu veux que je te fasse pleurer avec mes cancers ?

Le ton montait. C'était à qui aurait l'argument le plus sinistre. Insupportable. Laurent n'en revenait pas d'être mêlé à une telle discussion. Pire, il l'alimentait. Pour autant, il n'arrivait pas à s'en empêcher.

– Ça suffit ! cria Simone. André, si t'as peur du LAV, pas de problème, nous on va gérer !

Elle avait mis le doigt dessus. Il ne s'en faisait pas pour ses patients, il était trop égoïste pour ça, c'était pour lui qu'il avait peur.

André se défendit. Comment osait-on penser ça de lui ? Mais ça ne faisait de doute pour personne…

– Si cette saloperie de maladie se déclare comme je

pense qu'elle va se déclarer, on va tous être dans la merde, renchérit Sabine. Autant assumer dès maintenant.

Ils décidèrent de voter pour ou contre le déplacement d'Ali Benyoussef. Le contre l'emporta haut la main. Laurent fut soulagé. Ils étaient tous dans la même galère, pas aujourd'hui certes, mais demain… À présent, il en était certain, le LAV se répandrait, et tôt ou tard, chaque médecin y serait confronté. On ne pourrait pas parquer tous les patients. Il faudrait affronter ce virus, apporter l'aide nécessaire, trouver des remèdes, assumer les manquements. Toute la profession y aurait droit.

Laurent prit la direction de la chambre 60. Il était seul, traversant l'agitation qui s'était encore intensifiée en l'absence de l'équipe médicale. Les sonneries des téléphones résonnaient, les malades devenaient agressifs, les vigiles avaient de plus en plus de difficulté à contenir les journalistes en dehors du service. Désespérant. Laurent avait l'impression de partir au combat. Un combat qu'il n'était pas sûr de remporter. Mais ils étaient trop nombreux à compter sur lui.

40.

Camille fonça vers lui, l'air effarée.

– Docteur Valensi ! Docteur Valensi ! Vite !

– Quoi ? Que se passe-t-il ?

– C'est le patient… ça va pas !

Elle n'eut pas le temps d'en dire plus, Laurent était déjà en train de courir.

Quand il ouvrit la porte, le malade délirait, recroquevillé sur lui-même. Son front était brûlant, il frissonnait. Son lit était souillé de vomi.

Laurent se concentra aussitôt sur son ventre. En palpant son abdomen, il s'aperçut qu'il était dur comme du bois. Il y avait une perforation. Bon sang ! Ce qu'il redoutait le plus. Un trou avait fini par se former et traverser son estomac, son gros intestin ou son intestin grêle. Impossible de savoir sans radio. Il espérait juste que la perforation ne s'était pas produite dans la vésicule biliaire. Le contenu de ses organes ne tarderait pas à fuir dans la cavité abdominale. Ce serait la péritonite à coup sûr. Et vu le niveau de ses défenses immunitaires, on ne pouvait imaginer pire catastrophe.

Si on ne l'opérait pas dans les vingt-quatre heures, Ali Benyoussef mourrait, dans d'horribles souffrances en plus. Toute la confiance qui habitait Laurent quelques minutes plus tôt s'était évaporée.

– Qu'est-ce que c'est ? demanda Camille.

– Une perforation, déplora Laurent.

Camille semblait perdue elle aussi.

– Mais alors… il faut l'opérer ?

– Oui. On doit réserver un bloc et trouver un chirurgien.

Il décrocha le téléphone de la chambre et appela le bureau de Simone. Il dut attendre au moins une dizaine de sonneries avant qu'elle prenne son appel. D'habitude, quand ça venait d'une chambre du service, les infirmières répondaient au bout de deux, grand maximum. Il se sentait pris au piège du marasme qu'il avait lui-même créé.

– Allô ?

– C'est Valensi !

– J'en peux plus… ça n'arrête pas ! La France entière nous harcèle ! On va pas tenir, je vous jure.

Elle était déjà à bout. Ça commençait mal.

– Je sais… Je suis vraiment désolé…, déplora Laurent. Mais j'ai une urgence.

– Avec la 60 ?

– Oui.

– Qu'est-ce qui se passe ?

– Perforation. Il me faut un bloc et une équipe.

Elle soupira.

– Je fais au mieux, reprit-elle au bout d'un moment. Faut quand même que vous sachiez que Willot a demandé à vérifier le planning avant qu'on l'affiche et que tout ce qui concerne la 60 est sous haute surveillance.

– Je sais…

– D'accord, d'accord… Je vous tiens au courant.

– Merci, Simone.

Tandis qu'il attendait qu'elle le rappelle, il continua à examiner Ali Benyoussef. Il lui prit la tension. Cent quarante pulsations par minute. Ultra rapide. C'était plus que préoccupant.

– Camille, on en est où avec le sérum ?

– Toujours en cours, docteur…

– Montrez-moi le dossier, il faut que je vérifie quelque chose.

– Le dossier ?

– Ben oui !

– Je croyais que c'était vous qui l'aviez !

– Pourquoi je l'aurais ?

– Je sais pas ! Mais moi, je ne l'ai pas !

Laurent mit un temps à prendre la mesure de ce que Camille venait de lui annoncer. Pas de dossier, donc aucune trace de ce qu'ils avaient fait jusque-là, aucun repère, aucune possibilité d'analyse ni de prise de recul. Rien.

– Mais enfin c'est pas possible ! Où l'avez-vous mis ?

– Je n'y ai pas touché, docteur ! répondit-elle, écarlate.

De toute évidence, elle disait la vérité. C'était encore plus grave que ce qu'il pensait. Quelqu'un avait pris le dossier ! Mais qui ? Et pourquoi ? Pourquoi maintenant ? Il bouillonnait. Décidément, ce cas ne lui apportait que de mauvaises surprises. Et là, il n'avait plus le temps d'épiloguer ou de se perdre en conjectures.

– Vous êtes allé dans l'armoire des archives en salle des transmissions ? demanda-t-elle.

– Pourquoi il serait là-bas ?

– Je sais pas, moi ! Peut-être que vous l'avez déposé sans le faire exprès !

Il ne savait plus. Elle avait peut-être raison. Peut-être avait-il eu le dossier entre les mains, et qu'avec toute cette agitation il l'avait laissé avec les autres… Mais quand ? Au moment de descendre appeler Gabriella ? Avant de s'occuper de sa précédente patiente ? Impossible de s'en souvenir.

– Bon, je vais aller vérifier. Il faut pratiquer un ECG, Camille, et aussi faire une radio pour voir s'il y a de l'air dans la cavité abdominale. Ensuite, on fera une tomodensitométrie pour rechercher l'emplacement de la perforation.

– Bien, docteur. Je m'en charge.

– Pratiquez aussi une nouvelle analyse de la leucocytémie. Je vais retrouver le dossier et on comparera avec hier pour évaluer le stade de l'infection.

Camille hocha la tête. Il ne l'avait jamais vue si concentrée. Il hésitait à la laisser seule avec le patient, mais il n'avait pas le choix. Sans ce dossier, il naviguerait à vue, et ce serait la condamnation certaine d'Ali Benyoussef.

En salle des transmissions, le dossier d'Ali Benyoussef était posé en évidence sur le bureau principal. Devenait-il fou ? Comment avait-il été capable de l'oublier là, à la merci de tous ? À quelques mètres des patients, de la presse et de ses supérieurs ? Il était épuisé, voilà la raison. Mais ce n'était vraiment pas le moment. Se reprendre, et plus vite que ça !

Il saisit le dossier et l'ouvrit. Il s'immobilisa, sidéré. Son sang se glaça. À l'intérieur, bien en vue, se trouvait une photo de sa fille. Julia sur le manège de la place Armand-Carrel. Il haletait. Où avait-on trouvé cette photo ? Comment ? Qui l'avait mise là ? Ce cliché ne quittait pas son portefeuille.

Son portefeuille ! Il se précipita au vestiaire, ouvrit son casier. Son manteau était là, en boule. Il en fouilla les poches. Pas de clefs. Rien. Il recula et s'arrêta net. Tout le contenu de son portefeuille était étalé près de la poubelle, ses cartes, ses papiers, ne manquait que la photo de Julia. Son sang ne fit qu'un tour. Il fallait à tout prix qu'il retourne chez lui, qu'il ait sa femme au téléphone, qu'il les prévienne. C'était un coup de Bernard et de ses sbires, il en était sûr. Ces salauds étaient partout ! Prêts à tout ! Il ne savait plus où donner de la tête. Ils avaient mêlé sa fille à cette histoire. La menace était claire : c'était Ali ou la famille de Laurent. S'il insistait, s'il les faisait plonger, ces connards s'en prendraient directement aux siens. Il donna un coup dans le mur. Il ne parvenait plus à se maîtriser. Soudain l'évidence le frappa : si ses clefs avaient disparu, c'était que ces connards avaient l'intention d'aller chez lui.

Il sortit en trombe du vestiaire. Il devait prendre sa voiture et les coincer. Ils y étaient peut-être encore ? Les ascenseurs étaient de nouveau bloqués. Vite, la cage d'escalier.

– Valensi ! Attendez !

C'était Simone.

– On a un problème…

Bon sang, ça n'en finissait pas !

Elle lui expliqua qu'elle avait essayé de réserver un bloc, mais que c'était impossible. Aucun n'était libre avant deux jours et aucune équipe…

– Mais il sera mort dans deux jours !

– Je sais ! J'ai eu beau dire que c'était une urgence maximale, avec tout ce bordel et les retards, des urgences maximales, y en a plein ! Enfin, c'est ce qu'ils disent…

Laurent se frottait les paupières, comme si ça pouvait l'aider à trouver une solution. Rien ne venait…

– Et en donnant un autre nom ?

– J'ai essayé mais… Willot a compris. Même réponse.

Laurent soupira. Cette journée était un cauchemar.

– On fait quoi ?

Elle avait dit « on », Simone s'incluait dans l'équipe. Laurent faillit en pleurer. Seul avec Camille, ils n'iraient pas bien loin. L'aide de la vieille infirmière était plus que bienvenue.

– Je vais réfléchir, répondit-il.

Simone acquiesça, pas vraiment rassurée.

– Simone, j'ai un problème, je vous raconterai. Il faut que je parte, mais je reviens très vite. Camille a une liste d'examens à pratiquer longue comme le bras, est-ce que vous pouvez l'aider ?

– Comptez sur moi.

Elle lui tendit la main. Il la serra. Un geste solennel, mais après tout, de circonstance.

– Docteur…, le rattrapa-t-elle.
– Oui ?
– Soyez prudent.
– Je vous le promets.
Laurent s'engouffra dans les escaliers. L'hôpital n'avait pas désempli. À nouveau, il bouscula tous ceux qui croisaient son chemin, sans prendre la peine de s'excuser. Pas le temps. Il gagna sa voiture et fonça vers l'avenue de Laumière.

41.

11 h 45. Trop tard. Il n'y avait personne dans l'appartement, mais la porte d'entrée était ouverte. Laurent avait l'impression qu'une main comprimait son cœur. Sa femme, sa fille étaient parties, et voilà que ce qui restait d'elles avait été saccagé. L'appartement était une zone de guerre. Le porte-manteau du couloir avait été renversé. Une latte du parquet était fendillée. Laurent osait à peine se rendre dans le salon… C'était pire que ce qu'il avait imaginé. Pas un centimètre carré de la pièce n'était resté intact. La bibliothèque avait été vidée, chaque livre jeté par terre. Le canapé éventré, les coussins éparpillés autour. Le piano avait été ouvert, toutes les partitions jonchaient le sol. Des traces noires souillaient le tapis beige que Nathalie aimait tant. La tringle pendait, entraînant les rideaux dans sa chute.

Dans la salle à manger, la plupart des verres du vaisselier avaient été éclatés. Nathalie avait passé un temps fou à les trouver, les astiquer, les ranger. Il avait mal pour elle. Non seulement il l'avait mise en danger et blessée, mais par sa faute tous les efforts de sa femme pour arranger leur cocon familial avaient été ruinés. Abattu, il s'aventura dans les chambres. Les plumes des oreillers voltigeaient encore au gré des courants d'air. Les vêtements avaient été renversés des armoires. Le plus douloureux fut de voir le coffre à jouets de Julia. Le petit meuble en osier était complètement détruit, tout comme la plupart des poupées dont les jambes, les bras avaient été arrachés. Mais qui pouvait être habité par tant de haine, de violence pour s'en prendre à des jeux d'enfant ?

Il s'assit au milieu de la chambre, et l'observa, dévasté. Il se sentait agressé, dépouillé. On avait touché à sa famille. On avait cherché à lui faire peur à travers elle. Et tout ça parce qu'il voulait soigner un patient qui dérangeait ? Parce qu'un salaud avait envie de s'enrichir sur le dos des malades et que lui, Laurent Valensi, le gênait dans son plan ? Mais dans quel monde vivait-on ?

Il saisit une des poupées Corolle. Un baigneur aux grands yeux bleus qui se fermaient quand on l'allongeait. À présent, il lui manquait le bras droit et la jambe gauche. Il se mit à les chercher dans le monceau de cadavres en plastique à ses pieds. Il ne pouvait pas laisser les jouets de sa fille dans cet état. Il fallait qu'il répare les dégâts. Au moins deux poupées ou trois peut-être. Il ne parviendrait pas à repartir sinon… Il scrutait les pièces détachées comme si sa vie en dépendait. Il se trouvait ridicule, mais il ne pouvait pas faire autrement.

Soudain il prit conscience du drame qu'il avait évité. Et si sa femme et sa fille avaient été là ? Après tout, personne ne savait qu'elles étaient parties… C'était peut-être ce qui avait tant mis en colère les vandales ? Son cœur battait à tout rompre. Sa tête tournait. Il essaya de se relever mais ses jambes cédèrent et il trébucha sur des puzzles. Que se serait-il passé si… ? Il n'osait l'imaginer. Sa petite fille… Sa femme… Face à ces ordures… C'était insupportable. Il ne pouvait pas continuer seul. Il devait en parler. Il n'avait pas mesuré à quel point la situation était devenue dangereuse. Dans le chaos, il avait oublié Marc et son épouvantable agression. Ils devaient être prudents, Gabriella, David, Camille… À présent, il le savait, leurs ennemis avaient passé un cap. Fébrile, il s'approcha du combiné en se retenant au mur. Il composa le numéro de Gabriella.

– *Querido*, c'est toi ? Qu'est-ce qui t'arrive, t'as une voix bizarre.

– Gabriella… Il faut qu'on les coince.

– Mais on est en train !

– Non, t'as pas compris. On doit avoir leur peau.

L'étrange intonation de sa voix marqua la journaliste. Trop calme, trop posée. Elle l'obligea à entrer dans les détails. Il lui raconta son retour dans le service, les journalistes, le chaos… Il ne s'était pas trompé, c'était bien elle qui avait contacté la presse américaine et brésilienne, ils s'étaient chargés du reste. Il lui décrivit la colère de Bernard et l'état critique d'Ali Benyoussef.

– Si on l'opère pas, il va mourir… Et on nous donne pas de bloc, on n'a rien…

Laurent était désespéré.

– Mais c'est pas tout…

Il prit son courage à deux mains et lui parla de la photo dans le dossier et de l'état de son appartement. Les mots peinaient à sortir. C'était si dur à vivre, alors à évoquer… Une torture. Comme s'il endurait tout une seconde fois. Il admit qu'il avait peur, pour lui, pour elles, pour eux tous. Gabriella demeurait silencieuse au bout du fil, mais sa respiration s'accélérait.

– *Querido*, je vais te faire une promesse.

– Quoi ?

– Je te jure, tu m'entends, je te jure qu'on va les avoir. Ils vont regretter tout ça. Tu as ma parole.

Il avait envie de pleurer. Il n'y croyait pas vraiment, mais la détermination de son amie l'apaisait.

– Et qu'a dit Arthur Lecat ? reprit-elle sur un ton plus sérieux encore.

– Qui ça ?

– Bah le médecin de Cochin ! Tu l'as pas appelé ?

Le sol se déroba sous ses pieds. L'essentiel ! Il avait oublié d'appeler le médecin qui s'était chargé du cas de Cochin ! Tout était allé si vite, il n'y avait même pas pensé. Mais comment pouvait-il être si bête ?

– Arrête de te flageller, et répare. On n'a plus le temps pour ça, ok, *bonito* ? le rassura Gabriella.

Laurent acquiesça. Il promit de lui donner des nouvelles très vite.

Il sortit de sa poche le morceau de papier où était écrit le numéro de téléphone, essaya à trois reprises. Personne. Laurent avait peur qu'on s'en soit aussi pris à son confrère… Il devenait paranoïaque. Il fallait qu'il se calme. Après tout, rien d'étonnant à ce qu'un médecin en service ne réponde pas à son bureau. Sans doute était-il en consultation. Il essaierait de nouveau à l'hôpital.

Avant de partir, il appela le docteur David pour lui expliquer la situation. La fureur de l'épicier le surprit. Il était plein d'une énergie que Laurent ne lui avait jamais vue. Il était derrière lui, le soutenait, Laurent devait en être sûr. Il était d'accord avec Gabriella, il n'y avait plus de temps à perdre, il fallait comprendre ce qui s'était passé à Cochin et trouver un bloc en urgence pour Ali Benyoussef.

Un bloc en urgence ! Comme s'il ne savait pas ! Mais comment ? Où ? Laurent ne pouvait compter que sur lui-même.

Il se laissa tomber sur ce qui restait du canapé. Le plus difficile était à venir : appeler Nathalie. Il devait les prévenir, leur dire de se méfier. Elle lui en voulait déjà tant… Mais il n'avait pas le choix. Ces barbares étaient capables de remonter jusqu'à elles. Il composa le numéro de ses beaux-parents à Nice.

Le père Simeoni décrocha.

– Ah, c'est toi !

– Monsieur Simeoni, je suis vraiment désolé… Vraiment… Est-ce que je peux parler à Nathalie ?

– Elle ne veut pas te parler.

– Écoutez…

– Non, c'est toi qui vas m'écouter ! Quand je t'ai confié ma fille, je t'ai fait promettre de veiller sur elle. Tu t'es engagé devant moi et devant le Seigneur à la protéger.

– Je sais…

– Non, tu ne sais rien ! Elle m'a raconté ce que tu as fait !

Au moins, il avait la preuve qu'elles étaient bien arrivées. C'était déjà ça.

– Elle est perdue ! Comment peux-tu lui faire ça ? Je me demande comment elle arrive à t'aimer encore.

Il espérait que c'était vrai, que sa femme l'aimait. Pour le reste, il ne pouvait pas lui en vouloir…

– Monsieur Simeoni, c'est urgent, il faut vraiment que je lui parle…, reprit Laurent.

– Tu as fait assez de dégâts comme ça.

– Elles sont en danger ! Ils m'ont menacé…

– Avec moi, elles sont en sécurité. La Côte, c'est pas votre Paris de merde ! déclara-t-il avec cet accent inimitable, mélange de corse et de niçois, et il raccrocha.

Ça ne servait à rien d'insister. La seule chose qui rassurait Laurent, c'était que le père Simeoni avait raison. Leur famille était connue dans la région, et par « connue », il sous-entendait intouchable.

42.

12 h 15. Le hall de l'hôpital était assailli de photographes. À présent, il y avait aussi des caméras de télévision. Sur les micros, Laurent pouvait lire TF1, A2, FR3… Toutes les chaînes nationales et locales étaient présentes. Mais qu'est-ce qui se passait encore ? Il s'avança vers les ascenseurs. Des pancartes indiquaient l'auditorium. Dessus était écrit : « Conférence de presse du directeur M. Bernard ». C'était donc ça ! Il avait convié en trombe tous les journalistes possibles pour endormir la terre entière. Il était passé maître dans l'art du mensonge. Le pire, c'était qu'il avait des chances de réussir. Laurent sentit un poids s'abattre sur ses épaules. Avaient-ils fait tout ça pour rien ? Bernard s'en sortirait-il en étouffant l'affaire pour de longs mois encore, voire des années ? Et si les autres directeurs d'hôpital étaient comme lui ? Les cas de LAV se multiplieraient-ils sans que la maladie soit reconnue ? Sans que la recherche soit officiellement subventionnée et les traitements adaptés ? Il était découragé..

Soudain, il vit une longue silhouette se faufiler parmi la foule. L'effet fut immédiat. Il se sentit revigoré par la présence de Gabriella. Elle avait été informée de la conférence. Après tout c'était normal, elle était journaliste aussi. Dans sa main, elle tenait un tas de feuilles. Des preuves sûrement de ce qu'elle avait l'intention d'avancer. Il devait lui faire confiance, cesser de considérer qu'il se battait seul. Elle l'aperçut et lui fit signe avant de le rejoindre.

– Hey, *querido* ! Prêt pour la confrontation ?

– Tu savais ?

– Eh oui ! Je voulais te faire la surprise…

– Je t'ai dit que les surprises, c'est pas trop mon truc d'habitude ?

Son sourire suffit à faire revenir les images du matin. Gabriella, son chemisier, sa langue dans sa bouche… Il fallait qu'il cesse. Ce n'était pas le moment.

– Je remonte voir le patient.

– Tu as eu Lecat ?

– Non, ça sonnait dans le vide. Je vais essayer de là-haut.

– Ok. Mais je pense que tu devrais rester un peu… La conférence risque d'être instructive…

Elle lui fit un clin d'œil. Elle avait encore réussi à piquer sa curiosité. Il accepta de l'accompagner.

Bernard se dirigea vers l'estrade, encadré par deux vigiles. L'un d'eux boitait. Son genou semblait le freiner dans sa marche. Son genou ! Ça ne pouvait pas être une coïncidence. Laurent se remémora aussitôt l'homme en noir qui l'avait poursuivi à la sortie du café Saint-Maur la veille, le coup de pied qui l'avait libéré, juste à cet endroit. Un homme de Bernard, c'était sûr ! Il fixa le vigile un long moment. La taille correspondait, la corpulence aussi. Il essayait d'imaginer l'homme plié en deux au-dessus de sa tête pour l'empêcher de bouger. Il frissonna. Pas de doute, c'était lui.

– Qu'est-ce qui t'arrive, *querido* ?

Il fit part à Gabriella de ses soupçons. Elle était d'accord avec lui. Bernard testa le micro et se racla la gorge.

– Merci à tous d'être là. Je comprends votre inquiétude et votre volonté d'en savoir plus. Cela dit, et j'en suis ravi, je crains que vous ne vous soyez déplacés pour rien. Des rumeurs circulent prétendant que le cancer homosexuel se serait propagé à Paris, risquant de gagner la France entière. Le terme même de « cancer homosexuel » a été critiqué. Certains scientifiques pencheraient plutôt pour un virus. La vérité est que nous n'avons pas à ce jour de cas dans nos locaux.

C'était habile. Il ne faisait en effet que dire la vérité. Le cancer homosexuel était une invention destinée à permettre aux autorités de ne pas financer la recherche sur le LAV. De fait, personne ne pouvait en être atteint. Quelle esbroufe. Laurent ne tenait plus en place.

– Quant à la possibilité d'un virus mortel pour l'homme, il semble que la presse internationale ait grandement exagéré, poursuivit Bernard. Ce qui est certain, c'est que pour l'instant la France ne dénombre aucun cas, j'en ai encore eu la confirmation du ministère de la Santé ce matin. Par mesure de précaution, plusieurs laboratoires de recherche et laboratoires scientifiques collaborent avec leurs homologues étrangers. Mais je le répète, il n'y a pas lieu de s'affoler ni d'affoler les Français.

Il déblatéra les mêmes inepties une bonne dizaine de minutes encore. Laurent balaya la salle du regard. Les journalistes autour d'eux le croyaient-ils ? Difficile à dire. Certains acquiesçaient, d'autres affichaient une moue plus dubitative.

Bernard invita ensuite ceux qui le souhaitaient à poser des questions. Une journaliste lui demanda de retracer son parcours pour peaufiner son reportage, un autre demanda plus de précisions sur ce que l'on savait du LAV. Bernard ne fit pas de mystère quant à l'absence de test et de traitement.

– Tant que le virus n'a pas été isolé et compris, impossible d'aller plus loin…, justifia-t-il. Mais les cas recensés ne concernent que les États-Unis.

Laurent pestait. Il allait réussir son coup, ce salopard…

Au même moment, Gabriella leva sa main et le directeur lui donna la parole.

– Monsieur Bernard, j'ai ici des documents indiquant qu'un patient, que je ne nommerai pas par déontologie, présente tous les symptômes décrits pour suggérer le LAV.

Elle les énuméra.

– Ce patient, reprit-elle, aurait été suivi par votre chef de médecine interne dans le plus grand secret, et serait hospitalisé dans son service depuis deux jours, vous confirmez ?

Il ne le pouvait pas, bien sûr. Mais le mal était fait.

– J'ai moi-même rencontré les membres du cabinet du ministère de la Santé. Je ne pourrai pas décrire ce que j'y ai entendu car on m'a fait signer une clause de confidentialité, que j'ai également ici.

Elle brandit les feuillets correspondants.

– Pourrait-on cesser de mentir aux Français et admettre que le cancer gay, ça n'existe pas, mais qu'en revanche le LAV est un virus dangereux dont on ne sait rien, et qu'il est à présent actif dans leur pays ?

Elle souriait. La machine était lancée, plus rien ne pouvait l'arrêter. Les commentaires de Bernard étaient désormais inutiles. Gabriella tenait toutes les preuves entre ses mains. Les informations étaient facilement vérifiables maintenant qu'elle avait balancé tous les éléments en présence des télévisions, radios et journaux français. Laurent la regardait, admiratif. Elle ne s'était pas démontée, sa voix n'avait même pas tremblé. On aurait dit qu'elle avait préparé son discours depuis des mois alors qu'elle improvisait.

Bernard se rembrunit derrière son pupitre, tenta quelques tournures de politesse avant de déclarer que la conférence de presse était terminée, qu'il se rendrait disponible pour des rencontres avec les journalistes dans les jours prochains. À présent, il avait beaucoup de travail à terminer. Il éteignit le micro et fit signe à ses deux sbires. D'autres vigiles postés aux quatre coins de la salle le rejoignirent, et il disparut par une porte sur la droite, alors que les journalistes se déchaînaient pour lui poser de nouvelles questions. Ils se tournèrent ensuite vers Gabriella, qui leur tendit ses cartes de visite en échange. Elle s'éloigna, tenant Laurent par le bras. Les reporters essayaient de la retenir, mais son autorité naturelle, cet air supérieur la protégeaient. Ils n'avaient qu'à la contacter plus tard.

Laurent l'escorta jusqu'à la sortie. On les prenait en photo.

– Maintenant, à toi de jouer, *querido*. Appelle Lecat, on va avoir besoin de son témoignage…

– Promis, je lâche rien, jura Laurent.

Gabriella lui sourit puis regarda vers le ciel.

– Tu vois, dit-elle, je suis sûre que Dany était avec nous aujourd'hui. Il sait que je fais tout ça pour lui.

Laurent baissa les yeux.

– Dany c'était presque un frère. J'en voudrai toujours au bon Dieu de me l'avoir enlevé. Surtout comme ça.

Elle ferma les yeux et inspira l'air froid, comme s'il témoignait aussi de la présence fantomatique de son ami. Les mots de Gabriella résonnaient avec douleur dans la tête de Laurent… Ce même Dieu lui avait pris ses parents, et à présent, il devait se préparer à voir son frère les rejoindre. Toute la joie des dernières minutes s'était évaporée pour laisser place à l'angoisse.

– Je suis heureuse de t'avoir à mes côtés, *querido*. Cette rencontre, c'est grâce à Dany…

Était-ce parce que ses émotions étaient à vif ? Laurent fut submergé par ce que Gabriella venait de lui dire. Sa sensibilité, sa beauté. Elle ferma les yeux un instant et les rouvrit. Elle semblait surprise du regard que Laurent lui portait.

– Qu'est-ce qu'il y a, *querido* ?

– Rien…

– Tu es toujours vexé pour ce matin, hein ? Tu voulais que je te supplie d'oublier ta femme ? le nargua-t-elle.

Laurent sentit ses joues chauffer.

– Pas du tout ! se défendit-il avec une maladresse qui ne trompait personne. Je ne suis pas ton genre, aucun problème…

Comme ça sonnait faux ! Il en avait honte. Elle eut un petit rictus de compassion et se plaça face à lui.

– Chéri, mon genre c'est avec des seins et un vagin.

Quoi ? Avait-il bien compris ?

– Tu… tu es…

– Homo ? Lesbienne ? Goudou ? Gay ? Oui, *querido* !

Il n'en revenait pas.

– Ferme la bouche ! plaisanta-t-elle. Mais promis, reprit-elle, si je vire de bord, tu es numéro un sur ma liste des *bonitos* à croquer !

Elle lui fit une bise et quitta l'hôpital. Quelques instants, Laurent demeura sur place, sonné.

Partagé entre sa douleur et son envie d'aller au bout de la mission qu'il s'était donnée, Laurent se sentait pourtant revigoré. À présent, il n'avait qu'une idée en tête : joindre enfin Arthur Lecat. Il remonta dans son service.

– Le patron veut vous voir, lui lança un des sbires de Bernard.

– Je suis désolé, j'ai un patient qui m'attend.

– Non, vous avez rien du tout. Le patron veut vous voir maintenant.

Laurent comprit que ça ne servait à rien d'insister. Autant se débarrasser de ce nouvel entretien le plus vite possible. Nul doute que ce ne serait pas une partie de plaisir, mais il n'avait pas le choix. Il suivit l'homme vers le bureau du directeur de l'hôpital.

Une dizaine de journalistes patientait encore devant la porte cernée par deux gardes. Dans leur main, les cerbères tenaient des talkies-walkies et communiquaient avec d'autres membres de leur équipe, postés à plusieurs endroits de l'hôpital. Quand ils l'aperçurent, ils poussèrent les reporters agglutinés dans le couloir pour laisser passer Laurent et le firent entrer.

Ce bureau était en tout point opposé à celui de Willot. Des dossiers étaient étalés partout, des étagères remplies de livres et documentations sur des laboratoires tapissaient les murs. Laurent fut surpris de découvrir une cave à vin ainsi qu'une vitrine consacrée aux trophées. Diplômé de HEC, Bernard avait aussi reçu des médailles du mérite de la part d'associations qu'il avait aidées, parmi lesquelles l'institut Marie-Thérèse. Laurent eut un pincement au cœur. Quelle hypocrisie !

Ce genre de type lui faisait penser à M. Forie, un patient qu'il avait eu lorsqu'il était encore en stage de troisième année, en maladies infectieuses. L'homme souffrait de plaies au niveau du sexe, et passait ses journées à insulter sa maîtresse, Linda, qui risquait de lui « attirer des emmerdes » avec sa femme. M. Forie menaçait Linda de se retourner contre elle et de lui faire payer des dommages toute sa vie durant. Effrayée et perdue, la maîtresse pleurait dans un coin de la salle d'attente. M. Forie était un banquier d'affaires qui avait une réputation d'homme sans pitié. Il était imbuvable, et ça n'avait rien à voir avec la syphilis qu'il avait contractée. L'ironie avait voulu que ce ne soit pas la maîtresse la fautive, mais sa propre épouse, qui le trompait avec son professeur de golf. Autant dire que l'équipe médicale s'en était amusée…

Mais ce qui avait le plus marqué Laurent était arrivé un soir où il s'était retrouvé seul avec le patient. Il effectuait les derniers prélèvements pour préparer le dossier de la visite matinale. M. Forie lui avait raconté sa vie. Avant d'être banquier en fusions et acquisitions, il avait vendu des armes. « Que de l'officiel », avait-il précisé. Laurent n'avait pas retenu le nom du marchand d'armes qui l'employait, juste qu'il dépendait aussi de l'État. Des images de guerre lui étaient revenues, et pour la première fois, Laurent tenait un coupable devant lui. Il pouvait mettre un visage sur ceux qui faisaient de ce monde une boucherie. Il n'était pas là pour commenter les choix de ses patients, ce n'était pas son rôle, pourtant il n'avait pu s'empêcher de poser une question : « Comment vous faites pour vivre avec ça ? » Laurent n'oublierait jamais le sourire que M. Forie avait eu. Un mélange de cynisme et de suffisance. « Oh ! Tant que je ne vois pas les photos… » Laurent en avait eu le souffle coupé. Les responsables étaient des irresponsables. Laurent devinait que c'était aussi le cas de Bernard.

– Votre amie était plutôt loquace lors de la conférence de presse, attaqua le directeur.

– Vous parlez de la journaliste qui a pris la parole à la fin ?

– Qui d'autre ?

– Ce n'est pas mon amie.

– Tiens donc.

– Non, j'étais à côté d'elle, c'est tout.

Bernard sourit. Bien sûr, il n'en croyait pas un mot.

– Peu importe, Valensi… Je vous ai fait venir pour vous prévenir de deux choses. La première, c'est qu'Ali Benyoussef va quitter le service aujourd'hui.

– Où va-t-il aller ?

– Chez lui. Tout est arrangé au niveau administratif.

– Mais vous n'avez pas le droit !

– Si… Ici, c'est moi qui décide. Vous semblez l'oublier. J'ai dit qu'il n'y aurait pas de scandale, et il n'y en aura pas.

– Si on ne l'opère pas, demain il sera mort.

– Et moi, jeune homme, j'ai un hôpital à gérer. Avec vos conneries, c'est bien plus qu'un mort que vous risquez d'avoir sur la conscience.

– Je connais le baratin ! C'est n'importe quoi et vous le savez !

– Tout ce que je sais, c'est que vous avez voulu faire le malin, et que vous êtes tombé sur plus fort que vous. Vous pensiez vraiment que votre godiche allait m'impressionner avec ses feuilles volantes ? Qu'elle s'accroche pour prouver quoi que ce soit !

Il gloussa, une lueur malsaine dans le regard.

– Enfin, vous ne pouvez pas laisser mourir cet homme comme ça, chez lui…, plaida Laurent.

– Avec des analgésiques bien dosés, il ne sentira rien et « partira en paix », comme vous autres aimez tant le dire !

– C'est horrible !

– Valensi, Valensi… vous êtes trop sensible… Si vous l'opérez, il gagnera quoi ? Deux semaines ? Un mois tout au plus ? Et dans quelles conditions ? Il va souffrir dans la solitude… Ce n'est pas une vie souhaitable…

– Ce n'est pas à vous d'en juger. Notre métier c'est de soigner.

– Et le mien c'est de vous diriger.

– On peut tout à fait trouver un traitement la semaine prochaine !

Bernard éclata de rire. Un rire démoniaque qui glaça le sang de Laurent.

– On ne trouvera pas de traitement la semaine prochaine. Je peux vous l'assurer.

Laurent pensa aussitôt à ses deals avec les laboratoires pharmaceutiques, ses pots-de-vin, ses arnaques. Bien sûr, ce type savait mieux que personne où la recherche en était. Et Ali Benyoussef qui se mourait dans sa chambre deux étages plus haut ! Il en avait la nausée.

– De toute manière, Valensi, tout ça, ce n'est plus votre problème. À partir de maintenant, vous êtes déclaré inapte à exercer dans cet hôpital et ailleurs, pour une durée indéterminée.

– Mais…

– C'est arrangé avec le psychologue de l'établissement, le coupa Bernard. Vous avez fait preuve d'entêtement, d'emportement, d'une trop grande fébrilité… Vous avez désobéi aux règles de l'hôpital… Et il y a cette affaire… Anna Pallin… J'ai appris qu'une plainte avait été déposée et que des inspecteurs avaient interrogé plusieurs membres de votre équipe. Ce n'est pas tolérable.

– Vous savez très bien qu'il n'y a eu aucune erreur

concernant Anna Pallin. Et j'ai tout fait pour venir en aide à mon patient.

– Épargnez-moi les beaux discours, ça nous fera gagner du temps à tous les deux, répondit le directeur avec condescendance.

Fou de rage, Laurent tenta le tout pour le tout.

– Je vous dénoncerai ! Vous allez perdre votre place, et votre réputation…

– Jeune homme ! le coupa Bernard, sûr de lui.

Son calme était une insulte.

– Je sais que Gabriella Moraes a été en contact avec vous pas plus tard qu'hier soir au café Saint-Maur. Je sais que vous avez tout dévoilé à la presse, directement ou pas. Le seul qui risque d'être dénoncé, c'est vous. Je peux prendre mon téléphone et contacter le conseil de l'Ordre sur-le-champ. Vous perdriez votre droit d'exercer pour non-respect du secret médical. Vous n'auriez plus qu'à rejoindre le restaurant de votre belle-famille à Nice pour faire serveur. Est-ce que je dois continuer ?

La pièce tanguait sous les pieds de Laurent. Sa vie était en train de basculer. Tout ce qui lui restait était à présent entre les mains de celui qui cherchait à l'éliminer avec un sang-froid terrifiant. Il était fichu. Il n'avait pas d'autre choix que de coopérer.

– Bien, si vous n'avez rien à ajouter, Stanislas va vous reconduire vers la sortie, conclut Bernard.

– Je peux au moins remonter prendre mes affaires ?

Bernard prit le temps de peser le pour et le contre avant d'accepter. Il avait gagné, creuser davantage la tombe dans laquelle il avait poussé Laurent ne servait à rien.

Au moment d'ouvrir la porte, Laurent hésita. Il se retourna. Il avait besoin de comprendre.

– Pourquoi ?

– Pourquoi quoi ? s'étonna Bernard.

– Pourquoi vous faites ça ? Pourquoi ne faut-il pas que ça se sache ? Des milliers de personnes pourraient être concernées demain… Alors pourquoi ?

Bernard s'enfonça dans son siège et marqua un temps avant de répondre.

– C'est drôle… C'est pour ce genre de question que j'aime les médecins autant que je les déteste. Vous n'avez que votre vocation en tête. C'est une obsession ! Guérir, soigner… Mais vous ne réfléchissez jamais aux enjeux derrière, et vous piégez la société en croyant la secourir.

Il avait insisté sur le « vous » en pointant Laurent du doigt. En plus d'être renvoyé, il était convoqué sur le banc des accusés au nom de toute la profession.

– Avez-vous ne serait-ce qu'une vague idée de ce qu'une nouvelle maladie telle que le LAV peut représenter en termes de remboursements, de prises en charge, d'hospitalisations, de traitements ? Avez-vous réfléchi à ça ? Reconnaître une maladie, jeune homme, c'est promettre d'accompagner les malades ! Nous sommes en France ! Pensez-vous vraiment que la sécurité sociale est en posture d'investir des millions, peut-être des milliards pour un virus dont on ne sait rien encore ?

– Mais les gens ont le droit de connaître la vérité…

– Le droit ! Le droit ! Tout le monde n'a que ce mot à la bouche ! Oui, ils ont le droit… Mais ils ne peuvent pas se plaindre de quelque chose qu'ils ignorent… Que préférez-vous ? Traiter discrètement quelques milliers de péquenots qui de toute manière ne s'en sortiront pas, ou plonger le pays dans un marasme économique sans précédent ?

Laurent était sidéré. Cet homme bafouait l'éthique sans la moindre gêne. Dans sa logique, aucun argument moral ne faisait le poids face aux impératifs financiers. Il incarnait ce que le monde pouvait faire de pire : un tyran. Il se donnait la possibilité de choisir qui avait le droit de vivre ou de mourir, et le faisait en toute impunité, avec la complicité de l'État. Son but était clair : faire de la médecine un business, quelque chose de rationnel, de comptable. Mais ce n'était pas un métier normal ! Ça n'avait pas de sens ! Laurent sentit la nausée revenir. Il ne pouvait plus supporter cette vision de l'existence. Il quitta la pièce en titubant.

Hagard, il s'arrêta devant les ascenseurs. Le temps autour de lui semblait s'être arrêté. Il percevait à peine les bruits, les couleurs. Le vigile à ses côtés dut appuyer sur l'étage de médecine interne. Laurent ne s'en souvenait plus. Comment pourrait-il annoncer son départ à Camille ? À Ali Benyoussef ? À Gabriella ? Il ne pourrait jamais répéter ce qu'il venait d'entendre… Au moment où les portes s'ouvrirent, la tête lui tourna trop et il se laissa glisser au sol. Il resta ainsi, accroupi au milieu du couloir. Les gens autour le regardaient. Quelqu'un manqua de lui marcher dessus. Rien à faire, ses forces l'avaient abandonné.

43.

– Tu t'es perdu, docteur ?

Laurent se retourna vers la petite voix qui venait de s'adresser à lui. C'était Enzo Bianchi. Depuis la veille, le môme errait toujours dans l'hôpital. Avec le marasme ambiant, sa mère ne devait pas être la priorité des médecins… Le gosse fixait Laurent avec un mélange d'angoisse et d'étonnement. Laurent regarda le sol sur lequel il était assis. Il ne pouvait pas rester ainsi par terre. C'était ridicule, indigne de la situation.

– T'as l'air triste, docteur, reprit l'enfant.

– T'inquiète pas, Enzo, je vais bien, le rassura Laurent en se redressant.

Sa tête tournait. Il avait beaucoup encaissé en deux jours. Pas de raison que son corps ne le lui fasse pas payer.

– Et comment ça va pour toi, bonhomme ? demanda Laurent.

Le visage d'Enzo se ferma. Il afficha bientôt une dureté que Laurent n'attendait pas.

– Maman a dit qu'elle était très malade.

– Oui, je le sais, je suis désolé.

Enzo hocha la tête.

– Elle a dit que les docteurs allaient la soigner, mais moi je la crois pas.

– Et qu'est-ce que tu crois, toi ?

– Elle va être morte. Et elle sera plus là, comme papa.

Bon sang, y avait-il quelque chose qui tournait rond sur cette terre ? Qu'allait devenir ce petit gosse qui avait tout compris ? Et Alain ? Et Ali Benyoussef ? Et lui-même ? Il était cerné de drames, de cris, de peines inconsolables, de peurs. Désespérant. Il n'arrivait pas à croire qu'on le force à quitter le navire.

– Tu vas venir nous voir, docteur ? supplia Enzo.

Son cœur se pinça. Il ne savait pas comment, mais il fallait qu'il revienne tôt ou tard aider les Bianchi. Tous ses patients, il était incapable de les abandonner.

– Oui, je vais bientôt m'occuper de ta maman et de vous trois. En attendant, il faut que tu sois fort, parce que c'est toi l'homme, d'accord ?

Enzo se redressa. Laurent connaissait bien ce sentiment. Dans son enfance, quand tout s'était effondré, qu'il n'y avait rien à comprendre, le seul réconfort, c'était d'agir. Lui aussi devait être fort. D'abord retourner voir Ali Benyoussef, ensuite se débarrasser des vigiles, et pour la suite il improviserait. Il raccompagna Enzo dans sa chambre en slalomant entre les journalistes et les patients dans le couloir, et se rendit vers la 60. Le vigile lui précisa qu'il l'attendrait à l'entrée de la zone sécurisée, délimitée par des draps chirurgicaux suspendus au plafond.

On joue les caïds, dit Laurent, mais face à une maladie inconnue et mortelle, il n'y a plus personne !

Au moment où il entra, Camille était en train de secouer le patient.

– Monsieur Benyoussef, restez avec moi ! Monsieur Benyoussef, est-ce que vous m'entendez ? répétait-elle, en panique.

Les yeux du malade étaient révulsés. Laurent accourut auprès de lui. Il prit son pouls, toucha son front. La fièvre le détruisait, sa tension était encore montée. Son état général empirait. Laurent palpa son abdomen, Ali Benyoussef hurla de toutes les forces qui lui restaient.

– On a réussi à lui faire passer la radio. Heureusement que Simone était là, précisa Camille.

– Alors ?

– Y en a deux, répondit l'interne en indiquant la grande enveloppe sur la table, qui contenait les résultats.

Laurent se frotta les paupières. Deux trous… Pas de bloc. Interdiction de rester à l'hôpital et tous les médicaments disponibles déjà utilisés à hautes doses. Un cauchemar.

Il sortit les clichés pour situer les perforations. Les deux se trouvaient sur l'estomac. Toutes les conditions étaient réunies pour que son état dégénère. Comment faire ? D'abord, soulager le patient. Ivre de rage, Laurent bouscula Camille et planta une piqûre de morphine dans le bras d'Ali Benyoussef. L'effet fut instantané. Le patient cessa de gémir, se rallongea et s'endormit. C'était déjà ça.

Laurent tournait autour du lit, concentré sur les options qui lui restaient en termes de traitement. Quelle molécule ? Quel dosage ? Camille traînait dans ses pattes, ça l'exaspérait. La colère montait, il n'arrivait pas à la réfréner. Son interne le suivait du regard, pleine d'espoir. Insupportable.

– Camille, j'ai besoin de me concentrer, là, laissez-moi avancer bon sang ! pesta-t-il.

Elle sursauta. Son expression se durcit.

– Parce que c'est moi qui vous empêche de vous concentrer ? siffla-t-elle.

C'était la première fois que la jeune femme s'affirmait avec autant d'aplomb. Laurent en resta interdit.

– Ça suffit maintenant ! Pour moi aussi, c'est dur.

Sa poitrine se soulevait de plus en plus vite. Sa mèche de cheveux était retombée sur ses yeux.

– Je suis là depuis le début, je fais tout ce que vous me demandez ! Vous pouvez pas me laisser en dehors maintenant ! Ce cas, il me fout la trouille ! Et je reste quand même, j'ai rien lâché !

Une lueur étrange éclairait son regard. De la peur et une détermination sans faille. Elle était sublime. Laurent était pétrifié par le trouble et l'envie qui s'étaient soudain emparés de lui. Ce n'était ni le moment ni l'endroit… Il était marié, il aimait sa femme… Mais elle était partie… Il était en train de tout perdre… Et Camille devant lui, si forte, si belle… Ses lèvres rouges gonflées de rage… Il imaginait ses formes sous sa blouse, ses mains dégraferaient les boutons d'un coup sec, ses lèvres contre les siennes. Camille saisirait ses cheveux, ses bras, son sexe avec violence… Il laissait ses désirs le parcourir en espérant que ça passerait. Mais plus le silence durait, plus les images se multipliaient. Elle était là, devant lui. Dans sa vie, tout s'effondrait, mais Camille était là… Il saisit son interne par la taille et l'attira à lui. Tout alla très vite. Ses lèvres collées aux siennes, sa main parcourant le dos de la jeune femme, il sentait son souffle chaud, sa peau douce et moite. Il ferma les yeux. Mais Camille se dégagea. La réalité s'abattit sur lui. L'interne, sous le choc, bredouilla des mots qu'il ne comprit pas. Une douche froide.

Qu'avait-il fait ? Comment avait-il pu se laisser aller ainsi ? Combien de temps ce baiser avait-il duré ? Une seconde ? Plusieurs minutes ? Il était incapable de le dire. Il avait honte. Il se sentait coupable… Il voulait expliquer, se justifier.

– Je… je suis désolé, Camille, fut tout ce qu'il parvint à dire.

Elle ne répondit pas.

– Je… je ne sais pas ce qui m'a pris, insista-t-il.

Camille finit par hocher la tête. Il ne savait pas ce que ça voulait dire, ni ce qu'elle pensait au fond.

– Bon, qu'est-ce qu'on lui donne ? enchaîna-t-elle en pointant Ali Benyoussef du menton.

Passer à autre chose. Oublier, si c'était possible. C'était sans doute mieux ainsi.

– Pro-Dafalgan en perfusion.

– Et pour l'opération, comment on fait ? l'interrogea Camille.

Laurent soupira. Il fallait qu'il la mette au courant. Elle ne savait rien de ce qui l'attendait… Il lui demanda de s'asseoir, il avait quelque chose d'important à lui dire.

– Non, je préfère rester debout, se méfia-t-elle.

Imaginait-elle qu'après l'avoir embrassée, il allait lui

déclarer sa flamme ? Se tenir prête à s'enfuir, près de la porte, ça la rassurait ! En d'autres circonstances, le ridicule de la situation aurait amusé Laurent, mais là, il n'avait même plus la force de rire. Il lui raconta l'essentiel de son rendez-vous avec Bernard, le vigile qui l'attendait à quelques mètres pour l'escorter à la sortie, son interdiction d'exercer jusqu'à nouvel ordre.

– C'est une blague ? Mais comment on va faire ? riposta Camille.

– Je sais pas encore, mais je vais trouver une solution…

– Moi, je peux pas gérer toute seule ! En plus Simone est débordée… Elle m'a dit qu'elle reviendrait, mais…

Elle suffoquait. Son assurance avait disparu. Elle se balançait d'une jambe sur l'autre comme une enfant.

– Camille, je vous promets que je vais trouver une solution. Vous n'êtes pas seule.

Il expliqua son intention : faire semblant de partir, et revenir en se cachant. Ensuite, il verrait. Il pouvait aménager la chambre près de la morgue en bloc de fortune par exemple. Aseptiser du sol au plafond avec des champs chirurgicaux. Le froid et l'aspect désert de l'endroit plaidaient en leur faveur. Faire passer Ali pour un autre patient ? Avec une charlotte chirurgicale et des couvertures remontées jusqu'au cou, ça irait peut-être… Il y avait plein de possibilités.

– Ça fait beaucoup de personnes à cacher, non ?

Camille avait raison.

– Et avec quel chirurgien ?

– Je ne sais pas encore…

Laurent pensa à Marc. Il aurait été le seul à le suivre dans cette galère. Son cœur se pinça.

– Je vous promets que je vais trouver quelque chose, finit-il par répondre.

Elle n'avait pas l'air rassurée pour autant.

– Bon, j'y vais. Pro-Dafalgan et s'il a trop mal, vous renouvelez la morphine en attendant que j'arrive. Allez expliquer la situation à Simone pendant qu'il dort encore, elle dégagera du temps pour vous.

– D'accord.

– Je reviens dès que possible, par tous les moyens.

Camille hocha la tête. Laurent hésita à la serrer dans ses bras, mais vu ce qui s'était passé, il se contenta d'un bref salut de la main, que Camille lui rendit. Il jeta un dernier coup d'œil au patient, puis ferma la porte.

– Vous en avez mis du temps ! lui reprocha le vigile derrière le drap qui faisait office de rideau.

Laurent réussit à convaincre le colosse de l'accompagner au vestiaire pour qu'il récupère ses affaires. Il saisit son manteau en vitesse, ses clefs de voiture, et laissa tout le reste dans le casier. Il n'arrivait pas à se faire à l'idée qu'il ne reviendrait pas. Sans prononcer un mot, le vigile l'accompagna jusqu'à la sortie. Dès que Laurent eut mis le pied dehors, il l'entendit dire :

– Et qu'on te revoie plus dans les parages !

Le caïd souriait, fier de lui. Misérable.

14 h 30. Devant l'hôpital, la tempête de neige faisait rage. Les flocons s'abattaient sur son visage comme des

gifles. Laurent avait l'impression d'être seul face aux éléments. Il devait livrer le combat de sa vie et il ne savait pas encore avec quelles armes. Ses adversaires étaient plus puissants, plus nombreux. Il baissa la tête. Ses chaussures étaient recouvertes d'un épais manteau blanc. À l'intérieur, ses orteils ne lui obéissaient plus, congelés par le froid. Sur le coup, en entendant prononcer son exclusion, il n'avait pensé qu'à Ali Benyoussef, à la menace que son absence représentait pour son patient. Mais à présent, il prenait la mesure de cette décision, tout ce qu'elle impliquait pour lui. Toutes ces années passées au service de la médecine, à respecter les avis de ses supérieurs, même quand il était contre, ses sacrifices pour que Saint-Louis devienne une référence, que le service de médecine interne soit le mieux considéré dans le pays. Jamais il n'avait ménagé sa peine… Et voilà qu'il se retrouvait face au bâtiment, jeté comme un chien.

Comme un noyé, il voyait sa vie défiler par flashs. Des instantanés. Chaque souvenir provoquait des brûlures d'estomac. Il était arrivé en retard à la naissance de Julia. Nathalie était déjà entrée en salle de travail, sa tension commençait à chuter… Il avait accouru, débraillé. Elle avait perdu les eaux avec deux jours d'avance. Il était au bloc, impossible de le joindre. Il avait failli manquer l'apparition du bébé. Il n'avait pas assisté aux premiers pas de sa fille ni à la perte de sa première dent. Quand elle avait dit : « Papa » la première fois, c'était face à une photo où il la tenait dans ses bras, lui était avec ses patients… Tous ces mariages auxquels il n'avait pas pu aller où dont il avait dû partir en catastrophe… Ces anniversaires, ces fêtes de famille… La médecine était toujours passée en premier, parce que rien n'était plus important que la bataille contre la mort… Il s'était arrangé avec sa culpabilité, avait marchandé avec la peine qu'il causait à ses proches, avait accepté le nombre d'amis qui diminuait. Et tout ça pour quoi ? En un rien de temps, tout avait été balayé. Effacés, les efforts, la dévotion. Il regardait Saint-Louis disparaître sous la neige, parfaite métaphore de ce qu'il vivait. Un rêve enfoui, mais qui continuait de piquer. Comment émerger ? Comment se sortir de là ? Sa vie en dépendait. Il ne pensait plus au risque d'être peut-être contaminé par Ali Benyoussef, non, c'était la légitimité de son existence, de ses choix dont il était question. S'il n'était pas médecin, sa vie n'avait plus de sens. S'il n'était pas médecin, alors son père était mort pour rien…

Les années avaient beau s'écouler, il se sentait toujours aussi insupportablement coupable. Et s'il avait dîné avec son père comme c'était prévu le soir de son attaque ? S'il était rentré plus tôt ? S'il avait été plus aimant, plus présent ? S'il avait eu son bac la première fois et qu'il avait bien travaillé à l'école toutes ces années ? Ange aurait été confiant en l'avenir, malgré l'absence de sa femme. Il se serait senti moins seul, et il aurait peut-être moins souffert. Laurent n'avait pensé qu'à lui. Les copains, la guitare… Et son père avait été foudroyé.

En deux jours, son cœur, son corps avaient lâché. Après, Laurent avait réalisé les rêves de son père. Il avait réussi, n'avait jamais baissé les bras. Cette carrière de médecin que son père avait imaginée pour lui, il l'avait construite brique après brique. Le seul pansement pour atténuer la douleur de sa disparition. Un spasme le parcourut. Cette idée lui était insoutenable. Il se réfugia sous un abribus et observa la façade de Saint-Louis.

Chaque fois qu'il souffrait de l'absence de ses parents, être médecin le rassurait. Jamais son père et sa mère ne connaîtraient Julia ni le petit à venir. Jamais ils ne rencontreraient Nathalie. On ne leur avait pas laissé le temps de devenir grands-parents. Ils n'auraient jamais droit à un dîner en famille, à un câlin de leurs petits-enfants. Et Laurent se sentait incapable d'être heureux. Le bonheur n'était pas pour lui. Comment aurait-il pu y avoir droit quand ses parents n'étaient plus là pour y assister ? Mais être médecin, c'était un lien qui avait commencé avant leur mort, il n'avait fait que le prolonger. Être médecin, c'était tout ce qui le reliait à eux. Le fil conducteur, le rêve. Quelque chose qu'ils avaient partagé. Et Bernard voulait le priver de ça aussi.

Nouveau spasme. Il ne se laisserait pas faire. Non, il allait se battre face à l'injustice, il ne serait pas une victime, il serait un soldat. Mais pour échafauder son plan, il avait besoin de calme. Il descendit l'avenue Claude-Vellefaux et progressa dans l'avenue Parmentier jusqu'à une cabine téléphonique. La porte était difficile à ouvrir, bloquée par la neige. Il donna des coups de pied et finit par réussir à entrer. À l'abri, il observait la tempête s'agiter à travers les vitres, les bourrasques emportaient des sacs en plastique, les parapluies des passants. Il était encore tôt, pourtant le ciel était gris, on aurait dit que la nuit allait tomber d'un moment à l'autre. Lunaire.

Il chercha des pièces dans ses poches de pantalon. Les

doigts engourdis par le froid, il souffla dessus. En vain. Ils étaient violacés, crispés. Laurent mit son pouce et son index droits dans sa bouche pour les réchauffer. Quand il les ressortit, ils avaient retrouvé une couleur acceptable. Il introduisit une pièce dans la fente et attendit. Une sonnerie. Deux. Trois. Faites qu'il décroche, se répétait-il. Quatre sonneries. Il n'en pouvait plus. Cinq. Six…

– Allô ? dit une voix au bout du fil.

Laurent n'y croyait tellement plus qu'il mit du temps à comprendre que quelqu'un lui avait parlé.

– Monsieur Lecat ?

– Lui-même !

Une voix grave résonnait dans le combiné. Le genre de voix qu'on entendait dans les westerns. C'était bête, mais Laurent se sentit aussitôt rassuré.

– Bonjour, je suis Laurent Valensi, de l'hôpital Saint-Louis…

– Le Valensi de médecine interne ? le coupa Lecat.

– Oui…

– J'ai eu Mme Moraes au téléphone. Et je pense qu'on a des choses à se raconter…

Laurent était soulagé de ne pas avoir à s'expliquer davantage. Gabriella ne s'était pas contentée de lui donner un numéro, elle avait préparé le terrain.

– Il me semble aussi…

– Rencontrons-nous. Vous avez un peu de temps, là ?

Du temps, il en avait…

– Oui, je suis disponible. Je peux venir vous voir à Cochin ?

– Non, je préfère pas. Closerie des lilas dans trente minutes ? On sera tranquilles.

– D'accord.

Laurent s'apprêta à raccrocher quand Lecat ajouta :

– Et bravo, jeune homme !

– Pourquoi ?

– Vous avez créé un sacré ramdam ! C'est bien.

– Je sais pas…, bredouilla Laurent.

– J'ai deux trois bricoles à finir et j'arrive, je suis en moto.

– D'accord. Et merci…

– Me remerciez pas. On fait notre métier ! Ce sont eux les tarés.

Il raccrocha.

Ils n'avaient échangé que quelques phrases succinctes, pourtant Laurent avait compris que cette rencontre serait essentielle, il le sentait. Arthur Lecat avait une aisance, une précision, une mesure dans le choix de ses mots et le ton qu'il employait. Laurent était pressé de voir à quoi il ressemblait et d'écouter son histoire.

44.

Laurent s'assit sur une banquette au fond, face au piano. Idéal pour observer la salle. Un serveur déposa un menu devant lui.

– Je vais prendre un thé, répondit Laurent. Un Earl Grey.

Il avait encore froid d'être si longtemps resté dehors. Il avait besoin de se réchauffer avant l'arrivée d'Arthur Lecat.

Quelques minutes plus tard, un homme s'approcha de lui et lui tendit la main.

– Laurent Valensi ?

– Oui.

– Arthur Lecat.

Et il s'assit face à lui.

Grand, mince, plutôt athlétique, il avait un visage jovial, mais ses yeux étaient tristes et tombaient un peu sur les côtés.

Le serveur s'approcha.

– Bonjour, docteur Lecat, vous allez bien ?

D'autres le saluèrent. C'était un habitué des lieux.

Il commanda un jus de fruits et une omelette avec du riz. Ce n'était pas sur la carte, mais le serveur ne fit aucune remarque.

– Il me faut des forces ! précisa Lecat à Laurent qui ne comprenait pas. Je m'entraîne ce soir…

Il expliqua qu'il pratiquait le karaté à un haut niveau. Jeune, il s'était consacré des années à l'athlétisme, remportant plusieurs marathons régionaux. La vingtaine atteinte, il avait eu besoin de trouver plus de sérénité. Il avait intégré la faculté de médecine, et s'était évertué à renforcer son moral et sa « capacité d'acceptation », selon ses termes.

– Dans l'athlétisme, c'est avant tout une lutte pour la performance. On a un objectif, on est lié au temps, c'est une vision très concrète des choses, fondée sur la maîtrise… Ça n'allait pas avec la médecine. J'avais besoin de vivre avec l'absurde.

Il apprit à Laurent qu'en japonais *kara* signifie le « vide ».

– Il faut le comprendre dans le sens bouddhique de vacuité. Et *té* c'est la « main ». L'art du karaté, c'est littéralement une technique où le corps joue de la vacuité. Incroyable, non ?

Laurent observait Lecat, médusé. Il ne s'était jamais intéressé au sport ni aux arts martiaux. Lecat en parlait avec une telle profondeur que Laurent comprenait que derrière l'effort physique se cachait une véritable spiritualité. C'était cette spiritualité qui habitait le médecin et lui conférait une telle aura.

– Certains traduisent ça par « voie des techniques sans

armes ». Autrement dit, comment ne compter que sur soi-même… Pas mal, non ?

Laurent sourit. Pour sûr, très adapté à la vie qu'il menait.

– Et vous trouvez le temps de vous entraîner souvent ?

– Tous les deux jours.

De surprise, Laurent écarquilla les yeux.

– Mais comment vous faites ?

– Tout n'est toujours qu'une somme de décisions et de choix.

Le serveur apporta son plat.

– Je leur ai demandé de vous faire du riz complet, docteur, et sans beurre, annonça-t-il.

– Merci, Valentin, répondit Lecat.

Il avala une première bouchée, concentré sur chaque mouvement qu'effectuait sa bouche.

– Comment vous êtes-vous rendu compte que votre patient avait un LAV ? demanda-t-il brusquement.

– Le diagnostic différentiel. Trop de choses qui, ensemble, ne pouvaient aboutir qu'à ça… Ou à un hasard malchanceux incroyable…

– Le LAV est un hasard malchanceux… Comme toutes les maladies… Gabriella Moraes m'a brièvement dit ce qui s'était passé, et j'ai cru comprendre que tous les deux, vous aviez décidé de réveiller les foules ! Mais j'aimerais en savoir plus.

Laurent raconta toute l'histoire. De sa découverte des analyses deux jours avant à son exclusion par Bernard une heure plus tôt.

– Et si on l'opère pas le plus vite possible, il sera mort demain…

– Je vois, répondit Lecat, songeur, en s'essuyant la bouche avec sa serviette.

Il posa ses mains sur la table et plongea son regard dans celui de Laurent.

– Il faut savoir que vous ne sortirez pas indemne de cette histoire, même quand vous aurez retrouvé votre poste, parce que vous le retrouverez.

– Comment vous le savez ?

– Appelez ça le « karma », l'« équilibre »… Tôt ou tard, les choses rentrent dans l'ordre.

C'était étrange, Laurent sentait qu'Arthur Lecat avait raison. Une telle sagesse émanait de lui qu'il était difficile de ne pas le croire. Malgré tout, une petite voix lui soufflait que la catastrophe ne le lâcherait pas de sitôt. Dans sa tête, c'était la confusion totale.

– Mais vous, qu'est-ce qui s'est passé pour vous ? demanda-t-il.

– Il s'est passé que ma vie a changé. Ma conscience s'est élargie. Une étape qui n'était pas dénuée de souffrance, mais qui m'a fait grandir.

Arthur Lecat se racla la gorge, but une nouvelle gorgée de jus de pamplemousse et se lança.

Anesthésiste-réanimateur à Cochin depuis une douzaine d'années, il avait vu de tout, des grandes joies, de terribles malheurs, mais rien ne l'avait préparé à Pavel Kowalka.

– C'était un jeune architecte. Il était parti de Pologne à quinze ans pour s'installer à Paris, une ville qui le faisait rêver. Et puis surtout, la cohabitation avec son père était devenue trop difficile. Le genre de Polak pour qui avoir un fils qui aime les hommes n'est pas acceptable… Je vous passe les brimades, le harcèlement… Bref, Pavel était venu en France sans un sou, mais plein d'espoirs. Il parlait un français impeccable, impossible de déceler qu'il n'était pas d'ici. Pavel était sans hésitation la personne la plus brillante qu'il m'ait été donné de rencontrer.

Ses yeux s'illuminaient dès qu'il prononçait ce nom. Lecat avait beau s'entraîner pour accepter le vide et faire avec, la blessure que Pavel Kowalka avait laissée n'avait pas disparu pour autant.

– Je n'avais jamais vraiment sympathisé avec un patient. En réa, le contact est assez limité…

Il se mit à tousser. Cette histoire lui restait visiblement en travers de la gorge.

– Pavel est resté incroyablement digne. Son mari, enfin, je sais que les homos ne peuvent pas se marier, mais pour ces deux-là, à part le contrat, c'était tout comme… Bref, Vincent et lui ont affronté tout ça avec un courage bluffant.

– Mais qu'est-ce qu'il a eu ?

Lecat eut un petit rictus, et se débarrassa de quelques peluches de laine qui avaient bouloché sur son pull. Il avait l'air de se concentrer pour être le plus clair possible. D'un ton chirurgical, il exposa en détail les stades de la maladie de Pavel Kowalka.

Il était venu à l'hôpital pour une simple hernie mais, malgré les traitements, son état s'aggravait au lieu de s'améliorer. C'était incompréhensible. On avait vérifié la pathologie. Rien ne poussait sur les cultures. Puis Pavel Kowalka avait eu un malaise.

– J'ai pensé à une infection, mais mes supérieurs n'y croyaient pas.

Lecat s'était retrouvé seul, perdu face au champ des possibles.

– Avec un de mes confrères, on a fait pratiquer tous les tests possibles et imaginables. Pendant des jours, j'ai retourné les données dans tous les sens, je suis allé de service en service pour obtenir les avis des pontes. Rien ne collait jamais vraiment. Et puis, j'ai compris que je passais à côté de quelque chose.

Il y avait des levures dans ses urines. Lecat avait alors fait pratiquer une analyse d'échantillons de tissus.

– On a trouvé une infection à cryptocoque. Je sais pas pourquoi, c'est là que j'ai eu la conviction que c'était un cancer homosexuel. Pourtant à ce moment-là je ne savais pas grand-chose de la vie du patient. C'est après que j'ai appris à le connaître.

– Cancer homosexuel ? tiqua Laurent.

– Eh oui, docteur Valensi, c'était il y a un an, à ce moment-là on ne savait pas que c'était un virus !

– Ah oui, pardon…

– Cette maladie, c'est l'échec de la profession… On n'est même pas capables de l'identifier…

Laurent hocha la tête. Depuis deux jours, cette conclusion le dévastait aussi.

– Et qu'est-ce qui s'est passé après ?

– Pavel a paniqué. Il est parti contre avis médical, et c'était fini.

– C'est tout ?

– À ce moment-là...

Lecat touilla son jus de pamplemousse. Toute la pulpe était remontée à la surface. Puis il but une nouvelle gorgée.

– Il est revenu cinq mois plus tard, couvert de Kaposi. Il avait beaucoup maigri. Il était très faible...

Lecat l'avait aussitôt conduit en radiologie pour lui faire faire une échographie. Le patient souffrait d'une invagination intestinale.

– J'avais jamais vu ça chez un adulte !

– Moi non plus, s'étonna Laurent.

– C'était à cause des Kaposi... Ceux qui font le plus de dégâts sont les internes, pas ceux en surface...

Il avait raison, les Kaposi s'attaquaient à tous les tissus.

– L'intestin s'était complètement enroulé sur lui-même. Il fallait à tout prix l'opérer. Et pour la première fois de ma vie, je me suis senti vraiment inutile... C'était insupportable.

Lecat raconta que personne dans le service ne voulait opérer. Tous avaient peur du LAV.

– Soit je m'en occupais, soit Pavel rentrait mourir chez lui.

– Et alors ?

– Alors on peut dire que je me suis littéralement battu pour Pavel Kowalka.

– Battu ?

Lecat afficha un sourire incrédule.

– Les arts martiaux, ça apprend la sérénité, mais aussi à se défendre quand on vous emmerde !

Il évoqua alors les menaces dont il avait été l'objet, des semaines durant. Le chef de service de Cochin refusait de prendre le risque d'infecter son personnel. Non par humanisme, mais pour des questions d'assurance et de manque de budget pour remplacer les employés qui tomberaient malades. Lecat avait essayé de traiter Pavel sans le dire, mais un de ses collègues l'avait surpris et dénoncé. Il lui avait réglé son compte.

– *Mano a mano !*, précisa le médecin de Cochin.

– Et vos supérieurs, comment ils ont réagi ?

– Au début, comme des lâches... Très peu de non clairs, mais j'avais jamais vu autant de personnes débordées et « pas dispo avant deux semaines », dit-il en dessinant dans l'air des guillemets. Autrement dit, quand le patient serait mort...

Lecat expliqua à quel point certains de ses anciens collègues l'avaient écœuré à ce moment-là. Depuis, il ne leur adressait plus la parole.

– La direction a voulu me virer. Là, je leur ai dit que s'ils faisaient ça, je les dénoncerais au conseil de l'Ordre et à la presse.

– Et ça a marché ?

– Ils m'ont laissé soigner Pavel en échange d'une garantie de silence. J'ai cédé.

Laurent n'en revenait pas de toutes ces similitudes avec le cas Ali Benyoussef. Il se demandait dans combien d'hôpitaux français cette situation avait pu se produire. Combien de médecins avaient tenu tête pour exercer leur métier en dépit des menaces ?

– Et vous avez opéré ?

– Oui, mais ça n'a pas été simple… Entre-temps, on avait compris que c'était un virus. Pavel ne voulait plus qu'on le suive. Il était complètement découragé. C'est là qu'on a sympathisé. Enfin, sympathisé… vous m'avez compris. C'est un patient qui a compté.

– Je vois…

– Vincent m'a aidé. Il a même fait venir sa mère de Pologne. Ses sœurs. Il n'avait pas eu une vie facile, mais Pavel était quelqu'un qu'on ne pouvait qu'aimer… Il a fini par accepter d'être soigné, pour eux tous.

Lecat faisait glisser sa main sur la table, de plus en plus nerveux. Soudain, il frappa de sa paume la banquette.

– Mais il n'a pas survécu. Infection pulmonaire deux semaines plus tard. Et c'était fini.

Il fit signe au serveur de venir.

– Je voudrais bien un verre d'eau et l'addition s'il vous plaît.

– Bien sûr, docteur Lecat.

Cette histoire restait très douloureuse. Ses gestes le trahissaient.

– Et vous ? demanda Laurent.

– Moi ? s'étonna Lecat.

– Est-ce que vous… enfin…

– Vous voulez savoir si j'ai eu peur ?

– Oui.

– J'ai jamais autant chié dans mon froc !

Dans toute sa carrière, Arthur Lecat avait souvent été confronté à des virus mortels et il savait à quoi s'attendre, il savait évaluer les risques… Pour le LAV, c'était le mystère. Ne rien savoir était le plus dur. Encore une fois,

Laurent avait l'impression que cet homme qu'il connaissait à peine mettait des mots sur ce que lui-même ressentait.

– Vous pensez que vous l'avez attrapé pendant l'opération ?

Il n'avait pas mis les formes mais Lecat n'était pas quelqu'un avec qui on s'embarrassait de manières inutiles.

– Aucune idée… Chaque jour je guette les symptômes. Pour l'instant, rien… Pareil pour l'équipe. Mais bon… on ne connaît pas la période d'incubation, alors…

Laurent hocha la tête. C'était désespérant.

– Du coup, je m'entraîne encore plus ! C'est ma façon de résister. Je veux donner toutes les chances à mon corps de faire front.

Lecat régla la note, laissant un généreux pourboire. Quelque chose semblait le préoccuper. Il hésita et finit par demander :

– Et ce cher Willot, il va mieux ?

Laurent se crispa. Lecat était-il un ami du professeur ? Cette rencontre était-elle un piège ?

– Il… enfin, vous le connaissez ?

Lecat sourit en se passant la langue sur les lèvres.

– Méfiez-vous de Bernard, c'est tout ce que j'ai à vous dire.

Le médecin de Cochin se leva de table. Laurent lui attrapa le bras.

– Comment ça ?

– C'est compliqué. Simplement éloignez-vous le plus possible de ce type.

Lecat ne pouvait tout de même pas lâcher ça et partir !

– S'il vous plaît, insista Laurent d'une voix ferme.

Il ne demandait pas, il exigeait. Lecat en avait trop dit pour se taire maintenant. Il soupira avant de se rasseoir.

– Il y a quelques mois, j'ai reçu un appel d'un certain professeur Willot. Il était dans un sale état…

– Willot vous a contacté ?

– Oui, quand votre fameux patient s'est présenté à l'hôpital. Comme vous, il voulait en savoir plus, et ses recherches l'ont mené à moi…

Laurent n'en revenait pas.

– Je peux pas tout vous dire, mais vous travaillez pour un vrai salaud.

– Willot ?

– Non, Bernard.

– Pourquoi ?

– Quand on en arrive à faire chanter un type en le menaçant de ne plus jamais revoir son fils malade, et tout ça pour s'en mettre plein les poches, on n'est pas franchement quelqu'un de recommandable…

– Je comprends pas…

Lecat soupira en fermant les yeux.

– Laurent, il faut me promettre de ne rien répéter de ce que je vais vous révéler.

– Je vous le promets.

Lecat hocha la tête en fixant Laurent droit dans les yeux. Son regard avait soudain une profondeur incroyable.

– Willot voulait soigner Benyoussef et Bernard ne voulait pas… Il a menacé Willot de le dénoncer à la police pour mauvais traitements envers son fils. Soi-disant, il pouvait fabriquer des preuves grâce à un institut dont j'ai oublié le nom.

– Marie-Thérèse ?

– Voilà.

– Mais pourquoi ? demanda Laurent.

– Willot ne comprenait pas cet acharnement, alors il a enquêté et trouvé des trucs pas nets dans la comptabilité du patron, des labos en Afrique qui faisaient des tests sur le LAV ou je ne sais plus trop quoi… Je n'ai pas voulu qu'il m'en raconte plus, je ne voulais pas être mêlé à ça.

Laurent était abasourdi. C'était encore pire que ce qu'il avait compris grâce à Luc. Willot n'avait pas eu la force de résister face à Bernard, cela faisait-il de lui un salaud ? Un peu moins sûrement… Un sentiment de pitié le traversa. Que faire de cette information ? Faire comprendre à Willot qu'il était au courant ? Lui proposer de se joindre à son équipe pour soigner Ali Benyoussef ? Il rejeta aussitôt cette idée. Willot était tout sauf un ami ou un collègue sur qui on pouvait compter… Il s'était fait avoir par Bernard, mais ça n'effaçait pas tout le reste.

– Arthur, pensez-vous que Bernard puisse être dangereux ?

Lecat grimaça. Ce qu'il venait de raconter en témoignait…

– Je veux dire, pensez-vous qu'il puisse aller jusqu'à tuer quelqu'un ?

Lecat eut un mouvement de recul. Laurent songeait à Marc. La cage d'escalier, la chute de son ami…

– Je n'en sais rien. Mais je pense que cet homme est capable du pire s'il se sent menacé.

Laurent avait sa réponse. Il ne savait pas encore comment, mais il prouverait la culpabilité de cette ordure.

Arthur Lecat interrompit sa réflexion. Il devait rentrer à Cochin. Il se leva de nouveau, enfila sa veste, prit son casque et se dirigea vers la porte. Laurent le suivit. Une fois dehors, Lecat souffla un moment. Il semblait avoir quelque chose à ajouter, sans savoir comment s'y prendre.

– Vous savez, c'était y a six mois… Depuis, j'ai eu le temps de repenser à tout ça…, finit-il par formuler. Je crois que cette maladie va être bien plus dévastatrice que ce qu'on imagine.

– En nombre de victimes ?

– Surtout en termes d'impact social. Cette saloperie va être un prétexte pour déverser les pires horreurs, justifier les opinions les plus dégueulasses… Et ça a déjà commencé.

Lecat précisa sa pensée. Pour lui, le LAV allait faire des ravages auprès des homosexuels. Selon lui, les voir mourir en masse ne suffirait pas, on allait être submergé par les préjugés.

– Avant que j'opère, mon patron a invoqué la Bible, se désola-t-il.

– La Bible ?

Lecat marqua un temps. Il fixait quelque chose au loin. Puis il finit par se tourner vers Laurent.

– Avant cette histoire, pédé ou pas, j'en avais rien à faire… Ce que les gens font dans leur lit ne me regarde pas. Personnellement, j'apprécierais pas qu'on me demande comment ça se passe le soir avec ma femme, alors je pense que pour eux, ça devrait être pareil. Mais y en a beaucoup qui voient cette maladie comme une punition, vous comprenez ? Un châtiment divin pour « punir les pédérastes de leur infamie »... Je vous jure que j'ai déjà entendu ces mots exacts.

Lecat avait l'air en colère d'un coup.

– Tout ce que je sais, c'est que Pavel et Vincent, je les oublierai jamais.

Il raconta l'adorable couple qu'ils formaient, les délicates attentions qu'ils se portaient, encore quelques heures avant la mort de Pavel.

– Ils veulent nous faire croire qu'il y a quelque chose de sale dans cette maladie. Et ils vont y arriver, vous allez voir, parce que les gens adorent avoir une bonne raison de détester ceux qui sont pas comme eux.

Laurent ne savait pas quoi répondre. Lecat avait six mois d'avance sur lui, et ce qui n'en était qu'au stade de l'intuition chez lui avait déjà des allures de conclusion chez son collègue. Si Lecat avait raison, les années à venir seraient désastreuses.

– Mais il semblerait qu'il n'y ait pas que des homosexuels qui soient atteints..., avança Laurent.

Le cou d'Alain lui apparut et la boule dans son ventre revint.

– Je sais, oui, mais pour l'instant, c'est tout ce que les gens retiennent... Je vous le dis, la vraie plaie, c'est la haine de la différence. Et quand la peur s'en mêle, bonjour les ravages. Enfin... Il faut que j'y retourne. J'espère que ça vous éclaire un peu...

– Oui, merci beaucoup, docteur Lecat.

– Appelez-moi Arthur.

– D'accord, et moi Laurent.

– Et vous avez une idée de la façon dont vous allez vous y prendre pour votre patient ?

– J'ai une idée…

Pendant que Lecat racontait son histoire, Laurent avait eu une fulgurance. Comment n'y avait-il pas pensé plus tôt ? L'année passée, il avait réformé le fils d'un des pontes de Lagny, un hôpital de Seine-et-Marne. Le jeune Florian était en pleine préparation de l'internat. Il avait repoussé plusieurs fois la date de sa convocation à l'armée, et l'idée de perdre un an après tous ses efforts scolaires lui était insupportable. Laurent lui avait arrangé le coup, gagnant une reconnaissance éternelle du jeune et de son père. Demander un bloc libre semblait approprié. Il conduirait lui-même Ali Benyoussef à Lagny dans sa voiture, et sur place il se joindrait à l'équipe opératoire pour les guider. Restait plus qu'à demander…

– Bon, je suis là si vous avez besoin…

– Merci, Arthur.

45.

Laurent regagna sa voiture. Il resta un moment à l'intérieur, les mains sur le volant, sans pouvoir démarrer. Il repensait à leur conversation, essayait d'imaginer à quoi pouvait ressembler Pavel Kowalka. Vincent, son compagnon, présentait-il des signes de la maladie à présent ? Aussi désolant que cela puisse être, ce serait une preuve supplémentaire du mode de contamination du LAV. Il serait intéressant de le demander plus tard à Lecat. « Tout ce que les gens retiennent, c'est que ça touche les homosexuels », avait-il dit. « Un châtiment divin pour "punir les pédérastes de leur infamie" », avait-il ajouté. Serait-ce le cas ? L'opinion basculerait-elle vers tant de haine quand la maladie se déploierait ? C'était fort probable.

Lui-même n'avait-il jamais eu de préjugés ? Enfant, l'homosexualité l'effrayait. Un matin, il s'était demandé si trouver un homme beau signifiait « en être ». Et des hommes beaux, forts, élégants, il en voyait partout. Était-il normal ? Ou était-il un « sale pédé », comme il l'entendait parfois dire dans la cour de l'école ? Pire, comment l'avouer à son père si c'était le cas ? Plus personne de sa famille ne le fréquenterait… Dans toutes les bouches, il serait Rino le pédé. Son existence deviendrait un cauchemar.

Puis Laurent était tombé amoureux d'une fille, et d'une autre. Jamais il n'avait désiré un homme. Il était ce qu'on attendait de lui. Ali Benyoussef, Pavel et tant d'autres n'avaient pas connu ce « soulagement ». À présent, le LAV les menaçait, et certains trouveraient que ce n'était que justice… Lecat avait raison, cette maladie irait plus loin qu'une simple épidémie. Il y avait un enjeu social, humain. Laurent doutait d'en être à la hauteur.

Il démarra. Il ne savait pas où aller mais l'immobilité lui était devenue insupportable. Il songea à une phrase que le docteur David disait souvent quand il se plaignait : « Tu veux que les choses bougent ? Alors bouge ! Va marcher, remue-toi ! Le reste suivra. » Il passa devant une cabine téléphonique et pila.

Il composa le numéro de l'épicier. Il avait besoin de lui parler. Quelle que soit la course, le vieil homme avait toujours été avec lui sur la ligne de départ.

– Rino ? Mais où es-tu ? Camille est venue me voir affolée ! Qu'est-ce que c'est que cette histoire d'exclusion ?

– Bernard… On a été un peu naïfs de croire qu'il se laisserait faire… Mais c'est pas grave.

– Comment ça, c'est pas grave ?

– Il n'aura pas gain de cause. Chaque chose en son temps. Là, il faut s'occuper d'Ali Benyoussef.

– Et comment ?

Laurent lui expliqua son idée de contacter Florian pour obtenir un bloc à Lagny.

– À Lagny ? s'étonna le docteur David. Mais comment tu comptes l'emmener là-bas ?

– Dans ma voiture.

– T'es dingue ! C'est à presque une heure de route ! Dans l'état où il est, il tiendra pas jusque là-bas…

Laurent avait négligé ce détail. Ali Benyoussef n'était pas transportable dans n'importe quelles conditions. Il était trop faible pour un si long trajet… Le docteur David avait raison. Mais que faire d'autre ? Laurent n'était même pas sûr d'obtenir ce bloc, et pourtant c'était sa seule option.

– On verra bien, finit-il par répondre sèchement.

Il en avait assez ! Chaque fois que la situation s'arrangeait, un nouveau problème émergeait.

– Rino, fils, faut que tu arrêtes…

– Arrêter quoi ?

– De te mettre dans des états pareils.

– Je suis en train de perdre un patient ! Tout le monde me met des bâtons dans les roues. Dès que j'ai une idée, on me la fout en l'air !

Le docteur David fit claquer sa langue. Un tic annonçant qu'il avait quelque chose d'important à dire.

– Rino, tu dois te débarrasser de cette culpabilité. C'est pas un bon moteur.

– Mais de quoi vous me parlez là ! J'ai pas besoin d'un psy, j'ai besoin d'un bloc !

– Tu n'es pas médecin parce que tu le dois à qui que ce soit, tu comprends ? Tu n'as pas de dette à rembourser, tu es médecin pour toi-même. Tu as le droit de renoncer, d'échouer, de penser à toi. Mais si tu y vas, fais-le pour de bonnes raisons.

Laurent ne comprenait pas ce que le docteur David voulait dire. Comment voulait-il qu'il soit médecin pour lui-même ? Ce n'était pas lui qui était en train d'agoniser… Qu'est-ce que David attendait de lui ? Qu'il rentre à la maison regarder un film ?

– Bon, je vais vous laisser, conclut-il.

– Rino, tu es un bon garçon et tu l'as toujours été. Ce que tu fais, ce sera bien.

– Ouais… Bon… À plus tard.

Il raccrocha. Il était sonné. Cet échange l'avait touché, mais il ne savait pas pourquoi. Il saisit le combiné et donna un coup sur le socle du téléphone. Il était à vif. Tout ce qui lui parvenait de l'extérieur l'agressait.

16 heures. Déterminé, il appela Florian Charel. Depuis qu'il avait été réformé, il exerçait dans le service de chirurgie de son père à Lagny. Une voix de femme décrocha. Laurent se présenta et demanda à parler à Florian.

– Le docteur Charel est en consultation pour l'instant…

– C'est une urgence. Il me connaît. Pouvez-vous lui dire que je suis en ligne ?

– On m'a demandé de ne pas déranger les médecins quand ils sont avec un patient… Je fais ce qu'on me dit.

– Madame, vous risquez d'avoir de sérieux ennuis si M. Charel loupe cette urgence, croyez-moi. Plus que si vous le dérangez en train de soigner une appendicite ! menaça Laurent.

Au bout du fil, la standardiste était déstabilisée.

– Passez-le-moi, je vous assure que vous n'aurez aucun problème.

Elle céda. Quelques minutes plus tard, Florian prit l'appel.

– Oh, Laurent ! Comment vas-tu ?

– Salut, Florian. Désolé de te déranger, mais j'ai besoin de toi.

– T'as pas l'air d'aller, qu'est-ce qui t'arrive ?

– T'as pas entendu parler de ce qui se passe à Saint-Louis ?

– Non, pourquoi ? Je suis de garde depuis quarante-huit heures, j'ai pas arrêté…

Tant mieux. Laurent resta vague.

– Je sais que ce que je vais te demander va te paraître bizarre, mais j'ai besoin que tu me prêtes un bloc et que tu opères un de mes patients.

– Que j'opère un patient à toi ? Vous n'avez plus de chir à Saint-Louis ?

– Je sais que ça a l'air étrange, mais tu es mon unique solution…

– Mais… pourquoi tu le fais pas opérer chez vous ?

– C'est une longue histoire… Bernard m'a viré… Je t'expliquerai…

– Viré ?

– Oui, enfin, suspendu pour une durée indéterminée…

Florian ne disait plus rien.

– Écoute, j'ai cherché toute la journée, tu es mon seul espoir.

– Et personne d'autre ne peut l'opérer ?

– Non… C'est un cas spécial… Je le suis depuis le début. Soit je te l'amène et tu l'opères, soit il meurt.

– Laurent, je comprends pas…

– Je te promets de tout t'expliquer quand j'arrive. S'il te plaît, tu me dois bien ça…

– Bon… bon… Je vais voir ce que je peux faire, souffla Florian.

À en croire son intonation, il regrettait déjà de se retrouver dans cette situation.

– Merci beaucoup, Florian. Je te le revaudrai.

– Vous pourriez être là quand ?

– Dès que tu peux…

– Rappelle-moi d'ici une heure, je vais regarder les plannings.

Laurent se sentit plus léger. Si Florian s'était trouvé devant lui, il l'aurait serré dans ses bras.

Il repassa chez lui. Il fila dans la chambre de Julia et chercha ses déguisements dans l'armoire. Plusieurs fois ils s'étaient amusés à mettre des perruques et à jouer au prince et à la princesse. Pour entrer dans le service, il fallait qu'il se grime, sinon on l'intercepterait immédiatement. Il enfila un col roulé, une grosse écharpe, une perruque blonde qu'il noua en queue-de-cheval et retourna à Saint-Louis.

Il gara sa voiture à une centaine de mètres de l'hôpital. Dans le hall, il y avait encore un monde fou. Tant mieux. Il se fondit dans la masse. En médecine interne, il scanna le couloir du regard. C'était plus calme que lorsqu'il était parti. Un calme relatif. Les vigiles bloquaient encore l'accès à la chambre d'Ali Benyoussef. Ils ne l'avaient donc pas encore expulsé, c'était bon signe. Mais comment franchir cette barrière humaine ?

Il s'arrêta devant le bureau de Simone et lui fit signe à travers la vitre. Elle mit quelques secondes à le reconnaître. Amusée par son accoutrement, elle se dirigea vers lui.

– Qu'est-ce que vous faites comme ça ?

Il lui résuma en quelques phrases son échange avec Bernard.

– C'est dégueulasse, lâcha Simone.

– Oui… Mais le plus urgent, c'est le patient. Il faut que je puisse aller le voir pour lui expliquer ce qui l'attend et nos options.

– Comment allez-vous le faire opérer sans bloc et sans chir ?

Laurent lui exposa son plan. Simone lui opposa les mêmes arguments que David.

– Cela dit, c'est mieux que rien, conclut-elle.

– J'ai besoin de votre aide.

– Comment ?

– Je sais pas, attirez les vigiles ici, je me faufilerai…

Pas convaincue, Simone réfléchit un moment en se grattant la joue. Elle avait une toute petite verrue près de la tempe, qu'elle triturait chaque fois que le doute ou la colère l'envahissait.

– On ferait mieux de miser sur le culot, proposa-t-elle.

Laurent la regarda, intrigué.

– On y va ensemble. On met nos masques. Je dis que vous êtes un spécialiste de la désinfection, que vous êtes là pour évaluer les travaux qu'on devra faire quand le patient sera parti.

– Ils vont gober ça ?

– Si on fait les choses bien, oui…

Elle alla trouver Willot et lui expliqua qu'elle avait pris l'initiative de faire venir un expert de la désinfection, qu'elle avait besoin de son autorisation pour le faire rentrer. Willot, très perturbé par ce qui se passait, l'écoutait à peine, raconta-t-elle à Laurent quand elle ressortit, le papier en main. Ils se dirigèrent ensuite vers le local de ménage. Laurent enfila une blouse et un pantalon propres, ainsi qu'une coiffe et un masque chirurgicaux. Avec sa perruque, ça pouvait passer.

Ils se dirigèrent vers la 60. Ils aperçurent le vigile au loin, qui était sur ses gardes. L'autre devait faire une ronde à l'étage. Laurent transpirait beaucoup sous sa perruque. À ses côtés, Simone n'en menait pas large non plus.

– Bonjour, inspection d'hygiène, on doit évaluer les travaux de désinfection, dit-elle au sbire sur un ton tranchant.

Le type resta de marbre.

– Personne m'a prévenu, je peux pas le laisser entrer.

– Comment, on ne vous a pas prévenu ? Alors, à cause de votre incompétence, je vais perdre mon après-midi ? s'indigna Simone.

Laurent avait envie de rire. Elle était incroyable. Une teigne !

– Insupportable ! Faut tout faire soi-même ici !

– Désolé, madame…, se justifia le vigile.

– Écoutez, voici la demande du professeur Willot ! Vérifiez !

Le vigile se pencha sur l'autorisation. Simone tapait du pied pour signifier son impatience. Ou évacuer le stress...

– Faut que je demande à mon chef... Il va revenir bientôt...

– Vous croyez que j'ai le temps pour ça ? Vous avez vu l'état du service ? J'en ai jusque-là ! s'énerva-t-elle en passant sa main au-dessus de sa tête.

– Bon, bon... Allez-y, céda le vigile.

– Ah, quand même ! Merci, concéda Simone.

Et ils passèrent la barrière. Une fois derrière les rideaux, ils s'adossèrent au mur et se sourirent. Ils avaient eu chaud ! Ils n'en revenaient pas d'avoir réussi. Le soulagement disparut aussitôt qu'ils ouvrirent la porte.

Ali Benyoussef divaguait. Camille leva la tête vers Laurent et Simone et fronça les sourcils. Elle était blême. Laurent enleva sa perruque et son masque.

– C'était pour pouvoir entrer, se justifia-t-il.

– Il ne veut plus prendre de médicaments.

– Quoi ?

– Il veut qu'on le laisse mourir.

Laurent s'approcha du lit. Ali Benyoussef regardait dans le vide. Il priait.

– J'ai jamais prié tout seul, docteur, c'est drôle, hein..., dit-il à Laurent.

Laurent hocha la tête.

– Moi non plus.

– Faut arrêter maintenant. Vous avez été très gentil. Mais ça suffit…

– Vous ne pouvez pas baisser les bras, monsieur Benyoussef…

– Il n'y a rien à faire, vous le savez, je le sais. Autant passer à autre chose.

– L'opération va vous soulager. Vous ne souffrirez plus. Et qui sait, on peut trouver un traitement demain…

Il mentait. Bien sûr qu'on ne trouverait pas de traitement demain, Bernard le lui avait dit… Mais après-demain, peut-être ? Ça valait le coup d'essayer.

– Docteur Valensi, est-ce que vous m'avez vu ?

Laurent se raidit.

– Oui bien sûr…

– Non, vous m'avez ausculté, vous m'avez regardé, mais vous m'avez pas vu. On dirait un cadavre ambulant. Je peux pas faire de courses, acheter une baguette sans qu'on me dévisage ou que les gens s'éloignent. Je dois m'habiller au rayon enfants, plus aucun vêtement me va. C'est pas moi, ça… Quand je me vois dans la glace, c'est pas moi… Je n'ai plus d'amis, plus de famille, plus d'amour… Je veux pas que ça continue, vous comprenez ?

Laurent baissa la tête. Un silence pesant envahit la pièce tandis que Simone et Camille reculaient vers la porte.

– Non. Non, je comprends pas. Moi je me bats pour vous, alors vous aussi, battez-vous ! Les gens sont des cons ? Très bien, on le sait. Mais vous ne vivez pas pour eux. Laissez-moi vous soigner.

Ali Benyoussef ouvrit la bouche, mais ne dit rien

– Laissez-moi vous soigner, monsieur Benyoussef. Je suis là pour vous, me laissez pas.

Le patient esquissa un misérable sourire.

16 h 30. Camille partit faire le guet au bout du couloir. Elle devait aussi essayer de récolter quelques informations auprès des vigiles : qui se chargerait de déloger Ali Benyoussef, et surtout quand ? Pendant ce temps, Laurent remit sa perruque, son masque chirurgical et sortit aux côtés de Simone. Ils s'étaient donné rendez-vous tous les trois dans le local d'entretien.

– Ils n'ont pas voulu me dire quand ils allaient le reconduire dehors, mais c'est pour bientôt, précisa Camille.

– Comment on va faire ? demanda Simone.

– S'ils le renvoient chez lui, sans soins…

– On sait, Camille, la coupa Laurent. On doit éviter ça et le garder ici.

– Mais on leur a demandé, ils veulent rien entendre ! déplora Simone.

– Ils ne sont peut-être pas obligés de le savoir…, lança Camille.

Laurent leva la tête. Elle affichait un petit sourire en coin.

– Vous allez peut-être me prendre pour une folle, mais… si on le faisait passer pour mort ?

Simone ouvrit de grands yeux.

– On le met dans un sac mortuaire, on le descend à la morgue et on le fait attendre dans la petite chambre à côté.

– Mais ils vont s'en rendre compte…, objecta Simone.

– Pas si on va vite…, répondit Laurent. Il faudrait déclencher l'alarme, Simone, faire croire à un arrêt respiratoire. Vous arrivez avec le chariot de réa, et quelques minutes plus tard, vous le sortez. Ça peut marcher.

Camille hocha la tête.

– Bravo.

– Et après ? demanda Simone.

– On l'emmène au bloc.

– Dans le sac ?

– Non ! On l'en sort avant !

Ils éclatèrent de rire. Les nerfs lâchaient.

– Ensuite on prend ma voiture, et on part à Lagny.

– Mais… s'il fait vraiment un arrêt en chemin ? s'inquiéta soudain Camille.

– Alors on aura fait ce qu'on a pu.

Les filles approuvèrent.

– Je vais retourner dans la chambre préparer le patient et lui expliquer le plan, dit Camille.

– Oui, et surtout dites-lui qu'on le lâche pas.

– J'espère juste qu'il n'est pas trop superstitieux…

– Avec un Tunisien, vaut mieux pas trop espérer, plaisanta Laurent.

D'un coup, Camille sembla mal à l'aise.

– Vous allez très bien vous en sortir, la rassura Laurent.

– Et moi je vais dans le bureau des infirmières. Je prépare le chariot et j'attends ton signal, Camille.

– Parfait, je serai à l'épicerie de l'Hôpital. Quand vous êtes au sous-sol, vous m'appelez, conclut Laurent.

Il n'y avait plus qu'à espérer que ça marcherait.

46.

Laurent était confiant. Il restait encore beaucoup d'obstacles à franchir, mais il apercevait enfin le bout du tunnel. Pour la première fois depuis deux jours, le poids qui encombrait sa poitrine se fit plus léger. Il traversa la rue pour gagner l'épicerie de l'Hôpital, et il n'en crut pas ses yeux.

À l'intérieur, des flashs crépitaient, des micros dépassaient des étagères. Les journalistes avaient établi leur QG là. Désemparé, Laurent chercha des yeux le docteur David. Derrière la vitre, l'épicier lui fit signe de partir. Il ne fallait pas prendre le risque que les reporters le reconnaissent : ils l'avaient vu aux côtés de Gabriella Moraes… Mais où pouvait-il aller ? Son optimisme était retombé d'un coup. Il n'en revenait pas à quel point son équilibre ne tenait qu'à un fil.

Où aller sans trop s'éloigner ? Il n'avait pas le cœur à rentrer chez lui, dans son appartement en bataille. Il réfléchit un moment et avança tout droit dans la rue Saint-Maur. À quelques pas de son café habituel, son cœur se serra. Il repensa à l'homme en noir. Et puis à Marc. Il n'avait même pas pris le temps d'aller à son chevet aujourd'hui. C'était étrange, il commençait à penser à lui comme s'il était déjà mort. Comme un fantôme, Laurent sentait sa présence sans parvenir à s'en souvenir autrement qu'au passé. Un fantôme… Ce simple mot lui pinça le cœur. Il revit aussitôt la silhouette à la fenêtre, des années plus tôt, passage Charles-Dallery… C'était fou comme l'histoire se répétait.

Il devait avoir onze ans, c'était juste après les vacances de Pâques. Sa mère avait été hospitalisée pendant des semaines pour suivre un nouveau traitement. Chez les Valensi, le silence était de mise et leur père n'avait pas informé ses fils de son état. Laurent avait fini par penser qu'elle était morte. De toute façon, c'était ce qui devait arriver. Les vacances aidant, il ne pensait qu'au foot, le reste il verrait plus tard.

Un soir, alors qu'il s'apprêtait à remonter chez lui après un match, il avait vu une silhouette familière à la fenêtre lui faire signe. Il s'était figé. On aurait dit sa mère. L'espace d'un instant, il avait cru à un fantôme. Ce n'était pas possible ! Elle était morte depuis des jours ! Il avait frissonné. Au loin, le fantôme insistait pour qu'il le rejoigne. D'un pas tremblant, il était entré dans son immeuble. Jamais il n'avait mis tant de temps à gravir les trois étages qui le menaient vers son appartement. Il avait peur que d'autres fantômes ne surgissent. Le Babaou peut-être, ce monstre décrit par son père lorsqu'il n'était pas sage ? Le Babaou s'emparait des enfants désobéissants pendant leur sommeil et les pendait par les cils au plafond… Laurent scrutait aussi le sol pour vérifier qu'il n'y avait aucune empreinte en pied de poule, la marque des *jnoun*... Ces démons aux immenses pouvoirs hantaient les maisons. Ils pouvaient harceler des mois durant, apporter le malheur aux foyers et même tuer. Était-ce ça ? Avait-il vu un *jnoun* à sa fenêtre ? Était-ce à cause d'eux que sa mère était tombée malade ?

Devant la porte, il s'était mis à claquer des dents, ses mains étaient moites, au point que la poignée de la porte glissait entre ses doigts. Il avait envie de fuir, et pourtant quelque chose d'inexplicable l'attirait à l'intérieur. La porte s'était ouverte. D'un bond, il avait reculé. « Et alors, mon Rino, tu dis pas bonjour à maman ? » s'était étonnée sa mère. Elle était juste rentrée de l'hôpital. Son traitement était terminé. Elle l'avait serré dans ses bras, avait embrassé ses joues. « Tu as grandi, non ? » Laurent ne savait pas quoi répondre ni quoi faire. Il était pétrifié de honte. Il avait cru qu'elle était morte. Sans s'en faire plus que ça, il avait condamné sa mère, et continué de jouer avec ses copains. Un terrible sentiment de culpabilité l'avait envahi, qui avait persisté des semaines. Quelque part, il avait tué sa mère. Le *jnoun*, c'était peut-être lui ?

Quand il pensait à Marc, la superstition avait disparu, mais le même sentiment l'habitait. Il le pensait mort, alors que son cœur battait. Mais à la différence de sa mère, Marc ne reviendrait probablement pas chez lui. Cette vie n'en était pas une. Elle ne servait qu'à préparer ses proches à l'inéluctable.

Il entra dans le café Saint-Maur la gorge nouée, jeta un œil à la table du fond, où son ami n'était jamais arrivé. Le patron astiquait des verres derrière le bar.

– Bonjour… Voilà, je suis désolé de vous demander ça, mais je dois passer un coup de fil…

Le patron le toisa.

– Je suis médecin à côté…

– C'est sérieux ce qui se passe là-bas ? Ça a défilé toute la journée !

– Oui, il y a beaucoup d'agitation…

Laurent n'avait pas du tout le cœur à se lancer dans un exposé maintenant. Tout ce qu'il voulait, c'était le téléphone.

– Je suis tenu au secret médical, mais je pense que le journal en parlera d'ici peu…

Le patron parut soudain songeur.

– Et si on vous interroge, vous pourrez parler du café Saint-Maur ?

Laurent eut envie de rire. Il ne perdait pas le nord, celui-là ! Pas sûr que l'associer au LAV soit la meilleure des publicités, mais après tout, si c'était le prix à payer…

– Bien sûr, comptez sur moi, répondit-il.

Le patron, satisfait, indiqua à Laurent son téléphone derrière la caisse.

Florian mit du temps à répondre. Pas bon signe.

– Allô ? finit-il par dire, d'une voix distante.

– Salut, Florian, c'est moi.

– Ah, Laurent…

Il semblait gêné. Laurent sentit les battements de son cœur s'accélérer.

– Écoute… j'ai parlé à mon père…

C'était foutu. Laurent le comprit tout de suite. Il prit sa tête entre ses mains.

– Il a vu ce qui s'était passé à Saint-Louis… C'est pour le malade du LAV, c'est ça ?

– Oui… Enfin, du LAV suspecté…, répondit Laurent avec ironie.

– Mmm. Oui, mais tu vois… il n'est pas très pour… Je suis désolé… On n'est pas équipés ici, niveau mesures d'hygiène…

– Personne ne l'est, Florian.

– Oui, c'est sûr… Mais bon, à Paris, c'est toujours mieux qu'à Lagny…

– Sauf si on n'a pas de bloc à Paris…

– Je vois…

– Florian, mon patient va mourir si on ne l'opère pas…

– Je sais… J'ai vraiment essayé, je te jure. Je suis désolé.

– Ok, ok, déplora Laurent.

Sa main restait crispée sur le téléphone. Son plan venait de tomber à l'eau. À cette heure-ci, Camille et Simone devaient conduire Ali Benyoussef près de la morgue. Et elles devraient sûrement y rester plus longtemps que prévu… Le sol se dérobait sous ses pieds. Autour de lui, c'était le vide.

Le vide ? Sans savoir pourquoi, il repensa à Lecat et leur conversation. Le karaté ! C'était ça. Discipliner le vide, le faire sien… Un signe peut-être ? Il saisit le combiné et se ravisa aussitôt. Il était ridicule… Croire aux signes ! Et pourquoi pas à la magie tant qu'il y était ! Il avait peur d'essuyer un nouveau refus. Lecat était sa dernière chance de trouver un bloc. Sans son aide, Ali Benyoussef mourrait dans des circonstances horribles dont Laurent était en partie à l'origine et il devrait vivre avec cette responsabilité.

Il n'avait plus le temps de se poser des questions. Déterminé, il composa le numéro d'Arthur Lecat.

– Laurent ? C'est vous ?

– Oui… Arthur, je…

Il cherchait un bon moyen d'aborder le sujet, mais avec Lecat, inutile de tourner autour du pot, il préféra aller droit au but et lui déballa son idée.

– Laissez-moi deux heures.

– Très bien, je vous rappelle dans deux heures alors.

– Non ! Soyez à Cochin dans deux heures.

Laurent n'en revenait pas.

– Vous… vous êtes sûr ?

– Je vais pas vous laisser comme ça ! À partir de 19 heures, les blocs sont consacrés aux urgences… Vous en serez une ! Personne n'a besoin de savoir qui on soigne.

Arthur Lecat parlait d'une voix tranquille, comme si la situation était normale. Laurent en était ébahi.

– En revanche, je n'aurai ni chirurgien ni infirmière… J'assure l'anesthésie et le bloc, pour le reste c'est à vous de jouer. Je ne peux pas impliquer Cochin davantage…

– Je me débrouillerai, mentit Laurent.

– Mais vous, vous êtes préparé ?

– Comment ça ?

Lecat semblait soudain plus soucieux.

– Vous. Votre état d'esprit. Avez-vous conscience de ce qui vous attend ?

Laurent était trop paniqué pour comprendre ce qu'Arthur Lecat cherchait à lui dire.

– Laurent, il faut que vous ayez en tête qu'après cette opération, plus rien ne sera pareil. Vous allez devoir affronter la peur, la vraie. Vous allez découvrir les chairs de votre patient, son sang. On ne sait pas du tout si nos gestes les plus simples ne seront pas mortels. Là, vous êtes dans l'action, mais une fois votre patient sorti, vous serez face à vous-même.

Laurent se mit à trembler. Bien sûr, il avait songé à tout ça, mais il reléguait ces questions à plus tard, il refusait d'y faire vraiment face jusque-là.

– Je cherche pas à vous décourager. Mais je sais de quoi je parle. Cette peur, elle ne va plus vous lâcher. Dès que vous serez en contact avec vos proches, que vous parlerez à des gens dans la rue, au travail, dès que quelqu'un s'emparera d'un objet que vous aurez touché, ou que vous mangerez dans un restaurant, il n'y aura pas une journée où vous n'aurez pas peur de mourir ou de contaminer les autres.

– J'étais pas allé jusque-là…

– Je sais bien. Prenez le temps de vous préparer. Il faut être sûr. Complètement.

– D'accord…

– Allez, on se voit dans deux heures, entrée des urgences.

Laurent regarda sa montre. 17 heures. Deux heures à tenir avec cette nouvelle angoisse. À affronter ces questions qu'il avait jusque-là tenues à distance. Maintenant, il fallait y faire face. Soudain, il vacilla. Non, se reprit-il. Il devait trouver un chirurgien. Une idée folle lui traversa l'esprit.

Si on les démasquait, Laurent serait radié. Tout ce qu'il

avait construit, tout ce pour quoi il s'était battu depuis l'enfance s'effondrerait. Cette opération en valait-elle vraiment la peine ? Il était peut-être en train de foutre sa vie en l'air. Il allait vivre dans la terreur, tout ça pour quoi ? Pour sauver un mourant qui, de toute manière, ne vivrait pas un an de plus ! Il frissonna… Ces phrases étaient celles de Bernard. Devenait-il un salaud, lui aussi ?

Tant de gens comptaient sur lui. Le docteur David, Camille, Simone et maintenant Arthur Lecat. Il ne pouvait pas les décevoir… Et en même temps, que représentaient-ils par rapport à sa propre survie ? Il craignait d'attraper le LAV… Il avait peur d'être à la place d'Alain… Il dut se rattraper à l'étagère sur laquelle était posé le téléphone pour ne pas tomber. Il ne pouvait pas rester là. Il fallait prendre l'air, faire le vide. Il sortit en courant du café, saluant à peine le patron, et gagna sa voiture.

Tout était embrouillé dans son esprit. Il ne savait plus où aller, à qui parler. Il avait envie que le temps s'arrête. Ne plus exister pour quiconque. Tandis qu'il roulait, il aperçut un panneau qui indiquait le cimetière de la Villette. Il avait l'impression qu'un foyer lui ouvrait ses bras. Aller voir ses parents, c'était ce qu'il avait de mieux à faire.

47.

À Pantin, quelques réverbères éclairaient faiblement les allées désertes du cimetière. Laurent marcha jusqu'à la tombe de ses parents. Tant de fois il avait parcouru ce chemin… Après la mort de sa mère, son père les forçait à venir ici chaque semaine. À la différence des autres enfants, quand le vendredi arrivait, Laurent sentait une boule se former dans sa gorge. Il redoutait la journée du lendemain. Comme tous les samedis, son père les réveillait, lui et ses frères, à six heures du matin. Ils buvaient un café et filaient prier à la synagogue jusqu'à midi, parfois plus. Puis ils descendaient la rue de la Roquette jusqu'au métro Bastille. Ils étaient affamés, mais leur père refusait qu'ils avalent quoi que ce soit avant d'être allés saluer leur mère. Le ventre de Laurent gargouillait tant qu'il avait l'impression que les passants l'entendaient. Il avait soif, le chemin lui semblait interminable. Ligne 5, Bréguet-Sabin, Richard-Lenoir, Oberkampf, République… Il connaissait les stations par cœur, la couleur des bancs, la largeur des quais. À la porte de Pantin, ils attendaient le bus qui ne passait que tous les quarts d'heure. La faim s'intensifiait. Il se sentait faible. Il avait l'impression que jamais il ne parviendrait à atteindre la tombe de sa mère.

Au début, le cimetière lui faisait peur. Il avait du mal à imaginer que sous ses pieds, des milliers de morts reposaient. Toutes ces stèles, à perte de vue, indiquant qu'une personne au moins se trouvait là lui glaçaient le sang. Chaque fois qu'il passait devant une tombe, il observait les visages sur les photographies, lisait les épitaphes. Il restait penché vers eux à se demander s'il en connaissait certains, s'il les avait croisés un jour. Puis il calculait l'âge des défunts en soustrayant la date de leur mort à celle de leur naissance. Ensuite, il comptait le temps qu'il lui restait à vivre. En moyenne, dans la première allée de Pantin, les gens étaient morts autour de soixante ans. Il en avait presque treize, ça laissait un peu de temps… Mais en fait pas tant que ça. Treize, c'était proche de vingt et vingt, c'était le tiers de soixante… Le souffle lui manquait… Plus que deux tiers et c'en serait fini.

Quand ils arrivaient enfin devant la tombe de Marguerite, leur père sortait un mouchoir en tissu de sa poche et nettoyait la stèle. Longuement. Pendant que Laurent et ses frères cherchaient de beaux cailloux à déposer sur le granit gris et noir. Leur père leur avait dit que c'était pour montrer qu'on était attaché à elle… Comme s'ils avaient besoin de ça… Mais Laurent obéissait. Il fallait se rendre vers la barricade. Les cailloux des allées étaient trop petits. Plus loin, là où les passants n'allaient pas, ils étaient bien plus beaux, plus gros et plus propres aussi.

Leur père rangeait le mouchoir dans sa poche et

s'emparait du livre de prières qu'il avait caché dans un arbre. Le samedi, il refusait de porter quoi que ce soit. C'était sa façon à lui de respecter le shabbat. Même s'il connaissait les prières par cœur, il avait besoin de tenir son livre entre ses mains. Il l'avait recouvert d'un film plastique. Deux épaisseurs. Puis il l'avait rangé à nouveau dans trois sacs imperméables. Il avait repéré un arbre dans lequel il y avait une petite cavité et y avait glissé son précieux paquet, qu'il récupérait à chaque visite.

Solennel, il se dressait face à la tombe de sa femme et récitait le kaddish. Il ne respectait pas le rituel, mais peu importait, le sien balisait son quotidien. Ange racontait ensuite sa semaine et forçait Laurent et ses frères à en faire autant. Quand ils avaient été agités ou qu'ils avaient fait des bêtises, ils devaient aussi demander pardon à leur mère. Sinon ils déshonoraient une morte, ce qui était un péché très grave.

Il fallait ensuite observer plusieurs minutes de silence, puis ils pouvaient rentrer. Chaque semaine, le même calvaire. Qu'il pleuve à torrent, qu'il neige ou qu'il fasse 35 °C, le cimetière était devenu une étape obligatoire. À la maison, leur père leur servait la *dafina* qu'il avait essayé de cuisiner. Elle était immangeable. Il faisait beaucoup d'efforts pour continuer à offrir à ses fils les mêmes plats que sa femme, mais il n'avait pas son talent. Ça manquait de sel, d'épices, de cuisson, mais Laurent et ses frères se forçaient. Leur père avait déjà assez de peine comme ça, ils n'allaient pas en plus lui faire remarquer que sa bouffe était dégueulasse.

Aujourd'hui, Laurent ne reconnaissait pas le cimetière.

La neige avait enseveli les tombes. Dans l'obscurité, toutes les allées se ressemblaient. Était-ce l'allée des Peupliers ? Des Marronniers ? Il ne se souvenait plus. Il partit sur la droite, scruta chaque tombe. Celle de sa mère était située à un croisement, il y avait un grand chêne pas loin, celui du livre de prières. Son père avait été enterré aux côtés de sa Margot, et Laurent avait insisté pour qu'on glisse le livre dans le cercueil. Il ne voulait pas le laisser dans l'arbre, et le rapporter chez lui était au-dessus de ses forces. Pareil pour ses frères. Ils étaient convenus que sous terre était le meilleur endroit.

Mais il y avait tant de croisements. Quant aux grands arbres, ils bordaient les allées, il y en avait partout. Il revint sur ses pas, prit de l'autre côté. Jusqu'au bout, il scruta les tombes. Lorsque la neige masquait les noms, il frottait. Il n'avait pas de gants, ses mains étaient glacées, mais il continuait. Il revint de nouveau sur ses pas. Rien. Prendre l'allée parallèle ? Il regarda autour de lui. Partout, des tombes, et ses parents perdus au milieu.

Il essaya de rassembler ses pensées. Il avait tant de fois parcouru ce chemin pour venir voir sa mère. Il pouvait la retrouver les yeux fermés ! Il devait se concentrer.

Il repartit en direction de l'entrée principale, mais il lui restait encore plusieurs centaines de mètres à parcourir quand la neige se remit à tomber. Il grelottait, ses pieds lui faisaient mal. Il tenta de continuer ses recherches malgré les flocons, mais on ne voyait pas à trois mètres. Il se demandait même s'il avançait. Il essaya de se souvenir. Gauche puis droite et droite encore. C'était pénible. Un bras devant ses yeux, il fixait le sol pour se protéger. Le vent gonflait son manteau et un souffle d'air gelé s'infiltrait dans ses vêtements pour fouetter sa peau.

Il aperçut un grand chêne. C'était celui-là, il en était sûr. Il reconnaissait ses grandes branches, son tronc large, avec cette sorte de boule au milieu. Il courut droit devant lui, sans se soucier des bourrasques, et s'accroupit devant la tombe à côté. Ce n'était pas celle de ses parents. Il soupira, à bout.

La neige tombait de plus en plus fort. Il ne sentait plus ses mains, son visage était anesthésié. Il fallait qu'il s'abrite. Hors de question de rentrer maintenant. Il trouverait ses parents. Il fallait juste attendre que le temps se calme et il y verrait plus clair. Il y avait un tombeau pas loin. Laurent s'abrita sous l'auvent et s'assit sur le sol. Il se blottit en serrant ses genoux. Il était trempé. Il avait l'impression d'être devenu fou. Était-ce le bon cimetière ? Était-il bien à Pantin ? Il avait du mal à respirer. Ce qu'il avait sur le cœur était si lourd…

– Je suis désolé, papa, marmonna-t-il. J'aurais dû être là. Maman, tu me manques. Tu sais, Julia te ressemble un peu. Elle a ton regard et tes cheveux. Je voudrais tant que tu la connaisses… J'espère que vous êtes heureux là-haut ensemble. Papa, je voulais que tu saches que ce soir-là…

Sa voix se brisa et il éclata en sanglots.

– J'aurais dû te rendre fier de moi. Je suis désolé, papa. Je… je ne sais plus quoi faire. Est-ce que je dois y aller ce soir ? Qu'est-ce que je dois faire pour Alain ? Je suis perdu…

Il n'arrivait plus à se calmer. Toutes les larmes qu'il avait contenues jusqu'ici s'échappaient de ses yeux. Il ne reconnaissait pas sa propre voix tant ses sanglots étaient profonds. Il repensait à Alain, au Kaposi… Son frère recevrait-il le même traitement qu'Ali Benyoussef ? Devrait-il être caché dans une morgue lui aussi pour espérer être soigné ? Et Serge… Laurent ne voyait pas comment les choses pourraient s'arranger avec lui. Il se sentait si seul. Et ridicule aussi. À presque trente-cinq ans, il était là, recroquevillé devant un tombeau de gens qu'il ne connaissait pas, incapable de retrouver ses parents… Et il n'avait personne d'autre à qui se confier.

Absurde. Tout était bien trop absurde. Une bourrasque de neige emporta une branche d'arbre. Le ciel traduisait sa colère. Il rentra la tête dans ses genoux. Il avait tellement froid. Il ferma les yeux, et l'obscurité se fit autour de lui.

– Monsieur ! Monsieur, vous m'entendez ? Monsieur ?

Laurent vit quelqu'un penché au-dessus de lui. Il avait un chapeau et de grosses moustaches. Il tenait une lampe de poche allumée qui l'aveuglait.

– Monsieur ! Vous m'entendez ?

– Oui… Oui..

– Tenez, mettez ma veste.

– Mais où je suis ?

– À Pantin, au cimetière ! s'étonna l'homme.

Laurent se frotta les yeux et se redressa. Il se situa aussitôt. Le tombeau, les bourrasques… Mais que s'était-il passé ?

– Comment vous avez fait pour vous endormir avec ce temps ? demanda l'homme à la moustache.

– Je… je sais pas. J'étais perdu, je crois.

– Remarquez, il paraît qu'en montagne, quand les randonneurs se paument, la première chose qu'ils font c'est lutter contre le sommeil. Enfin c'est c'qu'y disent.

Laurent hocha la tête. Il regarda sa montre. 18 heures. Il s'était endormi environ une demi-heure. Il avait l'impression d'être parti depuis trois jours.

L'homme lui expliqua qu'il était l'un des gardiens du cimetière. Il faisait sa ronde avant de fermer les portes.

– On peut dire que vous avez eu de la chance ! s'exclama-t-il.

Toute relative, songea Laurent.

Il essaya de se relever, mais ses jambes cédèrent. Il avait des fourmis partout.

– Restez donc un peu assis… Vous devez être engourdi, mon vieux…, le sermonna le gardien.

Laurent repensa à Ali Benyoussef qui devait l'attendre à la morgue. Il avait toujours peur de l'opérer mais, curieusement, il ne se sentait plus obligé. « Tu es médecin pour toi-même. » La phrase du docteur David tout à coup faisait sens. Laurent avait peur parce qu'il avait choisi ce métier et non parce qu'il y était contraint, et ça changeait tout. Pour autant, il hésitait encore.

– Vous savez, je pense que vous devriez aller à l'hôpital, suggéra l'homme.

Laurent le regarda comme s'il avait proféré une parole divine.

– À l'hôpital, oui bien sûr !

Il bondit sur ses jambes, rendit la veste au gardien et s'élança dans l'allée. Il allait opérer Ali Benyoussef. Il regarda vers le ciel, et en silence, il remercia son père.

48.

Laurent profita de l'obscurité pour s'engager dans la cour de l'hôpital, se faufila dans un cortège du SAMU qui déposait une urgence et entra. Il courut jusqu'aux escaliers et monta les premiers étages. Il devait gagner un bureau pour prévenir les filles et le docteur David, ensuite ça irait. Un panneau indiquait les salles de thèses. Il s'y rendit. Il n'y avait pas de téléphone à l'intérieur, mais le serment d'Hippocrate y était affiché. Il ressentit un besoin irrépressible de faire une dernière escale.

Quand il avait soutenu sa thèse, Alain était rentré d'Afrique, et Serge et lui avaient rejoint Nathalie et le docteur David dans les rangs. Quatre uniques spectateurs, mais Laurent n'avait besoin de personne d'autre. Pendant trois jours, il n'avait rien pu avaler. Il redoutait les questions d'un des membres du jury qui avait la réputation d'être intraitable. Il avait travaillé des mois sur son sujet : *Les Évolutions de la grippe passées, présentes et à venir*. Son directeur de thèse avait beau le féliciter sur la qualité de son travail, rien n'y faisait, le stress ne retombait pas. Mais tout s'était bien passé. Le juré tant redouté avait salué la façon dont il avait abordé le sujet et la précision de ses arguments. Il avait eu la mention très honorable ainsi que les félicitations du jury. On lui avait demandé de prononcer le serment debout, main droite levée. Ému, il s'était trompé de main, ce qui avait fait rire tout le monde. Et puis il avait récité le texte, sans buter sur aucun mot. À la fin, son maître de thèse lui avait dit : « Bravo, vous voilà médecin. » Tant d'années vouées à l'apprentissage de ce métier. Et enfin, il pouvait le dire, il était le docteur Valensi.

Il observa la pièce autour de lui, les bureaux de bois qui dessinaient un U, les stores sales. Les salles de thèses se ressemblaient toutes. Il leva la tête. Le texte sacré était encadré au milieu du mur le plus large. Il s'approcha et, comme son père avec le livre de prières, murmura le serment, concentré sur chacun de ses mots, les fit résonner en lui pour qu'ils l'accompagnent jusqu'au bout.

Au moment d'être admis à exercer la médecine, je promets et je jure d'être fidèle aux lois de l'honneur et de la probité.
Mon premier souci sera de rétablir, de préserver ou de promouvoir la santé dans tous ses éléments, physiques et mentaux, individuels et sociaux.
Je respecterai toutes les personnes, leur autonomie et leur volonté, sans aucune discrimination selon leur état ou leurs convictions. J'interviendrai pour les protéger si elles sont affaiblies, vulnérables ou menacées dans leur intégrité ou leur dignité. Même sous la contrainte, je ne

ferai pas usage de mes connaissances contre les lois de l'humanité.
J'informerai les patients des décisions envisagées, de leurs raisons et de leurs conséquences. Je ne tromperai jamais leur confiance et n'exploiterai pas le pouvoir hérité des circonstances pour forcer les consciences.
Je donnerai mes soins à l'indigent et à quiconque me le demandera. Je ne me laisserai pas influencer par la soif du gain ou la recherche de la gloire.
Admis dans l'intimité des personnes, je tairai les secrets qui me seront confiés. Reçu à l'intérieur des maisons, je respecterai les secrets des foyers et ma conduite ne servira pas à corrompre les mœurs.
Je ferai tout pour soulager les souffrances. Je ne prolongerai pas abusivement les agonies. Je ne provoquerai jamais la mort délibérément.
Je préserverai l'indépendance nécessaire à l'accomplissement de ma mission. Je n'entreprendrai rien qui dépasse mes compétences. Je les entretiendrai et les perfectionnerai pour assurer au mieux les services qui me seront demandés.
J'apporterai mon aide à mes confrères ainsi qu'à leurs familles dans l'adversité.
Que les hommes et mes confrères m'accordent leur estime si je suis fidèle à mes promesses ; que je sois déshonoré et méprisé si j'y manque.

Une larme perla au coin de ses yeux. Existait-il un texte plus parfait que celui-là ? Une force nouvelle s'étendait en lui. Aujourd'hui, son premier souci serait de rétablir la santé et de soulager les souffrances d'une personne affaiblie, vulnérable. Sa vie avait un sens, celui que ce serment lui avait donné. Aujourd'hui, plus que jamais depuis toutes ces années, il allait être médecin.

18 h 50. Au téléphone, Camille était affolée.

– On ne savait pas où vous étiez ! On vous a cherché partout ! Simone est même allée sonner chez vous !

– Je suis désolé… Il y a eu un contretemps… Je suis à quelques mètres de l'entrée, je vous attends.

– Mais, docteur Valensi… c'est ça le problème… On va pas pouvoir venir.

– Comment ça ?

– Le patient… il va pas bien du tout. Il est pas transportable… En tout cas pas comme ça… Attendez, le docteur David est là, il veut vous parler.

Dans la panique, Camille et Simone étaient allées chercher le vieil épicier. Ali Benyoussef se tordait de douleur, et on ne pouvait plus lui donner de morphine sans lui faire prendre de risque. L'urgence était maximale, et il était incapable de se lever, ou de voyager assis dans une voiture.

– On redoute l'arrêt d'un moment à l'autre… Dans cet état, même l'anesthésie est dangereuse…

– Et le patient, qu'est-ce qu'il veut ?

– Qu'est-ce qu'il veut ? s'étonna le docteur David.

– On prend le risque ou pas ?

– Ah oui ! Je sais pas ce que tu lui as dit, mais il veut être opéré, répondit le docteur David.

Laurent sourit.

– J'ai bien réfléchi, reprit-il. J'ai un plan.

– Un plan ? Quel plan ? s'inquiéta le docteur David.

– Faites-moi confiance, tempéra Laurent. Il me faut juste une ambulance.

L'épicier retint son souffle avant de reprendre.

– Juste une ambulance ? Mais je te rappelle que le patient est censé être mort et toi être chez toi ! Simone est infirmière, elle ne peut pas réquisitionner une ambulance, Camille non plus, elle est stagiaire ! Et moi, j'en parle même pas ! argumenta le docteur David.

Il avait raison sur toute la ligne. Et encore, Laurent ne lui avait pas tout dit de son plan insensé : ce serait à lui d'opérer. S'il le lui annonçait maintenant, le vieil épicier serait capable de battre en retraite et de disparaître. Mieux valait attendre d'être seul avec lui pour le lui dire.

– Je sais tout ça, répondit-il de sa voix la plus calme. Mais j'ai une idée. Avancez vers l'entrée des urgences, je vous réceptionne, ne vous inquiétez pas.

– Fils, j'aime pas ça…

– Faites-moi confiance.

– Rino, on n'est pas des bandits…

Laurent avait envie de rire. Si ! Ce soir, pour faire le bon choix, ils seraient des bandits ! Il garda cette pensée pour lui.

– Rendez-vous là-bas.

Et il raccrocha.

Laurent courut vers l'entrée des urgences. Trois ambulances du SAMU étaient garées, leurs conducteurs au volant, un journal ou un café à la main, attendant l'appel de la course contre la montre. Laurent les observa avec attention. Lequel d'entre eux serait le plus réceptif ? Le plus manipulable ? Le premier avait un air concentré. Un vrai soldat en mission. Inutile de s'attarder, il ne céderait jamais. Laurent se dirigea vers le deuxième camion. Deux hommes étaient assis. Même si celui au volant semblait plutôt affable, ce serait difficile de convaincre plus d'une personne en même temps. Sauf s'il trouvait un moyen d'éloigner le passager ? Il était en train de siroter son thermos au chaud. Ça semblait peu probable… Le troisième camion était garé à quelques mètres. Laurent avança en essayant de ne pas se faire remarquer. L'homme criait dans sa radio. Laurent pouvait l'entendre de l'extérieur. Apparemment, on ne lui avait pas donné les bonnes informations sur un malade et il avait failli le perdre en route. Il avait l'air de bonne composition, mais les circonstances n'étaient pas à l'avantage de Laurent. Il pesta. Ce ne serait pas aussi simple qu'il le pensait…

Une porte claqua. Il se retourna. Le passager du deuxième camion sortait. Laurent, soulagé, observa le conducteur à côté qui augmentait le son de sa radio. « Here comes the sun » des Beatles résonna dans la cour. Laurent adorait cette chanson, il la jouait à la guitare. Mais ce soir, l'entendre prenait une nouvelle dimension. Pouvait-on aller plus loin dans l'absurde ? Le marasme était total, les incertitudes se multipliaient de minute en minute, mais les Beatles chantaient à la gloire du soleil et à l'oubli des petits tracas du quotidien. Si Dieu existait, c'était un grand farceur…

Pourtant Laurent perdit vite son sourire. Un copilote

prenait la relève, et le remplaçant ne semblait pas commode.

– Merde ! souffla-t-il.

Pour couronner le tout, il aperçut au loin sa troupe pousser le brancard d'Ali Benyoussef vers la sortie. Il n'avait plus le choix, il fallait trouver une solution, et vite. Il décida d'y aller au culot. Il s'approcha de l'ambulance et héla le nouveau venu qui venait à peine d'ouvrir la porte.

– Pardon, vous êtes ? demanda-t-il.

– Et vous ?

Laurent tendit sa carte de médecin.

– Docteur Valensi, médecine interne.

Il pointa le menton vers l'homme pour l'inciter à se présenter à son tour. L'ambulancier était surpris. Laurent soutenait son regard : il ne lui laisserait aucune échappatoire.

– Joffrey Lahune… Pourquoi ? bredouilla-t-il.

– Lahune ! Voilà ! C'est bien ça ! s'exclama Laurent. Gaëlle des urgences m'a demandé de venir vous chercher.

– Mais je reviens à peine de son bureau ! s'étonna l'autre.

– Justement !

– Justement quoi ?

– J'en sais rien, mon vieux, mais si j'étais vous, j'irais, et plus vite que ça ! Elle avait l'air furieuse !

Joffrey Lahune semblait partagé entre sa peur de Gaëlle et sa méfiance vis-à-vis de Laurent. Plus naïf, son voisin tenta un compromis.

– Bon, Jo, va voir, tu reviens après… De toute façon, c'est calme ce soir…

Joffrey Lahune abdiqua.

– Ça a vraiment intérêt à être urgent, pesta-t-il en s'éloignant.

Au même moment, de l'autre côté de la cour, le docteur David s'avançait vers Laurent en lui faisant de grands signes. Il avait besoin d'aide pour installer le brancard. Laurent le rejoignit. Ensemble, ils se dirigèrent vers Camille et Simone. Elles vérifiaient qu'Ali Benyoussef était assez couvert pour affronter le froid du dehors.

– Tu as réussi à nous avoir une ambulance ? s'exclama le docteur David qui n'en revenait pas.

– On va dire que oui, répondit Laurent, un sourire en coin. Mais il faut qu'on se dépêche...

Dans quelques minutes, Joffrey Lahune reviendrait, et il serait furieux, balayant leur seule chance de réquisitionner un camion du SAMU.

Laurent, le docteur David, Camille et Simone se mirent à pousser le brancard de leur patient jusqu'au véhicule. Au moment où Laurent ouvrit la porte arrière, le chauffeur sortit.

– Mais qu'est-ce que vous faites ?

– On prend votre ambulance, répondit Laurent.

– Quoi ? Mais vous pouvez pas !

Laurent prit alors la tête du conducteur entre ses mains.

– Vous voyez, jeune homme, ces mains viennent de toucher le malade allongé là, et il est hautement contagieux...

Le conducteur essayait de se défaire de l'emprise de Laurent qui s'accrochait à lui, les yeux écarquillés.

– Je vous explique. Ce qu'il a, personne ne sait comment

le soigner. Si vous l'approchez trop, si vous le touchez, y a des chances que vous y restiez, alors ? Alors ?

Laurent écarta ses mains pour libérer le chauffeur. Le jeune homme, dans tous ses états, lançait des regards éperdus en alternance vers Camille, le docteur David et Simone. À ce moment-là, Ali Benyoussef se tordit de douleur et hurla au point de réveiller l'hôpital entier. Il n'en fallut pas plus à l'ambulancier pour s'enfuir en courant.

L'équipe finit d'installer le malade à l'arrière. Laurent s'assit au volant. « Here comes the sun » résonnait encore. À peine avait-il démarré qu'il vit Joffrey Lahune dans son rétroviseur, hors de lui.

– Fonce ! cria le docteur David.

Laurent appuya sur l'accélérateur, déclencha le gyrophare et se dirigea vers la sortie. Par automatisme, le garde ouvrit. Quand il entendit les cris de Joffrey Lahune lui ordonnant de redescendre la barrière, Laurent était déjà passé. À toute allure, il descendit l'avenue Claude-Vellefaux et gagna la place de la République.

Laurent n'en revenait pas. Lui, le gentil médecin, il avait désobéi à ses supérieurs, s'était fait congédier comme un malpropre et s'était défendu ! Un sentiment de jubilation le parcourut. Il avait volé une ambulance !

Les roues fendaient la neige. La tempête avait incité les passants à rentrer chez eux, et les rues étaient désertes. Pas de voitures, pas de piétons, seuls les flocons scintillaient en tombant devant les réverbères. Le voyage avait quelque chose de surnaturel. Laurent s'accrochait au volant, redoutant de glisser et que le camion ne s'emballe

Ali Benyoussef ne devait pas être secoué, dans son état ça pouvait lui être fatal. Il fallait rouler doucement tout en soutenant le rythme. Le calme était revenu. C'était le moment ou jamais d'annoncer au docteur David la suite du plan.

– Docteur David, vous savez comme je vous admire…

L'épicier plissa les yeux, méfiant.

– Pourquoi tu me dis ça ?

– Comme ça…

– Te fous pas de moi !

– Bien… À Cochin, on a un bloc, on a un anesthésiste, mais on n'a pas de chirurgien.

– Et pourquoi on y va alors ? Tu perds la raison ? s'énerva le vieil homme.

– Non, j'ai la solution. C'est vous qui allez l'opérer.

– Quoi ? Qu'est… Enfin ? bégaya l'épicier.

– J'ai tout essayé. J'ai pas trouvé mieux. En fait c'est ça ou rien.

Le docteur David, abattu, regardait, hagard, à travers le pare-brise. Une météorite aurait pu tomber devant eux qu'il n'aurait pas réagi.

– Mais, fils, enfin… je ne peux pas, finit-il par admettre, espérant sans doute que ça le protégerait.

– Vous pouvez. Vous étiez le meilleur.

– C'était il y a trente ans !

– Quand on est médecin, c'est pour toujours. C'est vous qui l'avez dit.

– Rino, c'est de la vie de cet homme qu'on parle là… On peut pas…

– Si on ne l'opère pas ce soir, il est mort. Vous le savez aussi bien que moi.

Le docteur David s'enfonça dans son siège. Il ne disait plus rien et Laurent se décomposait. Le grand chirurgien de Tunis n'aurait jamais hésité à prendre tous les risques, même les plus fous, pour soigner un patient. Le vieil épicier avait-il fini par prendre le dessus ? Que dire à Ali Benyoussef si le docteur David refusait ? Et à Lecat, Camille et Simone ? Il n'y avait aucune autre possibilité. Ce silence lui paraissait interminable.

– Très bien, Laurent, je vais opérer ton patient.

– Oh ! Merci, docteur David ! se réjouit Laurent. Vous pouvez pas savoir…

– Mais tu vas l'opérer avec moi.

– Moi ? Mais je suis pas chirurgien ! paniqua Laurent.

– Tu as fait des stages de chirurgie, non ?

– Oui…

– Tu étais même très doué si ma mémoire est bonne.

– Pour un étudiant !

– Bien. Alors il va falloir t'en souvenir. Je ne pourrai pas tout faire.

– Mais je… je ne serai pas capable…

– Je te guiderai, je serai là. Ça ira, tu verras. On est une équipe, oui ou non ?

Une équipe, ils l'avaient toujours été… Laurent savait que David avait raison. Une opération de cette envergure, seul, impossible. Il hocha la tête pour signifier à David qu'il était d'accord, mais la boule dans son ventre devint plus compacte que jamais.

Laurent avait beau se concentrer sur la route, il avait

peur. Pour penser à autre chose que le bloc qui les attendait, il essayait de se focaliser sur le trajet, mais là aussi, les angoisses se multipliaient. Et si Saint-Louis appelait les autorités ? Si on les poursuivait ? S'ils devaient ramener l'ambulance et suivre des agents au commissariat ? Qui s'occuperait d'Ali Benyoussef ? Où iraient-ils ? Continuer d'avancer, maintenir le cap…

Une sirène retentit au loin. Une voiture de police.

– T'arrête pas, lança le docteur David, crispé.

La voiture roulait dans leur direction. Le bruit strident de la sirène fit mal aux oreilles.

– Mets-toi sur la droite, laisse-les passer, reprit le docteur David.

Laurent n'arrivait plus à réfléchir. Il obéit. La voiture de police les dépassa, le chauffeur fit même un signe de tête à Laurent pour le remercier. Tant de stress était monté en si peu de temps… L'effet boomerang les happa et Laurent et le docteur David éclatèrent d'un rire tonitruant, au point que Simone frappa à la vitre pour leur demander si tout allait bien. Ils la rassurèrent. Laurent se recentra sur la chaussée, regardant toutes les cinq minutes dans son rétroviseur si une autre voiture de police y apparaissait. À ses côtés, le docteur David était tombé dans un mutisme inhabituel. Laurent avait l'impression qu'il entrait en religion. Sa peur était normale. Laurent la partageait. Il fallait prendre le temps de l'accepter.

Place Denfert-Rochereau, ils s'engagèrent sur le boulevard du Port-Royal, passèrent devant la Closerie des lilas. Laurent sourit. Il était heureux de revoir Arthur Lecat.

L'hôpital Cochin se dessinait au loin. Encore quelques mètres et ils y seraient.

– Tout va bien à l'arrière ? demanda Laurent à travers la vitre.

Camille lui fit signe que oui.

Dernière ligne droite. Laurent s'arrêta au feu rouge. Une petite secousse. Il avait freiné trop vite… Il ne tenait plus en place. Devoir s'immobiliser, même quelques secondes, était une torture.

Vert. Il appuya sur l'accélérateur. Soudain, il y eut un bruit étrange. Le camion refusa d'avancer. Laurent sortit. Le pneu gauche était enlisé dans un trou qu'il n'avait pas vu. Il pesta, remonta au volant et appuya à fond. Toujours le même bruit, et la roue qui ne sortait pas. Ils étaient à peine à cinquante mètres de l'entrée ! Ils ne pouvaient pas s'arrêter si près du but !

– Qu'est-ce qui se passe ? demanda le docteur David.

– La roue, elle est coincée…

– Je vais aller déblayer autour…

– Non, restez là, j'y vais.

Les filles à l'arrière s'inquiétèrent. Laurent leur fit signe de se calmer. Il avait la situation en main.

Une nouvelle fois, il écarta la neige sans gants. Ça soufflait dans tous les sens. Les flocons tombaient comme des piques dans ses yeux. Il déblaya de toutes ses forces, indiqua au docteur David de démarrer mais le véhicule demeura immobile.

– On est bloqués, c'est ça ? s'inquiéta Simone.

Laurent se prit la tête entre les mains.

– Oui…

Il avait envie de tout casser. Ces efforts, ces délits… Tout ça pour être stoppés si près du but ! Il commençait à sombrer quand il tapa du pied. Non ! Impossible ! Il bondit de nouveau sur ses pieds.

– Qu'est-ce que tu fais, Rino ? cria le docteur David.

Avec la tempête, Laurent avait du mal à l'entendre.

– Il faut pousser !

– Mais c'est de la folie ! Tu as vu le temps ?

Cinquante mètres… En temps normal, ce n'était rien. Il marchait plus longtemps pour aller acheter du pain à la boulangerie. Mais en pleine tempête, pousser une ambulance était une autre histoire. Pourtant, ce soir, il avait décidé que l'échec et l'abandon ne seraient pas au rendez-vous. Il donnerait tout et il irait jusqu'au bout.

Il posa les mains sur la porte arrière.

– Débloquez le frein à main et passez la première, cria-t-il à David.

Il poussa de toutes ses forces dans un cri déchirant… L'ambulance ne bougea pas. Il essaya de nouveau. Rien. Soudain, Camille et Simone ouvrirent la porte.

– On va vous aider.

Ils comptèrent jusqu'à trois et ensemble ils poussèrent le véhicule. La rue du Faubourg-Saint-Jacques montait. C'était dur, les bras de Laurent brûlaient, ses jambes tiraient. Il avait l'impression qu'il allait vomir tant l'effort était intense. À ses côtés, Camille et Simone semblaient souffrir autant que lui. Le docteur David proposa de les relayer, mais il était de loin le plus faible des quatre, mieux valait qu'il garde le volant.

Soudain, Camille glissa dans la neige et tomba. Dans sa

chute, elle se cogna la tête contre la porte de l'ambulance. Laurent se précipita vers elle et l'aida à se relever.

– Camille ! Tout va bien ?

– Oui, oui, ça va, docteur Valensi, répondit-elle.

– Rentrez dans le camion, je préfère, répondit Laurent.

– Vous pourrez jamais y arriver à deux…

– Laissez-la faire, docteur… Elle aussi, elle mérite d'aller jusqu'au bout, tempéra Simone.

Elle avait raison. Laurent laissa Camille reprendre sa place et ensemble ils s'arc-boutèrent avec l'énergie du désespoir sur la carrosserie.

Enfin, le pneu émergea du trou et le docteur David passa la seconde. Une minute plus tard ils étaient dans la cour de Cochin où Lecat les attendait.

Ils avaient réussi.

49.

Arthur Lecat appliqua un peu de pommade sur le front de Camille. Sa chute avait laissé une petite bosse.

– Quelle équipe, dites-moi ! se moqua l'anesthésiste en désignant l'œil de Laurent et le front de son interne.

Tous éclatèrent de rire. En attendant qu'une pièce de préparation opératoire se libère pour Ali Benyoussef, le docteur David, Simone, Lecat, Camille et Laurent faisaient de leur mieux pour contenir leur angoisse. Ils étaient réunis dans une salle d'attente d'habitude réservée aux familles. Dans quelques minutes, l'opération ne serait plus une mission abstraite. Il faudrait ouvrir, inciser, manipuler les chairs… Laurent essayait de ne pas trop penser à sa folle décision. Pendant ses stages de chirurgie, il s'était toujours bien débrouillé. Il avait même hésité à choisir cette spécialité, mais avait préféré le suivi global du patient, ce rôle de diagnosticien du dernier recours qu'offrait la médecine interne. Ses stages étaient loin. Et même s'il allait régulièrement au bloc en tant qu'aide opératoire, il doutait de savoir encore tenir un scalpel. David guiderait ses gestes, bien sûr, mais il serait aux premières loges… Et si David ne savait plus opérer non plus ? Laurent préféra chasser cette inquiétude de son esprit. Il espérait juste qu'il n'y aurait pas de problème supplémentaire. Sur un patient en relative bonne santé, une perforation pouvait avoir de nombreuses complications, alors là… Lecat vint s'asseoir à ses côtés.

– Perdez pas votre énergie à ruminer, murmura-t-il.

Il avait compris.

– Ce qu'il faut, c'est être là au moment présent, reprit-il.

– Oui, j'appréhende un peu, c'est tout.

– Et vous avez réfléchi à ce que je vous ai dit ?

Laurent hocha la tête.

– Oui. Mais j'ai encore plus peur de me réveiller sans avoir rien fait…

Lecat posa sa main sur son épaule.

– Je sais.

Une infirmière frappa à la porte.

– La salle de préparation opératoire est prête, docteur Lecat.

– Merci, Sonia.

La jeune femme repartit sans plus de commentaires. Simone se leva.

– Je m'en charge.

– Je viens avec vous, lui dit Camille.

Elles sortirent de la pièce.

– Et vous exercez aussi à Saint-Louis ? demanda Lecat au docteur David.

– En quelque sorte, répondit-il.

Lecat se tourna vers son confrère, étonné par cette réponse.

– Le docteur David était un des plus grands chirurgiens de Tunis, précisa Laurent. Il a sauvé mon frère… Aujourd'hui, il…

– C'est bon, je préfère ne pas savoir, le coupa l'anesthésiste, un sourire aux lèvres.

– Je vous remercie, docteur Lecat, lui dit David.

– De rien…

– Je veux dire, pour tout ce que vous avez fait ce soir.

– J'ai rien fait de spécial.

– Mais vous êtes le seul à l'avoir fait…

Comment Lecat pouvait-il être si humble ? Lui aussi risquait gros. Si on découvrait qu'il allait laisser opérer un LAV par un épicier et un interniste qui avait fait trois stages de chirurgie dans sa vie, c'en serait fini de sa blouse blanche. Pourtant, il demeurait impassible, persuadé d'être à sa place.

– J'ai été confronté au problème avant… Vous verrez, dans quelque temps, la profession se pliera aux urgences et à l'évidence…

– Je l'espère, répondit David.

– J'en suis sûr. Les héros du quotidien se compteront par milliers. Il faut juste montrer l'exemple.

Il se dégageait une telle force de lui, une telle conviction que Laurent retrouva espoir.

– Arthur, est-ce que je peux vous demander un dernier service ?

– Au point où on en est !

– Est-ce que je pourrais passer un coup de fil de votre bureau ?

– Je vous emmène, répondit Lecat, sans poser de question.

Rien ne dépassait, la table était nickel. Seul un petit cadre affichant des caractères japonais jurait avec le blanc des murs. Lecat invita Laurent à s'asseoir sur sa chaise.

– Vous saurez redescendre ? lui demanda-t-il.

– Oui, ne vous inquiétez pas.

Il sortit et referma la porte derrière lui.

Laurent était enfin seul. Depuis son départ de Saint-Louis, une question l'obsédait : comment allaient Nathalie et Julia ? Depuis le matin, il ne cessait de se répéter que si quelque chose était arrivé, on l'aurait prévenu. Il se raccrochait à l'avertissement du père Simeoni : dans la région, personne ne les approcherait. Mais qu'en était-il de leur cœur ? Laurent n'arrivait pas à effacer les cris de sa fille de son esprit. Julia devait être effondrée. En plus, elle n'avait rien dû comprendre à la situation. Réveillée en pleine nuit pour faire des heures de route, seule avec sa mère... Et Nathalie... C'était la première fois qu'elle s'imposait vraiment. Jusque-là, elle avait tout accepté, les absences de son mari, ses doutes, ses sautes d'humeur, sa propre solitude. C'en était fini. Laurent l'en aimait d'autant plus. Elle devait être au plus mal. Résister ainsi avait dû lui coûter. Elle qui ne supportait pas de faire de la peine. Elle avait toujours préféré prendre sur elle plutôt que de dire ce qu'elle pensait, même si ça la détruisait. C'était la raison pour laquelle elle avait choisi de quitter la Côte d'Azur. Mieux valait être libre et loin que de faire du mal à sa famille. Nathalie s'était consacrée tout entière à sa vie avec Laurent. Comme elle devait souffrir !

Il fallait les appeler, leur dire que tout s'arrangerait. Il décrocha le téléphone, composa le numéro des Simeoni. Mais à la première sonnerie, il reposa le combiné. Est-ce que tout s'arrangerait vraiment ? Rien n'était moins sûr… Que pourrait-il leur dire ? Qu'il allait opérer Ali Benyoussef et qu'on verrait bien dans quelques mois, quelques années peut-être, si lui-même était contaminé par le LAV ? Ça ne tenait pas debout. Il ne pouvait pas demander à Nathalie de prendre ce risque… Qu'allait-il devenir ? 19 h 45. Bientôt l'heure de rejoindre les autres au bloc. Il avait le sentiment que s'il ne faisait pas un geste vers sa femme et sa fille maintenant, il les perdrait à jamais. C'était stupide… Encore cette fichue superstition… Mais il n'arrivait pas à se raisonner. Le téléphone encore ? Non… C'était trop dur, il ne saurait pas quoi leur dire. Il regarda autour de lui, saisit une ordonnance, prit un stylo et se mit à écrire.

Nathalie, mon amour, Julia, mon ange,
Vous n'imaginez pas comme vous me manquez. Je ne supporte pas de vous savoir loin de moi. Je me sens si stupide d'être qui je suis… Je ne peux pas m'empêcher de soigner les gens, je suis comme ça. Mais vous êtes les deux êtres que je préfère sur cette terre. Je ne peux pas imaginer ma vie sans vous.
Je vous aime tant,

Laurent, papa

Il n'enverrait jamais cette lettre, il le savait. Écrire son amour à Nathalie et Julia l'empêchait de disparaître. Sur une ordonnance ! Ironie du sort ! Une prescription d'amour ! Plutôt approprié finalement. Il plia le morceau de papier et le glissa dans sa poche. Il le garderait sur lui. Il pensa à Alain. Où était-il en ce moment ? Demain, il lui parlerait, se promit-il. Il trouverait le courage d'être vrai avec son frère tant aimé, quitte à l'anéantir.

Il referma la porte du bureau et gagna les ascenseurs. Dans la salle d'attente, le docteur David, Lecat et Camille l'attendaient. Les visages étaient fermés, concentrés sur ce qu'ils s'apprêtaient à affronter.

– On y va ? demanda Laurent.

– Non, d'abord vous allez avaler quelque chose, répondit Camille.

– Merci, Camille, mais je sais ce que j'ai à faire, rétorqua-t-il sur un ton sec.

– Vous n'avez rien mangé de la journée, vous êtes pâle comme un linge et on a tous besoin que vous soyez en forme. C'est suffisamment risqué comme ça, alors finis les enfantillages ! Il y a un sandwich et une bouteille d'eau, personne ne sortira tant que vous ne les aurez pas avalés.

Stupéfait, Laurent chercha le docteur David du regard.

– Elle a raison, fils…

– Votre corps est votre maison, Laurent, il faut en prendre soin, ajouta Lecat.

En réalité, Laurent avait faim, mais il était si noué qu'il craignait que rien ne passe… Il commença par boire. L'eau brûlait sa gorge. Il s'attaqua ensuite au sandwich.

Aucun goût. Ou peut-être était-ce sa langue qui ne sentait plus rien ? C'était à parier. Peu importait. En quatre bouchées, c'était terminé. Il brandit l'emballage de cellophane vide au nez de Camille pour preuve du défi relevé. Elle approuva. Ensemble, ils se rendirent au bloc rejoindre Simone et Ali Benyoussef.

21 h 10. Ali attendait, allongé sur la table d'opération.

– Bonjour, docteur, dit-il à Laurent.

– Bonjour, monsieur Benyoussef.

– Vous pouvez m'appeler Ali…

Laurent lui sourit. La terreur se lisait sur son visage. Souvent au moment de l'anesthésie, les malades cherchaient à créer un lien avec les chirurgiens. S'ils intensifiaient la proximité, on s'occuperait mieux d'eux, pensaient-ils.

– Vous avez peur, vous, docteur ? demanda Ali Benyoussef.

– Non, mentit Laurent. Une perforation c'est très courant, ne vous inquiétez pas.

– Merci, docteur…

– Ne me remerciez pas, Ali, on fait juste notre travail.

Ali Benyoussef hocha la tête, mais son regard était perdu.

– Allez, à tout à l'heure, lui dit Laurent.

Il fit signe à Lecat. Huit secondes plus tard, Ali Benyoussef était endormi.

Le docteur David demanda le scalpel à Simone, qui lui tendit le plateau. Il prit une grande inspiration, regarda Laurent et incisa. Trop tard pour reculer, ils étaient lancés.

Au-dessus d'eux, Camille avait accroché la radio. Les deux perforations étaient en évidence.

– Aspiration, dit-il à Camille.

Le premier trou semblait facile à atteindre. Le vieil épicier n'avait rien perdu de son agilité.

– Il faut juste réaliser une suture simple, précisa-t-il.

– Bien, répondit Laurent.

– Tu sais faire des points séparés ?

– J'ai su…

– Pas de ça maintenant. Tu y vas.

Laurent hocha la tête.

– Fil résorbable tressé 2/0, demanda-t-il à Simone.

Il fit passer le fil dans l'aiguille, analysa le meilleur point d'entrée et commença à recoudre. Jusque-là, il retrouvait ses automatismes. Les sutures, il maîtrisait. Cinq points suffirent. Camille épongeait la sueur sur son front. Il ne disait rien, mais à chaque geste, entre les lames et les aiguilles, il avait l'impression d'être au bord d'un précipice. Un faux pas, et c'était la mort.

– Très bien, messieurs, les encourageait Lecat qui se tenait en face.

Laurent coupa le fil. C'était fini pour celle-ci. Il fit craquer son cou. Il était si tendu que son corps entier s'était rigidifié. Il se demandait comment il avait réussi à faire ses sutures dans cet état.

Le deuxième trou se présentait moins bien. Il était infecté et peu accessible.

– Je me demande si je ne devrais pas le prendre par le bas, lança l'épicier.

– Bonne idée, répondit Lecat.

– Je pense aussi, approuva Laurent.

– Bien alors, Laurent, tu procèdes à la toilette péritonéale.

Il fallait sécuriser la zone pour ne pas contaminer l'ensemble de la cavité. Mais dès que Laurent découvrit les chairs touchées, il se rendit compte que l'infection s'était étendue. Il fixa le docteur David. Ils n'avaient pas besoin de parler pour se dire ce qu'ils pensaient : ça allait être délicat et l'opération prendrait beaucoup plus de temps que prévu.

– Comment je fais ? paniqua-t-il.

– Aspire d'abord quadrant par quadrant le liquide et les fausses membranes.

– D'accord.

– Après on effectuera une dialyse péritonéale avec un double système d'irrigation dans le Douglas.

Il acquiesça mais ne fut plus sûr de comprendre. Ça devenait trop complexe et il s'embrouillait.

– Quand on aura fini tout ça, il faudra aspirer sous les coupoles diaphragmatiques.

Laurent avait du mal à rester concentré. Ils allaient tuer Ali Benyoussef !

– Fils, tu es avec moi ? l'encouragea le docteur David.

– Un pas à la fois, Laurent, ajouta Lecat.

Laurent hocha la tête.

– Aspiration, dit-il.

Camille obéit. Il mit les instructions du docteur David en pratique. Il n'y avait pas de résistance. Ils progressaient doucement, mais sans complication.

– Ok, on pose le système d'irrigation maintenant, annonça le docteur David.

Soudain, le tracé du scope s'emballa. Le cœur d'Ali Benyoussef était en souffrance. S'ils ne se dépêchaient pas, il allait lâcher.

– Donnez-lui de l'adré, et préparez le chariot de réa, lança Lecat.

L'anesthésiste bondit et en quelques secondes, il était prêt, plaquettes en mains. Le rythme cardiaque continuait d'accélérer, l'adrénaline ne le stabilisait pas. Soudain, une ligne horizontale apparut sur l'écran de contrôle, accompagnée d'un son linéaire. Ali Benyoussef était en arrêt.

– Ok, on charge à 100 ! décréta Lecat.

– Chargé ! répondit Camille.

– On s'écarte ! cria Lecat.

Le corps d'Ali Benyoussef fut pris de secousses après la décharge, mais le cœur ne répondait pas aux stimulations.

– 150 !

– Chargé !

– On dégage !

Lecat le choqua à nouveau. Cette fois, le mouvement sinusoïdal repartit sur l'écran. Ali Benyoussef était revenu et il avait retrouvé un rythme normal. Laurent soupira. Camille et Simone étaient blêmes, Lecat et David crispés. Cette opération les poussait tous à bout.

Brusquement, le souffle de Laurent se coupa et ses mains se mirent à trembler si fort qu'il fit tomber ses instruments. Il essayait de se maîtriser mais ses membres étaient devenus incontrôlables. Camille s'approcha de lui. Il lui fit signe de rester à sa place. Il avait beau essayer de reprendre son souffle, il ne retrouverait plus son calme, il le savait. Cet arrêt l'avait poussé trop loin dans ses retranchements. Il avait eu trop peur.

– Rino, tu es avec nous ? demanda le docteur David.

Mais Laurent n'arrivait pas à répondre.

– Tout va bien, Laurent, c'est presque terminé et Ali est stable, tenta de le rassurer Lecat.

Laurent acquiesça, mais il était paralysé.

– Je le remplace, proposa Camille.

Elle sourit à Laurent. Elle aussi faisait partie de l'équipe, elle était là pour ça. Laurent cligna des yeux, il était d'accord. Cette solidarité pour un malade, c'était tout ce qu'il avait toujours souhaité. Camille acheva l'irrigation.

– Simone, vous voulez aspirer ? demanda-t-elle.

L'infirmière hocha la tête et vint se placer près d'elle. Sa main tremblait un peu.

– Respirez et concentrez-vous sur la zone à nettoyer, la guida le docteur David.

– Oui, docteur.

Camille se lança et plongea sa main dans le corps du malade.

– Parfait, la félicita David.

Elle écoutait les instructions de l'épicier mais quand elle prit conscience que ses doigts étaient enfouis dans ce corps contaminé, elle se décomposa.

– On va pouvoir recoudre, conclut le docteur David.

– Je… je m'en charge, proposa-t-elle, fébrile.

– Non, c'est bon. Vous avez tous fait un excellent job, je vais terminer.

Le vieux médecin saisit le fil et l'aiguille, effectua les

points en quelques minutes. Ils étaient impeccables. Le docteur David cousait avec une dextérité à faire pâlir les petites mains des meilleurs ateliers de haute couture.

– Bon, annonça Lecat. On recompte les compresses et on va pouvoir refermer.

Simone sourit.

– On a réussi ! dit Camille.

L'enthousiasme envahissait peu à peu ce bloc de tous les interdits et de toutes les frayeurs.

– C'est ok, on a le bon nombre de compresses, lança Simone.

À nouveau, le vieil homme saisit le fil, et planta l'aiguille dans la chair du patient.

Soudain, il éternua. Ce fut comme un soupir retenu, un tout petit éternuement.

– À vos souhaits, dirent Camille et Simone en chœur.

Mais le docteur David ne répondit pas. Il baissa aussitôt la tête vers ses mains. L'aiguille pleine de sang était plantée dans son doigt.

– Vite, enlevez ça ! cria Laurent. Simone, désinfection ! Vite !

Le docteur David était sonné. Laurent regardait la scène, hébété. Simone désinfecta la plaie à plusieurs reprises, puis la pansa. Laurent termina de recoudre le patient et l'envoya en salle de réveil. Il était dévasté. L'opération d'Ali Benyoussef avait réussi, mais il ne pensait qu'au docteur David. Pas lui… Tout ça, c'était de sa faute. S'il n'avait pas perdu ses moyens comme un gamin, rien ne serait arrivé. Il ne supporterait pas un malade de plus. Si David, en plus d'Alain, était atteint, sa vie serait anéantie.

– T'en fais pas, fils, je suis sûr que c'est rien, le rassura l'épicier.

Laurent tenta de faire bonne figure, mais la seule chose qu'il ressentait, c'était la nausée.

– Je vais me charger de la paperasse, lui dit Lecat, vous devriez aller vous reposer un peu.

Laurent le remercia. Il n'était pas en état pour quoi que ce soit, pas même dormir.

Toute l'équipe se réunit dans le couloir, refusant de partir tant qu'Ali Benyoussef était inconscient. Il mit plusieurs heures à revenir à lui. Camille s'était à moitié endormie sur une chaise, le docteur David avait fini par s'allonger sur un lit vacant près du malade. Soudain, Ali Benyoussef ouvrit les yeux. Tous se ruèrent dans la chambre.

– Je suis mort ?

Lecat éclata de rire. Laurent bondit près du patient.

– Non, Ali, l'opération a réussi. Vous êtes bien vivant.

– Vous me mentez pas, docteur ?

– Non, je vous promets, tout va bien.

Il n'en revenait pas.

Lecat sortit de la pièce et revint quelques minutes plus tard avec une bouteille de champagne.

– Désolé, Ali, vous allez devoir nous regarder, mais nous, on va trinquer à votre santé !

Ali commença à rire, mais c'était trop douloureux, alors il se contenta de les encourager. Laurent se laissa embarquer dans la joie ambiante, mais au moment d'avaler sa première gorgée, une vague de nostalgie s'empara de lui. Tout ça pour ça ? Nathalie, Julia étaient loin de lui, il ne savait pas quand ni même s'il les reverrait, et Ali Benyoussef n'était pas vraiment guéri. Son opération avait réussi, certes, mais la maladie était toujours là, prête à revenir sous une autre forme, plus forte, plus déterminée à le faire succomber. Ces gouttes de champagne avaient un goût amer. Y avait-il réellement de quoi trinquer ?

À présent qu'il avait consacré toute son énergie, sa concentration à cette intervention, il se sentait vidé. Sa vie n'avait plus de sens. Nathalie lui manquait, c'était terrible. Jamais il n'avait autant eu besoin d'être à ses côtés. Une déchirure. Chaque verre de champagne, chaque signe de satisfaction de son équipe était comme du sel versé sur sa plaie.

– Ça ne va pas ? lui demanda Lecat.

– Si… Si… Je suis juste un peu fatigué.

– Ça retombe, c'est ça ?

– Un peu…

– Vous devriez vous reposer. On a gagné une bataille, mais demain ce sera de nouveau la guerre…

Il ne pensait pas si bien dire… Rien qu'à l'idée de retrouver son appartement vide et dévasté, Laurent avait envie de vomir. Il était 2 heures du matin. Trop tard pour appeler Nathalie, trop tard pour faire venir un serrurier et commencer à ranger. Il ne pouvait pas rentrer à Saint-Louis, les vigiles le jetteraient dehors.

– Vous pourriez dormir ici, suggéra Lecat.

Cet homme semblait lire dans ses pensées, c'en était troublant.

– Quand j'ai un patient encore instable, j'aime bien rester près de lui, au moins les premières heures…, reprit-il. On a pas mal de chambres réservées au personnel, je vous en montre une ?

Laurent ne sut comment le remercier.

– Je pense que le docteur David devrait rester aussi, il n'est pas en état de faire de la route.

Camille et Simone décidèrent de retourner à Saint-Louis pour dormir aussi. Lecat accompagna Laurent et le docteur David dans une chambre du troisième étage, et rentra chez lui.

– Je serai là tôt demain matin, précisa-t-il.

Ni Laurent ni le docteur David ne parvenaient à s'endormir. Le stress accumulé remontait. Ils se retournaient dans leur lit. Il n'y avait pas de télé, pas de journal, ni de magazine. Laurent sortit chercher du thé au distributeur du hall. Quand il regagna la chambre, le docteur David était penché à la fenêtre, il avait remis sa blouse. Sans doute pour se protéger du froid, même si Laurent ne pouvait s'empêcher de penser que ce n'était pas la seule raison. Être épicier n'était pas à sa hauteur. Pourquoi ne s'était-il pas plus battu pour retrouver son statut ? Pourquoi s'était-il contenté de cette situation grotesque ? Il n'était pas trop tard pour y remédier après tout.

– Pourquoi vous reprendriez pas vos études ? demanda Laurent.

– Mes études ? s'étonna le docteur David en se retournant.

– Oui, de médecine ! Pourquoi vous essayeriez pas ? Je vous aiderais !

– Qu'est-ce que tu racontes, Rino !

– Vous êtes un excellent médecin, vous nous l'avez encore prouvé ce soir.

– En me coupant ?

– Arrêtez, vous savez très bien que votre place est à l'hôpital.

Le docteur David, attendri, leva les yeux au ciel.

– Fils, je suis très bien dans mon épicerie. La médecine, c'était avant. Maintenant, c'est à toi de prendre la relève.

– Mais…

– Y a pas de « mais ». Merci pour ce que tu m'as offert ces derniers jours. Personne n'avait jamais fait ça pour moi. Maintenant, je vais retourner à ma vie, et tu me raconteras ce qui se passe dans la tienne, comme avant, d'accord ?

Laurent acquiesça à contrecœur. Un poids écrasait sa poitrine.

– Docteur David ?

– Oui ? murmura l'épicier, déjà à moitié endormi.

– Je suis désolé… Pour la coupure.

– Arrête tes bêtises.

– Mais vous n'avez pas peur ?

– Peur ? Non, fils, la peur c'est pour les jeunes ! Ce soir je suis un vieil homme heureux. Bonne nuit, Rino.

Laurent se blottit sous la couverture. Au moment de fermer les yeux, l'image d'Alain qui remettait son écharpe lui revint. Le Kaposi dans le cou. Alain allait mourir… Que devait-il faire ? Il avait si peur de le lui dire. Il était incapable de le voir s'affaiblir et mourir. Il aurait voulu disparaître pour ne jamais avoir à affronter ça. Les questions se multipliaient et, avec elles, les terreurs… Laurent en était sûr, il ne dormirait pas.

Au milieu de la nuit, n'en pouvant plus de ne pas trouver le sommeil, il passa un coup de fil à Gabriella. Il tomba sur son répondeur. Il lui laissa un message succinct. Son patient avait pu être opéré à Cochin et avait survécu. Il lui en dirait plus le lendemain, il espérait que tout allait bien pour elle. Le docteur David ronflait à côté de lui. Il n'avait même pas pris la peine de se dévêtir.

Samedi 18 décembre 1982

50.

Laurent fut réveillé par des coups à la porte. Les yeux embrumés, il ne savait plus vraiment où il était. Il essaya de remettre ses idées en ordre. Le docteur David dormait sur le lit à côté de lui. Il avait opéré Ali Benyoussef. Il s'était coupé à la fin, Simone l'avait désinfecté, mais serait-ce suffisant ? L'équipe au complet avait ensuite suivi le patient en salle de réveil. Lecat s'était chargé de tout l'aspect administratif. Il n'avait pas mentionné le LAV dans son résumé. Pour Cochin, Ali Benyoussef était une perforation urgente, opérée dans la nuit.

Les coups reprirent à la porte.

– Docteur Valensi, c'est Simone, ouvrez !

Simone ? Il ne comprenait plus. N'était-elle pas rentrée à Saint-Louis ? Le docteur David ronflait encore. 6 h 30. Laurent avait dormi une demi-heure peut-être. Il se souvenait d'avoir vu 5 h 45 à sa montre. Une nuit épouvantable, encore. Il sortit sans faire de bruit.

Simone avait l'air épuisé. Des cernes marquaient son visage et ses traits étaient tirés.

– Qu'est-ce que vous faites ici ?

Elle déglutit.

– Quoi, dites-moi ?

– C'est Marc, lâcha-t-elle dans un soupir.

– Qu'est-ce qu'il a ? s'inquiéta Laurent.

– Son état s'est détérioré cette nuit... Le médecin dit qu'il faudrait le débrancher, mais sa femme ne veut pas... Elle... Enfin, elle vous demande.

– Moi ?

– Oui, elle dit que Marc vous faisait confiance et que c'est à vous de décider.

Laurent s'adossa au mur. Trop d'informations à la fois auxquelles il n'était pas préparé. Pour Marc, c'était donc terminé, fini l'entre-deux. Il avait eu beau s'y attendre, le coup de massue n'en était pas moins violent. Mais ce qui le rongeait davantage encore était que toutes ces années, Marc l'avait considéré si proche alors que Laurent ne le prenait pas au sérieux. Marc fréquentait trop de femmes, accordait trop d'importance aux loisirs quand la médecine aurait dû être sa seule obsession. C'était ce que lui avait fait. Prisonnier de ses jugements et de ses certitudes, il était passé à côté d'un ami. Marc avait voulu lui rendre service, et il en était mort.

C'était de sa faute. Tous ces gens qu'il détruisait... Il ne méritait pas tant d'amour ni de considération. Nathalie avait eu raison de partir. Elle aurait dû le faire bien plus tôt. Son père était-il fier de lui là-haut ? Ce qu'il était devenu lui permettait-il d'être enfin pardonné pour celui qu'il avait été ? Aujourd'hui, il n'en était plus si sûr.

– Je vous ai apporté un café, murmura l'infirmière,

gênée d'avoir provoqué une telle émotion chez son supérieur.

– Merci, Simone.

– Je suis venue aussi vite que j'ai pu. Le docteur Lecat a dit qu'il surveillerait Ali en notre absence.

– Très bien… Allons-y.

– Venez, j'ai ma voiture.

Simone, encore une qui s'était démenée pour lui… Elle avait pris des risques pour sa carrière, sa santé. Elle avait passé une nuit blanche pour lui permettre de dormir quelques heures, gardant pour elle cette terrible nouvelle, et elle était venue le réveiller en douceur, avec un café, prête à jouer les taxis… Il était trop hébété pour dire quoi que ce soit. Comment exprimer sa gratitude ?

7 h 15. Lorsque Laurent pénétra dans la salle de réanimation, il fut saisi par la pesanteur. Il avait l'impression que la mort avait envahi les lieux, prête à ravir son ami d'une minute à l'autre. Le teint de Marc avait changé depuis la veille. Plus gris, plus cireux. Les médicaments devaient moins bien agir. Ses reins fonctionnaient mal et le foie en pâtissait, le faisant payer aux autres organes. La peau en disait tant sur l'état général. On pouvait y lire le manque de sommeil, d'eau, le trop-plein de gras, d'alcool, de soucis, de joies. Les rides ne se dessinaient pas au hasard, elles témoignaient d'habitudes, ciselaient les étapes vécues. Laurent s'était toujours dit qu'on ne vieillissait pas au fur et à mesure, mais par à-coups. Les moments clefs de la vie faisaient prendre au corps un an, cinq, dix… Parfois plus.

Il ne comprenait pas les femmes qui se faisaient lifter le visage. Pourquoi lisser leur existence, en effacer tout ce qui en faisait la singularité ? Les rides étaient des garde-fous, des souvenirs. Pourquoi s'en séparer ? Il aimait tant les visages burinés, ils étaient réconfortants. Il adorait observer les vieillards dans le Sud, les marins assis sur les bancs face au port de Nice, qui contemplaient la mer, et dont la peau avait toute leur vie été giflée par le vent.

Assise sur son lit, en pleurs, Michèle s'accrochait aux jambes inertes de son mari, relevant parfois la tête pour surveiller les battements de son cœur sur le moniteur. Tout cela était artificiel, elle le savait. À peine débranché, Marc cesserait de respirer. Mais il était encore un peu là.

Laurent s'approcha doucement. Il cherchait ses mots en posant la main sur son épaule. Elle se retourna.

– Ils veulent tout arrêter… Dites-leur qu'ils ne peuvent pas… Dites-leur que ce n'est pas fini, je vous en prie.

Sa voix se brisait.

– Vous, Laurent, vous me comprenez, n'est-ce pas ?

Sa détresse faisait mal à voir. Il n'y avait pas une parcelle de son corps qui ne soit en souffrance.

– Nous n'avons pas fini… Il faut leur dire, Laurent, nous n'en avons pas fini avec la vie ensemble… Marc voulait des enfants, il voulait qu'on vieillisse à la campagne… Ça ne peut pas se terminer comme ça. Pas ici. Pas maintenant, vous comprenez ?

Elle semblait obsédée par l'idée d'être comprise. Son monde lui échappait et elle avait beau crier, rien ni personne ne lui obéissait. Des appels au secours lancés dans le vent depuis trois jours. Laurent était la seule oreille vers qui elle pouvait se tourner qui ne soit pas de sa famille ni de celle de Marc. Laurent était le lien avec la médecine, avec le quotidien de son mari.

– Je vous comprends, Michèle… Je suis désolé de ce qui vous arrive, de ce qui lui arrive.

– Il ne méritait pas ça, Laurent… Marc faisait des erreurs, je le sais, je savais tout. Mais c'était quelqu'un de bon.

– Vous avez raison…

– Je ne peux pas vivre sans lui, Laurent, dites-leur, je vous en prie.

Elle s'accrochait à sa veste. Laurent l'enlaça. La laisser pleurer, pour le moment, c'était tout ce qu'il y avait à faire.

– Et votre famille, où est-elle ? demanda Laurent.

– Chez moi, ils règlent des papiers, ils vont venir d'une minute à l'autre. Ils…

Elle se tut.

– Vous pouvez me parler, insista Laurent.

– Ils pensent que je devrais écouter les médecins. Il faut leur dire aussi, Laurent. Je ne peux pas.

Laurent l'entraîna dans le couloir. Ils s'assirent sur des chaises près d'un distributeur. Il acheta deux bouteilles d'eau, força la femme de Marc à boire un peu. Il fallait qu'elle se calme pour entendre ce qu'il avait à lui dire.

– Écoutez, je suis très triste moi aussi. Je pense que je ne me remettrai jamais de ce qui vient de se passer pour Marc, mais ce dont je suis certain, c'est que cette vie, reliée à des tuyaux, ce n'est pas lui. Je sais que vous avez l'impression de tomber dans le vide, qu'il n'y a rien à quoi vous raccrocher, mais pour lui, il faut être plus forte.

– Je ne peux pas, Laurent, je vous jure, je ne peux pas.

– Michèle, vous êtes beaucoup plus solide que vous ne le pensez. Vous avez fait tout ce que vous avez pu, tout comme les médecins qui se sont occupés de lui… Mais là, ce n'est pas juste de lui faire endurer ça…

– Il souffre ? Vous pensez qu'il a mal ?

– On ne sait pas bien ce qui se passe dans ce genre de coma, mais s'il revenait à lui maintenant, il serait projeté dans de terribles douleurs, des dégâts irréparables qui feraient de sa vie un enfer.

Elle semblait réfléchir à ce que Laurent lui disait. Elle s'était arrêtée de pleurer, le regard noyé dans le vague.

– Alors, vous aussi, vous pensez qu'il faut le…

Elle ne parvint pas à prononcer le mot.

– Je pense que vous devriez donner votre consentement pour ne pas prolonger son supplice. Pour lui… C'est ce que vous pouvez faire de mieux.

– Mais… et après ?

– Après ce sera terrible. Il vous manquera comme si on vous avait amputée d'un membre. Vous continuerez de l'attendre le soir, vous serez certaine de l'entendre vous parler… Et puis, petit à petit, ça fera moins mal. La douleur ne disparaîtra jamais vraiment, mais vous vous surprendrez à penser à lui sans avoir l'impression de vous déchirer à l'intérieur. Parfois même, ça vous fera du bien.

Elle hochait la tête. C'était la seule solution, elle le savait. Il fallait simplement l'entendre. Laurent les connaissait les « Ça va aller », « Je serai là », « Ne t'inquiète pas », ces mensonges, ces formules creuses qu'on dit pour ne pas affronter la mort d'un proche, alors qu'il faut la regarder en face, visualiser la souffrance, ses cachettes, pour s'y préparer.

– Et… comment ça se passera, si je donne mon consentement ?

Laurent lui décrivit les différentes étapes, jusqu'à l'extinction des machines. Michèle lui demanda quelques minutes encore, elle avait besoin de marcher seule. Elle revint au bout d'un moment.

– D'accord, murmura-t-elle.

Laurent l'accompagna auprès du réanimateur, pour signer les papiers. Il resta auprès d'elle jusqu'au dernier souffle de Marc. Le son linéaire, le trait immobile sur l'écran du moniteur… Le réanimateur vérifia encore que son cœur ne battait plus.

– C'est terminé, conclut-il.

Michèle était tellement sonnée qu'elle ne pleurait pas. Laurent se retenait, il ne voulait pas lui voler ses larmes, comme Serge l'avait fait avec lui quand sa mère était morte. Comme c'était dur. Il n'en revenait pas à quel point voir Marc partir lui était insupportable…

La famille arriva et prit le relais auprès de la veuve. Laurent en profita pour s'éclipser. Au bout du couloir, le professeur Willot le fixait, médusé. Laurent se dirigea vers lui. À chaque pas, la colère montait davantage.

– Je… je croyais que vous ne deviez plus… Enfin M. Bernard m'a dit…, bafouillait le professeur.

– Je suis là en tant qu'ami de Marc… Je n'exerce plus dans cet hôpital de lâches, n'ayez crainte.

Willot avait perdu toute son assurance.

– Je comprends, répondit-il.

Laurent aurait préféré qu'il soit aussi infect que la veille, au moins il aurait pu lui hurler toutes les horreurs qu'il pensait à son sujet, mais le voir aussi perdu le déstabilisait à son tour.

– Pour votre information, Ali Benyoussef se porte bien. Il a été opéré la nuit dernière.

– Opéré ? Où ça ?

Une étrange lueur de soulagement traversa le regard de Willot.

– Ça ne vous regarde pas. Mais vous pourrez dire à Bernard qu'à ce sujet-là aussi, il s'est trompé.

Willot hocha la tête.

Laurent tourna les talons. Il n'avait aucune envie de prolonger cet échange. Gabriella avait raison. Willot n'avait été qu'un pion, et l'addition était salée.

51.

À Cochin, Laurent retourna directement dans la chambre où il avait laissé dormir le docteur David. Personne. Il regarda sa montre. 9 h 30. Rien d'anormal à ce que l'épicier soit réveillé. Pourtant, il sentait que quelque chose n'allait pas. Il scruta la pièce. Aucun mot à son intention. Rien. Mais son pressentiment ne le lâchait pas.

Il se rendit aussitôt dans le bureau d'Arthur Lecat. Personne là non plus. Il demanda à des infirmières qui discutaient dans le couloir si elles savaient où il était.

– Il est venu ce matin, et puis il est parti très vite, répondit l'une d'elles avec un accent antillais.

– Il est rentré chez lui ? insista Laurent.

– Non voyons !

Elles éclatèrent de rire, comme si Laurent avait dit la chose la plus stupide qui soit…

– Vous savez où il est allé ? reprit-il.

L'infirmière reluqua Laurent. En observant sa blouse et son pansement au-dessus de l'œil, elle fronça les sourcils.

– Mais qui êtes-vous ?

Laurent eut un mouvement de recul. Ce n'était vraiment pas le moment de faire des vagues ici… Il avait eu suffisamment de difficultés à trouver un endroit pour Ali Benyoussef, il n'allait pas tout faire capoter à cause d'infirmières dont il avait piqué la curiosité. Il ne devait éveiller les soupçons du personnel sous aucun prétexte.

– Je suis un ami… On devait prendre un café…

– Un café ? Pendant la consultation ? objecta la plus enveloppée des trois.

– Je suis venu rendre visite à un ami hospitalisé, mentit Laurent. Arthur m'avait dit qu'il serait là. Tant pis, je le rappellerai un autre jour.

L'argument sembla fonctionner. Les infirmières acquiescèrent. Laurent fila sans leur laisser le temps de poser de nouvelles questions. Il entra dans l'ascenseur. Sa boule au ventre s'était intensifiée. Il suivit son instinct et appuya sur le bouton du rez-de-chaussée, où se situait la réanimation. Il espérait encore se tromper.

Il était pressé de gagner la réa, pourtant c'était plus fort que lui, il n'arrivait pas à accélérer le pas. Il redoutait de se confronter à une réalité qu'il redoutait. Ali Benyoussef était-il mort ? Chaque fois que cette pensée cruelle lui traversait l'esprit, des crampes lui brûlaient le ventre. Depuis son sandwich de la veille, il n'avait rien pu avaler et s'était contenté d'enchaîner les cafés. À ce rythme, il ne tiendrait pas longtemps. Son corps le lui ferait payer tôt ou tard.

Un panneau indiqua la salle qu'il cherchait. Face aux portes battantes, il se figea. Lecat, David l'accueilleraientils avec des mines défaites ? Il prit son courage à deux mains et traversa le couloir.

Il ne s'était pas trompé. Malheureusement. Tous s'agitaient autour d'Ali Benyoussef. Le docteur David aperçut Laurent et vint à sa rencontre.

– Ça va, fils ?

– Moi oui… Mais qu'est-ce qui se passe ici ?

– Il arrête pas de tousser.

Laurent s'approcha du patient. Il se tordait de douleur à chaque nouvelle quinte de toux. Son abdomen se contractait alors que l'opération de la veille n'avait pas suffisamment cicatrisé.

– Vous avez refait les examens ? s'inquiéta Laurent.

– On est en train, répondit Lecat. Mais il est très faible.

– On pense qu'il va peut-être falloir l'intuber, précisa le docteur David.

Laurent baissa les yeux. Si on l'intubait maintenant, on ne pourrait plus l'opérer. À la moindre infection, il mourrait. Si sa toux ne l'emportait pas… Le dilemme était terrible. Rien ne le guérirait mais il fallait choisir la moins mauvaise des options. Celle qui lui permettrait de vivre le plus longtemps possible sans trop souffrir.

– Docteur Valensi…, articula le malade avec difficulté.

– Oui, Ali, je suis là.

– Docteur Valensi, je veux pas mourir seul.

– Vous n'êtes pas seul, Ali, et vous n'allez pas mourir.

Ali Benyoussef était essoufflé, épuisé. Au prix d'un effort qui faisait mal à regarder, il insista :

– Docteur Valensi, dites à ma famille de venir, je sais que vous êtes là, mais eux, c'est pas pareil.

Sa nouvelle toux laissa une coulée de sang sur sa main devant sa bouche. Il se déchirait de l'intérieur. Le docteur Lecat l'essuya et l'aida à se redresser.

– Calmez-vous, Ali, lui murmura-t-il.

– Dites-leur, docteur Valensi, je vous en prie, faites-les venir.

Ali Benyoussef se raccrochait à cette idée, comme si la présence de ceux qui l'avaient rejeté pouvait le sauver. Laurent n'osa pas lui répondre que Camille les avait déjà appelés en vain. À peine prononçait-elle le nom du malade que le ton devenait cassant, quand on ne lui raccrochait pas au nez…

– Je vais faire tout ce que je peux, Ali, répondit Laurent.

– On s'occupe de faire les bilans, proposa Lecat. Laurent, si vous voulez passer des coups de fil, vous pouvez monter dans mon bureau.

Laurent hésitait.

– Vas-y, fils, insista le docteur David, on vient te chercher si y a un problème.

Un problème, il y en avait déjà, et pas qu'un… Mais Laurent ne releva pas. Il accepta l'offre de Lecat et prit les clefs de son bureau.

Ce lieu donnait à Laurent l'impression d'être dans une bulle aseptisée. Comme si rien de mauvais ne pouvait y advenir. Il n'y avait pas de place pour les ennuis, l'ordre prévalait. Il composa d'abord le numéro du service de chirurgie générale de Saint-Louis. Simone et Camille méritaient d'être informées de la situation. Elles avaient pris trop de risques, s'étaient trop investies pour être tenues à l'écart. Marceline décrocha et, sans poser de question, dit à Laurent qu'elle allait chercher Simone. Elle doit être au courant songea-t-il. Quand l'infirmière en chef répondit, sa voix tremblait. Elle devait redouter cet appel.

– C'est moi, je suis à Cochin, et ça ne va pas très bien. Je pense que ce serait bien que vous veniez avec Camille.

– À ce point ?

– Je sais pas encore… On refait les examens… mais…

– J'ai compris, docteur, l'interrompit Simone. On arrive.

– Vous allez vous en sortir à Saint-Louis ?

– Vous tracassez pas pour ça.

– Merci, Simone.

– Merci à vous de m'avoir appelée.

Il sortit la feuille de papier sur laquelle il avait noté les numéros qu'Ali Benyoussef lui avait dictés. Ceux de ses parents, de sa femme et de ses sœurs et frère. Six personnes. Une seule présente au chevet d'Ali suffirait à lui apporter un peu de réconfort. Une sur six, ce n'était pas démesuré, pourtant c'était perdu d'avance. Il connaissait ces familles. Il avait la même. La réputation et les apparences l'emportaient sur le reste. Sans parler des croyances… L'excuse des interdits religieux pour ne pas assumer ses choix, ne pas accepter la différence. Laurent songea au discours de Serge, à ceux de ses cousins. La plupart l'avaient condamné parce qu'il avait osé épouser une non-Juive. Il n'osait même pas imaginer ce qui se serait passé s'il avait été homosexuel. La réponse était simple, il aurait dû affronter le même isolement que son patient.

Il eut un pincement au cœur en composant le premier numéro. Il priait pour que la mère d'Ali décroche, qu'elle ne rejette pas son enfant… Laurent reconnut aussitôt l'accent prononcé des Djerbiens.

– Bonjour, madame Benyoussef, je suis le docteur Laurent Valensi, c'est moi qui m'occupe de votre fils Ali.

Au bout du fil, pas de réponse. Laurent hésita à poursuivre.

– Est-ce que vous m'entendez, madame ?

La femme se racla la gorge. C'était bon signe, elle était là, et elle l'invitait à poursuivre en quelque sorte.

– Votre fils va très mal, madame… On a tout essayé, il a été opéré la nuit dernière, mais on ne sait pas s'il va s'en sortir.

Laurent se tut pour lui laisser la possibilité d'intervenir. Elle ne prononça pas un mot. Son silence se dressait peu à peu comme un mur infranchissable.

– Il a besoin de vous, madame… Il est seul. Il a besoin de voir qu'il compte pour sa famille, pour sa mère…

– Ali n'est plus mon fils. Il nous a trahis. Laissez-moi maintenant.

Et elle raccrocha. Laurent garda le combiné dans sa main. C'était d'une telle violence… Comment pouvait-elle ? Se rendait-elle compte que ce n'était plus un jeu ?

Que son fils était entre la vie et la mort ? Il composa de nouveau le numéro. La femme décrocha.

– Madame, je crois que vous ne mesurez pas la gravité de la situation. Votre fils va mourir, vous ne voulez pas lui dire au revoir ?

Laurent perçut une sorte d'hésitation dans le souffle de la mère. Mais soudain, une voix d'homme l'interpella en arabe, lui demandant à qui elle parlait. Ce genre de phrases, Laurent arrivait à les comprendre. La femme répondit que c'était un faux numéro et raccrocha encore. Aucune chance de la faire changer d'avis maintenant que son mari était avec elle…

Il reprit la feuille : Nadia. Elle mit un certain temps à décrocher. Sa voix était enrouée.

– Bonjour, madame… Je suis le docteur Valensi, de l'hôpital Saint-Louis.

– L'hôpital ?

Laurent perçut l'angoisse dans sa question.

– Je suis le médecin d'Ali Benyoussef.

– Oh…

Nadia soupira. Laurent attendait une réaction, mais elle ne dit plus rien.

– Madame ? Vous êtes toujours là ?

– Oui… Pardon, docteur…

– Je suis chirurgien. Je soigne votre mari depuis quelques jours… Il ne va pas bien.

Un enfant se mit à pleurer. L'enfant d'Ali… Laurent en eut un frisson. Il continua d'expliquer la situation à l'ex-femme de son patient, l'abandon des parents du malade, son état critique et son désespoir face à sa solitude.

– Je comprends, docteur, mais il faut que je réfléchisse…

– Nadia, il a besoin de vous… Il a besoin de voir son enfant…

– Désolée, docteur, je n'exposerai jamais mon fils à cette maladie, le coupa-t-elle.

Laurent ne pouvait pas la blâmer.

– Vous avez raison…

Nadia lui promit qu'elle ne dirait pas de mal de son père à son enfant quand il grandirait. Elle avoua qu'elle ne détestait pas son ex-mari, qu'elle avait eu le temps de se mettre à sa place, ajouta que Laurent pouvait lui répéter tout ça.

– Il a dû beaucoup souffrir… Et je sais qu'il m'a aimée. Pas comme j'aurais voulu, mais il a fait ce qu'il a pu…

– C'est ce qu'il m'a dit, approuva Laurent.

– Mais ça fait encore très mal, docteur… Vous comprenez ? Je n'ai pas envie de le revoir, et surtout pas comme ça… Pour moi, c'est toujours mon mari, et il m'a trompée. Il m'a abandonnée, docteur…

Nadia avait l'air sincère. Elle était vraiment perdue. Laurent se sentit gêné. Lui, comment aurait-il réagi ? Il ne voyait que le supplice d'Ali depuis le départ, sans mesurer celui de Nadia.

– Je suis toute seule, docteur… Mon fils, il n'a que moi… La famille d'Ali me parle plus. Pour eux, c'est de ma faute si Ali a changé… Parce que j'ai pas su le retenir. Mes parents sont en Tunisie, ils sont trop pauvres pour m'aider… Je peux pas me permettre de flancher…

– Je comprends, Nadia. C'est juste qu'il souffre beaucoup et qu'il lui reste peu de temps…

– Je vais y réfléchir, je vous jure.

– D'accord.

– Si vous voulez, dites-lui que son fils a ses yeux et qu'il s'appelle Adil, comme il voulait.

– Adil ?

– Oui, ça veut dire « juste ». Depuis toujours, il voulait avoir un fils qui s'appellerait comme ça.

– Très bien, je lui dirai. Merci, Nadia.

Elle ne répondit pas. Avant de raccrocher, il entendit qu'elle pleurait.

Il n'y avait personne chez son frère. Laurent se promit de rappeler plus tard. À peine se présenta-t-il à sa première sœur qu'elle raccrocha. Elle ne voulait plus entendre parler d'Ali. Il ne restait plus que la deuxième. Il avait si peur de composer son numéro. Si elle refusait, que dirait-il à Ali ? Que sa famille se fichait de lui ? Qu'en fait il ne faisait plus partie des leurs ? Ou mentirait-il ? Prétendre qu'il n'avait pas réussi à les joindre ? Ce serait plus simple, mais il avait promis à son patient de lui dire la vérité. Il lui devait bien ça.

Quelqu'un frappa à la porte.

– Entrez ! cria-t-il.

C'était Simone.

– Je voulais savoir si vous aviez besoin d'aide, le docteur Lecat m'a dit que vous essayiez de joindre les Benyoussef.

– Oui, et pour l'instant, je n'ai pas eu beaucoup de succès…

Laurent lui expliqua la situation.

– Je m'en occupe. Ils vous attendent en bas, ils ont presque fini les examens.

– Alors ?

– Ce n'est pas très bon, déplora Simone.

Laurent lui laissa la feuille avec les numéros et descendit en réa rejoindre l'équipe.

52.

– C'est une pneumocystose, déclara Lecat quand il vit Laurent arriver.

– Et il a aussi une infection sur la cicatrice de l'opération, ajouta Camille.

Derrière eux, Ali Benyoussef divaguait. Il était déjà en train de partir, shooté à la morphine.

Laurent passait en revue toutes les solutions possibles. Quel médicament ? Fallait-il l'intuber ? Et s'il faisait une attaque ? Avec l'insuffisance pulmonaire, c'était à prévoir… L'opérer serait-il utile ? Et si on ne faisait rien ? Ali Benyoussef s'éteindrait dans la douleur de ne plus pouvoir reprendre son souffle. Laurent s'approcha de lui.

– Ali, votre fils va bien. Il s'appelle Adil, murmura-t-il à l'oreille du malade.

Ali Benyoussef était incapable de parler. Laurent ne savait même pas s'il l'entendait. Pourtant, il vit ses lèvres bouger. Était-ce un sourire ? Ça y ressemblait. Ali l'avait compris.

– J'ai eu Nadia au téléphone, elle ne vous en veut pas. Elle vous aime encore et elle vous comprend, reprit-il.

Le sourire s'élargit encore et Laurent broda autour de ces propos jusqu'à ce qu'Ali cesse de réagir.

Lecat proposa à l'équipe de se réunir dans son bureau pour faire le point. Ils le suivirent. Quand ils ouvrirent la porte, Simone était assise face au téléphone, en pleurs.

– Je n'ai jamais vu ça, balbutia-t-elle en s'essuyant les joues.

Pas besoin d'en dire plus : la deuxième sœur avait dû lui faire la même réponse que les autres.

Arthur Lecat résuma la situation.

– On n'a pas beaucoup d'options, conclut-il.

– On devrait l'intuber, dit Laurent.

Ils baissèrent tous la tête, fuyant son regard.

– Quoi ? s'énerva Laurent. On peut pas le laisser comme ça quand même ! Appelons un réanimateur pour un second avis !

Aucune réaction. Camille finit par prendre la parole. D'une voix douce, elle donnait à Laurent l'impression d'être un fauve que son dresseur essayait de calmer. Elle prit le temps de lui redire à quel point elle trouvait la situation injuste et comme elle s'était attachée à Ali Benyoussef. Elle ne voulait pas qu'il meure, mais elle ne voulait pas non plus qu'il souffre sans raison. À ce stade, s'acharner sur lui ne mènerait nulle part. Le même discours que celui qu'il avait tenu à la femme de Marc… Sauf que cette fois, c'était à lui d'agir.

– Docteur Valensi, on lui ferait plus de mal qu'autre chose. Et il gagnerait quoi ? Deux jours ? Une semaine ? Est-ce que ça vaut le coup ? Je vous le demande franchement.

Le docteur David hochait la tête en signe de soutien. Elle avait raison, Laurent le savait, mais il était sûr qu'ils oubliaient quelque chose, il y avait forcément un remède auquel ils ne pensaient pas… Mais rien ne lui venait. Il devait se rendre à l'évidence, ils avaient tout essayé. À présent, il ne lui restait qu'une seule chose à faire pour son patient : l'accompagner vers la mort, avec le plus de dignité possible.

11 h 15. Ils sortirent tous les cinq du bureau. Un cortège macabre, songea Laurent. Ali Benyoussef était endormi. Il toussait encore mais les calmants étaient plus forts, et si son corps était pris de spasmes, il ne se réveillait pas. Laurent s'approcha et lui prit la main. Le docteur David s'installa de l'autre côté du lit et saisit l'autre main d'Ali dans la sienne. Camille serra la jambe du patient et Simone fit de même. Lecat se tenait au pied du lit, l'air grave.

– Ali, je sais que vous m'entendez, commença Laurent, la gorge nouée.

C'était la première fois qu'un patient le touchait autant et il avait du mal à retenir les sanglots dans sa voix. Mais être médecin, c'était aussi être fort.

– Ali, nous avons fait tout ce que nous avons pu. Ce n'est pas de votre faute. La maladie s'est compliquée et elle va vous emporter. Ali, vous pouvez partir en paix, nous sommes avec vous.

Camille se mit à pleurer, le docteur David posa sa main sur son épaule. Il s'était passé quelque chose ces derniers jours. Ils étaient plus qu'une équipe médicale tentant de soigner un patient, ils étaient reliés par une histoire, par des valeurs qu'eux seuls partageaient. Pour toujours, ils seraient ceux qui avaient essayé de sauver Ali Benyoussef. C'était une sorte de famille à part entière.

– Ali, on ne vous lâche pas la main. On est tous là. Je vous avais promis la vérité, je vous la donne. N'ayez pas peur, Ali, vous n'êtes pas seul.

Plusieurs minutes passèrent, un quart d'heure peut-être. Soudain, le moniteur diffusa un son linéaire. Le cœur d'Ali s'était arrêté. Laurent regardait le chariot de réanimation et pour s'empêcher de courir vers lui, il serra davantage la main du mourant. C'était mieux pour lui. Intolérable, injuste, dégueulasse, écœurant, mais mieux.

Arthur Lecat alla éteindre le moniteur et le bruit cessa. Laurent abaissa les paupières d'Ali qui s'étaient entrouvertes au moment de l'arrêt. C'était fini.

Ils restèrent encore un moment autour du défunt avant d'appeler la morgue. Les infirmiers n'arrivèrent qu'une heure plus tard et commencèrent à envelopper Ali dans un sac mortuaire. Il avait l'air petit et frêle… Quelle vie, quel gâchis, se répétait Laurent. Il comprenait à présent le sentiment si spécial que Lecat continuait d'éprouver pour Pavel Kowalka. Chaque mort était un drame, chaque maladie une injustice, mais là, sans s'expliquer pourquoi, c'était pire que d'habitude. Sans doute à cause du triste constat que cette maladie mystérieuse avait gagné sans rencontrer de résistance, sans même avoir été découverte. Combien de victimes préparait-elle encore ? Combien de tragédies ? Laurent consacra toute l'énergie qui lui restait à chasser Alain de ses pensées.

Simone proposa de raccompagner Camille et le docteur David à Saint-Louis. Laurent leur dit qu'il les contacterait bientôt, mais il n'en pensait pas un mot. Il salua ses anciens confrères et les laissa partir, le cœur lourd. À son tour, Lecat fut appelé pour une opération.

– Appelez-moi, dit-il à Laurent avant de le laisser.

Dehors, le soleil était revenu. C'était une magnifique journée d'hiver. Le ciel était d'un bleu intense, sans aucun nuage à l'horizon. L'air froid était sec, on ne le sentait presque plus. Laurent était si peu de chose. Cette journée était d'une tristesse à pleurer, malgré tout, des enfants naîtraient aujourd'hui, des hommes et des femmes seraient heureux. Il se demandait s'il avait sa place dans ce monde absurde.

Laurent sentit une intense fatigue s'abattre sur lui. Ses yeux brûlaient, ses doigts étaient engourdis, il avait comme un goût de métal dans la bouche. Pourtant son cœur battait la chamade. Une boule de nerfs prête à exploser. Impossible de rentrer se coucher. L'idée même de retrouver le carnage qu'était devenu son appartement lui était insupportable. Chaque recoin criait l'absence de Nathalie et de Julia, chaque objet symbolisait sa solitude.

Ali Benyoussef était mort en emportant tout ce que Laurent avait. Sa famille, son métier, sa maison. Laurent n'était pas seulement seul, il était isolé, rejeté de tous. Une trahison, voilà l'impression que sa vie lui donnait. « L'enfer est pavé de bonnes intentions », répétait son père. C'était vrai. Laurent avait voulu faire le bien, mais il n'avait semé que mort et souffrance autour de lui. Nathalie avait-elle raison ? N'avait-il voulu que satisfaire son ego en se chargeant de ce cas ? Peut-être. Il n'était plus sûr de rien.

Où pouvait-il aller ? Que faire maintenant ? La matinée se finissait à peine et pourtant il n'y avait que le vide autour de lui. Tôt ou tard, ses actes lui reviendraient en pleine face. L'effet boomerang… L'administration, la belle-famille, les assurances pour l'appartement, la police peut-être. Dans cette société, on ne vous oublie jamais… Mais en attendant, il était en sursis.

Appeler Gabriella ? Elle devait avoir eu son message, penser qu'Ali était toujours vivant. Il n'avait pas le courage de lui annoncer la nouvelle. Elle était suffisamment douée pour la découvrir seule. Il y avait même à parier qu'elle avait déjà contacté Lecat et qu'elle était au courant. Non, il n'avait envie de voir personne.

Un bus s'arrêta à quelques mètres de lui et ouvrit ses portes. Il le prit comme une invitation. Jamais il ne s'était laissé guider. Il avait toujours eu un but, une destination, un rendez-vous, des comptes à rendre. Aujourd'hui, personne ne l'attendait. Il prit un ticket sans même demander la direction du véhicule, et s'assit à l'arrière. Deux vieilles dames discutaient à quelques rangs devant lui. Un homme, la quarantaine, agité, passait son temps à regarder derrière lui. Une jeune femme écoutait de la musique dans son walkman. C'était très fort, et d'où il était, Laurent pouvait entendre le son des basses. Sourde à trente ans, c'était garanti.

Ils gagnèrent Montparnasse, prirent la rue de Rennes. Le quartier de Saint-Germain-des-Prés était en pleine effervescence. Les gens entraient et sortaient des magasins, les bras chargés de paquets pour Noël. Laurent les observait à travers la vitre. C'était donc pour eux qu'on ne parlait pas du LAV... Pour qu'ils achètent leurs cadeaux tranquillement, qu'ils mangent leur chapon fourré aux marrons, qu'ils se disputent en famille parce que la belle-mère aurait dit un mot de travers ou que les gosses n'auraient pas eu le vélo de leurs rêves... C'était pour permettre les éternelles revendications des maris, des femmes, des gamins, des syndicats, des pilotes d'avion et tous ceux que les fêtes déprimaient au point de vouloir se venger sur les autres qu'on faisait de cette maladie un tabou officiel. C'était pour eux qu'Ali Benyoussef avait été traité comme un chien.

Un passant trébucha dans le caniveau, sa boîte de chocolats s'étala sur le sol. La femme à ses côtés se mit à crier. Le pauvre homme se débattait dans la neige fondue, tentant de sauver quelques friandises. Combien parmi tous ces gens seraient contaminés par le LAV ? Combien l'étaient déjà sans le savoir ? Combien de pères, de mères, de sœurs verraient leurs proches mourir ? Combien de mois faudrait-il attendre après Noël pour que le scandale éclate enfin ? Y avait-il un moment propice pour ce genre de nouvelle ?

Une femme monta à Odéon et demanda quel était le terminus.

– Gare de Lyon, répondit le chauffeur.

Gare de Lyon, parfait. Laurent ne descendrait pas avant. Il sourit. Ça lui rappelait son père. Après la mort de sa femme, Ange était devenu plus dur et plus terne encore que pendant sa maladie. Il ne s'autorisait plus aucune fête de famille, aucune partie de cartes, aucune sortie avec ses amis. Il ne faisait que travailler, veiller à ce que ses fils aient de quoi se nourrir, surveiller leurs résultats scolaires et lire son dictionnaire. La seule fantaisie qu'il s'octroyait chaque dimanche était de prendre le métro. Emprunter une ligne au hasard, jusqu'à son terminus. Ensuite il rentrait à pied. Peu importait le temps, il ne coupait jamais à sa « balade du dimanche ». Il y allait seul, ne parlait jamais à personne, ne s'arrêtait pas non plus. Il marchait jusque chez lui et faisait réchauffer le repas du soir.

Retourner à l'origine, là où tout avait commencé. Une fois à la gare de Lyon, Laurent irait passage Charles-Dallery. Il ferait ses adieux à cet endroit et rentrerait chez lui. Cette idée lui fit du bien.

53.

14 heures. La porte de l'appartement de son père était grand ouverte. Laurent prit peur. Les déménageurs étaient-ils déjà passés ? Avaient-ils tout emporté à l'église comme ils en étaient convenus au téléphone quelques jours plus tôt ? Il entra et se trouva face à Alain. Laurent pensa tout de suite au Kaposi et se pétrifia. La réalité le rattrapait. Alain était malade. Alain allait mourir et il ne pourrait rien faire pour lui.

– Qu'est-ce que tu fais là ? T'es pas au travail ?

Laurent lui expliqua qu'il avait fini plus tôt son service à l'hôpital.

– Je suis content de te voir, p'tit frère !

– Moi aussi, répondit Laurent, tentant de donner le change.

– J'ai presque fini, reprit Alain sans remarquer son malaise.

Il désigna quatre grands sacs plastique remplis à ras bord au milieu du salon.

– J'ai appelé les déménageurs, je supportais plus de laisser traîner.

– Tu as bien fait, acquiesça Laurent.

– Ils seront là dans une petite heure.

Laurent contempla la pièce vide. Toute leur enfance était contenue dans quatre sacs plastique. C'était fou. Des années de joie, de peur, de tristesse... Un passé qui ne remplissait que quatre sacs-poubelle. Stupéfiant.

Laurent traversa la pièce pour aller dans la chambre à coucher. Alain avait terminé de la vider.

– T'as pas chômé dis donc !

Alain tenait un balai à la main.

– Je vais juste garder ça je crois, tu te souviens ?

Laurent sourit. Bien sûr qu'il se souvenait.

Leur mère était morte depuis deux ans. Vers 4 heures du matin, Laurent avait été réveillé par un bruit étrange. Il s'était levé pour aller dans le salon, et dans la pénombre, il avait aperçu son père en pyjama, le balai à la main, en train de s'agiter. « Qu'est-ce qu'il y a ? » avait demandé Laurent, redoutant le signe d'une démence précoce. Son père lui avait toujours semblé étrange, mais il restait jusque-là fidèle à sa propre logique, sa notion d'ordre et de morale. Le voir ainsi en pleine nuit était contraire à ses habitudes. « Dors ! Dors ! » avait répondu Ange.

À ce moment-là, un énorme rat avait tourné comme un derviche autour de l'appartement. Laurent s'était mis à hurler, réveillant ses frères. La bête était énorme et ses yeux rouges. Laurent avait grimpé sur la table à manger, bientôt rejoint par Alain et Serge. Apeurés, ils laissaient leur père, seul, pourchasser le rongeur. Dès que l'occasion s'était présentée, ils avaient claqué la porte du salon pour isoler Ange avec l'animal dans le cagibi.

Toutes les trente secondes, ils entrouvraient pour savoir comment leur père s'en sortait, tout en bloquant le passage avec le panier à linge. Pas question de risquer le retour du rat dans la maison. Soudain, la bête avait bondi vers Ange qui avait eu le réflexe de la frapper avec le balai en plein dans le museau. L'animal avait déguerpi. Sans un mot, Ange était retourné se coucher. À leur tour, les trois frères, honteux, étaient descendus de la table et avaient regagné leurs lits, Alain et Serge dans le salon, Laurent dans la chambre, à la place de sa mère. Ange avait éteint la lumière. Il s'était endormi presque aussitôt, mais Laurent avait tardé à trouver le sommeil.

– On était cons, quand même !

– Très…

Alain vint s'asseoir près de Laurent, par terre, adossé au lit un léger sourire au coin des lèvres.

– Je me dis toujours qu'il faut que je rentre plus souvent, que ça se fait pas de vous laisser tomber… Mais la vérité, c'est qu'à chaque fois que je mets un pied dans cette ville, ça me plombe.

– Je comprends, répondit Laurent.

Il se tourna vers son frère. Le Kaposi était à quelques centimètres de lui. Un frisson le parcourut. Il fallait qu'il en parle à Alain, mais son frère poursuivit.

– C'est pas que je vous aime pas, c'est juste que j'y arrive pas… C'est trop dur.

– Je sais, Alino…

Alain hochait la tête en caressant le parquet avec la paume de sa main.

– Je suis allé voir Serge hier…

Laurent sursauta. Il ne s'attendait pas à ça et redoutait le résultat. Si Serge avait appris qu'en plus d'être marié à une Africaine catholique, Alain avait eu un enfant avec elle, Serge aurait fait un scandale mémorable. Laurent en entendrait parler pendant des mois, des années ! Et Serge prierait deux fois plus, si c'était encore possible, pour compenser les choix de ses mécréants de frères.

– Je voulais tout lui raconter… Je lui ai dit pour Fanta, mais il m'a fusillé du regard, j'ai pas pu continuer. Il sait pas pour mon fils.

Laurent était soulagé et triste à la fois. Il n'y aurait pas d'histoire, mais il se demanda comment ils avaient pu en arriver là. Comment, avec un tel passé, tant de souffrance, ses frères et lui avaient-ils pu s'éloigner autant ? Alain avait l'air déçu. Laurent observait son Kaposi et en voulait à Serge de causer cette peine à leur frère. Plus il y pensait, plus la rage montait.

– C'est un con ! s'écria-t-il. Enfin, pourquoi tu le laisses te traiter comme ça ? Il n'a vraiment aucune leçon à nous donner !

Il bondit pour mieux laisser sa colère exploser. Il hurlait. Il savait qu'Alain n'y était pour rien et que ses cris recouvraient bien plus que cette discussion prévisible avec Serge, mais il n'arrivait pas à se calmer.

– Rino, arrête.

Alain se leva à son tour, et saisit les mains de Laurent.

– Arrête, insista-t-il. Ça sert à rien de te mettre dans des états pareils…

– Je le supporte plus !

– Il fait comme il peut, c'est ce que j'ai compris. Il est comme nous, il a la trouille de vivre…

Laurent donna un coup dans l'armoire.

– Et à quoi ça sert ? Tu m'expliques où ça nous mène, hein ?

– C'est pas la question…

– Tu trouves que la peur, c'est une raison valable pour faire chier ? Pour juger ?

Alain hochait la tête, l'air navré.

– Il se rend pas compte…, plaida-t-il.

Malgré sa colère, Laurent savait qu'Alain avait raison. Combien de fois le docteur David lui avait rabâché : « Ce que tu as trouvé dans la médecine, Serge l'a dans la religion. C'est sa maison. Ne critique pas la maison de ton frère. » En retour, Laurent s'offusquait : Serge ne le critiquait-il pas ? Alors le docteur David soupirait : « *Habib*, vous êtes des gosses ! On se fiche de qui a raison, c'est ça qui gâche tout ! Serge, il est comme toi. Paumé comme toi ! Il fait ce qu'il peut avec les armes qu'il s'est trouvées. »

Une sonnerie à la porte les interrompit. C'était les déménageurs. Alain leur demanda de tout prendre sauf le balai.

– Tu veux pas qu'on aille se balader un peu ? proposa-t-il à Laurent.

– Ok.

Ils descendirent la rue de la Roquette. Le soleil brillait toujours. Trois clochards erraient à l'angle de la rue de

Lappe. Ils leur donnèrent quelques pièces et continuèrent tout droit jusqu'aux quais de Seine.

– Je me dis toujours que j'aurais dû en faire plus pour papa, lâcha Alain.

– Qu'est-ce que tu veux dire ?

– J'ai pas mesuré sa peine. J'étais trop occupé à me concentrer sur moi…

– On était tous tristes et paumés.

– Oui, mais papa, pour lui, c'était fini. Nous on avait la vie devant nous, insista Alain.

Le Kaposi dansait sous les yeux de Laurent et les paroles de son frère lui faisaient mal. Non, ils n'avaient pas toute la vie devant eux. Pas lui en tout cas.

– Tu te rappelles quand il a pleuré ? demanda Alain.

Difficile à oublier… Leur père n'avait pleuré qu'une seule fois dans sa vie… C'était un soir. Il venait de servir le dîner. Infect, comme d'habitude. Et puis, d'un coup, il avait éclaté en sanglots. C'était tellement étrange, tellement inattendu que Laurent et ses frères avaient continué de manger en silence. Pas un mot de soutien pour leur père, pas un mouchoir tendu. Ils avaient avalé leur repas et s'étaient levés de table, comme si de rien n'était.

– Je comprends toujours pas pourquoi on l'a pas pris dans nos bras.

– Parce que papa n'était pas comme ça, justifia Laurent.

– Arrête, Rino… Tout le monde a besoin d'affection, surtout avec ce qu'il avait vécu…

– Je sais pas… Je te jure… Je crois que ça l'aurait rendu plus mal à l'aise qu'autre chose.

– Si tu le dis.

Ils se turent. Un bateau-mouche passa devant eux. Sur le toit, des touristes les saluèrent de la main. Ils ne leur répondirent pas.

– Je peux te poser une question ? finit par reprendre Alain.

– Vas-y, répondit Laurent d'un ton mal assuré.

Il avait peur qu'Alain ne l'interroge sur son Kaposi, et il craignait de ne pas être capable de lui dire la vérité. « Tu vas mourir, Alino. Non, il n'y a pas de traitement ! Officiellement, il n'y a même pas de maladie ! » Jamais il ne pourrait lui dire ça… Il fixa son frère dans les yeux, tentant de masquer son état de panique.

– Tu crois que c'est de ma faute si papa est mort ?

– Quoi ?

Laurent mit quelques secondes à comprendre ce que son frère lui demandait.

– Bien sûr que non ! Pourquoi tu dis ça ?

– Je l'ai tellement déçu… Tu crois qu'on peut mourir de déception ?

Cette question, Laurent se l'était posée bien souvent… Il était même devenu médecin pour essayer d'en guérir. Et il découvrait aujourd'hui qu'Alain se sentait aussi coupable que lui.

Avec toute la fermeté dont il était capable, il répondit que non, conscient que ça valait aussi pour lui-même. Sans leur mère, leur père ne trouvait plus de sens à la vie. Bien sûr, ils ne l'avaient pas épargné, mais ce n'était pas le rôle des enfants de donner envie de vivre à leurs parents. Chacun devait mener ce combat seul. À présent, face à son frère, Laurent en était sûr.

– Je pense tout le temps à eux… Si on avait vu le médecin avant, si on avait été plus présents… Je ne sais pas quand ça va s'arrêter, cette douleur… Ni si ça va s'arrêter un jour…, murmura Alain en se mettant à pleurer.

Laurent ne sut quoi répondre. Tout cela, il se le demandait sans cesse. Mais à ce moment précis, il était obnubilé par le Kaposi dans le cou d'Alain. Il ne pouvait pas le laisser repartir en Afrique dans cet état. Le laisser dans l'ignorance serait l'insulter. Son frère devait savoir qu'il pouvait compter sur lui, ce qui impliquait de lui dire toutes les vérités, même les plus difficiles à entendre.

– Bon, je vais y aller… Faut que je fasse ma valise.

– Attends, hésita Laurent.

Mais il ne trouvait plus les mots. Par quoi commencer ?

– Ces marques, là, dans ton cou, je suis pas sûr que ce soit un parasite.

Alain porta tout de suite sa main sur la lésion.

– De quoi tu parles ?

En quelques secondes, il était devenu blême.

– Mais tout le monde a ça…

– Je sais… Simplement je pense qu'il faudrait faire quelques analyses…

– Tu penses à quoi ? C'est grave ?

Alain paniquait. Ses mots sortaient de sa bouche en saccade. Laurent ne pouvait pas tout lui balancer d'un coup, il fallait tempérer.

– Calme-toi… Je pense juste qu'il faut éliminer certaines options, et pour ça, il faudrait faire quelques examens, vérifier que tu n'as pas d'autres symptômes dont tu ne te serais pas rendu compte…

– Laurent, dis-moi, c'est quoi ? Un cancer ? Je vais mourir ? s'agitait Alain.

– Non, ce n'est pas un cancer.

Son frère sourit. Pour lui, seul le cancer faisait mourir…

– Écoute, je m'occuperai de toi, je te promets, mais viens à Cochin, y en aura pas pour longtemps, je te jure…

– Je sais pas… J'aime pas trop les hôpitaux…

– S'il te plaît, Alain.

Le visage de son frère avait perdu toute expression de soulagement. L'insistance de Laurent avait dissipé la moindre possibilité de légèreté.

– Ok, ok… Je te tiens au courant quand je peux passer, céda-t-il.

Laurent le serra dans ses bras. Alain se laissa faire, sans dire un mot, puis ils se séparèrent. Une fois seul, Laurent décida de marcher jusqu'à Cochin pour récupérer sa voiture. Après, il verrait bien.

Mardi 21 décembre 1982

54.

Un rayon de soleil s'infiltra à travers le rideau jusqu'aux yeux de Laurent. Ça le réveilla. Quelle heure était-il ? Les casseurs avaient jeté son réveil quelque part, et il ne s'était toujours pas attaqué à la chambre. Il avait demandé à la femme de ménage de ne pas venir. Il voulait remettre la maison en état lui-même, peu importait le temps qu'il y passerait. C'était sa manière de commencer à se racheter auprès de Nathalie et Julia, même si elles n'étaient pas là pour le voir.

Trois jours plus tôt, quand il était rentré chez lui après avoir parlé à Alain, il était allé se coucher aussitôt, fermant les yeux sur le désordre environnant. Il s'était endormi comme une masse. Quand il avait émergé, on était dimanche. 16 h 30. Il avait dormi vingt-quatre heures. Il s'était réveillé dans un état d'angoisse pesant. Il venait de faire un cauchemar : Alain agonisait, seul, dans un hôpital en Afrique. Laurent était en sueur et son cœur battait la chamade. Il n'arrivait toujours pas à admettre qu'un tel malheur touchait son frère. Il avait repensé aux derniers instants d'Ali Benyoussef et la nausée était revenue. Dans quelques mois, quelques semaines peut-être, l'état de son frère se dégraderait. Alain aurait peur, il aurait mal et Laurent ne pourrait rien faire pour lui. Il le revoyait, plus jeune, avec son air grave et ses phrases mesurées. Il essayait toujours de calmer le jeu quand une dispute éclatait passage Charles-Dallery. Pourquoi lui ? Pourquoi, alors qu'il venait tout juste de trouver un équilibre, d'avoir un enfant ? Alain méritait des années de bonheur en paix. Il méritait de connaître un peu d'insouciance et de joie. Laurent savait qu'il n'était pas question de mérite. Mais l'injustice, l'horreur de ce qui s'annonçait le brisait. La menace était là et le drame se profilait. Il n'y avait pas d'erreur possible.

Laurent devait lui parler. Il ne savait pas quoi lui dire, mais il avait besoin de sentir la présence de son frère. Il avait soudain pris conscience qu'il ignorait où se trouvait Alain. Était-il descendu à l'hôtel ? Chez des amis ? Avec toute cette histoire, il n'avait même pas pris la peine de le lui demander. Il avait paniqué. C'était comme si Alain disparaissait déjà.

Laurent avait essayé de réfléchir. La dernière fois, Alain était descendu à l'Edouard 7, avenue de l'Opéra. Il était allé chercher le numéro dans les *Pages jaunes*. Une jeune femme lui avait répondu qu'il était parti le matin même. Alain était-il encore à Paris ? Laurent cherchait quoi faire.

Joindre Fanta en Afrique ! Quand sa belle-sœur avait répondu, Laurent avait perçu son sourire à travers le combiné. Fanta avait une voix ronde, joyeuse. Elle riait tout le temps. Elle était la parfaite incarnation de ces Africaines qui cultivent la joie de vivre dans n'importe quelle situation. « Fanta, je cherche Alain, est-ce qu'il est déjà en route ?

– Non, je croyais qu'il était avec toi !

– C'est ce qu'il t'a dit ?

– Oui, il m'a appelée ce matin… » Il avait senti que Fanta s'inquiétait, le sourire avait disparu. Vite, il devait trouver quelque chose, cesser de faire du mal à son frère malgré lui. « Pardon, ça me revient maintenant, il m'a dit qu'il voulait aller voir Ludo et Régis », avait-il inventé. C'était les deux amis d'enfance d'Alain, avec qui il avait monté son premier groupe de rock quand il avait seize ans. Laurent avait eu envie de croire à son mensonge. Après tout, c'était possible… Fanta en revanche était restée sur ses gardes. Laurent avait insisté longtemps pour la tranquilliser. Elle s'inquiétait pour rien, il en était sûr à présent, Alain lui avait parlé de ces retrouvailles depuis son arrivée. Laurent s'était justifié, il avait vraiment eu une semaine difficile, il s'embrouillait, elle ne devait pas s'en faire, il était désolé de l'avoir appelée pour rien. Fanta avait fini par se calmer, il en avait profité pour changer de sujet. « Heureusement qu'Alain était là, sinon je n'aurais pas réussi à vider l'appart des parents…

– Et avec Serge ?

– Ils se sont parlé… Ça a été, je crois. Je n'étais pas là… » Il lui avait promis de la rappeler dès qu'il serait avec Alain. Il s'en était voulu. Il venait de créer un nouveau problème. Mais où était son frère ? Il avait contacté Ludo. L'ami d'Alain était surpris. Il n'était même pas au courant qu'Alain était à Paris. Il avait vu Régis la veille, inutile que Laurent l'appelle…

Laurent s'était senti découragé. Il connaissait son frère par cœur. Alain avait paniqué et avait dû se réfugier quelque part, où personne ne pourrait le contacter. À moins d'écumer tous les hôtels et chambres d'hôte de Paris et sa banlieue, il n'avait aucune chance de le retrouver. L'inquiétude avait redoublé. Et si Alain se sentait mal ? S'il s'effondrait seul ? Laurent essayait de chasser les images horribles dans sa tête. Sans succès. Il devait bouger, agir.

Il avait commencé par ranger la cuisine ainsi qu'une partie du salon. Il s'était coupé le doigt avec les morceaux de vaisselle étalés sur le sol. Il n'avait pas eu envie de trier les objets cassés : tout ce que ces hommes avaient touché devait aller à la poubelle. Les faire disparaître, c'était tout ce qui lui importait. Il avait essayé de grignoter des restes dans le frigo, mais chaque fois qu'il avalait quelque chose, la nausée reprenait. Il s'était demandé si c'était un symptôme du LAV. L'angoisse était aussitôt revenue. L'avait-il attrapé ? Allait-il mourir avant d'avoir revu sa femme et sa fille ?

Il s'était assis par terre. La peur l'épuisait. Il était resté immobile, incapable de se relever. Le téléphone avait sonné, il avait laissé le répondeur s'enclencher. C'était Gabriella. Elle avait appris pour son patient. Elle voulait lui parler. Elle insistait sur le fait que c'était important, ça avait un rapport avec Bernard et une série d'articles qu'elle préparait. « Je t'embrasse, *querido*, prends soin de toi », avait-elle conclu. Il ne l'avait pas rappelée.

Plus tard, il avait repris le rangement du salon. Il était tombé sur les jouets que Nathalie avait emballés pour Noël. Les papiers cadeau étaient déchirés, certaines boîtes en carton ouvertes, leur contenu déversé sur le sol. Il y avait le cheval de Barbie que sa fille avait tant espéré, une maison de poupée à construire, des vêtements pour ses baigneurs… Salauds ! Il avait fallu qu'ils saccagent aussi les cadeaux de Noël ! Il était au-delà de la colère, un écœurement profond l'habitait à présent. Les brûlures d'estomac ne cessaient pas, il était fourbu. Il avait des courbatures partout. Son corps le lâchait, comme tout le reste.

Il avait remis le cheval dans la boîte, replié les vêtements, refermé les paquets, scotché les emballages. Mais ça n'avait pas suffi à le soulager. Il était obsédé par une question : dans quel état était sa petite fille ? Que lui avait-on raconté à son sujet ? Il avait tellement envie de lui parler mais il craignait qu'elle ait changé. Qu'en quelques jours sa voix soit devenue plus distante. Il avait besoin de la serrer dans ses bras. Elle était partie sans qu'il puisse l'embrasser… Son rire, ses moues tantôt boudeuses, tantôt enjouées, son odeur lui manquaient tant. Il imaginait sa fille suçant son pouce, blottie contre lui. Jamais il n'aurait pensé être capable de tant aimer un jour… Aimer à ce point le faisait presque souffrir.

Pourtant, quand Julia était née, il n'avait rien ressenti. Plus il la regardait dans son berceau, plus il s'inquiétait. Était-il un père indigne pour ne rien éprouver ? Il n'osait en parler à personne, surtout pas à Nathalie. Comme il enviait sa femme de s'extasier à chaque gazouillis, de s'émerveiller à chaque sourire ! La petite s'en rendait-elle compte ? Puis, une nuit, Nathalie était fiévreuse et la petite s'était mise à hurler. Il avait pris sa fille dans ses bras, l'avait serrée contre lui et avait arpenté la pièce en tous sens. Elle s'était calmée. Pour la première fois, il avait eu l'impression que Julia l'avait reconnu, qu'elle faisait la différence entre lui et les autres. Et c'était venu. Un flot d'amour immense, qui n'avait fait que grandir depuis.

Il ne pouvait pas lui faire prendre le risque d'être contaminée tant qu'il ne saurait pas s'il l'était lui-même, mais il ne pouvait pas non plus vivre sans elle. Dans ce salon éventré, au milieu des vestiges de sa vie d'avant, il s'était fait l'effet d'un fantôme. Il avait quitté le monde des vivants. Son existence ressemblait aux derniers jours de Marc : un long coma.

Il devait parler à Nathalie mais il ne savait pas quoi lui dire, il n'avait aucun argument à part le fait qu'il l'aimait. Il avait composé le numéro de téléphone puis s'était arrêté. Il étouffait. Et si sa femme le rejetait encore ? Si elle décidait de rester à Nice pour toujours avec Julia ? Ses yeux s'étaient mis à piquer. Il était incapable d'entendre Nathalie lui annoncer une telle nouvelle. Il avait reculé puis était revenu sur ses pas. Ne rien savoir était pire encore. Ce silence était une torture insupportable.

Le téléphone n'avait sonné qu'une fois, sa belle-mère avait répondu aussitôt. « C'est moi, c'est Laurent…

– Laurent… je suis désolée, mais Nathalie a bien dit qu'elle ne voulait pas te parler.

– Mais… pourriez-vous insister ?

– Je pense qu'il vaut mieux la laisser se calmer. » Aucun

reproche dans son ton. Elle n'était ni pour l'un ni pour l'autre, mais cherchait un moyen d'apaiser les tensions. « Vous croyez qu'elle va revenir ? avait balbutié Laurent, désemparé.

– Écoute, elle est très fatiguée, laissez-vous le temps. Julia va bien, elle est partie sur la Prom avec son grand-père et Nathalie est chez l'ostéo. Pourquoi tu n'essaierais pas de prendre soin de toi, aussi ? » Laurent n'avait pas su quoi répondre. « Comment vas-tu ? » C'était la première fois depuis des jours que quelqu'un s'inquiétait pour lui. Il en avait été troublé. « Je… je ne sais pas, madame Simeoni. » Elle avait soupiré. « Va manger quelque chose et dors, tu en as besoin. Il n'y a que comme ça que les choses s'éclairciront, d'accord ?

– D'accord. » Il avait raccroché. Il s'était senti triste, mais il allait un peu mieux. Il avait obéi à sa belle-mère, avait avalé la dernière banane, toute noircie dans le frigo, et filé dans son lit. Il avait beau être épuisé, impossible de fermer l'œil. Il était terrifié. Peur pour Alain, peur que Nathalie le laisse à jamais… Il était tellement tendu qu'il en avait des crampes. Tard dans la nuit, il avait pris un somnifère. Il n'avait pas lésiné sur les doses.

Le dimanche matin, il s'était réveillé avec difficulté, le cerveau embrumé, comme à chaque fois qu'il prenait du Valium. Il avait tourné autour du téléphone. Nathalie, Alain, les peurs étaient de nouveau là, et il ne savait pas par quoi commencer. Appeler à Nice ? Écrire à Nathalie ? Contacter Fanta ? Et s'il l'inquiétait davantage ? Aucune démarche ne lui semblait satisfaisante, pourtant il ne pouvait pas rester là sans rien faire… Alors il avait fini par rappeler sa femme. Nathalie avait soupiré et Laurent s'était crispé. Il s'était préparé à tout sauf au mépris. La colère était montée d'un cran et il s'était mis à crier. Elle n'avait pas le droit de disparaître, elle attendait son enfant, il avait son mot à dire ! Elle n'avait pas le droit de le priver de sa fille ainsi ! Si elle ne lui ramenait pas Julia, il porterait plainte, il ne se laisserait pas faire ! Les mots sortaient de sa bouche sans qu'il puisse les arrêter. Nathalie s'était énervée à son tour. « Je t'interdis de m'appeler encore. Laisse-moi tranquille, laisse ta fille tranquille et arrête d'emmerder ma famille ! Tu ne gagneras jamais un procès avec ce que tu as fait, alors garde tes menaces pour toi !

– Tu ne peux pas me faire ça ! hurlait-il, en vain.

– Et dis à ton docteur David d'arrêter de m'appeler ou d'appeler mon père. Je n'ai pas besoin de ses arguments ! » Laurent était sidéré. Le docteur David avait téléphoné à Nathalie ? Il avait plaidé en sa faveur ? Décidément, c'était un véritable ami. Il avait échoué, mais avait pris la peine d'agir. Laurent avait essayé de riposter mais Nathalie lui avait raccroché au nez. Il avait soupiré longtemps. Comment allait-il se sortir de là ?

Le téléphone avait sonné. Il s'était rué sur l'appareil, espérant que Nathalie était revenue sur ses accusations. « Bonjour, Laurent. » C'était le père Simeoni. Il avait entendu les hurlements de sa fille et il était furieux. D'une voix grave et sans jamais hausser le ton, il avait menacé Laurent. Le père Simeoni avait une autorité naturelle. Il ne criait pas, ne s'agitait pas, ne répétait jamais une phrase. C'était un bloc de béton. Une montagne qui subissait tempêtes, avalanches, canicules, mais qui dominait les plaines à travers les siècles, imperturbable. « Maintenant tu vas rester chez toi, loin de ton téléphone. Si tu appelles encore, ça ira mal. Tu m'as bien compris ?

– Oui. » Et son beau-père avait raccroché.

Laurent s'était senti humilié, vidé. Au bout d'un moment il s'était rendu compte que son ventre le tiraillait. Il avait enfilé son manteau, enroulé son cou d'une écharpe et il était descendu. La boulangère l'avait accueilli aussi chaleureusement que d'habitude. « Une baguette pas trop cuite, monsieur Valensi ?

– Oui, merci.

– Attendez ! J'ai quelque chose pour Julia ! » Elle avait tendu à Laurent des petits gâteaux en forme de lutins. « Et votre femme n'est pas venue me voir pour la bûche. Elle devait me dire pour la garniture. » Noël… Le réveillon… Ça lui paraissait si loin ce temps où un doux moment en famille se profilait. « Parce que, vous comprenez, on a beaucoup de commandes… Il faut vraiment que je sache…

– Je suis désolé… Je suis pas au courant », avait répondu Laurent. La boulangère semblait ennuyée. « Dites-lui qu'elle passe me voir dans l'après-midi.

– Elle n'est pas là. » La boulangère ne comprenait pas et Laurent s'en était agacé. Aucune envie d'étaler sa vie. Que voulait-elle ? Qu'il lui balance tout à elle aussi ? Qu'il lui dise qu'il avait peut-être attrapé une maladie mortelle ? Qu'en lui parlant, elle risquait peut-être de la contracter ? Que Nathalie ne voulait plus de lui et lui interdisait de voir Julia ? Qu'il ne connaîtrait peut-être jamais son fils ? Que son frère allait mourir ? Et probablement sa belle-sœur et tout son clan africain ? À bout, il avait préféré sortir, laissant la boulangère en plan derrière son comptoir.

Le lendemain, il avait remis la salle de bain en ordre, sans se laver pour autant. Quatre jours sans douche. Tant pis. Il ne s'accordait pas assez d'estime pour offrir à son corps le soulagement de la propreté. Au lieu de quoi il avait reniflé l'eau de toilette de Nathalie. Shalimar de Guerlain. Nathalie n'était pas une femme voluptueuse, féminine. Elle ne portait jamais de talons ni de jupes, n'avait pas de poitrine ni de hanches charnues. Mais elle adorait ce parfum, son histoire, inspirée de légendes indiennes, son odeur avec cette pointe de mystère. Ça ne lui allait pas du tout et pourtant Shalimar, c'était elle. Il avait suffi à Laurent d'ouvrir le flacon pour ressentir la présence de sa femme. Ça lui faisait mal.

Avait-il fait exprès de la perdre ? Était-ce son inconscient qui avait tout organisé pour qu'il n'ait plus que la médecine dans sa vie ? Plus de culpabilité, plus d'amour, mais des journées entières à soigner, une vie parfaite après tout. Être médecin, c'était tout ce qu'il savait faire. S'occuper de ses patients, essayer de les guérir, tel était son rôle à jouer sur terre. Pour le reste, il n'était qu'un remplaçant sur le banc de touche. Il détestait ce sentiment. Passer de l'hôpital où tout reposait sur ses épaules, où ses moindres gestes avaient des conséquences extrêmes à un statut de potiche de salon, de père accessoire qui faisait souffrir sa fille, de mari absent qui se reposait sur sa femme sans jamais l'avouer…

Il avait ruminé ces pensées tandis qu'il déblayait le couloir et sortait les premiers sacs-poubelle sur le palier. Il avait avalé deux biscottes et était parti se coucher. La fenêtre de la chambre donnait sur la rue, à hauteur des illuminations de Noël. Jusque-là, il adorait les rues enguirlandées, les loupiotes de toutes les couleurs qui clignotaient dans le ciel blanc et gris, ça l'émouvait toujours. Dès son arrivée en France, il avait été frappé par leur magie. Enfant, il se fichait du froid, préférant rester dehors à les contempler. Sitôt qu'elles apparaissaient en novembre, l'hiver se parait de gaieté, d'engouement dans le quartier, des doigts pointés vers le ciel. Une féerie dont il ne se lassait jamais.

Mais pas cette année. Les lumières l'empêchaient même de dormir. Il avait essayé de tirer les rideaux, mais la tringle était cassée. Alors il avait relevé le drap et le couvre-lit au-dessus de sa tête. Un véritable linceul. Étrange sensation, pas si désagréable au fond. Et il s'était endormi, jusqu'à la lumière puissante de ce matin, infiltrée entre les doubles rideaux. Déjà mardi. Le temps passait si vite…

La migraine était revenue. Il n'avait presque rien mangé depuis quatre jours et tournait en rond dans l'appartement… Rien d'étonnant. Mais bon sang, ça cognait. Les vertiges le clouaient à son oreiller. À chaque mouvement, il s'enfonçait davantage dans le brouillard. Il fallait qu'il termine le ménage. Ensuite, il se forcerait à manger quelque chose. Tant pis pour la nausée, ce serait pire l'estomac vide. Il se passa la main sur le visage et se massa les tempes. Sa peau était grasse, moite. Il ouvrit les yeux, regarda ses mains. Ses ongles étaient noirs. Il ne pouvait plus continuer à sombrer ainsi. Il devait réagir. Un pas après l'autre. D'abord, s'attaquer à cette migraine.

En se levant, il marcha sur un bouton de manchette près de la table de nuit. La douleur lui traversa les jambes, le dos et lui transperça la tête. Pris d'un haut-le-cœur, il hurla et s'adossa au mur pour ne pas tomber. Au bout de quelques minutes, il se dirigea vers la salle de bain mais trébucha encore et se cogna le petit orteil dans l'angle de la porte. Douleur aiguë. Insupportable. Comment une si petite partie du corps pouvait-elle faire aussi mal ? Il serrait son doigt de pied, espérant que ça soulagerait sa souffrance, mais rien ne s'effaçait sans laisser de traces.

Il boitait encore en arrivant à la salle de bain, chercha des cachets dans la pharmacie et les avala. Quand il se redressa, il aperçut son reflet dans le miroir et sursauta. Il se reconnaissait à peine. Son pansement au-dessus de l'œil avait jauni et, à moitié décollé, laissait apparaître une cicatrice rouge et boursouflée. Ses cheveux gras étaient plaqués sur son crâne. Sa barbe avait poussé et les poils noirs et drus lui mangeaient le visage. Son teint cadavérique lui rappelait celui de Marc sur son lit de mort, et ses yeux injectés de sang témoignaient de son manque de sommeil malgré les deux dernières nuits, comme si toute la fatigue accumulée depuis des années retombait enfin. Comme si elle avait perçu une faille et s'y était engouffrée, témoignant à présent de ces soirées à rester éveillé, cavalant de service en service. Ses joues étaient creusées, il avait dû perdre au moins cinq kilos, si ce n'était plus.

Se voir ainsi déclencha une nouvelle prise de conscience : ça puait. Il arpenta la pièce pour trouver d'où venait cette odeur. Quelque chose avait dû pourrir. Il vérifia dans la baignoire, derrière les meubles, autour de la robinetterie. Rien. Il pencha la tête vers son aisselle : une infection. La pourriture, c'était lui. Belle image, se dit-il. Mais il n'avait toujours pas envie de se laver.

Il repartit vers la cuisine. Dans le salon, le répondeur clignotait. De nouveaux messages. Il n'avait même pas entendu sonner. Il les écouta.

– Bonjour, docteur Valensi, c'est Camille. On ne sait pas ce que vous faites… J'espère que vous allez bien. J'ai donné votre numéro à Gabriella Moraes, elle m'a dit que vous seriez d'accord… Il faudrait que vous me rappeliez, je dois vous parler, c'est important.

Elle avait l'air gênée et excitée à la fois. Il repensa au baiser dans la chambre d'Ali Benyoussef et frissonna… Il effaça. Tant pis, il verrait plus tard. Le deuxième message s'enclencha. C'était encore elle.

– Je suis désolée d'insister, docteur Valensi, mais je dois vraiment vous parler, rappelez-moi s'il vous plaît.

Elle était plus ferme cette fois, Laurent le prit comme une menace et effaça de nouveau le message. Celui d'après avait été laissé par Gabriella.

– *Querido*, je comprends que tu te terres, mais là il faut sortir. Lis le journal et rappelle-moi.

Qu'est-ce qu'elles avaient toutes à le harceler comme ça ! Tout ce qu'il voulait, c'était la paix, le silence ! Était-ce trop demander ? Il sentait la colère monter et le mal de tête revenir. Il était urgent qu'il s'éloigne du téléphone pour aller se faire à manger.

Après deux œufs au plat et une biscotte, il s'attaqua à la bibliothèque et à la chambre de Julia. Pour rompre sa solitude, il alluma la télévision et tomba sur le journal. 13 heures déjà ? Jean-Pierre Pernaut prit un air grave : « Santé à présent. C'est un véritable scandale qui a été révélé hier dans les colonnes du *Monde*, et il semble que ce ne soit pas près de s'arrêter. Le cancer homosexuel aurait fait son arrivée en France, et la maladie aurait finalement été identifiée comme un virus. Certains parleraient d'épidémie d'ampleur mondiale. Plusieurs laboratoires de recherche français réalisent en ce moment de fortes avancées dans l'étude des propriétés virales de ce que l'on nomme dans le milieu médical le LAV. Nous sommes d'ailleurs allés interroger le professeur Luc Montagnier, spécialiste du domaine. »

Laurent éteignit la télévision. Tout le déprimait. Il pensait à ces médecins qui, comme lui, seraient bientôt confrontés à cette maladie sans nom ni forme réels. Généralistes, dermatos, chirurgiens, stomatos… Ils connaîtraient la peur à leur tour, et leur serment leur laisserait une amertume dans la bouche. Comme lui, ils devraient choisir entre vivre avec l'angoisse de mourir, de contaminer les leurs ou être des hommes à la hauteur. Impossible de se regarder en face en laissant un patient repartir sans soins, et pourtant que de souffrance en le soignant. Combien de temps le cauchemar durerait-il ? Combien de temps avant de comprendre cette saloperie, trouver des traitements, apporter de vraies réponses ? Des années ? Et en attendant, comment soigner sans prendre de risque ? Comment soulager les malades désespérés, terrifiés ? Il repensait au visage décomposé d'Ali Benyoussef qui l'implorait de le sauver. « Je ne veux pas mourir », répétait-il. Pauvre Ali... Combien Laurent en croiserait-il des comme lui, s'il recommençait à exercer ? Et Alain ? Le supplierait-il aussi de le maintenir en vie ? L'expressior grave de Jean-Pierre Pernaut ne suffisait pas. Aucun mot ne suffirait, parce que le drame ne faisait que commencer.

– Joyeux Noël, se dit-il tout bas.

Si ça se trouvait, c'était son dernier.

Une vague de chagrin l'envahit. Toute sa colère retomba. Il avait envie de parler à Nathalie, de la voir... Mais elle lui raccrocherait au nez s'il essayait encore. Et s'il partait à Nice ? L'idée lui parut évidente. Il prit aussitôt ses papiers d'identité, son manteau et partit sur-le-champ à l'aéroport, sans même emporter de vêtements de rechange.

Arrivé à Orly, il se rangea dans la queue immense qui menait au comptoir Air France. Des gens, l'air abattu, repartaient après un court échange avec l'hôtesse.

– Un billet pour Nice, demanda-t-il quand son tour fut venu.

– Mais monsieur, c'est la grève !

– La grève ?

Soudain, des bribes de flashs info qu'il avait entendus ces derniers jours lui revinrent. La grève des avions, le Noël gâché comme chaque année, pour des milliers de Français... Il se tapa le front. Ça lui était sorti de la tête. Il demanda quand était le prochain vol disponible, mais l'hôtesse le découragea : des centaines de passagers avaient vu leur voyage annulé et ils seraient prioritaires dès que le trafic reprendrait. À ce rythme, Laurent ne pourrait pas se rendre à Nice avant une semaine, peut-être plus… Elle lui déconseillait d'essayer le train, tout était bondé, les gens en arrivaient à voyager près de dix heures debout…

Laurent la remercia et rentra chez lui, abattu.

L'appartement lui sembla encore plus vide qu'au matin. Il était à bout. Malgré les menaces du père Simeoni, il composa le numéro de ses beaux-parents. Nathalie décrocha au bout de trois sonneries.

– C'est moi, dit-il.

Elle ne répondit pas.

– Tu me manques, Nath. Toi et Julia, vous me manquez.

Il éclata en sanglots. Nathalie ne réagit pas.

– Je peux pas rester sans toi, sans vous, tu comprends ? Je te demande pardon. Pardon !

Pas un mot de sa femme.

– S'il te plaît, je vais changer, je te jure. Ça va s'arranger, s'il te plaît, réfléchis, est-ce que tu es vraiment mieux sans moi ? Et nous, qu'est-ce que tu en fais ? Je n'ai jamais aimé personne comme je t'aime, s'il te plaît… T'étais la première à dire que quand c'est notre heure, c'est notre heure, qu'on n'y peut rien… Alors, risqué ou pas, on pourrait recommencer ? M'abandonne pas, Nath. S'il te plaît.

Il la supplia pendant de longues minutes, en pleurs,

sans aucune réponse. L'écoutait-elle au moins ? Il finit par raccrocher. Il se faisait l'effet d'un zombie. La seule chose qui le retenait de ne pas sombrer complètement était le but qu'il s'était fixé : redonner vie à l'appartement. Il avait tout organisé, l'ordre des pièces, les produits ménagers à utiliser…

Mais face à la bibliothèque et aux livres de médecine, il préféra commencer par la chambre de Julia. Elle était telle qu'il l'avait laissée quand il était arrivé affolé quelques jours plus tôt. Les poupées qu'il avait réussi à assembler traînaient dans un coin, tandis que le reste de la pièce était sens dessus dessous. Il s'approcha de la commode. La plupart des vêtements avaient été jetés par terre. Il hésita à leur réserver le même sort qu'aux assiettes cassées, mais si sa petite fille rentrait un jour, elle voudrait retrouver ses jolis T-shirts roses, ses jupes et autres accessoires dont elle raffolait. Il fallait la voir s'habiller le matin, elle refusait tout ce que sa mère lui proposait. Elle exigeait de choisir elle-même, seules les couleurs et les matières comptaient. Julia aimait le rose et la fourrure. Elle aimait les dentelles et les collants. Laurent n'aurait jamais pensé avoir une fille si coquette.

Il s'assit sur le petit banc collé au mur de la chambre rose. Comme il le faisait lorsque Julia voulait l'ausculter pour jouer au docteur. La migraine s'intensifiait. Saloperie. Il n'avait plus de médicaments et l'idée même de sortir en acheter lui faisait encore plus mal. Il ferma les yeux. Peut-être qu'en respirant, ça s'atténuerait un peu ?

On sonna à la porte. Nathalie ? Il bondit vers l'entrée, esquivant les sacs-poubelle qui jonchaient le sol pour ouvrir. C'était Camille. Laurent eut un mouvement de recul. Il ne s'attendait pas à voir son interne. Il avait vraiment des choses plus importantes à régler que de se justifier sur un foutu baiser survenu à un moment où il était perdu...

Livide, elle fixait Laurent avec surprise. Il toucha sa barbe.

– Je suis désolée de vous déranger, docteur Valensi, mais j'ai essayé plusieurs fois de vous joindre, sans succès..

Laurent baissa la tête

– Je peux entrer ?

– Venez... C'est encore en chantier, faites attention.

Camille observait l'appartement, bouche bée.

– Ils n'y sont vraiment pas allés de main morte...

– C'est le moins qu'on puisse dire !

– Vous avez porté plainte ?

Il secoua la tête.

– Pourquoi ?

– Je veux passer à autre chose. J'ai eu ma dose de problèmes administratifs ces derniers jours.

– Mais vous savez très bien qui est à l'origine de tout ça...

– Camille, c'est mon appartement, répliqua-t-il sèchement. Je vais le remettre en état moi-même, ok ?

Elle sursauta puis doucement déblaya le canapé du salon et s'assit.

– Bernard est en garde à vue, vous êtes au courant ?

Laurent se figea. Il savait que Gabriella avait réussi à

intéresser la presse, mais de là à imaginer un tel dénouement, si rapide…

– Mais… comment c'est possible ?

– Je n'ai pas les détails. Tout ce que je sais, c'est que des policiers sont venus le chercher hier à son domicile.

Camille lui tendit le journal. *Le Monde* titrait en première page : « Les maladies mortelles, un business juteux ». Laurent parcourut l'article. Malversations, contrats d'exclusivité douteux, tout y était. Le journaliste décrivait sa récente découverte. Le directeur de l'hôpital Saint-Louis finançait des tests de médicaments pour soigner le LAV sans pour autant reconnaître son existence. Il se portait garant du fait qu'aucun cas n'ait été recensé en France, alors qu'il en hébergeait un dans son hôpital. Et les tests étaient encore moins éthiques : il fabriquait des molécules potentiellement dangereuses, sans aucun recul, qu'il inoculait aux populations entières de villages africains. Selon les études des laboratoires à l'origine des produits, le LAV aurait de fortes chances de se déployer là-bas, quelques morts de plus ou de moins, personne ne verrait la différence, pensaient les responsables. Et Bernard n'en était pas à son coup d'essai, il avait trempé dans bien des affaires de santé auparavant…

Des années durant, Laurent avait travaillé pour cet homme qui faisait honte à l'espèce humaine. Il s'était démené pour faire de Saint-Louis une référence, comme tous ses collègues, et voilà à qui le mérite en était revenu… Finalement, savoir Bernard entre les mains de la police n'était qu'une maigre consolation.

– Une femme de ménage a aussi trouvé votre portefeuille dans sa poubelle…, reprit Camille.

– Mon portefeuille ?

– Oui… Vous vous demandiez qui avait bien pu vous le voler, avec la photo de votre fille. Eh bien c'était lui. Lui ou les hommes qu'il avait engagés…

Ce n'était pas une surprise, mais entendre cette nouvelle était un coup supplémentaire. Cet homme était moins qu'un rat.

Un peu plus loin Gabriella Moraes accordait une interview exclusive. Le journaliste précisait qu'elle était à l'origine de l'affaire, qu'elle avait découvert le scandale autour du « cancer homosexuel », l'implication des autorités pour en faire un secret d'État. Elle racontait son parcours, le rôle d'Equal et ses derniers jours mouvementés pour faire émerger la vérité. Elle précisait que bientôt des médecins témoigneraient à leur tour pour appuyer ses propos. Laurent comprit que c'était une invitation directe. C'était pour ça qu'elle voulait lui parler. Son histoire apporterait une caution médicale, offrirait les coulisses d'un service de médecine interne face au premier cas suspecté de LAV en France. En attendant, elle avait eu la délicatesse de ne pas citer son nom.

Il soupira. Quelle répercussion ce témoignage aurait-il dans sa vie ? Il serait forcé d'évoquer la lettre du ministère qu'il avait trouvée… Finirait-on par l'arrêter lui aussi ? Il ne tiendrait jamais face à de nouvelles bourrasques. Il n'était plus attaché à rien, ne se sentait plus ancré dans la vie. Sans Nathalie, sans Julia, il n'était plus qu'un épouvantail balancé au gré du vent. Camille interrompit de nouveau ses pensées.

– Il y a autre chose… C'est à propos du professeur Willot…

Laurent fronça les sourcils.

– Qu'est-ce qu'il a encore fait ? Franchement, il devrait pas trop la ramener… Si Bernard plonge, je donne pas cher de lui…

– Il s'est suicidé, le coupa Camille.

– Comment ?

– On l'a retrouvé pendu chez lui ce matin.

Laurent fut paralysé de stupéfaction.

– Il a laissé une lettre où il dénonçait Bernard, c'est comme ça que la presse a su pour les trafics avec les labos…

Laurent avait du mal à assimiler ce que Camille disait.

– D'après lui, Bernard le faisait depuis des années, et il faisait chanter des dizaines de personnes…

Camille détailla le contenu de la lettre. Tout le service avait été mis au courant, on ne sait comment. Apparemment, l'ancien chef de radio était parti de Saint-Louis à cause de Bernard, tout comme celui d'ortho.

– À la fin de sa lettre, Willot demandait pardon à son équipe et à son fils. Il voulait que tous ses biens servent à ce qu'il reste à l'institut Marie-Thérèse. Et il disait aussi que vous aviez bien fait…

Laurent sentit une pointe dans son cœur.

– Pendu ? répéta-t-il.

Il avait détesté cet homme. Il avait souvent espéré le faire payer pour toutes les injustices qu'il avait commises envers les membres du service de médecine interne... Mais un suicide ! Personne ne méritait de mourir comme ça... Un tel désespoir, comment était-ce possible ?

Douleur lancinante dans la tête. Laurent appuya sur son front pour la faire reculer. Et s'il était responsable de sa mort ? Pas complètement, bien sûr, mais la dernière fois qu'il l'avait vu, il n'avait pas mâché ses mots... Qu'aurait-il pu dire d'autre ? Il ne pouvait pas savoir que son supérieur était dans un tel déni de la réalité. Il ne pouvait pas soupçonner son désarroi. Non, le vrai salaud, c'était Bernard ! Mais Laurent n'était pas apaisé pour autant. Il avait sa part de responsabilité. Encore un élément à ajouter à la longue liste de ce avec quoi il allait devoir apprendre à vivre...

– C'était important que vous soyez au courant, je pense...

– Merci, Camille, vous avez eu raison.

Mais Laurent était ailleurs. Ces nouvelles l'avaient bouleversé.

– J'allais oublier, j'ai aussi ça pour vous, reprit Camille. De la part du docteur David.

Elle lui tendit une feuille. Laurent reconnut aussitôt l'écriture fine et penchée du médecin de Tunis. Le docteur David respectait son silence, mais finissait toujours par faire savoir ce qu'il pensait. Laurent grimaça d'en commencer la lecture.

Rino, je vais te dire les choses telles que je les pense, parce qu'aimer les gens, c'est leur dire la vérité. Tu n'as pas fait tout ça pour te terrer chez toi maintenant. Gabriella a besoin de toi, ton équipe a besoin de toi, ta famille a besoin de toi, et Ali Benyoussef a besoin de toi.

Laurent frissonna. Ali était mort, bon sang ! De quoi pouvait-il avoir besoin maintenant ! Depuis qu'il était rentré dans son appartement saccagé, Laurent s'efforçait de ne plus penser à son patient, ses derniers jours horribles et sa mort, délaissé des siens. Il essayait d'oublier cet échec, son triste record d'organisation et d'efficacité pour mener à ce résultat pitoyable.

Tu n'as pas terminé le travail. Tu le sais. Ali va être enterré demain matin. Il attend seul à la morgue. Sa famille ne viendra pas. Il est dans un sac plastique, vêtu d'un pyjama d'hôpital trop grand pour lui, et il mérite un dernier hommage.

Qu'est-ce qu'il racontait là ! Il savait très bien que ça ne se faisait pas d'aller enterrer ses patients…

Ton patient est mort, et après ? La vie continue. Tu le sais mieux que personne. Oui, il était plus qu'un malade ordinaire. Justement ! Tu peux devenir un grand professeur, le premier qui a vraiment fait face au LAV et qui continuera Tu peux être celui qui montrera l'exemple. Allez, remue-toi ! Tu dois beaucoup à Ali ! Tu n'as pas le droit de le laisser être enterré comme un chien !

Laurent eut du mal à avaler sa salive. Le docteur David avait raison… Pourtant, il ne savait plus comment s'y prendre. Il ne pensait même pas avoir le courage de retourner à Saint-Louis un jour.

Pas de place pour les lâches et les faibles dans le monde qu'on défend. Tu es médecin, un bon médecin. Alors encaisse, et continue. Fais tes adieux à Ali et pense à lui la prochaine fois qu'un LAV se présentera. Tu veux quoi ? Finir dans une épicerie ? Je te préviens, je te ferai une guerre que tu ne soupçonnes même pas.

David

Le docteur David avait mis toute son énergie dans cette lettre. Laurent en sentait l'effet par vagues. Deux jours qu'il faisait le ménage et se lamentait sur lui-même alors que dehors, c'était le chaos. Les médias, l'hôpital… Plutôt que d'être la fin d'un combat, la mort d'Ali Benyoussef en avait marqué le début. Laurent l'avait ignoré par faiblesse. Désormais, il allait réagir. Mais par où commencer ?

– Bon, je vais devoir retourner à l'hôpital, docteur Valensi, annonça Camille après un long silence.

– Oui, bien sûr. Merci d'être venue.

Laurent la raccompagna à la porte. Elle s'arrêta un instant devant lui et le dévisagea.

– Vous valez mieux que ça, docteur.

Il passa une nouvelle fois sa main sur sa barbe. Un sentiment mêlé de honte et de tristesse l'envahit.

– Un nouveau chef de service va être nommé… Et on parle beaucoup de vous.

– De moi ?

– Oui… Alors attendez-vous à recevoir un appel bientôt…

Et Camille disparut dans les escaliers.

Laurent referma la porte. Il essayait de reconstituer les événements, de mettre de l'ordre dans tout ce qu'il venait d'apprendre. Quant à ce poste de chef… Quelle ironie ! Hier, on le foutait dehors et aujourd'hui il allait être nommé responsable du service… Est-ce que le psy qui avait attesté de son incapacité serait renvoyé aussi ? Décidément, rien ne tournait rond. C'était une bonne nouvelle, mais elle témoignait du marasme dans lequel l'hôpital se trouvait, et de toutes les incohérences que Laurent devrait surmonter s'il acceptait.

Il se laissa quelques heures pour terminer le rangement de l'appartement. Il avait trop traîné. Il se planta devant la bibliothèque du salon. Les livres étaient pour la plupart ouverts et étalés sur le sol. Il reconnaissait les ouvrages qu'il avait tant potassés… Le *Netter*, bien sûr, *Atlas d'anatomie humaine, Physiologie du corps humain, Anatomie et Biomécanique, Principes de médecine interne, Précis sur le diabète, VIDAL 1979, 1980, 1981, Tête, cou, nerfs crâniens et organes des sens, Douleur, soins palliatifs et accompagnements, Atlas d'anatomie Prométhée : organes internes, Systèmes locomoteurs, Neuroanatomie…* Une centaine d'énormes volumes illustrés. Il se souvenait de chacun d'entre eux.

Un carton attira son attention. Il ne l'avait jamais remarqué. Sur le dessus, l'écriture de Nathalie : « 1917-1925, Hippolyte Morestin, Val-de-Grâce ». À l'intérieur, une trentaine de livres, des articles, des rapports dactylographiés, et la thèse de Nathalie : *Gueules cassées, la deuxième grande guerre des héros maudits*. Il l'avait déjà lue. Nathalie avait effectué un travail remarquable, salué par son jury qui lui avait d'ailleurs conseillé d'apporter quelques informations supplémentaires pour la publier. Selon lui, le grand public devait connaître le sort de ces défigurés de la Première Guerre mondiale.

Soudain, la réalité lui sauta au visage. Ses livres à lui avaient occupé tout l'espace. Dans cette pièce où ils vivaient ensemble, que Nathalie avait elle-même décorée, la vedette, c'était lui. Rien que lui et son métier.

Il déballa les livres de sa femme et les plaça au centre de l'étagère principale, sa thèse bien en évidence. Puis il continua de remplir autour avec les livres de médecine. Tous ne tiendraient pas. Tant pis, l'anatomie cardiaque et la psychiatrie atterriraient dans le carton. Personne ne s'en plaindrait. Surtout pas lui.

Restait un dernier livre à placer : son journal d'enfant. Il avait décidé qu'il le mettrait dans un endroit bien spécial. Il alla le chercher, glissa la main dans la poche de son manteau et fit tomber une lettre restée collée entre deux pages. Une lame perça son cœur. Il l'avait complètement oubliée, celle-là… Il ne se souvenait pas non plus de l'avoir gardée.

Quand il avait appris que sa mère était malade, il n'avait pas osé lui dire que ça lui faisait de la peine. Chez les Valensi, on ne s'étalait pas. Parler de ses sentiments était un signe de faiblesse. Une seule solution : les écrire.

Il déplia le papier à carreaux arraché à son cahier de classe.

Maman,
C'est moi, Rino. Je trouve pas ça juste que tu sois malade, et je veux pas que tu meures. Tu as dit qu'on meurt pas chez les Juifs, mais alors pourquoi tes parents à toi, et ceux de papa, ils sont morts ? Et pourquoi y a des cimetières avec des Juifs enterrés ?
Tu es une gentille maman. Plus que celle de Chouchou et Riquet, et vraiment beaucoup plus que celle de Domino. En plus, tu fais beaucoup mieux à manger. Tu es la maman qui fait le meilleur couscous et les meilleures banataj'.
Maman, je veux pas que tu aies mal ou que tu aies peur. Tu peux compter sur moi. Je te promets que je serai sage pour que Dieu m'écoute, et je lui demanderai de te guérir.

Laurent

Mais cette lettre, il ne la lui avait jamais donnée. À l'époque, il s'était trouvé ridicule, ses mots sonnaient faux. Et puis si sa mère pleurait ou qu'elle racontait aux autres ce qu'il avait fait ? Ils le charrieraient des mois, des années peut-être. Non, il avait reporté au lendemain, à la semaine, au mois suivant… Et puis elle était allée à l'hôpital et la lettre était restée dans le journal.

Soudain il en eut assez de cette misère, de ses jérémiades. Assez de ce passé ! Assez de ces fantômes ! Il prit la lettre, le journal de son enfance et les remit dans sa poche. Il les jetterait. Plus tard. En attendant, il ne voulait plus les voir. À présent, avancer ! Marre de cette plaie béante qui ne se refermait jamais parce qu'il y avait toujours quelque chose ou quelqu'un pour lui rappeler un épisode qu'il tentait pourtant d'oublier.

55

Laurent jeta un coup d'œil au salon. La pièce avait retrouvé son aspect habituel. Restait encore à la nettoyer. Il s'attaqua aux vitres puis aux meubles. Il frottait avec l'énergie du désespoir. Il passa un premier coup de serpillière sur le parquet et, soudain, imagina les types chez lui, leurs pieds sales, violant son intimité familiale. Il frissonna. Comment effacer leur passage ? Il alla chercher l'eau de Javel, en dilua deux bouchons dans une bassine et trempa une nouvelle serpillière dans le mélange. Ça sentait le chlore. Il aimait cette odeur.

Il trempa ses mains dans la bassine, essora la serpillière et l'étala sur le sol, la passa dans chaque recoin de la pièce, sous la table basse, le meuble télé. Il en était à la moitié de la surface quand le téléphone sonna. Cette fois, il eut peur que ce soit Gabriella. Il ne se sentait pas capable de lui parler, mais pas non plus de la laisser s'adresser au répondeur, encore. Agrippé au manche du balai, il s'approcha à pas lents du combiné, il laissa la boîte vocale s'enclencher. C'était Serge. Il pleurait au bout du fil. Laurent était si surpris de l'entendre dans cet état qu'il ne parvint pas à bouger.

– J'ai eu l'agence, c'est bon, tout est en ordre, l'appartement est vendu.

Deux gros sanglots.

– Je sais pas ce que j'ai, je voulais tellement qu'on s'en débarrasse, mais en fait, je suis pas bien.

Nouveaux gémissements.

– C'est la fin de quelque chose, Rino. La vraie fin…

Il marqua un temps. Sa respiration était saccadée.

– Tu m'as demandé où j'étais passé, mais je suis là. Et je le serai toujours. Voilà. Rappelle-moi. Et si tu es libre, j'aimerais beaucoup que tu viennes dîner à la maison vendredi soir. Je t'embrasse, mon frère.

Laurent n'en revenait pas. Jamais Serge ne s'était adressé à lui de cette façon. Jusque-là, il lui avait toujours parlé avec autorité : c'était lui l'aîné, Laurent lui devait le respect, il devait écouter ses conseils, s'en remettre à son expérience, alors qu'ils n'avaicnt quc deux ans d'écart… Et pour la première fois depuis des années, il sentait que le vrai Serge réapparaissait. Derrière sa carapace faite d'obligations religieuses, son frère existait toujours. Laurent essayait de remettre les événements en perspective.

Serge avait commencé à changer après la mort de leur mère. Lui ne râlait jamais pour aller au cimetière, ne rechignait pas à se rendre à la synagogue pour prier, subissait les remontrances d'Ange sans broncher. Laurent prenait ça pour un manque de caractère, mais c'était le début de l'effacement de son aîné. Il revoyait Serge, docile, n'affichant aucune expression, quelle que soit la situation, alors qu'à l'intérieur ce devait être le chaos.

À la mort d'Ange, Serge avait sombré davantage encore.

Il avait abandonné ses études de droit, seule preuve de son envie de rendre le monde plus juste, pour devenir caissier dans le Félix Potin du quartier. Il s'était installé dans une chambre de bonne miteuse où il refusait que quiconque lui rende visite. Il ne voyait plus ses amis, à peine ses frères. Aujourd'hui, ses études de médecine derrière lui, Laurent pouvait affirmer que son frère avait subi une dépression sévère.

Puis Serge avait disparu. Il ne répondait ni au téléphone ni aux lettres que Laurent lui adressait. Il n'était plus dans sa chambre de bonne et ne travaillait plus à la supérette. Laurent lui en avait voulu terriblement. Ses deux parents étaient morts, Alain s'était engagé dans la marine, et Serge à son tour l'abandonnait sans aucune explication.

Il était réapparu un vendredi soir, six mois plus tard, passage Charles-Dallery. Sa barbe avait poussé, il portait une kippa. Il avait annoncé à Laurent qu'il reprenait ses études, en comptabilité cette fois, et qu'il allait se marier. Il avait eu une révélation. La religion lui avait ouvert les yeux. La communauté de sa synagogue lui avait offert des possibilités d'avenir, la perspective d'une association à un cabinet comptable, des clients potentiels, une femme et des amis. Il avait trouvé un cadre, un soutien et un ancrage dans la vie. Il avait enfin l'impression d'être sur terre pour quelque chose. Il avait un rôle à jouer auprès des siens. Laurent l'avait pris pour un fou. Chaque semaine, Serge se donnait un nouvel interdit, et s'adonnait à des discours moralisateurs. C'était insupportable. Laurent en était même arrivé à la conclusion qu'il préférait encore l'époque où Serge avait disparu. Depuis, il n'avait cessé de nourrir ce sentiment.

Mais aujourd'hui, quelque chose d'infime avait bougé. En fait Laurent n'en voulait pas à Serge d'avoir changé. Il lui en voulait de ne pas l'avoir inclus dans son changement. Il n'en voulait pas à son frère de chercher à faire de lui son clone religieux, il souffrait de la peur que son aîné ne l'aime plus. En effaçant son passé, il l'effaçait lui aussi. Sans Serge, Laurent perdait son identité. Il n'était plus le benjamin d'une fratrie de trois puisque son frère s'était exclu. Sa famille n'avait plus de sens et Laurent vivait cette négation comme l'injustice de trop.

Désormais il comprenait que c'était faux. Serge était toujours là. Il avait eu besoin de se construire un monde rassurant. Alain et David avaient raison, Serge affrontait comme il le pouvait la peur de vivre au milieu de tant d'absurdité. La religion lui avait offert un sens et il s'y accrochait éperdument. Laurent ne lui pardonnait toujours pas de causer tant de peine aux siens par l'intolérance que ce nouveau monde avait fait naître en lui, mais il saisissait à présent à quel point ces règles lui étaient vitales.

Laurent était bouleversé. Les questions, les images se bousculaient dans sa tête. Il n'avait pas de nouvelles d'Alain… Comment allait-il ? Est-ce que Serge avait eu des nouvelles de Nathalie ? Il repensait au passage Charles-Dallery, leur enfance à tous les trois. La mort, la crasse, la peur, la déception. Ça l'étouffait. Il ne supportait plus ce boulet mais cette histoire était la sienne.

Trois coups à la porte. La gardienne avait déposé le courrier. Factures d'eau et d'électricité, lettre de l'hôpital pour lui signifier sa suspension par écrit, et une enveloppe non cachetée. Étrange. Il l'ouvrit et se raidit à la lecture des premières lignes : une lettre d'Alain. Elle datait de dimanche, le lendemain de leur dernière rencontre. Quand l'avait-il déposée ? Pourquoi n'était-il pas monté ?

Laurent avait un mauvais pressentiment. Il savait que cette lettre allait lui faire du mal…

Mon Rino, mon frère,
Je te remercie de m'avoir dit la vérité, même si je te suspecte d'en avoir gardé une partie pour toi. Je sais que ça a dû te demander beaucoup de courage. J'ai bien réfléchi, et je ne vais pas faire ces analyses que tu me conseilles. Je me suis toujours douté que ces marques, ça ne pouvait pas être qu'un parasite ou une simple allergie comme ma femme me le répétait. J'espérais juste que je me trompais et que tu te moquerais de mon hypocondrie. Mais c'est comme ça… On ne choisit pas. J'espère juste avoir encore un peu de temps à vivre auprès de ceux que j'aime.
Je vais rentrer en Afrique. Je préfère ne pas te revoir, parce que je ne veux pas que tu te reproches de ne pas m'avoir convaincu. Tu as fait ce qu'il y avait à faire, mon départ, c'est moi qui le choisis. Comme à chaque fois.
Je ne sais pas quand on se reverra, j'espère dans pas trop longtemps. Tu es le bienvenu au Botswana, quand tu veux. J'adorerais te présenter ma femme et mon enfant.

Que tu puisses voir tout ce que l'on ne perçoit pas sur une photo.
Ne t'en fais pas trop, je te donnerai vite de mes nouvelles.
Toi et Serge, vous êtes à jamais dans mon cœur.
Merci, mon Rino.

Ton Alino qui t'aime

Il connaissait Alain par cœur. Cette lettre serait son dernier signe. Ça n'avait rien à voir avec l'amour, Alain était comme ça. Il n'était plus un enfant, pas encore un adulte, quand tous les traumatismes de leur enfance étaient arrivés, il les avait vécus autrement. Toute sa vie, il avait nourri les entre-deux, les départs. Comme s'il ne pouvait s'épanouir que dans l'instabilité et le flou…

Laurent n'en pouvait plus de ces schémas. Il eut comme un déclic et entra enfin dans la douche. La mousse qui s'écoulait de ses cheveux était grise. À mesure qu'il frottait, la saleté qui l'enveloppait cessait peu à peu de l'étouffer. L'eau avait un effet libérateur indéniable. Ce n'était que la première étape de son retour parmi les vivants, et il s'y prenait avec méthode. Cheveux, rasage, brossage des dents. Il refit son pansement, en choisit un le plus petit possible. Il enfila ensuite une chemise bleue et noua une cravate marine. Dans le miroir, la différence était frappante. Son reflet semblait prêt à affronter la suite, mais lui ? Impossible de le savoir encore.

Il arriva à l'hôpital Cochin en début d'après-midi. Il était passé dans un magasin de vêtements pour hommes.

Il voulait acheter à Ali Benyoussef une tenue à la hauteur de ce qu'il avait représenté pour lui. Il avait choisi une chemise blanche, un gilet – il avait peur qu'Ali flotte beaucoup trop dans un costume –, ainsi qu'un pantalon noir. Il avait demandé chaque fois les plus petites tailles. « C'est pour offrir ? » avait demandé la vendeuse à la caisse. Il avait hésité à répondre : « Non, c'est pour être enterré », mais il s'était retenu. Il avait payé et était parti.

Il frappa à la porte du bureau d'Arthur Lecat. Personne. Les infirmières, les mêmes que la dernière fois, le reconnurent.

– Il est au bloc, mais il devrait avoir bientôt fini, précisèrent-elles.

Il patienta dans le couloir. Une demi-heure plus tard, Laurent aperçut Lecat sortant des ascenseurs. Il se redressa et alla l'accueillir.

– Laurent ! Je suis bien content de vous voir !

– Moi aussi, Arthur.

– Vous avez fait du shopping ? demanda-t-il en pointant les sacs.

– C'est pour Ali… On m'a dit que personne n'était venu.

– Personne… J'ai rarement vu ça.

– Je voulais pas que l'hôpital l'habille n'importe comment. Je peux vous les remettre ?

– Bien sûr. Mais nous pouvons y aller ensemble si vous préférez.

Laurent hésita. Était-ce une bonne idée de se retrouver face à son patient mort ? Il avait peur que ça le coupe dans son élan.

– Allez, venez, insista Lecat.

Laurent le suivit vers les chambres froides.

– Justement, j'allais le préparer ! remercia l'homme en saisissant les sacs que Laurent lui tendait.

Laurent demanda si Lecat en savait plus sur l'enterrement.

– Il part demain matin à 10 h 30, le coupa le type de la morgue. Direction Pantin.

Laurent s'efforça de ne pas sourire. Décidément, le cas Ali Benyoussef ne lui laissait aucun répit…

Lecat fut appelé dans son service.

– Vous m'attendez pour prendre un verre ?

– Merci, Arthur, mais je vais rentrer chez moi, j'ai pas mal de choses à préparer…

– J'ai appris pour Willot… Terrible…

– Oui…

– Et Bernard !

– Il n'a que ce qu'il mérite, celui-là.

– Vous vous sentez prêt à reprendre le service ?

– Je ne sais pas. Je dois y réfléchir encore.

– Vous réfléchissez trop ! Il faut continuer d'agir.

– Je vais essayer.

Laurent se sentait de nouveau très fatigué. Il avait conscience que tous cherchaient à l'encourager, mais il avait besoin d'aller à son rythme. Une fois sa décision prise, il n'y aurait pas de retour possible.

Le lendemain, au cimetière de la Villette, seuls quelques amis d'Ali se rassemblèrent devant sa tombe. Moins d'une dizaine de personnes. Pas de service religieux, pas plus de discours. En quelques minutes la cérémonie fut terminée et les fossoyeurs descendirent le cercueil en bois clair. Puis tout le monde se dispersa. Laurent les regarda s'éloigner et s'approcha enfin de la tombe de son patient.

– Je suis désolé, Ali. J'aurais aimé vous guérir. Mais je vous jure, je m'engage à ce que votre mort ne soit pas arrivée pour rien. On trouvera tout sur cette maladie, et bientôt on la soignera, je vous le promets. Je ne vous oublierai pas.

Il déposa ensuite une fleur de jasmin que le docteur David lui avait donnée.

Au loin, on lui faisait signe. Son cœur s'emballa. Nathalie. Quelque chose se brisa en lui. Toute cette armure qu'il essayait de se forger depuis la veille venait de s'effriter. Était-ce possible ? Avait-elle changé d'avis ? Ou venait-elle lui annoncer que tout était fini ? Il plissait les yeux, il avait peur de se tromper. Mais non, c'était bien sa femme. Il reconnaissait son long manteau beige, sa démarche hésitante. Depuis quand avait-il cessé de s'émouvoir ainsi en l'apercevant ? Il était fébrile, et ça lui plaisait. Il avait l'impression d'être vivant. Terrifié mais vivant.

Nathalie semblait aussi épuisée que sereine. Laurent avait l'impression qu'il allait s'écrouler. Jamais il ne pourrait vivre sans elle, ne serait-ce qu'une journée. Il avait si peur qu'elle lui en veuille encore, qu'elle refuse de lui pardonner…

– Il y a eu un accident sur la Prom, commença-t-elle. C'était horrible.

Laurent ne s'attendait pas du tout à ce genre de déclaration. Puis il paniqua.

– Un accident ? Julia va bien ?

– Oui, ne t'inquiète pas. Ce n'était pas elle. Un type s'est fait renverser. Il y avait un couple qui dînait en tête à tête sur la plage du Ruhl à côté, et l'homme a bondi. Il a dit qu'il était médecin. Il a effectué les premiers soins et il est parti avec le blessé dans l'ambulance. Sa femme s'est retrouvée seule à table…

– Nath…

– Attends, laisse-moi finir. Tu vois, ce médecin, il a fait ce qu'il fallait faire. Sa femme trouvait ça normal. Elle lui a tendu son manteau. Moi, je ne t'ai pas tendu ton manteau.

– Nath, c'est moi qui ai déconné, sur toute la ligne.

– Oui. Mais moi aussi. Je veux dire… je savais qui j'épousais.

Ils se regardaient. Personne alentour. Juste elle, lui et Ali Benyoussef sous leurs pieds.

– J'ai réfléchi à ce que tu m'as dit l'autre jour…

– Et ? risqua-t-il.

– Et je ne sais pas, Laurent…

Il reçut cette phrase comme une gifle. Pourquoi était-elle venue jusqu'ici pour lui dire ça ?

– J'ai lu les journaux… Je crois que pour un médecin, tu as fait ce qu'il fallait.

Laurent ne comprenait plus rien. Pour un médecin, qu'est-ce que ça voulait dire ? Était-elle de son côté ou pas ?

– Nath, rien n'a changé… On connaît toujours rien sur le LAV. J'ai aucun moyen de savoir si je l'ai ou pas…

– Si, tout a changé, le coupa-t-elle.

Il la regarda, surpris. Qu'allait-elle lui annoncer encore ? Qu'elle le quittait ? Il ne supporterait pas d'entendre ça.

– J'ai bien réfléchi à ce que tu m'as dit l'autre jour…, répéta-t-elle. Moi non plus, je ne peux pas vivre sans toi.

Laurent n'en revenait pas. Était-elle sûre d'elle ? Il avait peur de le lui demander et qu'elle change d'avis… Mais il devait savoir.

– Et s'il y a des risques ?

– Rien n'est plus risqué pour moi que de te perdre. Je n'aurais jamais dû partir.

Il s'élança vers elle et la serra dans ses bras. Elle se blottit contre lui. Il sentait le petit s'agiter dans son ventre, à travers son manteau.

– Lui aussi, il est heureux de retrouver son père…

Il l'embrassa.

– Je vais te dire ce qu'on va faire, dit-elle au bout d'un moment.

– Je t'écoute.

– On va rentrer, récupérer Julia, avoir ce bébé. Toi, tu vas retourner à ton travail, faire ce qu'il faut, moi, je reprendrai l'enseignement et on va être heureux. Il n'y aura pas de maladie, parce qu'on sera plus forts. La peur est toujours la pire conseillère. Alors on ne laissera plus rien ni personne nous séparer, d'accord ?

– D'accord.

Il la serra plus encore.

– Rentrons à la maison, murmura-t-il au bout d'un moment.

En chemin, il jeta dans une poubelle son journal d'enfant, resté dans sa veste, puis il passa un bras autour des épaules de Nathalie. Dans sa poche, il sentit la carte de visite de Gabriella. Il sourit.

Désormais, il se sentait invincible. La présence de Nathalie donnait du sens à sa vie, à ses actes. Sa femme lui lança un regard tendre et il sut qu'il était prêt à affronter cette maladie et tout ce qui allait avec. Il était prêt à entendre ce que Gabriella avait prévu.

– Mon amour, on peut s'arrêter à une cabine ?

– Oui pourquoi ?

– J'ai un coup de fil à passer.

Remerciements

Cette histoire est née d'une conversation avec plusieurs médecins il y a des années. Ils me racontaient ce qu'ils avaient vécu à l'hôpital. Je me suis alors rendu compte du courage qu'il fallait pour soigner… J'étais très jeune quand le sida est apparu, pourtant je me souviens d'une panique silencieuse qui s'insinuait dans notre quotidien, celui d'une famille essentiellement composée de médecins. Aujourd'hui, on a oublié l'ignorance terrifiante des débuts de l'épidémie.

Il n'y a pas eu de dossier caché à Saint-Louis, du moins pas à ma connaissance, mais cette histoire est inspirée de sentiments réels. Le début des années sida a été vécu comme un traumatisme chez beaucoup de soignants, car faire face à la menace demandait d'assumer d'énormes risques. Ils faisaient partie de la « communauté sida », aux côtés des victimes et de leurs proches, souffrant tous d'un immense sentiment d'abandon. Je souhaitais leur rendre hommage comme je le pouvais.

Alors voilà, je voudrais remercier mon père, pour son témoignage, sa description si précise de cette période et son émotion en l'évoquant. Un merci tout aussi grand à ma sœur, Karen, pour son regard si précieux, ses suggestions pour chaque situation médicale, ainsi qu'au docteur Véronique Guattari pour sa relecture si appliquée et ses conseils bien utiles. Je me souviens évidemment aussi des malades qui m'ont marquée. D'où vous êtes, L., P. et M., je pense souvent à vous.

Je remercie ma mère, ma première lectrice, qui, à sa façon, m'a permis d'être sûre de ma voie et qui aujourd'hui, partage avec moi cette aventure littéraire avec une joie inépuisable.

Merci à mon frère Laurent si cher à mon cœur.

Ange et Marguerite, avec cette histoire, vous êtes parmi nous de nouveau.

Une pensée pour ma grand-mère Denise d'avoir contribué à faire de moi celle que je suis, et pour mon grand-père Léon qui, je suis sûre, me soufflait certains mots d'où il est.

Merci à Jean-Étienne Cohen-Séat qui essuie tant de doutes à longueur d'année, toujours avec son air amusé et ses petites remarques qui désamorcent en un rien de temps mes « grands tourments d'auteur en construction ». Bon courage pour la suite !

Merci à Albert Goldberg de m'accueillir avec tant de gentillesse.

Je pense bien sûr à Julie, si fidèle, et à mes amies de presque toujours, Margot et Rachel.

Une pensée aussi pour les formidables Caroline, Christine, Claire, Daniele, Maud, Pawel, Yves, et en particulier pour Amélie.

Bien évidemment, je dois la sortie de ce roman à une équipe de talent, en premier lieu à mon éditrice complice, Maëlle Guillaud, qui tout de suite a pressenti un sujet intéressant lorsque je lui en ai parlé, me poussant à le développer, appliquant un soin particulier à donner à ce texte le plus de puissance possible. De tout cœur, merci, Maëlle. Et merci à toute la famille Albin Michel si attentionnée à mon égard, si enthousiaste aussi, Brigitte, Claire, Florence, Gérard, Hélène, Karine, Laurent, Manon, Marie,

Marie-Pierre, Marlène, Mickaël, Nathalie, Solène, Stéphanie, Willy, … et bien sûr Francis Esménard.

Merci à tous ceux qui furent si présents à la sortie de mon précédent roman, en particulier David Benaym, Roger-Louis Bianchini, Nathalie Bertrand, Nicole Czekowski et Florence Kahn pour leur soutien si volontaire.

Merci aux libraires qui m'ont tant soutenue, entre autres Hélène des Ligneris, Isabelle Theillet, Nathalie Bray, ainsi que la Maison de la presse de Deauville.

Je pense aussi à ceux qui m'entourent depuis toujours, Yoni, Barbara, Christiane, Fabienne, Johanna, Paul, Michaël, Nathalie, Victoria, ma famille, mes amis qui se reconnaîtront, et à mes presque cousines Lydia, Sylvia, Chloé et Sophie.

L'an passé, lorsque mon premier roman allait paraître, on m'avait prévenue du trac, de l'attente nerveuse des premières réactions, de la peur qui précédait les interviews, mais on ne m'avait pas dit combien je serais touchée par les marques d'affection de mes lecteurs. De tout cœur, merci à vous pour les lettres, les mails, les commentaires sur les sites, les encouragements sur les réseaux sociaux. Vous n'imaginez pas comme vous m'avez comblée et me comblez encore. J'espère que cette nouvelle histoire aura su vous toucher. Rendez-vous bientôt pour le prochain roman !

Enfin ce livre n'aurait pas existé sans Arthur. Je chéris sa bienveillance et connais ma chance. Merci d'être toi. Merci d'être auprès de moi.

DU MÊME AUTEUR

Aux éditions Albin Michel

ELLE VOULAIT JUSTE MARCHER TOUT DROIT, 2017.

Composition : IGS-CP
Impression : CPI Bussière en avril 2018
Éditions Albin Michel
22, rue Huyghens, 75014 Paris
www.albin-michel.fr

ISBN : 978-2-226-40316-2
N° d'édition : 23006/01 – N° d'impression : 2034979
Dépôt légal : mai 2018
Imprimé en France